ヨルガオ殺人事件　下　・

アンソニー・ホロヴィッツ

〝すぐ目の前にあって――わたしをまっすぐ見つめかえしていたの〟名探偵〈アティカス・ピュント〉シリーズの『愚行の代償』を読んだ女性は、ある殺人事件の真相についてそう言い残し、姿を消した。『愚行の代償』の舞台は1953年の英国の村、事件はホテルを経営するかつての人気女優の殺人。誰もが怪しい謎に挑むピュントが明かす、驚きの真実とは……。ピースが次々と組み合わさって、意外な真相が浮かびあがる――そんなミステリの醍醐味を二回も味わえる、ミステリ界のトップランナーによる傑作！

登場人物

スーザン（スー）・ライランド……ホテルの経営者。元編集者
アンドレアス・パタキス……スーザンのパートナー
ローレンス・トレハーン……《ブランロウ・ホール》の所有者
ポーリーン・トレハーン……ローレンスの妻
セシリー（セス）・マクニール……ローレンスの娘
エイデン（エイド）・マクニール……セシリーの夫
ロクサーナ・マクニール……セシリーの娘
リサ・トレハーン……セシリーの姉
エロイーズ・ラドマニ……ロクサーナの乳母
フランク・パリス……《ブランロウ・ホール》で殺害された宿泊客
ジョアン・ウィリアムズ……フランクの妹
マーティン・ウィリアムズ……ジョアンの夫
ステファン・コドレスク……逮捕された《ブランロウ・ホール》の元従業員

デレク・エンディコット……《ブランロウ・ホール》の夜間責任者
ヘレン……《ブランロウ・ホール》の清掃係の責任者
ナターシャ・メルク……《ブランロウ・ホール》の元メイド
ラース……}《ブランロウ・ホール》の従業員
インガ……}
ライオネル・コービー……《ブランロウ・ホール》のジムの元責任者
ジョージ・ソーンダーズ……元中等学校の校長
アラン・コンウェイ……作家
ジェイムズ・テイラー……アランの元恋人
メリッサ・ジョンソン……アランの元妻
クレイグ・アンドリューズ……作家
マイケル・J・ビーリー……《オリオン・ブックス》の幹部
サジッド・カーン……弁護士
ケイト（ケイティ）・リース……スーザンの妹
リチャード・ロック……警視正

ヨルガオ殺人事件 下

アンソニー・ホロヴィッツ
山 田 蘭 訳

創元推理文庫

MOONFLOWER MURDERS

by

Anthony Horowitz

This book is published in Japan
by TOKYO SOGENSHA Co., Ltd.
Japanese translation rights
arranged with Nightshade Limited
c/o Curtis Brown Group Limited, London
through Tuttle-Mori Agency, Inc., Tokyo

ヨルガオ殺人事件　下

愚行の代償（承前）

登場人物

メリッサ・ジェイムズ……………………トーリーに住むハリウッド女優
フランシス・ペンドルトン……………メリッサの夫
フィリス・チャンドラー………………メリッサの家のコック兼家政婦
エリック・チャンドラー………………フィリスの息子。運転手兼執事
ランス・ガードナー……………………《ヨルガオ館》支配人
モーリーン・ガードナー………………ランスの妻。夫と《ヨルガオ館》経営に携わる
アルジャーノン（アルジー）・マーシュ……不動産開発業。実業家
サマンサ（サム）・コリンズ…………アルジャーノンの姉。レナードの妻
レナード（レン）・コリンズ…………村の家庭医。サマンサの夫
ジョイス・キャンピオン………………サマンサとアルジャーノンの叔母
ハーラン・グーディス…………………米国の大富豪。ジョイスと結婚
ナンシー・ミッチェル…………………《ヨルガオ館》のフロント係
ブレンダ・ミッチェル…………………ナンシーの母親
ビル・ミッチェル………………………ナンシーの父親

サイモン・コックス……本名シーマニス・チャックス。映画プロデューサー
チャールズ・パージター……ルーデンドルフ・ダイヤモンドの持ち主
エレイン・パージター……チャールズの妻
ギルバート……警部補。ルーデンドルフ・ダイヤモンド事件の担当
ディッキンソン……巡査部長。ギルバート警部補の部下
アティカス・ピュント……世界的に有名な私立探偵
マデレン・ケイン……ピュントの秘書
エドワード・ヘア……主任警部。ヨルガオ殺人事件の担当

7　時間の問題

トーリー・オン・ザ・ウォーターまでは、六時間の行程だった。正午にパディントン駅を出て、エクセターとバーンスタプルで、二度にわたって列車を乗りかえる。すべてきっちりと手配してくれたミス・ケインのみごとな手腕には、ピュントもただ目を見はるばかりだった。自分たちの乗る列車が何番線のプラットフォームに入るのか、それぞれの駅でポーターに何をどう指示すべきか、すべてを知りつくしたうえで旅が順調に進むよう気を配る。ピュントのほうは、移動時間は常日ごろから高く評価している米国法医学会議から送られた研究書を読んでいた――フランシス・グラスナー・リーによる〝不可解な死のジオラマ〟、つまり難解な殺人現場をそのまま詳細にドールハウスとして再現し、分析しようとした模型について考察した書物だ。いっぽう、ミス・ケインはメアリ・ウェストマコットの新作『娘は娘』を、図書館から借りてきていた。

ビデフォードの駅前で待っていたタクシーに乗りこみ、ビデフォード橋を渡ってトーリー・オン・ザ・ウォーターへ向かうころには、そろそろ日が沈みかけていた。長い雨もようやく上がり、ふたりの目に、まるで雑貨屋の入口で売っている絵はがきのような、トーリーの村の風景が飛びこんでくる。港の突端に立つ色鮮やかな灯台の脇を走りぬけると、ずらりと並んだ漁船、《赤獅子》亭、そして長い弧を描く砂と小石の浜。子どもたちや砂の城、観光客を乗せるロバ、アイスクリームの店といった夏の賑わいは、いまこそどこにも見えないものの、まざまざと目の前に浮かんでくるかのようだ。落日の照りかえしが鮮やかな赤い絨毯のように海面に広がり、波が寄せるたびにちらちらと揺れる。やがてゆっくりと闇があたりを包むにつれ、空には月が昇りはじめた。

「こんな場所で殺人が起きるだなんて、とうてい思えませんね」窓から景色を眺めつつ、ミス・ケインがつぶやいた。

「どんな場所でも起きうる、それが殺人というものなのだよ」ピュントが答える。

ふたりは《ヨルガオ館》に宿泊の予約を入れていた。タクシーがホテルの玄関前に横付けしても、誰も荷物を運ぶ手伝いに出てこないのを見て、ミス・ケインはあきれたように目玉をぐるりと回してみせたが、ピュントのほうは事情を理解していた。このホテルには、いまや警察の捜査が入っているのだ。業務が円滑に回らないのも無理はあるまい。

少なくとも、フロントの受付をしていた若い娘は愛想がよかった。「ようこそ、《ヨルガオ館》へ」ふたりににっこりとほほえみかける。「二泊のご予約でしたね」

「もう少し延びるかもしれません」ミス・ケインが念のために言いそえる。

「そのときはお知らせくださいね」娘はピュントのほうを見やった。「お客さまには《船長の部屋》をご用意しました、ミスター・ピュント。きっとくつろいですごしていただけるものと思います。秘書のかたには、その上の階のお部屋を。お荷物はここに置いておいていただけたら、わたしが後から運びますね……」

《船長の部屋》は、かつてここが税関だったころ、事務室として使われていた場所だ。真四角な造りで、かつて机があったであろう位置にベッドを置き、片方の窓からはマリン・パレードの通りを、反対側の窓からは浜辺を見わたせる。いかにも船乗りめいた雰囲気の部屋で、ベッドの足もとには船室用の収納箱があるし、片隅には〝船長の回転椅子（キャプテンズ・スイヴェル・シート）〟と呼ばれる背もたれの低いひじ掛け椅子が置かれ、窓と窓の間には地球儀まで飾られていた。大波が来ても中身がごっちゃにならないよう、何十もの細かい引き出しのある船用の箪笥（たんす）が浴室に据えつけられているのを見たときには、さすがのピュントも興味をそそられたほどだ。いっぽう、ミス・ケインが案内されたのは、深い軒（のき）の下に引っこんだ、もっとこぢんまりとした部屋だった。ふたりとも長旅で疲れていたので、夕食はそれぞれ部屋に運んでもらい、早々に休むことにした。

翌朝、ピュントが目をさますと、視界に青空が、耳にカモメの鳴き声が飛びこんでくる。七時半に朝食へ下りていってみると、昨夕ここに到着したときに挨拶した娘は、まだ出勤していないようだった。フロントに代わりに坐っていたのは、口ひげを生やし、髪を後ろに撫でつけた、ブレザーにスカーフ姿の男だ。左右の指一本ずつで、何やら懸命に手紙をタイプで打っているようだったが、ピュントが現れたのを見て顔を上げる。

「おはようございます」男はぼそぼそと挨拶をした。「昨日ロンドンからいらしたお客さまでしたかな？」

そのとおりだと、ピュントは告げた。

「お部屋はいかがです?」

「すばらしく居心地がいいですよ、おかげさまで」

「わたしは支配人のランス・ガードナーと申します。ご要望がありましたら、何なりとお申し付けを。さしあたって朝食をご所望ですね」

「ええ、そのつもりですが」

「うちでは、朝八時からのご提供になりましてね。厨房にシェフが入っているかどうか、ちょっと見てきましょう」そう言いつつも、ガードナーは腰を上げようとしない。「こちらには殺人事件のことで?」

「ええ。警察のお手伝いにね」

「新聞記者じゃないと聞いてほっとしましたよ。この一週間、連中はこのへんをさんざんうろつきまわって——バーの酒も飲みほしていきましたよ、もちろん、会社の経費でね。警察にしてみたら、わたしに言わせりゃ、どんな手助けだって必要でしょうよ。事件が起きてもう一週間以上になるってのに、何の結論も出せないまま、来る日も来る日もわれわれに向かってくだらない尋問をくりかえしてるだけなんだから。こんな生活、まさにロシアに住んでるようなもんですよ!」

「ミス・ジェイムズをご存じだったんですね?」トーリー・オン・ザ・ウォーターは、ソヴィエト連邦などと似ても似つかないだろうにと思いながら、ピュントは尋ねた。

「もちろん、知ってましたよ。このホテルの持ち主でしたからね。わたしはその下で支配人をやってたんです――ミス・ジェイムズからは、たいして感謝もしてもらえませんでしたがね」

「つまり、ミス・ジェイムズはけっしてつきあいやすい上司ではなかったと」

「正直なところを申しあげますとね、ミスター……」

「アティカス・ピュントです」

「ドイツ人でいらっしゃる？　いえね、それについちゃ何も申しあげる気はありませんよ。わたしは戦争には行ってませんのでね。骨軟化症で」首を撫でながら、ピュントの質問についてじっくり考える。「つきあいやすい上司だったかって？　まあね、わたしはミス・ジェイムズが好きでしたよ。友好的な関係を築いてました。このあたりの、われわれの商売のやりかたについちゃ、ほとんど何も知りませんでしたよ。ここらじゃ、そうきっちりと割り切った商売はできないもんなんです。何代もここトーリーに根を生やし、畑を耕したり、魚を獲ったりしてる連中とつきあうには、こっちから合わせる必要があってね。そこを、あの人はさっぱりわかっちゃいなかった。まあ、ここだけの正直な話ですがね」

ランス・ガードナーは〝正直〟という言葉を三度も使った。ピュントの経験から考えて、〝正直〟をあまりに強調する人間は、えてして真実を語ってはいない。

「あなたにとっては、さぞかし苛立つことでしょうね」ピュントは誘いをかけてみた。「こんなふうに、捜査が終わるのを待つというのは」

「まったく、早く終わるに越したことはないんですがね」

「誰がミス・ジェイムズを殺したのか、心当たりはありますか？」

意見を求められたのが嬉しかったらしく、ランス・ガードナーは身を乗り出した。「あれはご亭主のしわざだって、もっぱらの噂ですがね。まあ、こういう事件の場合、たいていは亭主が犯人だって言われるもんなんですよ、そうでしょ？　考えてもごらんなさい、うちのかみさんがいきなりビーチー岬から身を投げたりしたら、世間じゃきっと、わたしが巧みにそう仕向けたにちがいないって噂しますよ。とんでもないまちがいだが。だってほら、わたしは実際に後ろから突き飛ばす派ですからね！」自分の冗談に大笑いする。「わたしに言わせりゃ、フランシス・ペンドルトンにそんな度胸はありゃしませんよ。あの男は犯人じゃありませんね」

「だったら、誰が？」

「わたしの意見を言わせてもらえば、犯人はこのあたりの人間じゃありませんよ。メリッサ・ジェイムズはスターでしたからね。頭のおかしい追っかけやファンがたくさんいたんです。よく、このホテルにもそういうファンレターが来てました。そんな連中に、住まいも知られてるわけですからね。そのうちのひとりが、たとえば最後に出演した映画が気に入らないとか、サインを送ってもらえなかったとか、自分も一躍有名人になりたいとか、そんなおかしなことを勝手に思いつめて、この村へ乗りこんできてたって驚きゃしませんよ。警察もむやみやたらにいろんな人間から事情聴取しまくってますがね、わたしから見りゃ、あれはただの時間の無駄ですよ。警察の時間だけじゃない、われわれの時間もね！」

「なかなか興味ぶかい説ですね、ミスター・ガードナー。さて、朝食はどこでいただけますか？」
「食堂で」ガードナーは指さした。「あの扉の向こうです。シェフが厨房に入ってるかどうか、いま見てきますよ」

思いもかけないほど、朝食はおいしかった。ピュントは夜汽車で運ばれてきた《タイムズ》紙を買いもとめ、スクランブル・エッグにベーコン、トーストとマーマレード、そして濃いセイロン茶という食事を平らげながら読みふけった。ミス・ケインは朝食の席に現れなかったが、これは驚くにあたらない。もともと礼儀作法には人一倍きっちりした女性なので、雇い主と同じ部屋で朝食をとるのはあまりに馴れ馴れしすぎると判断したのだろう。

思ったとおりに九時ちょうど、ロンドンでのいつもの始業時間に、ミス・ケインは姿を現した。ふたりがラウンジに腰をおちつけ、十分ほどすぎたころ、ヘア主任警部が到着する。主任警部はすぐにふたりに気づき、そちらへ歩みよった。
「ミスター・ピュント？」主任警部がその前に立つと、ピュントも立ちあがり、ふたりは握手を交わす。痩せぎすで身なりを一分（いちぶ）の隙もなく整えたこの外国人は、これまでにありとあらゆる経験を積んできたらしいから、警察官である自分のことも、何ごとも見のがさない目できっちりと値踏みしているのだろうと、主任警部は思わずにいられなかった。こうした第一印象は、かなり的を射ていたといっていい。いっこうに事件の全貌が見えてこないことに打ちひしがれた主任警部が、いまや挫折と失意の結末にじりじりと近づきつつあることを、ピュントはいち早く見てとっていたのだ。とはいえ、ふたりの間には、すぐに温かい空気が生まれた。このふたりが手を組んだことで、ようやく新しい可能性が目の前に広がったとでもいうように。

「あなたがヘア主任警部ですね」

「お目にかかれて、こんなに嬉しいことはありませんよ。あなたの名声は、いらっしゃる前からここにも鳴り響いていましたからな」

実のところ、ピュントがこちらへ向かっていると聞いてすぐ、ヘア主任警部はエクセター警察署の新聞の綴じ込みをめくり、この探偵の過去の事件捜査について調べたのだ。中には、ロンドンのハイゲートに住む、世界に名を知られた画家ルース・ジュリアンが、四十回めの結婚記念日にパレット・ナイフで夫を刺し殺した事件も含まれていた——ピュントが有名になったのは、終戦後まもないこの事件がきっかけだった。当然ながらごく最近の、ルーデンドルフ・ダイヤモンドをとりもどした事件も、英国じゅうの語り草となっていたものだ。

「こちらはわたしの秘書、ミス・ケインです」

ピュントが手で指し示すと、主任警部はミス・ケインとも握手した。「はじめまして」

「よかったら、お茶でもいかがですか？」

「いや、けっこうです。朝食をすませたばかりなんでね」

「わたしがここに来たことを、どうかよけいな差し出口と考えないでいただけたらいいのですが」双方が腰をおちつけたところで、ピュントは切り出した。

「とんでもない、ミスター・ピュント。正直なところ、来ていただいて、わたしは本当にありめてきました。余談ですが、開戦時にはわたしも軍隊に入りたかったんですよ、警察を辞めさせてもらえませんでしたが。おまえはここに必要な人間だと言われましてね。しかし、実のところ、殺人の捜査はあまり経験がないんです。デヴォン・コーンウォール警察にいた間、担当した殺人事件はせいぜい十件ほどで、しかも最初の三件は、翌日には犯人が出頭してきましたからね。あなたが協力してくださるというのなら、こんなにありがたいことはありません」

ピュントは嬉しかった。この主任警部とならうまくやっていけると、すでに直感していたものの、いまあらためて、それを確信できたというわけだ。「幸せなことですよ、主任警部、自分の住む地域に暴力犯罪が少ないというのはね」

「いや、まったくです、ミスター・ピュント。戦時中は、略奪や密売、軍からの脱走などを主に取り締まっていましてね。出征していた兵士たちがみな復員してきたときは、たしかに激動の時期ではありましたね。ほら、ご承知のように、そこらじゅうに銃があふれるわけですし。ただ、デヴォン州の住民は、あまりお互いに殺しあうようなことはなくて。これが、わたしの警察官としての経験だったんですよ——今回のことが起きるまでのね」言葉を切る。「いったい、どうしてこの事件に興味を持たれたのか、お訊きしてもかまいませんか?」

「ミス・ジェイムズのエージェントが、自分たちの代わりに何が起きたのかを調べてほしいと、ニューヨークから依頼してきたのですよ」

「つまり、担当している警察官は頼りにならないから、ってことですな」

「先方の意見がどうあろうと、主任警部、わたしはまったくそんなふうに考えてはおりませんよ。むしろ、ぜひあなたといっしょにこの事件にとりくみたいと思っているのです」ヘア主任警部の表情が、ぱっと明るくなった。「こちらにとっては、願ったりかなったりですよ」

「あなたは一週間前から捜査にとりかかっておられるわけですからね。よかったら、ここまでに判明したことを教えていただけますか」

「喜んで」

「メモをとってもかまいませんか、主任警部？」ミス・ケインはハンドバッグから速記帳とペンを取り出した。

「どうぞ、どうぞ」主任警部も自分のメモ帳を取り出すと、軽く咳ばらいした。「この事件の厄介なのは、当然もっと単純明瞭であるはずなのに、そうはいかないところなんですよ。舞台は、こんなに小さな村でしょう。ミス・ジェイムズは、あれだけの有名人だ。殺人が起きたと思われるのは、十七分間という、ほんのわずかな時間にすぎないんです。これで、どうしてはっきりとした答えが出てこないのか、さっぱりわかりませんよ」

「わたしの経験では、答えがはっきりしていればいるほど、見つけるのに時間がかかるものですね」ピュントが答える。

「なるほど、そうかもしれません」ヘア主任警部はメモ帳を開き、自分の書いた文字に目を走らせた。ここからしばらくは、主任警部の独演が続く。

「生きているミス・ジェイムズを最後に見たのは、夫のフランシス・ペンドルトン。ところで、どうして被害者をペンドルトン夫人と呼ばないのか、不思議に思われるかもしれませんね。ミス・ジェイムズはこの名で映画に出演し、世界に知られた人物でしたから、この村でもこうして旧姓を使いつづけていたんですよ。ペンドルトン氏のほうは、妻より十歳下ですが、裕福な家の生まれでしてね。父親はペンドルトン卿、保守党員の貴族で、どうやらこの結婚には反対だったようです。おかげで息子は一文なしで放り出されたと、もっぱらの噂ですよ。

フランシス・ペンドルトンと妻との間には、それなりに軋轢（あつれき）があったみたいでしてね。もちろん、トーリー・オン・ザ・ウォーターのような小さな村じゃ、みな噂話に花を咲かせますからね、わたしとしちゃ、何が事実で何がただの推測か、見分けるのにひどく苦労するんですが。とにかく、夫妻は自宅にコックと執事を住みこみで置いていました――自宅というのは、十九世紀に建てられた《クラレンス・キープ》という名のでかい屋敷で、村を出て一キロ足らずのところにあるんです。屋敷はふたつの部分に分かれていましてね――つまり、ミス・ジェイムズとフランシス・ペンドルトンが暮らしていた棟と、使用人たちを住まわせていた棟ですが――その間にはしっかりとした壁があって、お互いの声や音がほとんど届かない造りになっていました。だが、それでも、使用人たちの話では、時おり夫妻が言いあらそう声が聞こえてきたそうでしてね。ホテルを切りまわしていたガードナー夫妻も、被害者の夫婦仲はぎくしゃくしていたと供述しています。

事件当日、ミス・ジェイムズはここ《ヨルガオ館》で人と会っていました。五時四十分にその相手と別れ、六時をわずかにすぎたころ帰宅。ミス・ジェイムズのきわめて目立つ車、ベントレーが、この時刻に自宅の敷地に乗り入れたのを、コックと執事が見ています。ペンドルトン氏は、帰宅した妻と手短に温かい言葉を交わした後、自分の車であるオースチンに乗り、バーンスタプルで七時に開演するオペラ『フィガロの結婚』を観に出かけたそうです。自宅を出たのは六時十五分ということですが、これは本人の言葉以外、裏付けはまったく取れていません。ペンドルトン氏の車は屋敷の脇、使用人の住む棟からは見えない位置に駐めてあったんですよ。ちなみに、ミス・ジェイムズもオペラ鑑賞に同行する予定でしたが、その夜は早く休みたいからと、行くのをやめたとのことです。

そんなわけで、これらの供述を信じるとするなら、六時十五分、被害者の自宅にいたのは三人だけだったというわけでしてね。ミス・ジェイムズは階上の自分の寝室に。フィリス・チャンドラーとエリック・チャンドラー、それぞれコックと執事ですが、ふたりは下の階の厨房にいました」

「そのふたりは夫婦ですか？」

「いいえ、母親と息子です」

「変わった組みあわせですね」

「〝変わった〟というのは、まさにあのふたりを形容するのにぴったりの言葉ですよ」ヘア主任警部は咳ばらいした。「六時十八分ごろ、つまりペンドルトン氏が自宅を出たと供述している時間から数分後、見知らぬ人物が屋敷を訪れました。これが何ものなのかは、まだ判明していません。その人物が来たことを示すのは、チャンドラー母子が聞いた犬の吠える声だけです。メリッサ・ジェイムズはキンバという名のチャウチャウを飼っていたんですよ。その犬は、知らない人間が玄関口に来ると、必ず吠えたてるんだそうです。メリッサ・ジェイムズ本人や夫、使用人たち、家族の友人たちには、けっして吠えないんだとか。ところが六時十八分に、その犬がひどく吠えたてた。その一分か二分後、チャンドラー家の母親と息子は、玄関の扉が開き、また閉まる音を聞いています」

「いったい誰が来たのか、どちらも厨房を出て確かめようとはしなかったのですか?」

「ええ、確かめてはいません。ふたりとも勤務時間外で、つまり制服を着ていなかったのでね、客を迎えるには不適切な恰好だったわけです。まったく、扉ごしにちらりとでも見てくれていたら、謎はすべて解決していたかと思うと、悔やんでも悔やみきれませんがね。

つまり、この疑問はわれわれ自身が解かなくてはならないということです。六時二十分、はたしてメリッサ・ジェイムズは自ら玄関の扉を開け、自分を殺そうとする人物を迎え入れたのだろうか? まあ、こう考えるのが自然には思われます。六時二十五分、フィリスとエリック・チャンドラーは、ミス・ジェイムズのベントレーを使って屋敷から出かけました。フィリスの病気の姉がビュードに住んでおり、自分の車を使ってそこを訪ねていいと、ミス・ジェイムズが申し出てくれたそうでね。屋敷を出るとき、オースチンはもう駐まっていなかったと、エリックは述べています。ついでに、お訊きになりたいでしょうから先に言っておきますと、チャンドラーの母親と息子が《クラレンス・キープ》を出たことはまちがいありません。ふたりがベントレーに乗って走り去るのを見たという目撃者二名から話を聞いていますし――ほら、目立つ車ですからね――ビュードに住むフィリスの姉からも裏付けが取れています。

わたしの推論が正しければ、被害者はこのとき、見知らぬ人物と邸内でふたりきりだったことになります。その後、ミス・ジェイムズはひどくとりみだし、六時二十八分、自分のかかりつけであり、親しい友人でもあるレナード・コリンズ医師に電話していましてね。つまり、その時刻まではまちがいなく、被害者は生きていたというわけです。そのとき、コリンズ医師はトーリーの自宅に、妻といっしょにいました。つけくわえるなら、その通話が実際にあったことはたしかです、地元の交換局に記録が残っていたのでね。コリンズ医師によると、ミス・ジェイムズは怯えていたそうです。助けがほしい、すぐに屋敷へ来てくれと、医師に頼んだとか。コリンズ医師の妻、サマンサ・コリンズも同じ部屋にいて、電話でのこの会話の一部分を聞いていましてね。夫が家を出るのを見送ったとき、たまたま時計を見て、六時三十五分だったのを憶えていたそうです。

コリンズ医師が《クラレンス・キープ》に到着したのは六時四十五分。驚いたことに、いつになく玄関の鍵が開いていたとか。中に入ってみても、何も変わったことは目につきませんでしたが、さっきの電話での様子が気になって、どうにも胸騒ぎがしたそうでね。メリッサの名を呼んでみたものの、返事はない。邸内は荒らされているようには見えませんでしたが、医師はさらに二階へ向かいました。

ミス・ジェイムズが発見されたのは、本人の寝室でした。ベッド脇のテーブルの上に置かれていた、電話機のコードで絞殺されてね。被害者が激しく抵抗したためか、コードは壁から引きちぎられていましたよ。さらに、ベッド脇の飾りテーブルに頭をぶつけたようでしてね。髪に隠れた挫創が見つかり、さらに木製テーブルの表面にも血痕がありました——ＡＢ型で、被害者の血液型と一致しています。

コリンズ医師は心臓マッサージや人工呼吸など、できるかぎりの蘇生法を行いました。医師の供述によると、発見したとき、ミス・ジェイムズの身体はまだ温かく、蘇生の見こみも充分にあると思われたからです。だが、残念ながら、そうはいかなかった。コリンズ医師が警察と救急に通報したのは六時五十六分——この通話も、記録が残っています。バーンスタプルから急行した救急隊が到着したのは、それから三十分後のことでした。

こんなところですな、ミスター・ピュント、事件のあらましはね。犯行が起きたのは、六時二十八分にミス・ジェイムズがコリンズ医師に電話をかけてから、六時四十五分に医師が屋敷に到着するまでの、ほんの十七分間のことにまちがいないんです。ほかにもさまざまな細かい事実、あなたにも知っておいていただきたい供述などがあるんですが、知れば知るほどややこしくなるばかりでしてね。いまお話ししたのは、基本的な事件の流れです。どの時刻もほぼ正確と見ていいんですが、実のところ、それもまた頭痛の種で。こんなふうに分刻みですべての流れが判明していると、いったい犯人はどうやって犯行の機会をつかんだのか、まったく想像がつかないんですよ」

「事件の時系列を、よくここまで緻密にまとめられましたね、主任警部」ピュントは感想を述べた。「本当に助かりますよ。長い目で見れば、われわれの捜査もこの時系列のおかげで大きくはかどるはずですから」

ヘア主任警部がにっこりしたのは、きっとピュントの口にした〝われわれの捜査〟という言葉が嬉しかったのだろう。

「殺人現場について、ほかに何か特筆すべきことはありませんでしたか？」ピュントが尋ねる。

「まあ、たいしてありませんがね。メリッサ・ジェイムズは、死の直前にかなり動揺していたようですよ。コリンズ医師にかけた電話の件ももちろんですが、寝室にふたつ、居間にひとつ、丸めたティッシュ・ペーパーが落ちていたんです。分析の結果、どれも涙液が染みこんでいました」

「泣いていたということですね」

「コリンズ医師に電話をかけたときから、ミス・ジェイムズは泣いていたんです。口にするのも怖ろしいことではありますが、ミスター・ピュント、被害者が医師に電話していたとき、おそらく犯人も邸内にいたんでしょうな」

「たしかに、その可能性はあります、主任警部。ただ、その人物がミス・ジェイムズを殺そうと考えていたのなら、どうしてみすみす電話をかけさせたのかという疑問は残りますね」

「たしかにね」ヘア主任警部はメモ帳をあわただしくめくった。「ミス・ジェイムズは、かなり抵抗したようですね。ベッドは乱れ、ランプが床に叩き落とされていましたから。首に複数の索状痕（さくじょうこん）が残っていたところを見ると、どうやら首に巻きつけられた電話のコードから、必死に逃れようと試みたんでしょう」

主任警部はため息をついた。

「関係者からはいろいろ話を聞いてますからね、いくらでも情報は提供しますが、あなたはむしろご自分で聞きこみをなさりたいんじゃありませんか。関係者はみな、いまもトーリーに残ってますよ。ひとりふたり、そのことで不平を漏らしているのもいますがね。とりあえず、いまの時点でお話ししておきたいことがふたつあります。

ひとつは、サイモン・コックスという実業家についてですがね。事件当日の夕方五時半すぎ、ここのホテルのバーで、この男はミス・ジェイムズを激しい口調で責めたてていたことがわかっています。バーの裏のフロントで受付をしていた、ナンシー・ミッチェルがそれを聞いていたんですよ。ちなみに、このナンシーというのは気立てのいい、しっかりした娘でね。父親は灯台守をしています。だが、どうもこの娘は、何か悩みごとを抱えているようでね――これから自分が母親になるべきかどうかというような」

「いったい、どうしてそんなふうに思われるんですか、主任警部?」

ヘア主任警部はにっこりした。「わたしにも娘がいましてね。幸せな結婚をして、うまくやっていますよ。九月には初孫ができる予定でね、そうなると、そういう徴候には目ざとくなるものなんです」

「それはそれは、おめでとうございます」

「ありがとう、ミスター・ピュント。わたしが気がついたということは、まだナンシーには言っていないんです。事件には何も関係ないかもしれないし、無用な心労はかけたくないですからね」手もとのメモ帳に、ちらりと目をやる。「話は戻りますが、このサイモン・コックスは、ホテルを出たミス・ジェイムズを追いかけていったそうなんですよ。その後、七時十五分前に食堂に下りてくるまで、どこで何をしていたのかは不明です。本人は散歩に出ていたとか言っていますがね、こういう言いわけはさんざん聞いてきましたよ！」

「逮捕すると、その男を脅したのですか？」

「司法妨害罪で？　それとも、殺人の疑いですかな？　どちらもありうる話ではあります。わたしはきょう、この男をあらためて尋問する予定なんですよ。よかったら、ごいっしょしましょうか」

「ぜひ。そして、話しておくべきことのもうひとつは？」

「アルジャーノン・マーシュという名の男のことです。コリンズ医師の妻である、姉の家に滞在していましてね。なかなか見端のいい、人好きのする青年なんですよ。ずいぶんと粋なフランス車を乗りまわしてね。だが、ロンドン警視庁に問い合わせてみたところ、どうも、あちらもこいつの事業の実態には目を光らせていたようで。いろんな意味でけっこうな悪党なんですが、それればかりか、ミス・ジェイムズとも親しい関係にあったらしい」

「親しい関係というと？」

「実際にどうだったかは、本人が供述を拒否しています」

「つまり、男女の関係だった可能性もあるということですか？」

なんともいえないというように、ヘア主任警部は頭を振った。「妻とはずっと熱烈に愛しあっていたと、フランシス・ペンドルトンは言いはっていますがね。われわれにそう信じてほしいのはわかるが、そうはいきませんよ。いまだに、容疑者の筆頭はペンドルトン氏に変わりありません」

「とはいえ、コリンズ医師によると、メリッサ・ジェイムズが助けを求める電話をかけてきたのは、夫がバーンスタプルへオペラを聴きに出かけてからですよね」

「それはそうなんですがね。ひょっとして、いったん屋敷を出て、また戻ってきたとも考えられるんじゃないかと」

「だとしたら、なぜミス・ジェイムズはそのことをコリンズ医師に言わなかったのでしょう?」

ヘア主任警部はため息をついた。「いや、まったく、ごもっともな指摘ばかりで。それでまた、わたしの頭は痛くなるばかりですよ。当然しごく単純明快な事件のはずなのに、実際にはまったく辻褄(つじつま)が合わないんだから」

ここまでに聞いた話を、ピュントは思いかえしていた。「かまわなければ、主任警部、まずはメリッサ・ジェイムズの自宅《クラレンス・キープ》を見にいきたいですね。そこで実際にフランシス・ペンドルトンとも顔を合わせて、わたし自身の目で見さだめたいのですが」

「いいですとも。わたしの車でお連れしますよ」

「ひょっとして、こんなものはお役に立ちませんか?」それまで口をつぐんでいたミス・ケインが、手にしていたメモ帳をピュントに見せる。まるまる一ページ使って、そこにはきっちりとした表が作られていた。

午後五時四〇分　ミス・ジェイムズ《ヨルガオ館》を出る。
六時〇五分　ミス・ジェイムズ、自宅《クラレンス・キープ》に到着。
一五分　フランシス・ペンドルトン《クラレンス・キープ》を出てオペラへ。
一八分　犬、吠える。不審者《クラレンス・キープ》に到着か？
二〇分《クラレンス・キープ》玄関の扉が開く音、そして閉まる音。
二五分　チャンドラー母子、家を出る。オースチンは庭に駐まっていない。
二八分　メリッサ・ジェイムズ、コリンズ医師に電話。
三五分　コリンズ医師、自宅を出る。
四五分　コリンズ医師《クラレンス・キープ》着。ミス・ジェイムズ死亡確認。
五六分　コリンズ医師、警察と救急に通報。

ピュントはじっくりと表を眺めた。これらの事実はすべて記憶しているものの、こうして整理されているのはありがたい。それぞれ異なる瞬間に起きたできごとが、真実へ導いてくれる道しるべのように並んでいる。

「ありがとう、ミス・ケイン。これをタイプで打ってもらえるかね？」

「かしこまりました、ミスター・ピュント」

「一枚はわたしに、もう一枚の写しをヘア主任警部に。この謎を解く鍵は、必ずこの十の項目の中に隠れているはずだからね。これをじっくりと眺めてみれば、きっと答えが見つかるはずだ」

8　潮流に乗って

一行がホテルを出ようとしたそのとき、肌の浅黒い小男がラウンジに飛びこんできて、ずかずかとヘア主任警部に近づいた。サイモン・コックスだ。メリッサと会っていた日と同じスーツを身にまとった、実業家にして自称映画プロデューサーは、いかにも憤懣やるかたないといった様子だった。

「警部！」コックスは口を開いた。「あなたがここにいると聞きましたのでね。はっきりさせておきますが、こんな馬鹿げたことのためにずっと足止めされるのは、もうほとほとうんざりなんですよ。うちの弁護士たちにも電話しましたが、これはあまりに横暴な措置だ、わたしをここに引きとめる権限などあなたにはないと、みな口をそろえていました。メリッサ・ジェイムズの死と、わたしは何のかかわりもないんです。たしかに、ミス・ジェイムズとはここのバーで会いました。ほんの十分ほど話をして、それっきり、あの人はここを出ていったんですよ。そろそろ、わたしも同じようにさせてもらえませんかね」

新たに登場したこの男を、ピュントはとっくりと眺めた。黒々とした髪、肉付きのいい顔、そして言葉の訛りから判断して、ロシアかスラヴ系の国々の出身なのだろう。いくら怒ってみせても、そんなもの言いはあまりしっくりとこない。もともとひどく小柄なうえ、押し出しもあまりぱっとしないからだろう。しょせん居丈高にふるまっているだけなのが、透けて見えてしまうのだ。

「わたしの仕事仲間、アティカス・ピュント氏とは初対面でしたかな」主任警部は相手がぶつけてきた怒りを巧みに受け流した。

「ええ、お目にかかったことはありませんが」

「それでは、言いたいことは、ぜひこちらに話してみるといいですよ、ミスター・コックス。ピュント氏も、あなたにいくつか訊きたいことがあるようですからね」

「なんてこった！　気はたしかですか？　わたしの言ったことを聞いてなかったんですかね？」

「あなたをここに引きとめておいた件ですか？　まあね、お望みなら、いっそあなたを逮捕することだってできるんですよ。そちらの弁護士さんたちにも、そのほうが納得してもらえるかもしれませんな」

「わたしを逮捕？　いったい、何の罪で？」

「警察官に嘘をついた罪で。さらに、警察官が公務を執り行うのを妨害し――」

「わたしは嘘などついていない！」コックスは頑強に突っぱねようとしたが、その声にはどこか、あやふやな響きが混じりはじめていた。

「まあ、おかけになりませんか？」ピュントはいかにも優しげな声をかけ、空いている椅子を示した。「きっと、これはただの誤解なのでしょう。ほんの数分でも割いてくだされば、ミスター・コックス、きっと何もかも解決して、あなたは自由の身になれますよ」

コックスはちらりとピュントを見やり、穏やかな話しあいと投獄の危機を秤(はかり)にかけた後、うなずいてピュントとヘア主任警部の間のソファに腰をおろした。ミス・ケインもふたたび速記帳を手にし、ペンをかまえる。

「英国へは開戦前に?」心から興味をそそられているかのような口調で、ピュントは尋ねた。

コックスはうなずいた。「一九三八年にね。ラトヴィアから来ました」

「すると、コックスというのは本当の姓ではないのですね」

「まったくの偽名じゃありませんよ。本名はシーマニス・チャックスなんだから。わたしには、何も隠すことなんてないんです、ミスター・ピュント。外国人がこの国にやってきて、何か事業を始めるのが並大抵のことじゃないのは、あなただってご存じでしょうに。せめて、いくらかでも外国風味を薄めないと……!」

「ええ、よくわかりますよ。わたし自身、生まれはこの国ではありませんからね」まるで同じ目的でこの国にやってきた同志であるかのように、ピュントはにっこりしてみせた。「この村へはるばる足を運んだのは、ミス・ジェイムズに会うためだったのでしょう」

「ええ」

「そうなると、かなり重要な用件だったことになりますね。わたしもつい昨日、まったく同じようにはるばるロンドンからやってきたのですが、かなり長時間の旅程でしたよ。二回も列車を乗りかえてね。それに、英国鉄道のサンドウィッチときたら! あれは、どうにもいただけませんね」

「いや、実をいうと、わたしは車で来たんですよ。まあ、たしかに、あなたの言うとおりです。そこの警部にも話したんですがね。メリッサとは、いっしょに映画を作ろうという相談をしていて」

「何という映画です？」

「歴史ものでね。『王妃の身代金』という題名なんです。メリッサも興味を持ってくれて。なにしろ主役ですからね――アリエノール・ダキテーヌを演じることになっていたんですよ」

「ヘンリー二世の王妃ですね！」若いころ、ピュントはザルツブルク大学で歴史を学んでいたのだ。「ミス・ジェイムズも興味を持たれていたと。契約はまとまったのですか？」

「そのための話しあいだったんですよ。撮影も、あと二ヵ月ちょっとで始まる予定なんでね、ちゃんと参加してもらえるように確認したくて」

「それで、参加すると言ってもらえたのですか？」

答えようとしたコックスの機先を制し、ピュントは警告するかのように人さし指を立ててみせた。

「ひとつ忠告しておきますよ、ミスター・コックス。ホテルというのは、誰にでも開かれた場所なのです。とりわけ、バーのようなところはね。そこで交わしたやりとりは、いろいろな人の耳に入るものだと、覚悟しておいたほうがいいですよ。ほかならぬ殺人事件の捜査という場で――英語ではなんと言うのでしたかな？――そうそう、真実を枉(ま)げた供述をするのは、はなはだ愚かしいことというべきでしょう」

コックスは黙りこんだ。どうするのが得策か、あれこれ計算しているのだろう。だが、もはや進むべき道はひとつしかないことを、受け入れるほかはなかったようだ。「まあね、どうしてもというならお話ししますよ」ようやく口を開く。「メリッサは気が変わってしまったんです。どうやら、もっといい話が舞いこんだらしくてね。プロとしちゃ、およそ掟破り(おきて)もはなはだしいんだが、ほら、女優相手の仕事では、けっしてめずらしいことじゃないんですよ。そりゃ、わたしも怒りましたけどね。嘘をつかれて、貴重な時間を無駄にされたんですから。しかし、だからといって、わたしにとっちゃさほどたいしたことじゃないんです。伝手(つて)のある女優は、ほかにもいっぱいいますからね。しょせんメリッサ・ジェイムズなんぞ、この五年間まったく映画に出演していないわけだし。けっして、本人が思っているほどの大スターじゃなかったんだ」

コックスがあまりに早口でまくしたてたため、さすがのミス・ケインも速記が追いつくのにしばらくかかった。最後の言葉に下線を引くペンの音が、ピュントの耳に届く。

「それで、あなたはホテルを出て、ミス・ジェイムズを追いかけていったわけだ」ヘア主任警部がつぶやく。すでに一度、コックスからは話を聞いているというのに、ピュントが尋問役となったとたん、まったく別の供述を引き出せたことに、少なからず腹を立てていたのだ。

「まあ、さほど間を置かずに、わたしもホテルを出ましたがね。別に、追いかけていったわけじゃありません」

「じゃ、どこへ行ったんです?」

「それはお話ししたはずですよ」サイモン・コックスの目が、またしてもぎらりと光る。「ここまで、長いこと車を運転してきたんでね。着いてからは、ホテルの自分の部屋へ直行だったし。せめて、少しはこのへんを歩いて景色を眺めたかったんですよ。ちょうど、雨も上がったところだったんでね」

「アップルドアへ散歩に出かけたということでしたな」

「ええ、先日お話ししたとおりにね」

「浜に沿って歩いていったと」

「ええ、一時間ほど。あのへんは、《灰色の砂浜(グレイ・サンズ)》と呼ばれているんですよ」

「しかし、途中で誰にも会っていない。誰にも見られていない、ということですか」

この人なら自分の味方になってくれるにちがいないとばかりに、コックスはピュントに向きなおった。「わたしはもう、この警部にさんざん説明したんですよ。あのときはもう夕方で、六時十五分前くらいでしたからね。空は灰色だったし、それまでの雨で地面も濡れていたし。そう、たしかに、わたしはひとりでしたよ！　遠くに犬を散歩させている男はいたが、あれだけの距離があっちゃ、向こうもわたしの顔なんぞ見えていないでしょう。実のところ、わたしもひとりになりたかったんです！　次にどんな手を打つべきか、じっくり考えなきゃいけませんでしたからね、誰もいないところを歩きたかったんですよ」

ヘア主任警部は、どうにも信じられないといわんばかりに頭を振った。「そう言われてもね、それじゃあなたの話の裏付けが取れないじゃありませんか」

「そんなことは、警察のほうでどうにかすべき問題でしょう。わたしには関係ない」

しばらく沈黙が続き、これで事情聴取も終わりかとヘア主任警部が思ったそのとき、ふいにミス・ケインが口を開く。コックスが現れる前も、その後も、ほとんど口をはさまなかった秘書の突然の発言に、一同ははっとした。「失礼ですが、ミスター・ピュント。ちょっとひとこと、かまいませんか?」

「もちろんだとも、ミス・ケイン」

「あの、こんなときに口をはさんではいけないとわかってはいるんですが、実はわたし、アップルドアで育ったんです。十五歳まであそこに住んでいて、それから両親とロンドンに引っ越したので。だから、このへんの海岸のことなら、自分の裏庭みたいによく知っているんですよ。そちらの紳士にはたいへん恐縮なのですが、四月末の夕方五時以降、あの《灰色の砂浜》は絶対に散歩なんかできないんです」

「どうしてだね?」

「大潮のせいで。午後四時には崖のところまで潮が満ちてきて、それから四、五時間は砂浜なんてなくなっちゃうんですよ。崖沿いに歩くことはできますけれど、それもかなり危険なんです。そこらじゅうに注意書きが出ていますよ。溺れてしまった人も、ふたりくらいいましたし。歩いている途中で、潮にさらわれてしまったんです」

またしても、長い沈黙。ヘア主任警部は、責めるような目をサイモン・コックスに向けた。

「まだ何か、言いたいことはありますかな?」

「わたし……わたしは……」コックスはどうにも言葉が見つからないようだ。

「つまり、《灰色の砂浜》を散歩などしていなかったんですね？」

「浜辺を散歩していたのは本当です。ひょっとして……そう、名前をまちがえて憶えていたのかも」

「それでは、実際に歩いた浜辺がどんなだったか、説明してもらえますか？」

「無理です！　憶えていないんだ。あなたがたのせいで、すっかり混乱してしまったじゃないか」コックスは両手で顔を覆った。

「それでは、エクセターの警察署まで、いっしょに来ていただくことになりますな、ミスター・コックス。この事情聴取の続きは、正式に権利を告知し、別の警察官立会いのもとで行うことになるのでね。この時点を以て、あなたは逮捕されたことになります」

「待ってくれ！」いまやサイモン・コックスの顔からは、完全に血の気が引いていた。まるで息ができないとでもいうように、ただただ口をぱくぱくさせる。「どうか、水をくれ」このまま心臓発作を起こして死んでしまったとしても、まったく不思議ではないようなありさまだ。

必死にあえぐ。

「わたし、いま持ってきます」ミス・ケインは明るく声をかけた。立ちあがってラウンジを出ていき、すぐにグラスと水差しを手に戻ってくる。

コックスはむさぼるように水を飲んだ。ミス・ケインはふたたび速記帳を手にとる。ピュントとヘア主任警部は、コックスが口を開くのをじっと待っていた。「わかりましたよ！」ようやく、コックスが声をあげた。「あの話は嘘でした。しかし、どうしようもなかったんです。まったく、今回のことすべてが悪夢のようですよ」

「悪夢だったのは、メリッサ・ジェイムズにとってでしょう」ヘア主任警部の声には、同情のかけらもなかった。「そして、被害者を知っていたすべての人々にとってね。ミス・ジェイムズを殺した犯人は、いまもまだそのへんにいるかもしれない。そして、また誰かを襲うかもしれないんですよ。そんなことを、あなたは一度でも考えたことがあるんですかね？　それとも、あなたが殺したんですか？　ホテルから自宅まで、ミス・ジェイムズの後を追って？　そういうことだったんですか？」

「ええ、後を追ってはいきましたよ」コックスはグラスにふたたび水を満たし、喉に流しこんだ。「今回メリッサが下した結論が、わたしにとってどれほどひどい仕打ちだったか、あなたがたにはとうてい想像がつかないでしょうよ。わたしにとっちゃ、身の破滅なんだ！　こっちは巨額の資金を借りているのに。『王妃の身代金』とはね、やれやれ！　まさに、わたしはいま、それをふんだくられようとしているんですよ！」

「それでは、あなたはミス・ジェイムズの自宅へ行ったのですね」と、ピュント。

「ええ、行きました。最初からそううちあけていたら、当然ながらあなたがたは、わたしがメリッサを殺したと思いこんだことでしょうよ。まあ、それも一理あるんです。わたしはあの人を殺しかねなかった。それくらい、どうにも腹の虫が治まらなかったんでね。だって、わたしと交わした約束を破ったんですよ。そのうえ、ずっとわたしに嘘をついていたんだ。あんなふうに、何のためらいもなくわたしを追いはらおうとしたのは、メリッサから見れば、わたしなんかはるばるラトヴィアから来た田舎ものにすぎないからですよ。こっちはひたすら誠意を持って、メリッサの映画を作るためなら何でもしようと思っていたのに。そう、たしかに、あのときのわたしはメリッサを絞め殺しかねない勢いだった。それは認めます。だが、実際には、そんなことはしていないんだ。それっきり、メリッサと話すことはなかったんです」

「だとすると、いったい何があったのですか？」

「《クラレンス・キープ》はすぐに見つかりました。ホテルからたった一キロかそこらでね、車だったら、ほんの二、三分しかかかりませんでしたよ。当然、メリッサはもう先に帰りついているものだと思っていたんで、屋敷の外にベントレーが駐まっていないのを見たときは驚きました。途中で追い越したおぼえはなかったんでね、きっと別の道を通ったか何かで、すぐに帰ってくるものと思いましたがね」

「それで、車はどこに駐めました？」

「道の端、木立の陰になって見えないところに。帰ってきたメリッサに、わたしの姿を見られたくなかったんですよ。わたしに気づいたら、きっとまた、車でどこかに逃げていってしまうでしょうから」

「ミス・ジェイムズが帰ってきたのは何時ごろでしたか？」

「六時を少し回ったころでした」

「そうなると、それまでの二十分間、いったいミス・ジェイムズはどこにいたんでしょうな？」

ヘア主任警部のこの問いかけは、自分自身に、そしてその場の全員に投げかけたものではあったが、コックスはそのまま答えた。「さあね、まったく見当もつきませんよ。わたしには気づかず、横を通りすぎてまっすぐ私道へ入っていきました。車から降りて、屋敷に入っていくところが見えましたよ」

「それで、どうなったのですか？」

「それから二、三分間、メリッサに何を言ってやろうかと車の中で考えていたんです。実をいうと、こんなところまで追いかけてきてしまったことを、いささか後悔しはじめていましてね。もうメリッサの心が決まっているのはわかっていたし、何を言ったところで、それが変えられるとは思えなかったし。それでも、わたしは車を降りて、私道を屋敷へ歩いていったんです。玄関に近づくと、呼鈴を鳴らす前に声が聞こえました。屋敷の脇の窓が、ほんの少し開いていたんですよ。女の声で――メリッサじゃなかった。もっと年のいった女で、誰かにひどく腹を立てていました。おまえにはほとほと愛想がつきる、そんなふうに言っていましたよ。その相手を責めたてていたんです」

「フィリス・チャンドラーとその息子でしょう」と、ヘア主任警部。「きっと、厨房にいたんでしょうな」

「誰なのかはわかりませんでしたがね。姿は見えなかったし」

「何を言っていたのか、内容は聞こえましたか？」

「いくらかは……まあ。でも、正確な言葉は憶えていませんよ。《ヨルガオ館》が曲がっていたとか、見てしまったとか、何かそんなようなことを」コックスは息を継いだ。「あと、もしもミス・ジェイムズが真実に気づいてしまったら、もう死ぬしかないだろう、とも」

長い沈黙。ヘア主任警部は、まじまじとコックスを見つめた。「つまり、その声はミス・ジェイムズを殺すことをほのめかしていた、と。そして、その言葉どおり、あの女性は絞殺体となって発見された。それなのに、あなたは警察にこの話を伏せておこうとしたんですか？」

コックスはすっかり打ちひしがれていた。「さっきも説明したじゃありませんか、警部。その部屋に誰がいるのかも、誰に対して話しているのかも、わたしにはわからなかったんですよ。それに、何の話をしているのかも、はっきりとはわからなかったし。正確なところは何も……」

「しかし、〝ミス・ジェイムズは死ぬしかない〟と言っていたんでしょう！」

「そんなふうに聞こえましたがね」コックスはハンカチを取り出し、顔を拭いた。いまや、唇の上にうっすらと汗がにじみ出しているのが見える。「メリッサには真実に気づいてもらいたくないようでした」

「それから、あなたはどうしました？」ピュントの口調は、いくらか穏やかになった。

「屋敷を離れました。こんなところまで来てしまったのはまちがいだったと気づいたんです。来たところで、意味はないのに。メリッサはわたしに会おうとはしないでしょう。同じ屈辱を、どうしてまた自分から味わいにいかなきゃならないんです？」

「ホテルに帰りついた時間は？」ヘア主任警部が尋ねた。

「それからすぐですよ。はっきりとした時間はわからないし、戻ってきたときには誰とも会いませんでした――残念ながら。フロントにいたお嬢さんは、もう姿が見えませんでしたね。わたしはまっすぐ自分の部屋に上がって、夕食前にシャワーを浴び、着替えることにしました。夕食に下りてきたのは七時十五分前で、支配人の奥さんのガードナー夫人に会いましたよ」

「どうしてまた、あんな作り話をしなきゃならなかったんです?」ヘア主任警部は詰問した。「《灰色の砂浜》を長いこと歩いていたなんてね！　いまの話から考えて、あなたがホテルを離れていたのはほんの三十分ほどじゃありませんか。わたしに嘘をつくにしたって、ホテルの自分の部屋にいたと言っておけばすむのに」

「ホテルを出ていくところを見られてしまいましたからね」コックスは力なく答えた。「《クラレンス・キープ》の方角へ向かうところも見られていたかもしれない。いや、たしかに愚かしいふるまいでしたよ。だが、いまの話は本当なんです、警部。わたしには、メリッサ・ジェイムズを殺す理由がたしかにあった。死の直前に口論をして、その後、自宅まで追いかけていったわけですからね。このことを知られたら、わたしが最有力容疑者に躍り出るのは明らかでした。わたしが漏れ聞いた会話のことなんて、信じてもらえるとは思わなかったんですよ。どうせ、わたしのでっちあげだと思われるにちがいない、とね」

ピュントは許可を求めるようにかたわらを見やり、ヘア主任警部が小さくうなずくのを確認して口を開いた。「ロンドンに戻ってかまいませんよ、ミスター・コックス。警察に虚偽の供述をしたことは、愚かこのうえない行為でした。捜査の遅れを招き、取り返しのつかないことになっていたかもしれないのですから。とはいえ、こうして真実を話してくれた以上、さらに引きとめる理由はありません。また何か訊きたいことが出てくれば、ご連絡することにはなりますが」

コックスは顔を上げた。「ありがとうございます、ミスター・ピュント。本当に申しわけありませんでした、警部」

「主任警部ですがね」ヘアが訂正を入れる。この期におよんで、どうしても言わずにはいられなかったらしい。

「すみません。では……」

サイモン・コックスは立ちあがり、ラウンジを出ていった。

「では、いまの話を信じてかまわないんですな？」それを見おくってから、ヘア主任警部は尋ねた。「だとすると、フィリス・チャンドラーとその息子を逮捕しないといけなくなりそうですが！」

「当然、そのふたりからは話を聞いてみないといけませんね」ピュントはうなずいた。「ただ、忘れてはならないのは、コックス氏はけっして英語がすばらしく堪能というわけではないこと、さらに重要なのは、その会話はわずかに開いた窓ごしに、ひどく動揺した精神状態で漏れ聞いたものだということです」

「どうやら、《ヨルガオ館》は赤字続きらしいですよ」ヘア主任警部はつぶやいた。「そして、ミス・ジェイムズはある種の横領を疑っていたようですが……」

「それについては、まちがいなくペンドルトン氏からも何か聞き出すことができるでしょう」

ピュントは秘書をふりむいた。「しかし、出発する前に、ひとつきみに確かめておかなくてはならないことがある、ミス・ケイン。きみのこれまでの経歴について、デヴォン州に住んでいたなどという話は一度も聞いたことがないのだが」

今度は、秘書が赤面する番だった。「本当のことを言いますと、ミスター・ピュント、このあたりに住んだことは一度もないんです」

「ちょっと待ってくださいよ！」ヘア主任警部は、いま耳にしたことがとうてい信じられずにいた。「じゃ、あの《灰色の砂浜》がどうとかいう話は……？」

「申しわけありません、主任警部。あれ、わたしの作り話なんです」ミス・ケインは何度か目をしばたたかせ、それから早口で後を続けた。「あの紳士が嘘をついているのは見えすいていたでしょう、それでふと、あちらのはったりを受けて立ってやろうと思いついたんです。コックス氏がこのあたりに来たのは初めてだろうと読んだので、あなたが歩いたという砂浜は存在しませんよ――少なくともその日時には、と言ってやろうかと思って」ピュントのほうをふりむく。「どうかお怒りにならないでくださいね、ミスター・ピュント」

ヘア主任警部は、ついに耐えきれず笑い出した。「あなたに怒る？　それどころか、これはメダルを授与されてもいいくらいですよ、ミス・ケイン。いや、実にすばらしい」

「たしかに、すばらしく役に立ったようですね」と、ピュント。

「あなたがたふたりは、実に完璧なチームですな」

「ええ」ピュントはうなずいた。「そうなんですよ」

9　犯行現場

アティカス・ピュントとその秘書を乗せ、ヘア主任警部の車で《ヨルガオ館》を出た一行は、ほんの五分足らずで《クラレンス・キープ》に着いた。事件のあった夕方、メリッサ・ジェイムズはホテルを出てから自宅に着くまで、二十分以上もかかっている。つまり、少なくともそのうち十五分間は、どこで何をしていたか不明というわけだ。いったい、どんな可能性が考えられるだろうか？　蓋を開けてみれば、事件には何の関係もないことなのかもしれない。郵便を出しにポストまで歩いた、あるいは通りで誰かにばったり出会い、しばらく立ち話をした、といったような。だが、事実として、その後ミス・ジェイムズは自宅で殺害されている。そうなると、この夕方に被害者がとったすべての行動は、どれもきわめて重要な鍵となりうるのだ。ピュント自身、『犯罪捜査の風景』の序文でこう記している――〝ある意味では、探偵と科学者のはたすべき役割はよく似ている。事件にいたるまでのものごとの流れは、分子を形成する原子のように、緊密に絡みあっているものなのだ。たったひとつの原子を軽視したり、見落としたりすることは往々にしてありがちだが、その結果、砂糖だと思っていたものが塩に変わってしまわないともかぎらない〟と。

言いかえるなら、メリッサ・ジェイムズがとった選択はどれも、その後の殺人につながっている可能性がある。この空白の十五分間にいったい何をしていたのか、ピュントはすべてをつきとめたかった。

三人の乗った車は《クラレンス・キープ》の門をくぐり抜け、正面玄関に横付けにして停まった。ひと目見てはっと息を呑むような、壮麗な屋敷だ。ベランダ、華麗な装飾のあるバルコニー、海岸沿いの道へ下っていく、完璧に手入れのゆきとどいた芝生。来た道をふりかえると、遠くまで延びる海岸線、灯台、そしてほんの一キロ足らずの距離にあるトーリー・オン・ザ・ウォーターの村が、ピュントの視界に飛びこんできた。砂利の上に駐められているベントレーは、いかにも優雅な車ではあるが、持ち主に先立たれたいま、どこか悲しげに見える。その隣に駐めてあるもう一台の車は、いささかくたびれたモーリス・マイナー。そして、屋敷の脇に回ったところには、明るい緑のオースチン・ヒーレーが駐められていた。

「あのオースチンが、フランシス・ペンドルトンの車です」ヘア主任警部がささやいた。「ベントレーは、もちろんミス・ジェイムズのものですがね。モーリスは誰のかな」

ピュントは屋敷の正面をじっくりと観察した。フランシス・ペンドルトンは《クラレンス・キープ》を午後六時十五分に出たと供述している。ミス・ケインが作成した時系列表を構成する十項目のひとつだ。だが、ふたつの門をU字につなぐ私道の配置を見ると、玄関ではなく、フランス窓からオースチンの駐めてある場所に出ることも簡単にできたはずだ。そこから道路に出て、坂を下っていけば、誰にも気づかれないまま屋敷を出ることができる。つまり、実際に屋敷を出たのが何時だったのか、本人の言いぶんを鵜呑(うの)みにはできないということだ。

いっぽう、ミス・ケインはヘア主任警部の車から降りると、いつもの冷静さはどこへやら、熱っぽい目で屋敷をじっと見つめていた。「なんて素敵なお宅なのかしら！」

「わたしも同じことを思いましたよ」ヘア主任警部が口を開いた。「ミス・ジェイムズがここに住みたくなった気持ちがわかりますな」

「うっとりしてしまいますね」

「だが、こういう屋敷を維持するのには、とてつもない金がかかるにちがいない。そういえば、被害者も金に困っていたようですよ」この最後の言葉は、ピュントに向けられたものだった。「ミス・ジェイムズの口座があった銀行の支店長から話を聞いたんですがね。どうやら《ヨルガオ館》をまた売りに出すことを考えていたようですよ。ホテルだけでなく、ほかの資産もね。こういう状況じゃ、新たな映画出演の話は絶対に逃したくなかったでしょうな」

玄関の呼鈴を鳴らそうとしたとき、ふいに扉が開き、ツイードのスーツを着て、医師用の大きなかばんを提げた男性が姿を現した。この事件の関係者について、ヘア主任警部から詳しい話を聞いていなかったとしても、これが誰なのかはすぐにわかったことだろう。主任警部は、あらためてその男をピュントに紹介した。「こちらはコリンズ先生。ほら、ミス・ジェイムズの遺体を発見した人物ですよ」

そんな説明を聞くまでもなく、ピュントはよく憶えていた。にっこり自己紹介して、医師と握手を交わす。

「ピュント？」その名を耳にした瞬間、コリンズは思いあたったらしい。「ああ、あのルーデンドルフ・ダイヤモンド事件を解決したかたじゃないですか！　どうしてまた、こんな田舎に？」

「ピュント氏には、ご親切にもわれわれの捜査にご協力をいただいています」ヘア主任警部は思わず知らず、三十年にわたって言いならわしてきた対外発表のような言葉づかいになっていた。

「そうでしょう、当然でしたね。これは間抜けなことをお訊きしました。こんなところまで足を運ぶ理由など、ほかにあるわけがないのに」

「ここへは、ペンドルトン氏の往診でいらしたんですね」と、ピュント。

「そうなんです」コリンズ医師は顔をしかめた。「まさか、ペンドルトン氏の話を聞こうというんじゃないでしょうね」

「いまは話のできない容態ですか？」

「なにしろ、夫人が亡くなってからほとんど寝ていないらしくてね、すっかり神経がまいってしまっていて。午前中にいつもの患者さんの家を回ったついでに、ここにも寄ったところなんですがね。ひと目見て、これはいけないと思ったので、少しでも睡眠をとってください、さもなければ入院していただくしかありませんと、本人に話してきかせたところなんです。ペンドルトン氏も入院は避けたいというので、けっこうな量のレセルピンを服用してもらいましてね」

「レセルピンというと、精神安定剤ですか？」

「ええ。インドに自生する植物から抽出したアルカロイドでね。インドジャボクという植物で、学名はラウオルフィア・セルペンチナ。戦時中はよく処方したものですが、すばらしくよく効く薬なんですよ。いま、ちょうどわたしの見ている前で、それを服用してもらったところでして。完全に薬が効くまでには、まだしばらくかかりますが、いま会いにいっても、まともに話のできる状態ではないと思いますね」

「それは正しい処置だったと思いますよ、コリンズ先生」

「これからお帰りになるんですか?」ヘア主任警部が尋ねた。

「あとは《レヴェンワース・コテージ》のグリーン夫人を診察しないと。それから灯台に寄って、灯台守の娘のナンシーの様子も見てこようと思っています。それが終わっても、昼食にはゆっくり間に合いますよ。どうしてです? わたしの話も聞きたいということですか?」

「ええ、そうなるかもしれません。先生さえよければ」

「先日、知っていることはすべてお話ししたつもりですがね、まあ、いつでも喜んでもう一度お話ししますよ。お茶の用意をしておくよう、サマンサに言っておきます」

医師はふたりの脇を通りすぎ、身体をかがめて自分の車に乗りこんだ。三度めでようやくエンジンがかかり、医師の車は私道を進んで道路に出ていく。

「つい先走ってしまいましたが、不要でしたか、ミスター・ピュント?」ヘア主任警部が尋ねた。「きっと、次はあの医師の話がお聞きになりたいかと思いましてね」

「いや、助かりましたよ。あの医師こそは、まさにじっくり調べるべき原子のひとつですからね」ピュントは謎めいた答えを返した。

呼鈴を鳴らしたとたん、猛烈な甲高い吠え声が屋敷の中から聞こえてきた。扉が開くと、赤い被毛に短い脚、尻の上にふさふさした尻尾の巻きあがった、小さな丸っこい犬が飛び出してくる。間髪をいれず、屋敷の中から声がした。「キンバ、戻ってこい」犬が命令にしたがう。それを見送っていたピュントの目の前に、ふいに黒いスーツに身を包んだ、どこかだらしない印象の男が現れた。

「エリック・チャンドラーですよ」ヘア主任警部が紹介した。

ピュントはこの使用人をじっくりと観察した。この男はたとえ心の中だけであったとしても、殺人を目論むような人間だろうか。とうていそうは思えない。エリックは年齢こそ四十代だが、どこか子どもじみた雰囲気の持ち主だった――それも、けっしていい意味ではなく。頭は禿げあがりつつあるものの、残った髪をきちんと切らず、襟に届きそうなほど長く伸ばしっぱなしにしている。立ち姿がいくらか傾いでいるせいか、単なる目の錯覚なのだが、腕の長さが左右で異なっているように見えた。

「おはようございます、主任警部」エリックは挨拶した。

「おはよう、エリック。入ってもいいかね？」

「もちろんです。犬のこと、すみませんでした。知らない人が来ると、いつも興奮しちまうんですよ」

三人は玄関ホールに通された。ナラ材の床にはあちこちに敷物が置かれ、木の手すりのある階段が二階へ延びている。

「ここが誰のお宅か、すぐにわかりますね」ミス・ケインが静かにつぶやいた。

たしかに、そのとおりだった。玄関ホールは居間と厨房の間をつなぐ役割をはたしているだけでなく、それ自体がすばらしく広々とした部屋となっていて、そこらじゅうにメリッサ・ジェイムズの女優としての経歴を物語る記念品が飾られていた。ガラス戸棚に並ぶ、十を超えるトロフィーのうち、ふたつはゴールデン・グローブ賞だ。二卓一組のテーブルには、さまざまに奇妙な品々が陳列されていて、中には色とりどりの石がはめこまれた、いかにも禍々(まがまが)しいトルコの短剣も並んでいる。手にとってみたピュントは、それがほんもので、実際に鋭利な刃がついていることに驚かされた。ピュントはあまり映画館に足を運ぶほうではないが、ヘア主任警部のほうは、この短剣が登場するイスタンブールを舞台とした喜劇映画『ハーレムの夜』を、実に楽しんで観たことを思い出していた。英国からの観光客を演じていたメリッサは、最後の場面で、まさにこの短剣によって脅されていたのだ。

いっぽう、マデレン・ケインは壁に飾られたさまざまな額を見てまわっていた。どれも映画のポスターばかりで、中には『ヨルガオ』の一場面や、また〝ぼくのもっとも明るい星(スター)へ、愛をこめて、バート・ラー〟とサインの入った『オズの魔法使い』の一場面もある。

「この映画にも出演していたのかしら、憶えていなかったわ」ひとりごとのように、ミス・ケインはつぶやいた。

その言葉はエリックの耳に届いたようだ。「ラー氏はミス・ジェイムズと『あの娘は天使』でも共演してて、すごく親しい友人どうしだったんですよ。『オズの魔法使い』は、ご自分は出てなくても、ずっと奥さまのお気に入りの作品のひとつでした」つらそうに息を継ぐ。「こんなに怖ろしいことが起きてしまうなんて。おれたちはこれからみんな、とうてい口じゃ言えないくらい寂しい思いをするんでしょうね」

さっきの犬は、この新顔の客人たちも信頼してかまわない相手だとようやく納得してくれたらしく、いつのまにか厨房のほうへ引っこんでいた。

「ペンドルトン氏にお目にかかりたいんだがね」ヘア主任警部が告げた。

「かしこまりました。上にご案内します」階段へ向かうエリックの歩きかたはぎくしゃくとし、肩がわずかに揺れている。「ペンドルトンさまは予備寝室にいらっしゃるんですよ」エリックはうちあけた。「あの怖ろしい事件から、主寝室には入る気になれないっておっしゃって。コリンズ先生が往診に来てたのはご存じですか？」

「だからこそ、いますぐ氏に会いたくてね。まずは話を聞きたい。それから、ピュント氏は屋敷の中を見てまわりたいそうだ。きみからも話を聞くことになる」

「おれは、おふくろと厨房にいますよ」

「お母さんの様子はどうだね？」

「あまり変わりませんよ。今回のことで、ひどくまいってます」エリックは頭を振った。「おれたちはどうなるのか、見当もつきませんね。考えるのも怖ろしくて」

階段を上りきった先の廊下は、屋敷を端から端まで貫いていて、端のほうはアーチ天井になっている。ヴェルヴェットのカーテンは開いていて、その向こうに延びるもうひとつの廊下も見えた。エリックは階段のすぐ脇の扉を示した。「ここがミス・ジェイムズのお部屋。使用人棟はあのアーチ天井の廊下の先です。ペンドルトンさまはこっちの部屋に……」

左に曲がり、廊下の中ほどにある扉のところへ、エリックは先に立って歩いていった。最初はそっと、しばらく待ってからさらに強く、扉をノックする。「入って」扉の向こうから、ほとんど聞きとれないくらいの声がした。

エリックが脇に下がると、ピュント、そしてヘア主任警部とミス・ケインが薄暗い部屋に足を踏み入れる。もう午前十時半だというのに、ぴったりと閉じられたままのカーテンから、曇天の弱々しい陽光は室内に届かないようだ。フランシス・ペンドルトンは病人を絵に描いたような姿でベッドに横たわり、重ねた枕に支えられて上半身を起こしていた。パジャマの上にガウンをはおった恰好で、やつれた顔は蒼白く、両腕は力なく脇に垂らしている。三人が入っていくと、フランシスは顔をこちらに向けた。悲しみのせい、そしてそれと闘うために投与された薬のせいで、その目が空ろなのをピュントは見てとった。もちろん、悲しみと良心の呵責はごく近い感情だ。たとえフランシスが実際に妻を殺していたとしても、こんな状態におちいってしまうことは充分に考えられる。

「ミスター・ペンドルトン――」ピュントは口を開いた。

「失礼ですが、どちらさまでしょうか」

「こちらはアティカス・ピュント氏ですよ」ベッドの脇の椅子に腰をおろしながら、ヘア主任警部が説明した。「よかったら、いくつかお訊きしたいことがあるそうです」

「ぼくはもう、ひどく疲れてしまっていて」

「それは当然ですとも。たいへんな経験をされましたからね。あまりお時間はとらせないようにしますよ」

マデレン・ケインは部屋の隅の椅子にかけ、できるだけ目立たないよう努めていた。立っているのは、ピュントひとりだ。

「今回のことでは、さぞかしつらい思いをされていることと思います、ミスター・ペンドルトン」ピュントは口を開いた。

「ぼくは妻を愛していました。誰にも想像がつかないくらい。メリッサは、ぼくのすべてだったんだ」フランシスの言葉からは、まったく生気が感じられなかった。ピュントに向かって話しているのではない。いま、この部屋に誰がいるのか、それさえもはっきり認識してはいないのだろう。「初めて会ったのは、映画の制作現場でした。ぼくが付き人になったんだ。ほんの笑い話にするつもりで。映画になんか、何の興味もなかったし、その映画自体もくだらないとさえ思っていた——女の子が誘拐されて、ギャングだの陰謀だのがからむ話で。どうせ駄作だとわかっていたんだ。でも、メリッサが部屋に入ってきたとき、すべてが変わった。世界がぱっと光り輝いたような気がしてね。この人と結婚したいと、そのとき思った。そんなこと、誰にも感じたことはなかったのに」

「結婚生活はかなり長かったのですか？」

「四年間です。本当に、ひどく疲れているんですよ。申しわけない。続きはまたにしてもらえませんか?」

「どうかお願いします、ミスター・ペンドルトン」ピュントは一歩前に進み出た。「事件当日のことを、どうしてもおうかがいしなくてはならないのです」

こんなことをしても意味がないだろうに、とヘア主任警部は思った。こんなに薬で朦朧(もうろう)としていたら、何も思い出せないにちがいない。だが、ピュントの言葉に、フランシスはいくらか気力を奮いおこしたようだ。ベッドの上に坐りなおし、恐怖をたたえた瞳でピュントを見つめる。「事件当日のこと! 何ひとつ忘れられませんよ……」

「奥さんは《ヨルガオ館》から帰宅されたのでしたね」

「あそこは赤字続きでね。メリッサが雇った、あのいまいましい支配人夫婦のせいですよ。注意しろとさんざん警告したのに、ぼくの言うことには耳も貸さなかった。メリッサはそういう女性なんですよ。誰のことも、いいところしか見ようとしないんだ」

「だが、あなたはあのホテルで何か〝曲がった〟ことが行われていると思っていた」ヘア主任警部はわざとこの言葉を口にした。サイモン・コックスが立ち聞きしたという会話を思い出していたのだ。

「曲がったこと。ええ、そうですね……」

「奥さんはホテルへ、ガードナー夫妻に会いにいかれたのですか?」

「そうなんです。妻はホテルを売ることになっていました。売りたくはなさそうでしたが、ほかにどうしようもなかったんです。この屋敷を維持して暮らしていこうと思うならね。でも、売却の前に、いったいどうしてこんなに赤字続きなのか、金の流れている先をつきとめなくてはならなくて……」

「支配人夫妻が横領していると、奥さんは考えていらしたのですか?」

「ぼくがそう考えていたんです。妻も、それを信じてくれました」

「帰ってきた奥さんとは、お会いになった?」

「妻の帰宅を、ぼくは待っていました。バーンスタプルへ行く予定があったんですが。妻とオペラに行くつもりで、チケットを買ってあったんです……『フィガロの結婚』を。でも、妻が頭痛を起こしてしまって、あなたひとりで行ってちょうだいと。まあ、そんなふうに言ってはいましたが、本当はただ、しばらくひとりになりたかっただけだと思うんです。妻はこういう面倒を、すっかりひとりで抱えこんでいたんですよ。ぼくは助けになりたかった。そうなろうと努力はしたんです」

「それで、あなたはおひとりでオペラに出かけたと」

「ええ。『フィガロの結婚』です。さっきも言いましたっけ?」

「出かける前、奥さんと話をしたのは……十分間くらいでしょうか?」

「もうちょっと長かったかもしれません」

「口論になりましたか?」

「とんでもない! 誰も、メリッサと口論などしませんよ」フランシスは弱々しい笑みを浮かべた。「望むとおりにしてやるだけです。いつだって、ぼくはそうしてきました。そのほうが楽なんですから」あくびが漏れる。「帰ってきた妻と、ガードナー夫妻の話はしました。ナンシーに会ったとも言っていましたね。それから、映画のプロデューサーとも。何という名前だったかな？　そう、コックスだ！　不愉快な不意打ちだったと言っていました。はるばるこんなところまでやってきて、ホテルで待ち伏せていたんですよ」フランシスは身体を後ろに倒し、頭を枕に預けた。もう、いまにも眠りに落ちてしまいそうだ。

だが、ピュントはまだ質問を終えていなかった。「ホテルを出てから帰宅するまでに、奥さんは別の誰かと会ってはいませんか？」

「わかりません。会っていたら、話してくれたはずですが……」

「夫婦円満に、お幸せに暮らしていらしたんですね」

「メリッサに出会ってからずっと、ぼくはこれまで味わったことがないほど幸せでしたよ。どう言ったらわかってもらえるのかな？　妻は裕福でした。世界にその名を知られてもいた。すばらしく美しい女性だった。でも、そういうことだけじゃないんです。あんな女性は、ほかにいないんだ。メリッサがいなかったら、ぼくは生きていけない。生きる気力が……」

ついに、精神安定剤に抗えなくなったらしい。フランシス・ペンドルトンが目を閉じる。次の瞬間には、ぐっすりと眠りこんでいた。

三人は、静かに部屋を出た。

「残念ながら、たいして役に立たなかったんじゃありませんか」と、ヘア主任警部。

「ペンドルトン氏からは、あなたもすでに話を聞いているんでしたね、主任警部。さしつかえなかったら、そのときの記録をわたしにも見せていただければ……」

「すぐに写しを用意しますよ、ミスター・ピュント」

「それで、必要な情報はすべてそろうことでしょう。ただ、これだけはいまお伝えしておきたいのですが、この若い紳士は、メリッサ・ジェイムズへの愛情について、けっして気持ちを偽ってはいませんでしたよ。薬によって、たしかに頭脳こそ混乱していたかもしれませんが、心に抱いた思いは揺るがなかったのです」ピュントは周囲を見まわした。「ペンドルトン氏にはあらためて話を聞くことになりますが、さしあたって、犯行の現場となった寝室を見せていただきたいのですが」

「それなら、こちらですよ」

三人は来た廊下を戻った。ピュントはその先のアーチ天井の廊下まで足を延ばし、壁に飾られた四枚の写真と、突きあたりにある窓に視線を走らせた。それから、先ほどエリックが教えてくれた扉の前へ戻る。扉を開けると、そこは屋敷の正面にあたる、広々とした明るい部屋だった。三つの窓からは、芝生とその向こうの海が見わたせる。もうひとつの扉は、到着したときに見えたバルコニーに続いていた。夏の何ヵ月間かは、さぞかし陽光がさんさんと降りそそぎ、海面が美しくきらめくことだろう。朝を迎え、目をさますのには最高の場所だ。

部屋の内側には、鳥と蓮の葉の模様を散らした中国ふうの絹の壁紙があしらわれている。こんな雰囲気の部屋を、つい近ごろ訪れたばかりのような気がして、ピュントは記憶をたどったが、あのナイツブリッジの屋敷で目にした、パージター夫妻の主寝室と結びつくまでにはしばらく時間がかかった。いったい、どうしてそんな記憶が、ふいに意識の表面に浮かびあがってきたのだろう。あの部屋に比べると、メリッサの趣味はもっと女性らしかった。モスリンのカーテンにドライフラワー、そして絹の天蓋のある骨董品の四柱式寝台。絨毯は象牙色で、家具はフランスふうの手塗りのものをそろえてある。ブルターニュ式の大きな衣装箪笥、整理箪笥、きっちりとそろえた手紙の山がふたつ載っている書きもの机。ベッドの両脇には、縁に金メッキをほどこしたサイド・テーブルがそれぞれ据えられ、その上にランプが置いてあった。片方のランプのガラスの笠には、はっきりと見てとれるひびが入っている。壁に電話線のソケットがあることに、ピュントは目をとめた。扉からいちばん遠いここのテーブルに、電話機が置いてあったのだろう。電話機自体は、すでに警察が持ち去ってしまっている。結局のところ、それが殺害の凶器なのだから。開いたままの扉の奥は広々とした浴室で、シャワー、浴槽、トイレ、そして——めずらしいことに——ビデまで備わっていた。

「残念ながら、この部屋はすでに清掃をし、きれいに片づけてしまいまして」ヘア主任警部が説明した。「事件から四、五日間はそのままの状態で保存されており、写真もたくさん撮ったので、それはまたお見せしますよ。ただ、部屋が事件当時のままなのを、ペンドルトン氏がひどくいやがりましてね。何が起きたのか、つねに思い出さずにはいられないわけですから。結局は、氏の精神状態も考慮して、わたしが片づけるのを許可したんです。言うまでもありませんが、まさかあなたがいらっしゃるとは、そのときは思いもよらなかったんですよ。いや、申しわけない」

「どうかお気になさらず、主任警部。あなたの判断は、まさに適切だったと思いますよ。よかったら、最初に見たときのこの部屋の様子を話していただけますか」

「もちろんですとも」ヘア主任警部は周囲を見まわし、しばらく考えてから口を開いた。「メリッサ・ジェイムズはベッドに横たわっていました。いや、あれはひどい光景でしたよ。絞殺体をご覧になったことがあればおわかりでしょうが、実に怖ろしい死にかたです。被害者は頭を傾け、片方の腕はねじれて首の後ろに回っていました。目は開いて宙をにらんだまま、ひどく血走っていましたよ。唇は腫れあがってね。こんなことをお聞かせしてだいじょうぶですかな、ミス・ケイン？」

マデレン・ケインは書きもの机の脇に立っていたが、いまの生々しい描写を聞いて、どうやら気が遠くなってしまったらしい。身体を支えようとして後ろに手を伸ばし、そこでぐらりとよろめいて、手紙の山をひとつ床に落としてしまう。一瞬、ミス・ケインもその手紙を追いかけて、床にくずおれるかに見えた。

ピュントはそのかたわらに駆けよった。「ミス・ケイン？」

「申しわけありません、ミスター・ピュント」角縁眼鏡ごしに、秘書がこちらを見る。それから、のろのろとひざまずいて、床に散らばった手紙を拾いあつめた。「わたしとしたことが、こんな粗相を……失礼しました」

「謝ることはないよ」ピュントは声をかけた。「配慮の足りないことをしてしまって、わたしが愚かだった。きみは階下で待っていたほうがいい」

「ありがとうございます、ミスター・ピュント」ミス・ケインはピュントに支えられて立ちあがり、拾いあつめた手紙を手わたした。「わたしには、ちょっと刺激が強すぎたのかもしれません」

「下までいっしょに行こうか？」

「いえ、だいじょうぶです。申しわけありません」ミス・ケインはどうにか笑みを浮かべようとした。「前に勤めていた《ユナイテッド・ビスケット》社では、こんな経験はなかったものですから」

そして、急ぎ足に部屋を出ていく。

「わたしが代わりにメモをとりましょうか？」ヘア主任警部が申し出た。いま目の前で起きたことに、かなり心を痛めているようだ。

「どうかお気づかいなく、細かいことまで、すべて記憶にとどめておけますから」ピュントは扉を閉めた。「ミス・ケインを犯行現場にまで連れてきたのは、わたしの過ちですし」そうつけくわえ、手紙を書きもの机に戻す。「ただ、秘書を抱えるのはこれが初めてなので、どこまで協力してもらって仕事を進めていくか、まだ試行錯誤しているところなのですよ」

「それでは、先を続けてかまいませんか？」

「お願いします、主任警部」

「では、首には二組の索状痕（さくじょうこん）があり、外耳道（がいじどう）からも出血した形跡が見られました。被害者は、あまり長くは抵抗しきれなかったんでしょう。ベッドの上掛けは乱れ、片方の靴が脱げていましたが、爪の間からは何も見つかりませんでした。どうやら、後ろから襲われたものと見てまちがいないでしょうな。だからこそ、襲いかかった男に手が届かなかったわけです」

「犯人は男だと見ておられるのですね？」

「異論は歓迎しますがね、ミスター・ピュント、女性が女性を絞殺するというのは、ちょっと考えにくい気がしますよ」

「たしかに、あまり聞きませんね」

「前にもお話ししたとおり、遺体を発見したのはコリンズ医師でした。なかなか賢明な人物で、ミス・ジェイムズを蘇生させようと手は尽くしたものの、必要のないものにはいっさい手を触れなかったそうです」

「殺害の凶器は――」

「ベッドの脇に置いてあった、電話機のコードです。そこから考えても、これはけっして計画的な犯行ではなかったんでしょう。最初から殺すつもりで乗りこんできたんなら、何か凶器になるものを持参するでしょうからな。ところで、電話機に指紋はいっさい付着していませんでした。調べたんですが、何も検出されなかったんですよ。犯人が拭きとったか、あるいは手袋をはめていたのか」

　ピュントはじっと耳を傾けていたが、それについては何も言わなかった。「たしか、丸めたティッシュがふたつ見つかったということでしたね」

「実をいうと、三つあったんですよ。ひとつは階下で見つかりました」ヘア主任警部は化粧台に歩みよった。「ここにティッシュの箱がありましてね。いまは、ほかの証拠品といっしょにエクセター署で保管していますが」言葉を切る。「犯人に襲われる前、メリッサ・ジェイムズはひどくとりみだしていたようです。この部屋で見つかったティッシュのうち、ひとつはくずかごの中、もうひとつは床に落ちていました。それも、証拠として保管してあります。ひどく泣いていたのでしょうな、ミスター・ピュント」

「何にそれほど動揺していたのか、主任警部のお考えは？」

「ほら、ペンドルトン氏の話はあなたもお聞きになったでしょう。ホテルでいろいろ話しあったとか——最初は支配人のガードナー夫妻と、それからサイモン・コックスと——それが原因だった可能性はあります。もっとも相手がたのほうは、別れるとき、ミス・ジェイムズの様子はふだんとまったく変わりなかったと、みな口をそろえていますがね」

「その顔ぶれは、あまり信用できる証人とはいえませんね」

「そうなんですよ。ただ、ミス・ジェイムズはナンシー・ミッチェルとも話していましてね。フロントのカウンターにいた娘ですが、あのナンシーも同じことを言っているんです——ミス・ジェイムズには、とくにおかしな様子はなかったと」

「そうなると《ヨルガオ館》を出た後で、何かひどく動揺するできごとが起きたというわけですね」

「そのとおり。もちろん、被害者の足どりが不明な二十分間に何かがあったのかもしれません。しかし、それよりもわたしは、その後に夫と顔を合わせたときのやりとりがあやしいと思っているんです。ペンドルトン氏こそは、生きている被害者を最後に見た人物なのを忘れてはいけません。夫がオペラに出かけるまでの十分間、ふたりは何か話しているんです……ペンドルトン氏によると、出かけたのは六時十五分ということでしたがね。その十二分か十三分後、コリンズ医師に電話をかけてきたとき、ミス・ジェイムズはまちがいなく泣いていたんですよ」

「そのときの電話でどんなやりとりがあったのか、まだ聞かせていただいていませんね」

「それは、コリンズ医師から直接お聞きになったほうがいいかもしれません」ヘア主任警部は頭を振り、ため息をついた。「どうも、意味のつかめないやりとりでしてね」

「なるほど。では、三つめの丸めたティッシュが見つかった場所を見ましょうか」

ふたりは寝室を出て、階下へ向かった。居間は屋敷の正面の角にあり、窓は海に面した方角にふたつ、さらに側面にもふたつある。フランス窓からは、フランシス・ペンドルトンがオースチンを駐めている場所へ出られるようになっていた。この部屋にも、メリッサ・ジェイムズの映画スターとしての軌跡を語る記念品がたくさん並んでいることに、ピュントは目をとめた——額に入った写真、MGMから贈られた銀のタバコ入れ、玄関ホールとは別の何枚ものポスター、そして出演作で使われたカチンコ。

「丸めたティッシュが見つかったのは、このあたりでした……」ヘア主任警部が指さしたのは、奥の扉の前に置かれたアルミ製の袖付き机のほうだった。この机は、どうやらものを置く台として使われているらしい。中央にはドライフラワーを挿した大きな花瓶が鎮座し、その隣には、いかにも重そうなプラスチック製の電話機が置かれている。「その机の下の床に落ちていたんですよ」

「この屋敷には、ほかにも電話機がありますか?」ピュントは尋ねた。

ヘア主任警部はしばし考えた。「たしか、厨房にひとつあったはずです。だが、それで全部じゃないかな」

「おもしろい……」ひとりごとのように、ピュントはつぶやいた。「あなたの見立てどおり、ミス・ジェイムズはかなりの涙を流したようですね。寝室で泣き、そして証拠品の示すとおり、どうやらここでも泣いていたらしい。ただ、これはあなたに考えていただきたい疑問なのですがね、主任警部。ミス・ジェイムズは何に動揺して、屋敷内のまったく異なるふたつの場所を次々と移動したのでしょうか?」

「それは、わたしなどに答えられる疑問かどうか」

「それでも、わが友よ、これはどうしても答えていただかないと。ミス・ジェイムズは寝室で殺されたことがわかっています。だが、コリンズ医師への電話は、寝室の電話機からだったかもしれないが、まさにこの部屋の電話機からかけたものだった可能性もある。いったいなぜ、そんなことになったのでしょう?」

「それなら簡単ですよ。ミス・ジェイムズが医師に電話をかけたのは、この部屋からじゃなかった。理由は単純で、犯人がそこにいたからです。この男は危険だとわかっていたからこそ、ミス・ジェイムズはとりみだし、涙を流した。そして、何か口実を作り、ひとりで二階の寝室へ移動したんでしょう。コリンズ医師への電話は、そこからかけたんです。だが、犯人もその後を追ってきて、電話機のコードでミス・ジェイムズを絞殺したというわけですよ」

「丸めたティッシュは寝室でふたつ見つかりましたが、居間にはひとつしかありませんでした。それは、ミス・ジェイムズがこの部屋よりも、寝室にいた時間のほうが長かったことを示しているのではないでしょうか？」

「申しわけないが、ミスター・ピュント、何を言おうとしておられるのか、わたしにはさっぱりわかりませんな」

「わたしはただ、いったいここで何が起きたのか、それをつきとめようとしているだけです。いまのところ、まったく辻褄（つじつま）が合っていないように見えますが」

「いや、それには同感です。この事件は、何ひとつ辻褄が合わないんですよ」

「では、今度はチャンドラー家の母子に話を聞きましょうか。あのふたりは、事件が起きるぎりぎり直前まで、この屋敷にいたわけですからね。それに、コックス氏が漏れ聞いたという、厨房での会話がどういう意味だったのか、あなたはぜひお訊きになりたいでしょう」

　居間を出て、玄関ホールを横切り、厨房へ足を踏み入れると、フィリス・チャンドラーとその息子は、何も載っていないテーブルに向かって坐っているところだった。このときばかりはケーキもフロランタンもなし、何かを料理している様子もない。オーヴンは冷えきっていた――週末のパーティは、すべて取りやめになってしまったからだ。妻が亡くなってしまってから、フランシス・ペンドルトンはほとんど何も口にしていない。そうなると、このふたりの使用人にとって、いますべき仕事は何もないのだ。

「こんなふうに終わっちまうだなんて、夢にも思っちゃいませんでしたよ」ピュントとヘア主任警部もテーブルを囲んで腰をおちつけたところで、フィリスは口を開いた。「来年にはあたしも六十五歳になるんでねえ、そうしたらお暇をいただこうと楽しみにしてたんです。いきなり息子ともどもここをお払い箱になったら、いったいどうしたらいいんだか。身を寄せる当てなんて、どこにもないんですよ」

「ここに残るよう、ペンドルトン氏が勧めてくれるとは思いませんか？」フィリスに向かいあった席から、ピュントが尋ねた。ヘア主任警部は、その隣に坐っている。

「奥さまがいなくなったいま、旦那さまだってここに残りなさるかどうか。あれだけ結びつきの強いご夫婦なんて、あたしはこれまで見たこともありませんよ」

「とはいえ、ご夫妻の間にはそれなりに諍いも多かったというような話が、わたしの耳には入っていますが」これはヘア主任警部から聞いた話だが、情報源は誰かといえば、この家政婦にほかならない。ピュントはどこか申しわけなさそうな顔で、フィリスをじっと見つめた。

フィリスは顔を赤らめた。「まあね、ときとしてぶつかることはあったみたいですよ。どんなご夫婦だって、そんなもんじゃありませんかねえ。ホテルのことやら、新しい映画のことやら、ミス・ジェイムズには気がかりがたくさんおありになったから。でも、ペンドルトンさまは奥さまに夢中でしたよ。ご家族が止めるのを振り切って、奥さまといっしょになられたんだから。このお屋敷に、旦那さまのご家族が訪ねてこられることはなかったけど、それでもまったくかまわない、ってお気持ちだったんです。いまの旦那さまのご様子を見てごらんなさいな！　奥さまこそが、世界のすべてだったんですよ」

「アルジャーノン・マーシュという男のことは知っていますか？」

「ええ。あたしも会ったことはあります」フィリスが気まずそうな顔になる。ピュントは続きを待った。「あの男の姉さんが村に住んでましてね、よくそこに泊まってるんですよ。コリンズ先生の奥さんです」またしてもフィリスは黙りこんだが、その先を話さないことには終わらないと悟り、こうつけくわえた。「このお屋敷にも何度も来ていましたよ。ミス・ジェイムズのお気に入りでねえ。どうしてかはわかりません。こんなときに、めったなことは言いたくないんですけどね、あたしは奥さまがあの男に心を許しすぎてるんじゃないかと思ってましたよ、どう取ってもらってもかまいませんけど」

この件について、フィリスが語ったことはこれですべてだった――どうにでも解釈できそうな話だ。テーブルの向かい側では、エリック・チャンドラーが母親と目を合わせないようにしながら、おちつかないそぶりで坐りなおした。

「それでは、ミス・ジェイムズが襲われた夕方、いったい何があったのかを話してもらえますか？　こちらの主任警部に、すでに話していることはわかっています。ただ、わたしも直接その話を聞きたいのですよ」

「かまいませんよ。でも、お話しできることもたいしてないんですけどねえ。あたしとエリックは、夕方からお休みをいただいて、ビュードに住む姉の顔を見にいこうとしてたんですよ。奥さまはご親切に、ベントレーを使っていいと言ってくださったので、あたしたちは奥さまが村からお帰りになるのを待ってたんです」

「何の用で村に出かけるのか、ミス・ジェイムズから聞きましたか?」

「いいえ。ただ、ちょっと頭痛がするので早く休むつもりだとおっしゃってました。あたしは二階で着替えて……それが、六時ちょっと前だったと思います。エリックとあたしは、ここに住まわせていただいてるんですよ。着替えが終わると、あたしはまたこの厨房に下りてきて、この子といっしょに奥さまのお帰りを待ちました」

「車の音が聞こえたんだけど、それは奥さまじゃなかったんですよ」エリックが口をはさんだ。

「それは何時だった?」

エリックは肩をすくめた。「六時くらいかな」

このエリックの発言は、サイモン・コックスが言っていたことと一致する。あの映画プロデューサーは屋敷の外に車を駐めたが、すぐには車から降りなかったと言っていた。

「ミス・ジェイムズがお帰りになったのは、その二、三分後でした」フィリスが続ける。「玄関からお入りになって、そのまま二階へ上がられたんだと思います。はっきりとは言いきれないんですよ、あたしもずいぶんと耳が遠くなりましたからねえ。どっちみち、ここの壁はすごく厚いんです。このことについちゃ、息子のエリックから聞いてください」

エリックはテーブルに落としていた視線をちらりと上げたが、何も言おうとはしなかった。

「屋敷を出たのは何時ごろ?」ピュントが尋ねた。

「あたしの心づもりよりは遅くなっちゃったんですよ。姉のベティのところへ行くつもりで、七時には向こうに着くはずだったんですけど、六時二十五分まで出られなかったから」

「ペンドルトン氏が出かけたのは見ましたか?」

「いいえ。でも、旦那さまは屋敷のあっち側に車を駐めるところがあるんです。居間のフランス窓から、駐めてある車のところに出られるんですよ」

「しかし、ペンドルトン氏が出かけた後に誰かが屋敷に来たと、あなたは警察に話していますね」

「そうなんですよ。呼鈴は鳴らなかったんですが、キンバの吠える声が聞こえましてね。あの犬が吠えるってのは、知らない人が来たってしるしなんです。その一分くらい後に、玄関の扉が開いて、また閉まる音がしましたからね、まちがいありませんよ」

「しかし、あなたがたはどちらも、誰が来たか見に出なかったと」

「だって、あたしたちはお休みをいただいてたんです。あたしも息子も、お客さまをお迎えするような恰好じゃなかったんですよ」

「では、あなたがたが出かけた後、ミス・ジェイムズは見知らぬ訪問者とふたりだけだった可能性が高いわけですね――それが誰だったにしても、そのとき訪ねてきた人物と」

フィリスの頬が紅潮した。「何をおっしゃりたいんだか知りませんけどねえ。奥さまに何かよくないことが起きるだなんて、あたしたちにわかるはずがないじゃありませんか。トーリーはほんとに静かな村なんですからね。こんなこと、いままでに一度だってなかったんですよ」

奥の扉を指さす。「エリックとあたしは、こっちの裏口から出ました。ベントレーに乗って、出発したんです」

「では、出発前に、何かほかに聞こえた音はありませんか？　格闘するような音とか？　ランプの笠の割れる音は？」

「何も聞こえませんでしたねえ。お屋敷は、しんと静まりかえってました」

これで聞きこみは終わるかに思えた。ピュントが立ちあがる。「あとひとつだけ聞いておきたいのですが。出発直前、あなたは息子さんと口論していたそうですね」まるで、ふと思いついたことをついでに訊いておこう、たいして関係はないけれど、というような口調だ。

フィリス・チャンドラーはむっとしたようだった。「そんなこと、憶えがありませんけどねえ」

「《ヨルガオ館》のことで、何か話はしませんでしたか？　あのホテルで何か〝曲がった〟ことが行われているとでもいうような？」

エリックはきょとんとしていたが、母親は間髪をいれず口を開いた。「たしかに、ホテルの話もしたかもしれませんよ。あそこが赤字続きなのは、誰だって知ってることですからねえ。お尋ねになったからには答えますけど、ミス・ジェイムズは、たしかにあそこの経営には心を痛めておいででした」

「というと、ガードナー夫妻のことですか？」

「そんなこと、あたしからは申しあげられませんよ。エリックにもあたしにも、何の関係もないことですからねえ」

「しかし、あなたは息子さんに腹を立てていた」

「あたしは息子にがっかりしてたんですよ。この子の父親を知ってたら、あなただっておわかりでしょうよ」

「母さん！　おれのこと、そんなふうに言うなよ」このときばかりは、エリックも自分のために抗弁した。

「いくらだって言わせてもらうよ！」フィリスは息子をにらみつけた。「おまえを見てると、来る日も来る日もがっかりしっぱなしなんだから。おまえの父さんは、戦場の英雄だったんだよ。それにひきかえ、おまえは何をしてきたのかい？」腕を組む。「これ以上、何も言うことはありませんよ」

「これが最後の質問ですが」ピュントはフィリスの表情をじっと観察していた。「あなたにはわれわれにまだ明かしていない秘密があり、それをミス・ジェイムズに見つかるのを怖れていたのではありませんか？　あの夕方、あなたがたふたりはここでそのことを話していたのでは？」

コックスが暴露したことすべてを、ピュントはここでは口にせずにおいた。もしその秘密を発見されたら、ミス・ジェイムズは死ぬしかない、そんなふうにチャンドラー家の母子が話しあっていたと、コックスは言っていたのだが。

フィリス・チャンドラーはピュントに嚙（か）みついた。「他人のことをこそこそ嗅ぎまわる人たちには、もううんざりですよ。ええ、たしかに、エリックとあたしはちょっと話をしましたけど、たいしたことじゃなかったんです。こんなお屋敷を切りまわすのは、本当にくたびれる仕事なんですよ、親子でいっしょに働けて、さぞかし楽しいだろうと思われてるかもしれませんけどね。そりゃ、言いあいになることだってあります。でも、誰だってそうでしょうよ。誰かがもしそれを立ち聞きしてたっていうんなら、本人が堂々とあたしたちの前に出てきたらいいじゃありませんか、こんなふうに陰でこそこそ告げ口したりしないで」

「申しわけありません、チャンドラー夫人。どんな細かいことでもはっきりさせるのが、わたしの仕事なのですよ」

「そう、でも、本当に関係のないことなんです」フィリスは息を吸いこんだ。「エリックが自分の仕事を真面目にやってなかった。それだけのことなんですよ。ここは、あたしがちょっと釘を刺しておかなきゃと思って、きつく言っただけのことで」

「なるほど、チャンドラー夫人。これで終わりにしましょう」

何ひとつ心配することはないといわんばかりの笑みを、ピュントはフィリスに向けた。それから、ヘア主任警部とともに厨房を出て、玄関ホールへ戻る。

ミス・ケインは椅子にかけ、ふたりを待っていた。「本当に申しわけありませんでした、ミスター・ピュント」声をあげて出迎える。

「気分はよくなったかね？」

「ええ。いま、お庭をぐるっと歩いてきたところなんですよ」笑みを浮かべようとしているものの、ミス・ケインがまだ動揺しているのは明らかだった。

「ホテルに戻りたいのじゃないかな?」

「いいえ、だいじょうぶです。ごいっしょさせてください」その頬は、怒りでかすかに紅潮している。「こんなひどいことが起きてしまうなんて。誰のしわざなのか、わたしもつきとめたいんです」

「きみの期待にそむくことがないよう努めるよ」ピュントは答えた。

「あのふたりについて、どう思いました?」厨房のほうへちらりと視線を投げながら、ヘア主任警部が尋ねた。

「ふたりとも、ふさぎこんでいましたね」と、ピュント。「それに、何か隠していることがあるようです。それはまちがいありません。ただ、忘れてはならないのは、主任警部、メリッサ・ジェイムズがコリンズ医師に電話したのは、あの母子が出発した後だということです」

「まあ、あのふたりはそう言いはっていますがね」

「コリンズ医師から、何かまた新たな情報が聞けるかもしれませんね」


一行が屋敷を出ていくのを、フィリス・チャンドラーは厨房の窓からじっと見つめていた。エリックがテーブルの前から立ちあがり、母親のそばに歩みよる。

「あの人に知られてしまったよ」ふりかえりもせず、フィリスはつぶやいた。「まだ気づいてなくったって、きっと探り出されてしまう」

「おれたち、いったいどうしたらいい?」エリックの声は、いまにも泣き出しそうに聞こえた。

幼いころ、父親が出征するのを見送り、学校から帰って、これからどうすべきか母親の指図を仰いでいたころの気持ちがよみがえる。

だが、あのときとちがって、母親はもうエリックに指図してくれるつもりはないらしい。

「自分がどうしたらいいか、考えるのはおまえじゃないのかい？」

きびすを返し、母親はどこかへ行ってしまった。残されたエリックは、ひとり鬱々ともの思いにふけるばかりだった。

10　甘き死よ来たれ

「いらっしゃい。ようこそ《臨床屋敷（ベッドサイド・マナー）》へ」

コリンズ医師は自宅の戸口で三人を出迎えた。上着は脱いでいるものの、いまだシャツにタイを締め、ベストを着て、先ほど会ったときと同じ恰好だ。片手にはパイプがある。

「いや、本当にそんな屋号がついているわけじゃないんですがね。実際は、もっと退屈な名なんですよ。《教会の家》といいます。わたしは変えたいんだが、サマンサがどうしても聞き入れなくてね。家内はこの家が教会の隣にあるところを気に入っているんですよ。だが、うちに来る患者はみな、〝臨床医の心得（ベッドサイド・マナー）〟と引っかけて、この家をそう呼ぶんでね、わたしもそれに倣（なら）っているわけです。さあ、入ってください。お約束したお茶をふるまいますよ」

医師とその妻がレクトリー・レーンにかまえる居心地のいい家に、三人はピュントを先頭にして足を踏み入れた。何もかもが――絨毯（じゅうたん）、カーテン、壁紙にいたるまで――いささかくたびれているものの、そこもまた、この家の魅力のひとつとなっている。大きさも色もまちまちなコートがまとめてかけられている玄関ホール、一列にずらりと並んだ長靴、上の階のどこかで鳴っているラジオ、台所から漂ってくる焼きたてのパンの香り。《クラレンス・キープ》では感じることのなかった生き生きとした生活感が、この家にはあふれていた。

「あっちがわたしの診療所でしてね」コリンズ医師は、パイプの軸でかたわらの扉を示した。「さあ、みなさんは居間へどうぞ」

医師が三人を案内したのは、何の変哲もない真四角な部屋だった。ふかふかのソファが二脚、壁ぎわにずらりと並ぶ、本がぎっしり詰まった棚、音を聞かなくとも調律が必要だとわかるアップライト・ピアノ。壁には、色あせたヴィクトリア朝の肖像画が何枚か飾られている。ピアノの上には十字架が置かれ、一枚の楽譜が広げてあった――J・S・バッハの『甘き死よ来たれ』だ。

「ピアノを弾かれるんですか？」ピュントは尋ねた。

「サマンサがね」コリンズ医師は楽譜に気づいた。「家内はバッハが好きなんですが、これはさすがに、いまはちょっと不謹慎だな」題名が見えないよう、楽譜を裏返す。「どうぞ、おかけください。みなさんがいらしたのは家内も見ていますのでね、すぐに来ますよ」

「義理の弟さんもご在宅ですか？」ヘア主任警部が尋ねた。

「アルジャーノンですか？　ええ。上にいますよ。まさか、あいつの話も聞きたいなんておっしゃらないでしょうね」

「お会いできればと思っています。お暇する前にでも」

「今回の事件にあいつがかかわっているだなんて、どうか思わないでやってくださいよ、主任警部。アルジーってやつは、たしかに何をしでかすかわからないところはありますが、まさか、そんなことまでは！」

コリンズ医師がどこまで冗談のつもりなのか、にわかには判別しがたかった。アルジャーノンの名が出たとたん、その目に冷ややかな影が差したからだ。

ほどなくして、サマンサ・コリンズがお茶を運んでくる。この女性のことを思いうかべようとすると、つい手にトレイを持っている姿を脳裏に描いてしまいそうだと、ピュントは考えずにいられなかった。あるいは洗濯かごか、掃除機かもしれないが。こんな女性を形容する言葉が、何か英語になかっただろうか。世話焼き(ビジーボディ)？ いや――それはしっくりこない。もっとも、サマンサはたしかに、いつもあれこれと忙しく(ビジー)している女性には見える。後ろにリボンで束ねた、いまやしだいに色あせつつある茶色っぽい髪。化粧はしていない。自分がどう見えるかなどということは、たいして気にしていないのだろう。あるいは、教会と診療所、それぞれにおいて自分の役割をはたすのに忙しく、そんなことに割いている時間がないだけなのかもしれない。

「いらっしゃい、ミスター・ピュント」サマンサが口を開いた。時計は、ちょうど十一時を指している。

「お邪魔しています、コリンズ夫人」ピュントは立ちあがろうとした。

「あら、いいのよ、おかけになってて！ ティーバッグでごめんなさい。これか、あとアール・グレイもありますけれど。またお会いできてよかったですわ、主任警部。そして、そちらがミス・ケインね」

「はじめまして」マデレン・ケインは坐ったまま会釈をした。

「《クラレンス・キープ》でみなさんにお会いして、家にお招きしたと主人から聞きました。ちょうどいいときにいらっしゃったわね。午後から出かけることになっていたので、子どもたちは灯台のミッチェル夫人に預かってもらっているんです。だから、いまはこんなに静かなんですよ。ミルクはお使いになる?」

「わたしのお茶には、よかったらレモンをひと切れいただいてもかまいません?」と、ミス・ケイン。

「レン——切ったレモンのお皿を、台所に置いてきてしまったの。持ってきてくださる?」

「了解!」コリンズ医師は立ちあがり、部屋を出ていった。

「今回のこと、本当に怖ろしい事件ですよね」お茶を注ぎながら、サマンサは続けた。「殺人というだけでもぞっとするのに、絞殺だなんて。メリッサがこの世で最後に見たのは、自分を殺そうとしている人だったわけでしょう。最後に肌に感じたのは、自分の喉を絞めようとする、その人の手だったんですもの。この前の日曜には、わたしたち、教会でメリッサのために祈ったんです。詩篇の第二十三篇を読んで。〝エホバはわが牧者なり、われ乏しきことあらじ。エホバはわれを緑の野に伏させ……〟」

「『牧場は緑』ですね!」メモをとっていたミス・ケインが、ふいに目を上げて叫んだ。

「そうなんです。あの映画はメリッサが主演していたから、あのかたを偲ぶにはちょうどいいと思って。牧師さまはメリッサのために、本当に素敵なお説教をなさったんですよ」

「故人とは親しいご関係でしたか?」ピュントが尋ねた。

しばらく考えてから、サマンサは口を開いた。「とくに親しかったとはいえないでしょうね、ミスター・ピュント。もちろん、誰もがあのかたを知っていたけれど、それがかえってよくなかったのかも。あまりに有名な人と友だちになるのは、何かと難しいものでしょう」

「お待ちどおさま!」コリンズ医師が、レモンの皿を手に戻ってきた。

「とはいえ、おつきあいはあったわけですね」ピュントは質問を続けた。

「ええ、それはもう。この家にも、何度もいらしたものよ」

「どこか身体を悪くしていたのですか?」

「まあ、いろいろ心配ごとを抱えて消耗してはいましたがね」と、コリンズ医師。「だが、実のところ、うちに来るのはわたしの診察が目的じゃなかったんですよ」

「弟のアルジャーノンが、メリッサの投資アドバイザーをしていたんです」サマンサが説明した。「だから、ふたりはよくいっしょにいました」

「たしか、事件の起きた日も、弟さんはこちらに滞在していたのでしたね」

「ええ、そうなんです。あの日は、午後ずっと友人とすごしていたとかで、帰ってきたのは夕方七時ごろでした」

つまり、事件当時のアリバイはないということだ。ミス・ケインがいまの言葉をしっかりと記録しているのを、ピュントは目にとめた。

「弟さんは帰宅して、あなたと話しましたか?」

「いいえ。まっすぐ自分の部屋へ上がってしまったので」サマンサは当惑しているようだった。「アルジーのことばかり、どうしてそんなにお訊きになるんですか？　けっしてひとさまに暴力を振るうような子じゃないんですよ」

「わたしはただ、できごとを整理しようとしているだけですよ」サマンサを安心させると、ピュントはコリンズ医師に向きなおった。「ミス・ジェイムズが亡くなったときのことを、電話が来たところから話していただけますか」

コリンズ医師はうなずいた。「本当に、わたしはなんとかしてメリッサを助けようとしたんですよ。あと数分でも早く発見していたら、間に合っていたかもしれないのに」

「できるかぎりの処置はされたのですね」

「わたしは最初、どうにか間に合ったのではないかと思ったんですよ。メリッサはベッドに横たわっていて、誰かと格闘したのは明らかでしたが、でも、見たところ――そう、まるで、まだ生きているようだったんです。まずは脈を取ってみたんですが、指には何も感じられませんでした」

「ちょっと待って。最初から、順を追ってお願いします」

コリンズ医師は息を吸いこんだ。「わたしはサマンサと、診療所にいました。あれは何時だったっけな？」

「もうすぐ六時半というところよ」

「そうだったね。あの日の夕方は、診療所はかなり平和だったんですよ。ハイスミス氏がリューマチで来院したくらいかな。あと、リー夫人が双子を連れてきましたね――ふたりとも百日咳にかかっていたんだが、早く見つかって幸運でしたよ。そろそろ閉めようと片づけていたころ電話がかかってきて、それがメリッサからだったんです」

「ミス・ジェイムズはなんと言っていました？」

「それが、さっぱりわけがわからなくてね。とにかく、ひどくとりみだしているのは伝わってきました。誰かが屋敷にいるから、すぐに来てくれないかと言っていましたよ」

「その人物の名前は、口にしなかったのですね？」

「本人もわかっていたのかどうか。〝屋敷の中にいるのよ！〟――そんなふうに言っていましたよ。〝何が望みか、わたしにはわからないの。とにかく、怖くて〟と、泣きながらね。とにかくおちついて、いますぐ行くからと、わたしは言ってきかせました」またしても、医師は妻をふりむいた。「どれくらい話していたかな？」

「一分くらいかしら。それより短いくらいだったかも」

「あなたにも、その会話は聞こえましたか、コリンズ夫人？」

サマンサは考えこんだ。「声は聞こえました。まちがいなく、メリッサだったわ。レンの様子が緊迫していたから、わたしもそばに歩みよったんです。助けにきてと、メリッサが頼んでいるのが聞こえてきました」

「できるだけ早く、わたしは電話を切ったんです」コリンズ医師は続けた。「すぐに駆けつけなくてはと思いましたからね。往診用のかばんを引っつかむと、すぐに出かけました」

「ここから《クラレンス・キープ》まではどれくらい？」

「そうですね、お屋敷は村の反対側ですし、車のエンジンがかかるまでに二、三分かかりましたからね。そろそろ新しい車を買わなきゃならないんだが。うちのモーリスはもう、足腰も立たなくなりかけていて――まあ、足じゃなくてタイヤですがね！　とにかく、できるかぎりは急いだつもりです」

「お屋敷に着いて、それからどうなりました？」

「呼鈴を押したが、返事がなくてね。それで、扉を開けて――鍵はかかっていなかったな――中に入りました。メリッサの飼っている小さな犬が飛び出してきて、わたしに吠えかかりましたが、それをのぞけば屋敷の中は静まりかえっていましたよ、まるで――そう、墓場のように。メリッサの名を呼んでも、返事はありませんでした。エリックかフィリスはいないかと厨房をのぞいたんですが、誰もいなくてね。そういえば、私道には車が一台も駐まっていなかったと思い出しましたよ。まずは居間を探し、それから食堂も見てみたんですが、どちらも誰もおらず、荒らされた様子もありませんでした。とはいえ、どうにも気が揉めてね。二階へ向かうと、犬も後をついてきましたよ。わたしはまっすぐ主寝室へ向かいました。どうして場所を知っていたのか不審に思われるかもしれませんが、メリッサが体調を崩したとき、あの屋敷には何度か往診していましてね。

最初は寝室で寝ているのかと思っていたんですが、廊下を曲がってすぐ、何があったのかわかりました。寝室の扉は開けっぱなしで、メリッサはベッドに仰向けに横たわり、首には電話機のコードが巻きついていたんです。テーブルもひとつ、ひっくり返っていましてね。暴れたはずみに、片方の靴が脱げてしまっていましたよ。わたしは部屋に飛びこんで、生命徴候を探り、それから心肺蘇生法をほどこしました。残念ながら、間に合いませんでしたが」

「ご自分の安全は気になりませんでしたか、コリンズ先生？　犯人は、まだ屋敷の中にいたかもしれませんよね」

「それがね——そんなこと、まったく頭に浮かばなかったんですよ！　ただただメリッサを救いたい一心でね。これ以上は打つ手がないと悟ると、わたしは一階に戻りました。寝室からは警察に電話できませんからね。電話機のコードが、壁から引き抜かれていましたから。わたしは居間に入り、通報したんです」

「犬はどうしました？」

「これはまた、不思議なことを訊かれますね、ミスター・ピュント。どういう意味ですか？」

「あなたの後をついてきましたか？」

「ええ。可哀相に、ひどくしょんぼりしていましたよ。まあ、わたしのほうは犬をかまっている余裕はありませんでしたがね。わたしは屋敷を出て、自分の車の中で警察を待ちました」

ここでわずかな間を置き、ピュントはいま聞いた話を頭の中で整理した。ミス・ケインもすばらしい速さでペンを走らせていたが、ようやく追いついたらしく、手の動きが止まる。

「ミス・ジェイムズとはどんなご関係だったか、そこを詳しく説明していただけますか？」ピュントが尋ねた。「あなたは故人のことをメリッサと呼んでおられるし、屋敷の間取りにも詳しいようですし。こんなことをお尋ねするのは、なぜミス・ジェイムズが先にあなたに電話したのか、それが不思議だったからです」

「誰と比べて先ということですか……？」

「そうですね、警察と比べて、ということです」

コリンズ医師はうなずいた。「それは単純なことなんです。うちのほうが、はるかに近いからですよ。警察は、はるばるバーンスタプルから来ることになりますからね。われわれの関係はといえば、メリッサはいささか心気症の気がありましてね、わたしの診察を受ける機会は非常に多かったんですよ。実をいうと、わたしが医者としてできることはさほど多くなかったんですが、メリッサとしては話し相手がほしかったわけで、つまるところ、なかなか親しい友人どうしというところにおちつきました。わたしはきっと、安心できる人間だったんだと思いますよ」

「つまり、あなたは信頼できる相談相手だったというわけですね」

「まあ、そうなりますか」

「夫との関係について、ミス・ジェイムズがあなたに相談したことはありますか？　ほかに密会していた男性がいた可能性は？」

「それについては、お答えしていいものかどうか」コリンズ医師は眉をひそめた。「医師と患者の間には、守秘義務というものがありますからね。まあ、実際のところ、メリッサはフランシスについては何も話していませんでした。あの人は女優でしたからね。自分のこと、とりわけ仕事について話すのが好きでしたよ。今度、アルフレッド・ヒッチコックと映画を撮ることになったとかでね。そのことで、ずいぶん興奮していました」

「わたしたち、そろそろ出かけないと」サマンサ・コリンズはちらりと時計に目をやった。「列車の時間があるんです」

「どちらへお出かけですか？」ヘア主任警部が尋ねた。

「ロンドンへ」コリンズ医師が答える。「ほんの一泊だけなんですよ。明日には帰ります」

「お仕事ですか、それとも旅行？」

「ちょっと個人的な用件でしてね、主任警部」

「申しわけないが、コリンズ先生、殺人事件の捜査となると、個人的なことであっても話していただかないと」

「ごもっとも。そうですね、すみませんでした」コリンズ医師は手を伸ばし、サマンサの手をとった。「家内が叔母から遺産を相続するかもしれなくて、その額がどれほどになるのか、弁護士の話を聞きにいくんですよ。ご心配なく、メリッサ・ジェイムズの事件とはまったく何のかかわりもありません」

ヘア主任警部はうなずいた。「ほかに何か尋ねておきたいことはありますか、ミスター・ピュント？」

「あとひとつだけ」ピュントはコリンズ医師に向きなおった。「事件当日に電話をかけてきたとき、ミス・ジェイムズは屋敷に帰る前にどこに寄っていたのか、ひょっとして何か触れていませんでしたか？」

「何ですって？」

「ミス・ジェイムズは《ヨルガオ館》を夕方五時四十分に出たんですが、自宅に帰りついたのは六時を少し回ったころでしてね」ヘア主任警部が説明した。「この空白の二十分間に、いったい何があったのか、われわれはつきとめようとしているんです」

「それなら、わたしが知っています」サマンサ・コリンズが口を開いた。その場の全員が息を呑んだのに気づき、しばし間を置く。「メリッサは教会にいたのよ」

「聖ダニエル教会ですか？」

「ええ、主任警部。わたし、息子に本を読んでやろうと思って、しばらく上の階にいたんです。たまたま窓の外に目をやったら、メリッサの車が門の脇に駐まるのが見えました。マークの部屋からだと、教会が本当によく見わたせるんですよ。メリッサは車から降りて、しばらくそこにたたずんでいました。それから、中に入っていったの」

ピュントはしばし考えた。「あなたはこの地域の教会活動に、とても熱心にとりくんでいるそうですね」

「ええ。できることは協力したいと思っています」

「ミス・ジェイムズも、教会にはよく来ていましたか？」

「礼拝にはあまり出席していなかったけれど、クリスマスや収穫祭の催しでは、すばらしい朗読を披露してくれました。ちなみに、メリッサはこの教会の墓地に埋葬を希望しているんです。

いまのところ、警察からまだご遺体が戻ってきていないので、望みをかなえてあげられずにいるんですけれど」責めるような目を、サマンサはヘア主任警部に向けた。

「もう、ほどなくお戻ししますよ」主任警部が請けあう。

「でも、教会に来ていたかどうかということなら、わたし、メリッサがそんなふうに教会に出入りしていたのを何度も見ています」

ピュントは眉をひそめた。「それは、いささか奇妙ではありませんか？　ミス・ジェイムズというかたは、さほど信心深かったようには思えないのですが」

「教会の静けさや安らぎを楽しむのに、信心深い必要はないんじゃないかしら」サマンサは答えた。

「その最後の日ですが、ミス・ジェイムズはひとりでしたか？」

「ええ」

「教会から出てくるところは？」

「いいえ、見ていません。わたしは診療所の手伝いに戻って、そのままメリッサのことは忘れていたんです」

コリンズ医師は立ちあがった。「さあ、そろそろ出かけないと。たしか、義弟からも話を聞きたいとおっしゃっていましたね」

「そうできればありがたいですね」と、ピュント。

「じゃ、いま呼びますよ」医師は居間を出ようとして、ふとためらい、どこか気まずそうな顔で口を開いた。「こんなことをお願いしたら奇妙に聞こえるかもしれませんが、さっきの話は義弟に言わずにおいてもらえますか――われわれがロンドンに行く理由について。さっきも言いましたが、この件はわたしとサマンサだけの話にとどめておきたいんですよ」

「もちろん、かまいませんよ」

「アルジーとジョイス叔母は、あまり折り合いがよくなかったんです」夫が居間を出ていってから、サマンサは言葉を添えた。

コリンズ医師が義弟を呼ぶ声が、玄関ホールから聞こえてくる。

「お子さんたちをミッチェル夫人にお預けになるとは驚きましたね」と、ヘア主任警部。「この家で、弟さんに甥と姪を見てもらうほうがいいんじゃありませんか？」

「弟はあまり小さな子のあつかいが上手じゃないんですよ。それに、うちの子たちはブレンダが大好きなんです。いつも家の中のことを手伝いに来てもらっているので、すっかりなついていて。灯台でお泊まりできるのは、うちの子たちにとってはすばらしいご褒美ですしね」

居間に戻ってきたコリンズ医師は、不安げな笑みを浮かべた金髪の青年を連れていた。金の印章付き指輪と、いかにも高価そうな腕時計を身につけ、白いシャツに綾織のズボンという服装だ。

「こんなふうにあわただしく失礼することになって、申しわけありませんね」コリンズ医師が詫びる。「もう出ないといけないので」

サマンサも立ちあがり、手袋をはめた。「明日には帰ってくるからね、アルジャーノン。夕食は冷蔵庫の中よ。もしも何かわたしたちに連絡したいときには、診療所のわたしの机に、ロンドンのホテルの電話番号が置いてあるから」

「ああ、舞台を楽しんでおいで」

なるほど、アルジャーノンに対しては、夫妻は観劇に出かけることになっているのか。ピュントは心にとめておくことにした。これは、実におもしろい。

アルジャーノン・マーシュはその場に立ったまま、旅立つレナードとサマンサを見送った。それから、ようやく口を開く。「レンから聞きましたが、ぼくに何か訊きたいことがあるとか。どういうことなんですか？」

「どういうことだと思うのかね、ミスター・マーシュ？」ヘア主任警部が問いかえす。「われわれは、ミス・メリッサ・ジェイムズの死について捜査中なんだ」

「ああ、それはそうですよね。なるほど」ひどく張りつめていた表情が、いくらかゆるむ。「でも、あなたとは前にもうお話ししましたよね、主任警部。あなたの質問には、全部お答えしましたよ。だから、もう一度と言われて、ちょっと驚いたんです」

「それはわたしのせいなのですよ、ミスター・マーシュ」ピュントが申しわけなさそうに言葉をはさんだ。「ただ、あなたはミス・ジェイムズときわめて親しかったようですから」

「そういう言いかたはどうかな。ぼくはただ、あの人の投資に助言をしていただけですよ」

「しかし、よき友人でもあったわけですよね」

「ぼくは自分の顧客すべてに、よき友人であろうとしているんで」

「ミス・ジェイムズとは、どれくらいの頻度で会っていたのですか？」いかにも何気なく聞こえる質問が、まるでナイフのようにアルジャーノンの胸をえぐる。

「ロンドンでは、社交の場でときどき顔を合わせることはありましたよ」丸眼鏡をかけ、紫檀の杖を手にしたこの探偵は危険だと、アルジャーノンはすでに感じとっていた。けっして言質を取られないよう、受け答えのひとつひとつに気を配らなくては。

「そして、こちらまでミス・ジェイムズを訪ねてこられることもあったと」

「そういうわけじゃありません。ここへは、姉に会いにきてるんですよ。そもそも、メリッサを紹介してくれたのも姉でしたし」

「きみが助言しているというのは、どういう投資だね？」ヘア主任警部が尋ねた。

「それはもう、かなり広い範囲にわたってましてね。でも、ぼくの助言を、メリッサはいつもすばらしく喜んでくれてましたよ」

「それはもう、さぞかし喜んでいたことだろうな」ヘア主任警部がつぶやく。そこには、はっきりとした皮肉な響きがあった。

だが、アルジャーノン・マーシュはまったく気にとめていなかった。この場の主導権はまちがいなく自分が握っていると思うと、肩にのしかかっていた重石がとりのぞかれたような気がする。「ほかに、まだ何かぼくに訊きたいことはありますか？」

「事件のあった夕方の六時から七時にかけて、きみがどこにいたか聞かせてもらえるかね？」

「ここにいましたよ。上の部屋で、ぐっすり眠りこんでました」アルジャーノンはにっこりした。「昼にいささか飲みすぎてしまってね。寝て酔いをさましていたんです」

つまり、かなり酔った状態で車を運転したということか、とヘア主任警部は考えた。いまはそちらに踏みこむべきときではないが、忘れずに記憶にとどめておかなくては。代わりに、別のところを突く。「お姉さんの話では、きみは七時まで帰宅しなかったということだが」

「いや、それは姉の勘ちがいですよ。帰ってきたのは六時十五分ごろでした。そのまま、まっすぐ自分の部屋に上がってしまったんでね」アルジャーノンは肩をすくめた。「残念ながら、誰にも目撃されていなくて。アリバイを出せと言われると、ないとしか答えられません」

「トーリーにはいつまで滞在の予定ですか、ミスター・マーシュ？」ピュントは尋ねた。

「あと二、三日というところかな。メリッサが亡くなってしまったとなると、ここにいてもやることがありませんしね」

「だが、ここへはお姉さんに会いにきていると、ついさっきあなたは言いませんでしたか？」

「姉とメリッサ、ふたりのために来ていたんです、ミスター・ピュント。さてと、玄関までお見送りしましょうか？」

ほどなくして、三人はいつのまにか玄関から送り出されていた。背後で、扉がぴしゃりと閉まる。

「あんな男の言うことなんて、わたしはこれっぽっちも信用できませんわ！」ミス・ケインがつぶやいた。

「まったく、油断のならない男ですよ」ヘア主任警部もうなずく。駐めてあったプジョーの脇を通りすぎるとき、ピュントはふと、銀のロゴマークと、へこみのあるラジエーター・グリルに目をとめた。「さあ、次はどうしましょうか？」主任警部は尋ねた。

「きょうはもう、これで充分でしょう。あなたが関係者から聞いた話の記録を読ませていただいて、きょう目にしたことと併せて考えてみますよ。あなたはエクセターにお帰りですか？」

「いいえ、ミスター・ピュント。あなたがこちらに来られているからには、わたしもトーリーに泊まろうと思っています。マーガレットは――家内ですが――何日か留守にしてもかえって羽を伸ばせるでしょうし、実をいうとわたし自身、できるだけ長い時間あなたとごいっしょしたいんですよ。まちがいなく、新たに学べることがあるでしょうからね。ただ、残念ながら《ヨルガオ館》に泊まる余裕はなくて。それで、《赤獅子》亭に部屋をとったんです」

「ご親切に、主任警部。よかったら、きょうの夕食をごいっしょにいかがですか？」

「それはもう、喜んで」

「では、決まりですな」

　三人はヘア主任警部の車に乗りこんだ。もうすぐメリッサ・ジェイムズが眠ることとなる、新たな墓穴を掘ったばかりの聖ダニエル教会の墓地のかたわらを、車は通りすぎていった。

11　闇が落ちて

I

トーリー・オン・ザ・ウォーターの上にはすでに月が昇っていたが、その柔らかな光を浴びて、この小さな港町はいっそう闇の深さが際立つように見えた。街路に人影はなく、聖ダニエル教会の尖塔がくっきりと夜空に浮かびあがっている。灯台が放つ閃光（せんこう）はくりかえし海原を走り、点々と浮かぶ釣り船は同じリズムで波間に上下しながら、まるで虚無に呑みこまれるのを怖れているかのようだ。どこまでが砂利浜で、どこからが海面なのか、その境目は判然としない。

《赤獅子》亭からのわずかな道程（みちのり）を、ヘア主任警部は歩いてたどりはじめた。靴底が路面を叩く音。いったん日が沈んでしまうと、どうして足音というものは、こんなにも鋭く響きわたるのだろう。さっきはふたつ返事で食事の誘いを受け入れたものの、主任警部の胸には迷いが頭をもたげつつあった。ほんの八年前、英国とドイツが敵国どうしだったという否定しようのない事実は、そう簡単に忘れてしまえるものではない。戦時中、ピュントがどんな活動をしていたのか、自分は何も知らないのだ。ある意味ではやはり、あの男は敵と見なすべきなのではなかろうか。今回の事件捜査についても同じだ。ピュントは対等な協力者を名乗って、ヘア主任警部の前に現れた。そして、協力しあって殺人者をつかまえようではないかと持ちかけてきたのだ。だが、その申し出を真に受けていいものだろうか？　気を許してのんびりかまえていると、事件解決に何の貢献もできないまま、自分の力を示す最後の機会を、まんまとあの男にかっさらわれてしまうはめになるのでは？

もやもやを抱えながら、主任警部はいましがた電話で妻としばらく語りあったところだった。こうした胸のうちを、妻はどうにか和らげようとしてくれたのだ。あなたはいつだってわたしの自慢の夫よ、と妻は言ってくれた。警察官としての経歴は、もうすぐ終わりを告げるかもしれないけれど、トーリーで何が起きようと、あなたは何ひとつ恥じることはないのだと。とはいえ、何がいちばん大切なのかを見失ってはだめよ、と妻は釘を刺した。殺人犯を逮捕し、二度と同じ過ちをくりかえさせないことを、何より優先させなくては。それが誰の手柄となるかなんて、たいした問題ではないでしょう。

考えるまでもなく、妻の言うとおりだ。あいつの言うことは、いつだって正しいのだから。

《ヨルガオ館》に着くと、ピュントはロビーで待っていた。秘書の姿が見えないことに、ヘア主任警部は驚いた。

「ミス・ケインはいらっしゃらないんですか？」

「今夜は早く休みたいそうです」

実のところ、ミス・ケインはやはり雇い主と食事をともにすることは不適切だとの判断から、そつなくピュントの誘いを辞退していたのだ。いまは上階の自分の部屋で、かたわらに熱い湯の入った魔法瓶を置き、持参の本を抱えて早めにベッドでくつろぎながら、非の打ちどころのない夜をすごしていた。

ホテルのレストランは上品ながら堅苦しくはなく、なかなか魅力的な雰囲気だった。ほとんどの席が埋まっていて、主として子どものいる家族連れが多い。ほかの客を気にせず話のできる席をと、あらかじめピュントが頼んでおいたので、ふたりは張り出し窓の隣の、壁の引っこんだ一角に作られた席に案内された。メニューはそれぞれ二種類の選択肢からどちらかを選び、組みあわせる方式となっている。値段を見て、ヘア主任警部は目をぱちくりさせた。

ピュントはすぐに気がついた。「今夜はもちろん、わたしの招待ですから。私立探偵という職業のありがたいところは、当然ながら、経費を請求できることなんですよ」

「警察もそうだったらいいのにと思いますよ」と、ヘア主任警部。「しかし、署の売店の砂糖をまぶしたパンひとつだって、うちの本部長は認めてくれないでしょうな。いや、それくらいならぎりぎりいけるか――とはいえ、おそらく会議を三回は開き、申請書やら報告書やらを山ほど書かされてからになりますが」

「《赤獅子》亭はいかがですか?」

「ありがとう、それが、びっくりするほど居心地がいいんですよ。まあ、窓から海は見えませんがね。実をいうと、わたしの部屋の窓から見えるのは肉屋の裏庭でね、いろんな意味で値段相応というところなんでしょう」

ウェイトレスが来たので、ふたりはどちらも海老のカクテルと舌平目を注文した。デザートはマーマレード・スポンジ、あるいはフルーツ・サラダのどちらかだという。「ワインはいかがですか?」ピュントが誘いをかけた。

「しかし、仕事中に酒を飲んでいいものかどうか」

「もう夜の七時すぎですよ、主任警部。わたしはひとりで飲みたくはないのでね、ぜひごいっしょしていただきますとも。では、シャブリのハーフ・ボトルを」

最後の注文の言葉を聞いて、ウェイトレスはワインを取りに戻った。

「業務時間外にいっしょに食事を楽しんでいるということなら、わたしのことはぜひ、ファースト・ネームで呼んでくださいよ、ミスター・ピュント」

「なんとおっしゃるのですか?」

「エドワードです」

「わたしの名はご存じでしたね。アティカスと呼んでください」

「トルコのお名前ですか?」

「ギリシャです。両親がドイツに移住したのは、わたしが生まれる前でしたが」

「お父上も警察官でいらした?」

「ええ。どうしてわかったのですか?」

ヘア主任警部はにっこりした。いつしか目の前の相手をすっかり好きになっていて、先ほどの気の迷いが恥ずかしくなる。「わたしの父も刑事でね、部下の巡査部長も現役警察官の息子なんですよ。おかしなもので、この仕事は親から子へ受け継がれていくことが多いんですな。ついでながら、これは犯罪者も同じなんですが」

ピュントはしばし考えこんだ。「たしかに。これは非常におもしろい現象で、まさに真実でもあります。いま書いている本でもとりあげるべきかもしれませんね――『犯罪捜査の風景』という本なのですが」

「興味ぶかい題名ですね」

「わたしの人生の集大成のつもりなのですよ。ご両親はご存命ですか？」

「ええ、ふたりとも元気にやっています。引退後はペイントンに住んでいますよ。わたしにも息子と娘がいるんですが、どちらもこの伝統を守りたがっていましてね。組織のほうも、最近ではどんどん婦人警官の採用が増えていて、実にありがたいかぎりです」

「いつの日か、お嬢さんが警察本部長になるかもしれませんよ」

「そうなったら、たいしたものですが。あなたは、お子さんは？」

どこか悲しげな表情で、ピュントはかぶりを振った。「いません。その幸運には、わたしは恵まれなかったのです」

踏みこんではいけない領域にうっかり入りこんでしまったことを察知し、ヘア主任警部はすばやく話題を変えた。「私立探偵として開業したのは、英国へいらっしゃる以前からですか？」

「いいえ。戦後こちらに来てから、何か生計を立てる道を探さなくてはならなくてね」

「いまとなっては、すばらしい成果を上げておられる。羨ましいかぎりですよ。これまでにはきっと、つい魅了されてしまうような犯罪者にも出会ったことでしょう」

「犯罪者には、めったに魅了されることはありませんね、わが友よ」

「そういうものですか?」

ピュントはしばし考えてから口を開いた。「犯罪者というものは、つねに他人より自分のほうが頭が切れると思っているものなのです。めざすものを手に入れるためなら、警察も、法律も、社会の根幹さえも手玉にとれる能力が自分にはある、と」

「そうなると、連中はより危険な存在となりますな」

「いや、むしろ動きを予測しやすくなります。犯罪者がより危険となるのは、自分の邪魔をすることは許されない、自分の行いには正当な理由があるのだと思いこんだときですよ。ここで戦時中の経験を長々と語るつもりはありませんが、これだけは言っておきましょう。もっとも邪悪なことが行われるのは、その目的や動機が何であろうと関係ない、人々が自分こそは絶対の正義だと信じこんでしまったときです」

前菜とワインが運ばれてきた。ピュントはテイスティングをし、満足げにうなずいた。

「せっかくの夜を仕事の話でだいなしにしたくはありませんが」ヘア主任警部は切り出した。「これだけはお訊きしておきたくてね。きょうの捜査を終えて、どう思いました?」

「いろいろなことを思いましたが、まずお伝えしておきたいのは、あなたが事件関係者たちから取った供述調書が、実にみごとだったということです。あなたの尋問は、これ以上ないほど明晰で、意味のあるものでした」

ヘア主任警部は嬉しくなった。「それでも、犯人はまだ見当がつかないんですがね」

「とはいえ、容疑者は何人か挙がっているのではありませんか」

「ええ、たしかに」こちらから尋ねたことを、ピュントにそのまま返されてしまったと気づいたものの、主任警部は先を続けた。「ミス・ジェイムズの存在が邪魔だと感じていた人間は、あのホテルの支配人夫妻をはじめ、何人もいたわけですからね。被害者がロンドンの会計事務所と連絡をとっていたことには、あなたも目をとめたことでしょう」

「あれをつきとめたのはお手柄でしたね」

「まあね、事件前の数週間、被害者が電話をかけた先をすべて調べあげたんですよ。ミス・ジェイムズはロンドンの会計事務所に、徹底的な会計監査を依頼しようとしていました。ガードナー夫妻は、けっして快くは思っていなかったはずです。それを阻むため、ミス・ジェイムズを殺すという極端な行動に出たかどうかはともかくとしてね。

そして、あの屋敷の執事ですがね。あそこの厨房で母親が並べたてた言葉を、わたしはまったく信じる気にはなれませんでしたよ。それに、あの息子がテーブルに向かっている姿を見ていると、その、正直なところ……何やら薄気味が悪くてね。事件が起きた夕方、あの母子が外の芝生にまで聞こえる声で言いあらそっていたのを、コックスとかいう映画プロデューサーも聞いていたわけです。賭けてもいい、あの息子はろくな人間じゃありませんよ」

「コックス氏自身はどうです？」

「本名はシーマニス・チャックスですがね！　犬に吠えられたという見知らぬ訪問者は、あの男だったのかもしれません。わたしにもさんざん嘘を並べたてていましたし、もしもメリッサ・ジェイムズがあの男の制作する映画の出演を取りやめ、あの男を破滅に追いこんだというなら、その復讐を決心したとしても驚きませんよ」

「復讐……もっとも古い動機のひとつですね。古代ギリシャ劇にも登場するくらいです」

「しかし、誰かひとりに金を賭けろといわれたら、わたしはやはり夫を選びますね」

「なるほど！　フランシス・ペンドルトンですか」

「報われなかった愛は、復讐心にも劣らぬ危険をはらんでいるものです。わたしの見るところ、ペンドルトン氏は妻にべた惚れだったようですからな。それなのに、妻がほかの男と浮気をしているのに気づいたとしたら！　あなたはいま古代の演劇を例に出しましたが、こちらはさしずめウィリアム・シェイクスピアの再現というところですか。あなたなら、当然『オセロ』は読んでおられますよね。デズデモーナもやはり、嫉妬に狂った夫に絞め殺されたじゃありませんか」

「おもしろい考察ですね。わたしもやはり、夫が容疑者の最右翼だろうという印象を受けました」

「生前の被害者を最後に見たのも夫ですしね。屋敷を出たという時刻が本当に正しいのかどうか、それも本人の供述しかないんですから」

「氏の車は、駐めてあった場所から消えていたそうですが」

「いったん屋敷を出て、また戻ってきたのかもしれませんよ。チャンドラー家の母子も、誰かが玄関の扉から入ってきた音を聞いていますしね」

「しかし、あれがフランシス・ペンドルトンだったとすると、犬が吠えるはずはないのでは？」

「それは鋭い指摘ですな」

「それに、殺害の凶器の問題もあります」

「電話機のコードでしたね」

「わたしには、そこがどうも引っかかるのですよ」

「つまり、なぜ自分の手を使わなかったかということですか？」

ピュントはかぶりを振った。「いいえ。引っかかっているのは、そこではないのです。これだけはお話ししておきましょう。わたしから見ると、あの電話機のせいで、フランシス・ペンドルトンが犯人だという可能性は薄れたのではないかと思います。あくまで薄れただけであって、可能性が消えたわけではありませんが。ペンドルトン氏が本当に『フィガロの結婚』の公演を観にいっていたのかどうか、確認はとれましたか？」

「劇場には問い合わせました。しかし、当日は四百人の観客がいましたからね。誰が来ていたかなど、とうてい調べられませんよ」

「開演に遅刻した客がいなかったかどうか、問い合わせてみるといいかもしれません。あるいは、明らかに様子のおかしい客がいなかったか」

「それはいい考えですね。ぜひ訊いてみますよ」ヘア主任警部はワインを飲んだ。家では夕食のとき、たまにビールを飲むくらいなので、これはめったにない贅沢だ。「オペラの公演を非常に楽しんだと、ペンドルトン氏が供述している部分は、読んでいただけましたかな」

「ええ、あなたの取ったすばらしい調書に書いてありましたね」

「もちろん、あれが嘘だという可能性も考慮しなくてはなりません。しかし、妻を絞殺したばかりの人間にしては、いささかそぐわない反応ではありますよね」

ピュントも自分のグラスを手にとり、なかば目を閉じて口に流しこんだ。「ミス・ケインも同じようなことを言っていましたが、トーリー・オン・ザ・ウォーターのように平和で魅力的な場所であっても、殺人を犯しうる人間がどれほど多いか、実に悲しいことです」

海辺では、黒い波が砂利浜に打ちよせては、くりかえし砕けちっている。

Ⅱ

灯台では、ふたりの子どもたち――マーク・コリンズと妹のアグネス――が、いまだ目をさましていた。塔の中ほどにある完全な円形の部屋で、おとなしく二段ベッドに横たわりはしているものの、興奮しすぎて眠れないのだ。灯台の放つ光線が回転するたび、小さなふたつの窓を光が横切り、室内に落ちる影もはねる。まるで、冒険物語の中に飛びこんだような気分だった。

もともと、ここは仕事部屋だった。ナンシーの母親であるブレンダ・ミッチェルがここに二段ベッドを入れ、いろいろな子どもたちが泊まりにきて、ほんものの灯台で眠るという胸躍る経験を味わえるようしつらえたのだ。ブレンダとその夫、そしてナンシーの寝室は一階にあるものの、片方の側に寄っているので、あまり灯台らしい雰囲気はない。一階にはほかに台所と居間、小さな浴室まであるので、両親と娘は、まさに狭すぎてくつろげないほどの空間で暮らしていた。

ナンシー・ミッチェルは、マークが持ってきたナルニアの本を何ページか読んでやったところだった。ふたりのベッドの上掛けをきちんと整え、床の上のランプひとつだけを残し、部屋の明かりを消す。六ヵ月後には、この部屋は別の用途で必要になりそうだ。いまここにいるふたりの子どもたちではない、第三の子ども。しかも、その親は自分なのだ。男の子だろうか、それとも女の子？　コリンズ先生にそんなことを訊く勇気はなかったけれど、そもそも、訊いても教えてもらえないだろう。

ナンシーは螺旋階段を下りていき、扉を開けて台所に足を踏み入れた。父親はテーブルに向かって坐り、母親はコンロの前で鍋の中身をかきまわしている。今夜もまたシチューらしい。ブレンダは肉屋で首肉を買うと、いつも骨をおまけしてもらい、それで出汁をとるのだ。三人とも働いているというのに、ミッチェル家はいつもかつかつの暮らしをしていた。女ふたりの給料はすべてビル・ミッチェルがとりあげて、その中から家計やそのほかの出費に必要な金をそれぞれに渡している。問題は、ふたりが稼いできた額よりも、渡される額があまりに少なすぎることだった。

郵便で送られてきた六十ポンドのことを、ナンシーは思った。あれは、いまは枕カバーの中に忍ばせてある。ナンシーが秘密のものを隠しておける場所など、この灯台の家にはほとんど存在しない。衣服の間に隠しておくと、洗濯を一手に引き受けている母親がたまたま見つけてしまわないかと、それが心配だったのだ。

「ふたりともいい子にしてる、ナンシー？」ブレンダが尋ねた。

「どちらもまだ寝てはいないのよ、母さん。ふたりに本を読んであげて、上掛けでしっかりくるみこんできたけど、本当はまだまだ窓から外を見ていたいんでしょうね」

「金を取るべきだろう」ビル・ミッチェルは寡黙な男だ。せいぜい三語か四語、それ以上まとまった文章を口にすることなどめったにない。

「どういう意味？」ブレンダが尋ねた。

「コリンズ先生と、そのかみさんからさ」

「コリンズ先生の奥さんには、いつもとってもよくしてもらってるのよ。子守代だって、よけいに払ってもらってるのに」

「向こうは、それだけの余裕があるんだ」

ブレンダ・ミッチェルはシチューの鍋をテーブルに運び、三枚の皿に手を伸ばした。「こっちに来て、テーブルにつきなさい、ナンシー」ふいに手を止め、じっくりと娘を眺める。「あんた、だいじょうぶなの？」

「ええ、母さん。わたしは元気よ」
「ひどく疲れてるようじゃないの。それだけじゃない、どうも何か……」

母親は気づいているのだ。いや、まだ気づいていないにしても、きっともう疑っていて、すぐに真相をつきとめてしまうにちがいない。そうなると、もちろん父親にも話してしまうだろう。ブレンダはいつも夫の顔色をうかがっていて、とうてい秘密など守れるはずもない。そもそも、黙っていてほしいとナンシーがどれほど頼んだところで、すぐに見た目にも明らかになってしまうのだ。そうなった暁(あかつき)には、ナンシーも母親も、地獄を見るはめになる。ビル・ミッチェルを怒らせた人間は、誰もがその怖ろしさを思い知らされるのだ。母親の背中や腕にできた黒いあざなら、これまでも数えきれないくらい目にしてきた――そればかりか、ナンシー自身にも、時おり父親の手の甲が飛んでくる。

とはいえ、計画はすでに立ててある。準備はすべて整った。シチューをよそった皿を父親に渡しながら、ナンシーはもう、夜が明けるのが待ちきれない思いだった。

決行は明日だ。

Ⅲ

ロンドンのホテルで、レナードとサマンサのコリンズ夫妻は夕食がひと口も喉を通らずにいた。それはけっして、料理——挽肉の包み揚げ、煮たニンジンとマッシュポテト——が、すっかり冷めていて食欲をそそらなかったからではない。

その日、夫妻はパディントン駅に到着すると、そこからタクシーでリンカーン法曹院の弁護士事務所に向かった。出迎えたのはパーカー氏という年輩の弁護士で、夫妻と温かい握手を交わした後、上品な内装の事務所内を通りぬけ、氏の執務室に案内してくれたのだ。パーカー氏の後ろを歩きながら、人々がこちらをふりむいていることに、サマンサは気づいていた。事務員や秘書たちがみなこちらをまじまじと見ている、その目つきから、自分がこれからどんな話を聞かされることになるのか、おぼろげながら想像がつく。まるで有名人になったかのようだ。メリッサ・ジェイムズが部屋に入ってくると、人々がこれと同じ反応を示したことを、サマンサはよく憶えていた。ここの人たちは、わたしたちのことを知っているのだ。わたしたちの人生を変えるであろう知らせのことを。

サマンサの予感のとおりだった。アールズ・コートのヴィクトリアン・テラスにある、この《アレインズ・ホテル》の部屋になど、どうして予定どおりに泊まりにきてしまったのだろうと、いまさらながら思わずにはいられない。実のところ、ちゃんとしたホテルとさえいえない、ふたつの家を強引にくっつけただけの建物で、安っぽい絨毯が敷きつめられた内部には、揚げ油と古い洗濯室の臭いが漂っている。寝室は狭く、目の前の通りを行き交う車の轟音(ごうおん)が響きわたって、今夜はたいして眠れそうにない。いっそ、《リッツ》や《ドーチェスター》といった高級ホテルに移ってもよかったのではないだろうか?

七十万ポンド。

言ってみれば、サッカー賭博で当たってしまったようなものだ——といっても、サマンサは賭けごとをしたことはないが。こんな金額は、夢に見たことさえない。サマンサが理解できる規模を超えている。

親切なパーカー氏は、すべてを夫妻に説明してくれた。まずは、遺言の検認という手続きをしなくてはならない。それから代理人を選任し、亡くなったキャンピオン夫人の遺産——マンハッタンのアパートメント、美術品のコレクション、株券といったもの——を現金化することになるだろう。相続人として指定された親族はサマンサひとりではあるものの、キャンピオン夫人はそのほか図書館や児童福祉施設、いくつかの慈善団体などにそれなりの金額を遺している。とはいえ、最終的には六桁後半にもなる額が、可愛い姪として故人の記憶に刻まれていた若い女性、いまはコリンズ夫人となったサマンサのものとなるだろうというのだ。とうてい信じられないような話だった。

「まさか、こんなことになるとはね！」レナードが漏らした。さすがのレナードも、今度ばかりは呆然とするほかないようだ。「いや、あの手紙を受けとったときだって、わたしはせいぜい数千ポンドの話だと思っていたんだよ。たしかに、きみにはいろいろ冗談も言ったがね。しかし、まさか、本気でこんな……」

「わたしたち、どうしたらいいのかしら？」

「さあね、わたしにはなんとも言えないよ。これはきみのものなんだから。決めるのはきみだ」

皿の上でみるみる固まりつつある料理を、ふたりはじっと見つめていた。

「そうだな、ひとつだけ提案しようか」レナードは口を開いた。

「どんなこと？」

「ほら、われわれはまるで、何か悪い知らせを受けとってしまったようなありさまじゃないか。見てごらん、ふたりともここに坐ったまま黙りこくって、お互いに目も合わせないようにして。それより、いっそお祝いをすべきじゃないのかな？」

「さあ、どうかしら。お金って――」

「まさか、〝金は諸悪の根源だ〟なんて言い出すつもりじゃないよな」

「そうじゃないけれど」

「あるいは、〝金で幸せは買えない〟とかね。たしかに、どちらも真実かもしれないが、いいかい、この金で自分たちのために何ができるのかを考えてみよう。われらが《臨床屋敷》は、いまにも崩れおちそうなありさまじゃないか。屋根は雨漏りするし、上の階の部屋はどこも絨毯をとりかえないと。マークやアグネスに買ってやる服だって、できるだけ長いこと着られるようにと、いつも二回り上のサイズを選んでいるだろう。きみ自身、最後に新しいドレスを買ったのは、もう何年前になることか」

「本当ね」サマンサは手を伸ばし、夫の手をとった。「ごめんなさい、レナード。わたしみたいな女と結婚して、あなたはずいぶん気詰まりな思いをしているんじゃないかと、ときどき思うのよ」

「そんなことはないさ。わたしの心をとらえたのはきみだけだよ！」

サマンサは声をあげて笑った。「このお金、わたしは夫婦のため、家族のために使うことにするわ。それから、いくらか教会にも寄付するつもり」

「オルガン募金だね」

「そうよ」ふいに、サマンサは真顔になった。「わたしたちがお金を使って楽しむのを神さまがお望みにならないなら、最初から遺産なんてお遣わしにならないわよね」

「〝富めるときも貧しきときも、死がふたりを分かつまで〟と誓って、わたしときみは結婚したんだ。いまや〝富めるとき〟が来たわけだが、それはわれわれのせいじゃないよ！」

「じゃ、さっそく始めましょうよ」サマンサは夫の手を離すと、ナイフとフォークを手にとり、きっぱりとした手つきで皿の上に置きなおした。「今夜の宿を替える必要はないと思うの。どうせひと晩だけのことだし、まだ銀行にお金も入ってきていないのに、湯水のように使って贅沢するつもりもないしね。でも、ここに坐ってこんなまずいお料理をいただくのは、もうたくさん。この近くに、気軽でこぢんまりしたイタリア料理店とか、そんなお店があるんじゃないかと思うけれど」

「たしか、駅の近くでひとつ見かけたな」

「だったら、出かけましょうよ」

「そうだな、今夜ははめを外すとするか！」レナード・コリンズは立ちあがり、妻にキスをした。

だが、しばらく後、夫婦で腕を組んでホテルを出たところで、サマンサはふいに夫の顔を見あげた。「アルジャーノンはどうしたらいいかしら？」

「どうしたら、というと？」

「このこと、弟にも話さないわけにいかないでしょう、レン。パーカー氏が言っていたほどの金額なら、隠しておけるはずがないもの」ため息をつく。「それに、やっぱりあの子にもいくらかは分けてやらなきゃいけないと思うのよ。結局のところ、わたしたちはふたりきりの姉弟なんだし。あの子にとっては、不公平な話よ」

「まあ、それはきみが決めることだよ、サム。きみの弟なんだからね。だが、わたしの意見を言わせてもらうなら、それはけっしてきみの叔母さんの望んだことではないし、あいつはどうせ、すぐに使いはたしてしまうだろうよ——ほら、あいつの仕事とやらの中身は、きみだって知っているだろう」サマンサが口をつぐんだままなのを見て、レナードはさらに続けた。「わたしの助言がほしいというのなら、しばらくはまだ何も言わずにおくことだね。あれこれの手続きが終わる前に、アルジャーノンがこの話を嗅ぎつけてしまったら、きっと面倒なことになるだけだ。せめて、少しおちつくまで待っておいたらどうかな」

すぐ先の角に、くつろいだ雰囲気のイタリア料理店があった。素朴で入りやすそうな店がまえで、窓から黄色みを帯びた光が路上に漏れている。この時間でも、まだ入れるようだ。

「ミートボール・スパゲッティにしようかな！」レナード・コリンズが歓声をあげた。

「シャンパンか何かもほしいわね！」

「そうこなくっちゃ！」
ふたりは小走りで店に向かった。

Ⅳ

ちょうどそのころ《教会の家》で、アルジャーノン・マーシュは自分の寝室に腰をおちつけていた——といっても、この部屋はいまだけ泊めてもらっているにすぎないのだが。片手には、ウイスキーの入った大ぶりなグラス。そしてもう片方の手には、義兄の机の引き出しの奥から見つけた手紙が握られていた。もうすでに何度か読みかえした後だ。〝故ハーラン・グーディスの配偶者、ジョイス・キャンピオンの遺産について……〟

別に、姉夫婦を探っていたわけではない。サマンサとレナードの私生活になど、興味も好奇心もさらさら抱いてはいないのだ。正直なところ、たまに隠れ家を提供してもらい、無料の食事と酒にありつける場所だという以外、姉夫婦には何の関心もなかった。ちょっと偉そうなところのある田舎医者が、お先真っ暗な田舎町で宗教狂いの女と結婚し、なんともみじめな結婚生活を送っている——これが、アルジャーノンの目から見たコリンズ夫妻の姿だった。

だが、何かが起きているらしいことは、うすうす感じとっていた。今回は、姉の家に滞在しはじめたころから、サマンサとレナードはどこか様子がおかしかったのだ。ふたりでこそこそささやきあったり、視線を交わしたり、アルジャーノンが部屋に入ってきたとたん、ふいに黙りこんだり。そのうえ、つい今朝のこと、台所に入っていくと、サマンサがテーブルで手紙を読んでいたのだ。弟に気づいたとたん、サマンサは手紙をたたんで片づけたものの、麗々しく団体名が印刷してある便箋と、それが入っていた白い封筒を、アルジャーノンは見のがさなかった。弁護士からの手紙だ。そのことは、すぐに気がついた。

「何か悪い知らせ?」姉の身を案じるように、しかしさほど興味なさそうな口調で、アルジャーノンは尋ねた。

「いいえ。たいしたことじゃないの」

姉が嘘をついているとぴんときたのは、その手紙のしまいかたを見たからだ。あわてててたたみ、カーディガンの下に滑りこませて、文字どおり自分の心臓の近くに抱えておこうとするしぐさ。さらに、急に決まったらしいこのロンドン行きのこともある。まるで片道五時間をかけ、どこかの安ホテルに一泊するという旅が、けっしてめずらしくもない普通のことだとでもいうように、いきなり発表されたのだから。

ようやくひとりになるやいなや、アルジャーノンは電話をかけた。かつてニューヨークの広告業界で三年間にわたって働いたあげく、経費をめぐるちょっとした誤解があったとかで即時解雇され、ロンドンに戻ってきた友人がいる。たしかあいつはハーラン・グーディスの下で働いていたのではなかったかと、ふと頭にひらめいたのだ。

「いや、グーディスのところで働いていたわけじゃなかったけどな」友人のテリーは答えた。

「まあ、何度か会ったことはあるよ。グーディスのことなら、誰だって知ってるさ。《ミニッツ・メイド》や《ペーパー・メイド》の広告も請け負ってたし、《ベスト・ウェスタン・ホテル》の創設にもかかわってたしな。最初はコピーライターだったんだが、最後はマディソン・アベニューに自分の会社をかまえてたよ」

「金はどれくらい持ってた?」

電話の向こうで、笑いを嚙みころす気配がした。「どうしてそんなことを訊きたがるんだ、アルジー? いまさら知っても遅いけどな。グーディスは二年前に死んでる」

「それはわかってるよ」

「金はうなるほど持ってたな。セントラル・パークを見晴らすアパートメント。それも、ただのアパートメントじゃない——ペントハウスだぜ! 乗ってたのはデューセンバーグのコンバーチブル。みごとな車だよ。あんな車を手に入れたいもんだ。あの会社をいくらで売ったのかは知らんけど、調べればわかるだろう」

「ちょっと調べてみてほしいんだ」

「おれに何の得がある?」

「おいおい、テリー。おまえには貸しがあったはずだ」電話の向こうが黙りこむ。「クラブで昼をおごってやるよ。だが、これは急ぎなんだ。でかい話になるかもしれない。グーディスは全財産を妻に遺したらしいんだ、ジョイス・キャンピオンって名のな。遺産がどれくらいの額になるのか、公の記録が残ってるかもしれない」

「まあ、何人か当てはあるから、電話してみるよ。だが、米国への長距離通話になる。電話代は請求するからな」

「とにかく、急ぐんだ」アルジャーノンはそう念を押すと、受話器を置いた。

唯一の相続人。

その言葉が、手紙から浮きあがって見える。こんな不公平な話があるだろうか。自分とサマンサはいっしょに育った。ごく普通の幸せな子ども時代をすごし、姉弟の仲もよかったのだ。そこへ空から爆弾が落ちてきて、両親の生命ばかりか、それまでアルジャーノンが持っていたすべてのものを奪ってしまう。そこから先は、何もかもが変わってしまった。叔母と会い、わたしがあなたたちをひきとると言われたときのことは、いまでもよく憶えている。そもそもの最初から、アルジャーノンは叔母が好きではなかった。真っ黒に染めた髪も、張りのない頰も、塗りすぎた口紅も。まるで貴婦人のようにふるまってはいたが、結局のところ、住んでいるのはウェスト・ケンジントンの狭苦しい家にすぎない。いったい、あんな女のどこをハーラン・グーディスは気に入ったのだろう?

アルジャーノンのやることなすこと、叔母のお気には召さないようだった。そのころ、姉はスラウのうんざりするような会社に、すでに無理やり押しこまれており、アルジャーノンにもそれと同じような道をたどれというのだ。会計士はどうかしら、と叔母は提案した。それとも、歯科医は?　叔母のいとこが歯科医になっていて、その気なら力になってくれるかもしれない、と。少年時代のつらい思い出すべてを、いつしかアルジャーノンはドイツ軍のせいだけではなく、叔母のせいだと思うようになっていた——やがて裏社会の取引や犯罪といった世界に、逃れようもなくずるずると引きこまれていったことまでも。

とはいえ、アルジャーノンは別に犯罪者というわけではない。そう、本当の意味では。ピカデリーのクラブの外で喧嘩——乱闘——が起きたときだって、自分がのこのこ出ていってしまったのは、単なる偶然にすぎないのだ。あのとき酒を飲んでさえいなければ、乱闘に加わったりなどしていない。乱闘罪により三ヵ月の実刑を申しわたされたとき、法廷で傍聴していたジョイス叔母がどんな目で自分を見たか、アルジャーノンはけっして忘れないだろう。身内のくせに、裁判官よりも冷たい軽蔑のまなざしをこちらに向けていたではないか！ 法廷から退出させられるとき、アルジャーノンは叔母に向け、思いきり舌を突き出してやったものだ。それが、ジョイス叔母を見た最後だった。叔母が荷物をまとめて米国に引っ越したと聞いたときには、せいせいしたのを憶えている。

それなのに、これだけの年月が経ったいまになって、叔母がアルジャーノンをどう評価していたか、真実を目の前につきつけられるはめになるとは。単に、サマンサのほうを贔屓(ひいき)していたというだけの話ではない。まさに、思いきり平手打ちを食らわせるような仕掛けを用意しておいたというわけだ。法廷で最後に叔母に舌を突き出したことを、後悔する気持ちもかすかにうずいてはいた。あの一瞬の行為のおかげで、結局は莫大な財産の半分を失うはめになったのだから。だが、それも、自分がそう思いたいだけなのかもしれない。叔母はいつだって、性根のねじ曲がったばばあだったではないか。もともと、自分には一セントだって遺す気はなかったのだ。

　とはいえジョイス叔母は、それを言うならサマンサもだが、自分について重大なことをひとつ見のがしていた。アルジャーノン・マーシュは、けっして諦めない。これまでの人生、ずっと闘士として生きてきたのだ（あの《ナット・ハウス》の外で起きた事件では、残念ながら悪いほうに出てしまったが）。《サン・トラップ・ホールディングズ》を起業したのも、一連の事業の失敗を下敷きにしてのことだった。目下のところ、状況はあまり芳しくはないものの、少なくともある時点まではめざましい成功を収めていたのはたしかだ。このままいけば、サマンサは莫大な財産を手に入れるのかもしれない。だが、このトーリー・オン・ザ・ウォーターの人々の生活について、姉がまったく知らない事実をいくつか、アルジャーノンはつかんでいる。この知識をうまく使えば、遺産のけっこうな部分をこっちに持ってくることもできるかもしれない。どんなときでも、幸運は自分からつかみにいかなくては。

　電話が鳴った。あわてて出ようとしたはずみに、アルジャーノンはウイスキーのグラスを取り落としそうになった。

「アルジー？」

「テリー！　何かわかったのか？」

「たっぷり探り出してきてやったぜ。聞いて驚くなよ、相棒。とうてい信じられないだろうけど……」

V

時刻は九時半。

フィリスとエリック・チャンドラーは、《クラレンス・キープ》の二階にある自分たちの居間に腰をおちつけていた。さっきまではラジオで『レコード・ラウンドアバウト』を聴いていたのだが、合間にはさまる笑い話にフィリスがうんざりし、切ってしまったところだ。いまや、ふたりは重苦しい沈黙に包まれていた。温かいココアを持ってこようかと、エリックが申し出たものの——ふたりはいつも、寝る前にココアを飲むことにしている——フィリスが断ったのだ。

「あたし、警察に話そうと思ってるんだよ」ふいに、フィリスがそう告げた。

「母さん……」エリックの声は震えていた。「そんなときの母さんが、おれ、本当に嫌いだよ」

「何を言ってるんだか、さっぱりわからないねえ」

「わからないはずないだろ。母さんはいつだってそうだ、おれがまだちっちゃかったころだって、母さんはおれにうんざりしてたよね。そもそも産んだ瞬間から、母さんはおれにがっかりしてたんだ、おれの脚がこんなだから。そして、父さんが戦争に行った。母さんにとって父さんがどれほど大事だったか、おれは知ってる。本当は、父さんの代わりにおれが戦争で死ねばよかったと思ってるんだろ」

フィリスは腕組みをした。「そんなことを言っちゃいけないよ、エリック。さもないと――」

「石鹸で口を洗うつもりなんかないからな！　おれはもう、十歳の子どもじゃないんだ！」

ふたりはいつも、声をひそめて話すことに慣れていた。この屋敷で、自分たちがどんな立場なのかはよくわきまえている。必要なとき以外は目立たず、注意を惹かないようにふるまうのが、召使としてまず最初に気をつけなくてはならないことなのだ。だが、いまやエリックは、母親に向かってどなり声をあげている。フィリスはとっさに不安げな視線を扉に向け、きちんと閉まっていることを確認した。

「あんなことをしちゃいけなかったんだよ」声をひそめ、息子にささやく。「あれは、絶対にしちゃいけないことだった」

「おれが喜んでここにいるとでも思ってるのか？　ずっと母さんといっしょに働いてるのが、楽しくて仕方ないとでも？」エリックの胸が激しく上下する。いまにも、わっと泣き出しそうだ。「母さんは一度だって、おれの立場で考えてくれたことはないよな。おれみたいな人間として生きてくのが、いったいどんなことなのか、何もわかっちゃいないんだ」

その叫びにひそむ何かに、ほんの一瞬、フィリスは胸をつかれた。だが、息子のもとへ歩みよることはなかった。椅子にかけたまま、立ちあがろうともしない。「あの警察の人に、おまえは嘘をついたりすべきじゃなかったんだよ」のろのろとした口調で、息子に言いきかせる。

「母さんだって、あんなことを言っちゃいけなかったんだ！」

「そうかもしれないね。だけど、さっきも言ったとおりだよ。警察は、いつかは真実を探り出す。そうなったら、いったいどうなると思う？」フィリスは腕を組みなおした。「母さんはもう決めたんだよ、エリック。今回のことが終わって、警察が引きあげていったら、あたしは姉さんのところに移る。こんな年まで働いたら、もう充分だよ。それに、おまえの言うとおり、母さんとおまえがいつまでもここでいっしょに暮らしてるのは、たしかにあんまりまともなことじゃないからね」

エリックはまじまじと母親を見つめた。「おれはどうなる？」

「おまえはここに残ればいいだろう。ペンドルトンさまは、きっとここに置いてくださるよ」フィリスはちらりと本棟のほうへ視線を投げた。「今夜、旦那さまは何かおっしゃってたかい？」

夜七時、エリックはフランシス・ペンドルトンの部屋へ夕食を運んでいき、一時間後、それをまた下げてきた。この屋敷の主人は、一日じゅう寝室からほとんど出ることはなく、きょうはコリンズ医師から処方された薬のおかげで五、六時間ほど眠ったものの、その後は何をするでもなくひとりで坐っているばかりだった。食事にも、ほとんど手をつけた形跡はない。

「いや、何も」

「そう、だったら、おまえから何か声をおかけしないと」

「旦那さまはおれなんか置いてくださらないよ。そもそも、旦那さまがここに残らないいさ。《クラレンス・キープ》なんか売りはらって、さっさとロンドンに戻っちまうに決まってる」

「そうかい、まあ、それもおまえの見立てにすぎないけどねえ」

エリック・チャンドラーは声を震わせ、やがてついに泣きはじめて、母親をうんざりさせた。

「お願いだよ、母さん」情けない声で訴える。「おれを置いていかないで」

「あたしはもう、おまえと離れると決めたんだよ、エリック。もう何年も前に、そうしときゃよかったんだ。おまえがここであんなことをしてた以上、あたしはもう、二度とおまえの顔なんか見たくないね」

フィリスは立ちあがり、ラジオを点けなおした。ちょうど『レコード・ラウンドアバウト』のパーソナリティがヨハン・シュトラウス作曲『美しく青きドナウ』を紹介したところだ。母と息子はじっと坐ったまま、お互い視線を合わさずにただ聴きいった。フィリスは石のような無表情で。エリックは声もたてずに泣きながら。やがてオーケストラの演奏が始まり、楽しげなワルツが流れはじめる。

Ⅵ

廊下の先では、フランシス・ペンドルトンが闇の中に横たわり、じっと思いをめぐらせていた。眠っているわけではなく、かといってはっきりと覚醒しているわけでもなく、ただ起きてしまった悪夢のすべてと、自分がいま存在する現実を、どうにかして切り離そうとしていただけだ。ベッドから起きあがりたかったが、身体が思うように動かない。朝方に服用した薬の効きめのせいで、五体がいまだ麻痺しているのだろう。そして何より、いつも変わらず真実の愛を捧げつづけた相手、メリッサを永遠に失ってしまったという圧倒的な悲嘆の重みが、いまやずっしりと身体にのしかかっている。メリッサのことを思うと、フランシスはもう、これ以上は生きていたくなかった。

ベッドの中で身体を横向きにすると、まるで老人のようなのろのろした動きで足を下ろし、立ちあがる。身につけているのは、午前中に主任警部とドイツ人の探偵が訪ねてきたときに着ていたのと同じ、ナイトガウンにパジャマだ。あのふたりにいったい何を話したのか、まったく記憶に残っていないし、そもそも何を質問されたのかも思い出せない。何も、うっかり漏らしていないといいのだが。

部屋を横切り、裸足のまま廊下に出る。屋敷の中はほとんど何の音も聞こえず、さながら闇が形をとって身体を包み、それを押しのけなければ前に進めないかのようだ。ただ、使用人棟と本棟を隔てるヴェルヴェットのカーテンは開いており、その向こうから、ごくかすかにワルツが流れてくる。音楽を消せとチャンドラー家のふたりに言いたかったが、いまのフランシスにはその力も残ってはいなかった。

自分がどこへ行くつもりなのか、何も考えてはいなかったが、行きついた場所に驚きはなかった。扉を開け、主寝室を見わたす。四年間にわたる結婚生活で、メリッサとともにすごした部屋。いや、それは真実ではない。終わりに近づくにしたがい、妻はひとりで眠りたがるようになっていたからだ。ここはいつしかふたりの部屋ではなく、メリッサひとりの部屋となっていた。

室内は、窓から流れこむ月の光に照らされている。フランシスはひとつひとつの家具をじっくりと眺めた。ふたりでいっしょに選んだベッド、ソールズベリーの小さな骨董屋（こっとうや）で買った衣装箪笥（いしょうだんす）。金メッキをほどこした二台のサイド・テーブルに目をやった瞬間、そこにはもう電話機がないことに気づき、胃の奥がねじれるような感覚をおぼえる。そう、当然ながら、電話機は警察が押収していったのだ。まるでその場にピンで留めつけられたかのように、フランシスは戸口に立ちつくしたまま、中に足を踏み入れる勇気を奮いおこせずにいた。

こんなものはもう、すべて売ってしまおう。屋敷も、家具も、何もかも。そして、自分は——

部屋の中を見まわしていたフランシスは、ふと何かがおかしいことに気づいた。窓の間に置かれた整理箪笥だ。いちばん上の引き出しが、わずかに開いている。いったい、なぜ？　警察がこの部屋を調べていたとき、そしてその後きれいに整えられたとき、フランシスはその場に立ち会っていたのだ。つい今朝も、この部屋をのぞいたのを憶えている。そのときは、引き出しはきちんと閉まっていたのに。そう、まちがいない。

見えない障壁を押し破るようにして、フランシスは部屋の中に足を踏み入れた。箪笥に歩みより、その引き出しを開けてみる。ここは、メリッサがもっとも秘めやかな品々——ストッキングや下着など——をしまっておく場所だった。中を探ってみると、デザインも、妻が着ていたときの温かみも、憶えのある品々がそろっている。見ているうちに、薬で記憶にもやがかかっていても、引き出しから何がなくなっているのか、フランシスは思いあたった。自分がパリで買ってやった、白い絹に花模様のあるネグリジェだ。シャンゼリゼのとある高級なブティックの前を通りかかったとき、ウィンドウに飾られているのを見て、素敵ねとメリッサが漏らした。それで、いったんホテルに帰った後、あれを妻に贈って驚かせようと、フランシスはひとりでブティックまで走って戻ったのだ。勘ちがいであってはいけないと、いちおう引き出しの底まですべてあらためる。だが、勘ちがいなどでないことはわかっていた。乱れた部屋を元どおり整えた後、あのネグリジェがここに入っているのを、自分はたしかにこの目で見ている。引き出しを開けると、いちばん上に、きちんとたたまれて。そう、まちがいない。

誰が盗んだのだろう？　こんな神聖冒瀆（ぼうとく）の罪を、いったい誰が？

闇をかすかに漂ってくる音楽に、フランシスは耳をすました。エリック・チャンドラーのことが頭に浮かぶ。あの男が、いつもメリッサをどんな目で見ていたか。そんなエリックの様子を、いつも妻と笑ってはいたものの、フランシスはしばしば、そこに何か邪（よこしま）なものを感じていたのだ。チャンドラーの母子を、すぐにでも詰問したい。だが、いまはとうてい無理だ。気分が悪い。せめて朝まで待たなくてはならないだろう。

フランシス・ペンドルトンは手探りで部屋を出て、自分のベッドへ戻った。

Ⅶ

アティカス・ピュントはヘア主任警部とのすばらしい夕食を楽しんだ後、すでに自室に戻ってきていた。さまざまな思いが脳裏を駆けめぐり、まだベッドに入る気にはなれない。タバコに火を点けると、ピュントは狭いバルコニーに出た。ここからは、月光がみごとな一筆に描き出す水平線を、さえぎるものなく一望することができる。空に低くかかった月は、まるで世界の向こう側からピュントをじっと監視する、ひとつの目のように見えた。波のくりかえし打ちよせる音に耳を傾けながら、タバコの煙を吸いこむ。闇が自分に何を語ろうとしているのか、ピュントにはわかっていた。

この事件を引き受けるべきではなかった。

トーリー・オン・ザ・ウォーターに来てしまったことがまちがいだったのだ。それは、この事件を捜査してくれと連絡してきた依頼人と、実際には顔を合わせないままだったことだけが理由ではないが。そう、本来ならエドガー・シュルツ氏とはちゃんと対面し、この事件のために私立探偵を雇う真の動機をつきとめておくべきだった。〝いったい、何があったのか。それをつきとめるのが、ミス・ジェイムズのためにわれわれができる、せめてものお返しだと思っているんです〟――電話で、シュルツ氏はこんなふうに言っていた。しかし、氏が語ったそのほかのことは、けっして真実ではなかったのだ。そして、その前に受けとった手紙についても、ごく小さなことながら、どうしてもピュントが気にかかってならない点があった。

自分は決断を急ぎすぎたのだろうか？　これまでメリッサ・ジェイムズの映画を観たことはないが、世界の多くの人々に喜びを与え、憧憬のまなざしを向けられている女優だったことは知っている。だからこそ何かの役に立ちたいと、時間をかけて検討することなく、この仕事を引き受けたのだ。事件から一週間が経っていたのに、警察が犯人を逮捕していなかったことも、理由のひとつではある。だが、このままだと正義の裁きが下されないというとき、そこに介入するのは、はたして私立探偵のすべき仕事なのだろうか？　ピュントはそんなふうに考えてはいなかった。悪人を誅することが自分の役割だなどと、けっして思ったことはない。むしろ、ものごとをあるべき形に管理する仕事とでもいうべきだろうか。ここに、こういう事件がある。その真実は、こうだ。そのふたつを結びつけるのが、ピュントの役割なのだ。

だが、この事件の真実を、ピュントはいまだ見出せてはいない。そういえば、ここまで話を聞いてきた事件の関係者のほとんどが、事件の起きた時間には別の場所にいたという、それなりに筋の通った言いぶんを申し立てている。フランシス・ペンドルトンはオペラの会場へ向かっていた。フィリス・チャンドラーと息子のエリックは、その時間はお互いいっしょにいて、片方が相手に知られず殺人を犯すことは（けっして不可能ではないにしても）考えにくい。コリンズ医師は、妻と診療所にいた。ガードナー夫妻はホテルに……と、そんな具合だ。

サイモン・コックスは？　あの男に機会はあったが、ピュントの見るところ、そこまで冷血になりきれる人間ではない。では、アルジャーノン・マーシュは？　その前にさんざん飲みすぎたので、事件発生時刻には酔いをさますために自室で寝ていたと、本人は申し立てている。もっとも、サマンサのほうは、弟が帰宅したのはその申し立てよりも四十五分ほど遅かったと話しているが。

この事件は、何もかもがおかしい。事件の形とはどういうものか、ピュントは執筆している著作の中で考察している。捜査を進めていくにしたがい、さまざまな事実が自ずからあるべき配置に納まっていき、やがてひと目で見てとれる形が浮かびあがってくるのだ。これこれしかじかの背景を持つ某氏が、この事件の犯人にまちがいない、なぜならそれ以外に説明のつけようがないからだ、と。ミス・ケインがまとめてくれた十項目の時系列表は、本来なら事件の形をそんなふうに描き出しているはずだった。点と点を結んでいけば、やがてひとつの絵が浮かびあがるという、幼い子どもが喜んで遊ぶパズルのように。だが、そうはならなかった。

ピュントは煙を吐き出すと、それが螺旋を描いて宙を漂い、やがて闇の中へ消えていくのを見まもった。トーリー・オン・ザ・ウォーターには、何か邪悪なものが存在する。ここに着いた瞬間から、ピュントはそのことに気づいていた。それも、このすぐ近くに。いまや、その存在がはっきりと感じられる。

ピュントはバルコニーから部屋に戻り、きっちりとガラス戸を閉めた。

12 逮捕

「チャンドラー夫人、ちょっと話したいことがあるんだが……」

フランシス・ペンドルトンが厨房に入ってきたとき、フィリス・チャンドラーはちょうどやかんの湯を沸かしているところだった。フランシスの顔は蒼白く、頬はげっそりとこけて、両目の下にはくまができていたが、その態度からは、これまで見られなかったきっぱりとした意志が感じられた。

「お起きになられたんですね、本当によかったですよ、旦那さま」フィリスは答えた。「いまお茶と、朝食にトーストでもお持ちしようとしてたんです」

「すまないが、朝食はいらないよ。エリックはどこだ?」

「トーリーに行きました。卵を買ってきてと、あたしが頼んだんですよ」何かまずいことが起きつつあるのを、フィリスはすぐに感じとった。エリックの居場所を尋ねたフランシスの口調が、いつもとちがったのだ。

「きみにひとつ、訊きたいことがある」フランシスは続けた。「きみかきみの息子は、ひょっとして妻の寝室に入りはしなかったか、ほら、あの……あのことがあってから……」どう形容していいかわからず、言葉を濁（にご）す。「きみたちのどちらかが、あの部屋に入ったのか?」

「あたしは入っておりませんが、旦那さま……」

「こんなことを訊くのは、あるものが消えていたからだ。ぼくの気のせいではないよ。引き出しが開いていて、たしかにあったものがなくなっていたんだから」

「何がなくなっていたんです?」まるで振りおろされる斧を待っているかのように、フィリスの顔から血の気が失せる。

「ごく個人的なものだ。絹のネグリジェだよ。どれのことを言っているか、きみにはわかるはずだが」

「お花の模様のある、あの可愛らしい白いのですか?」あれなら、何度となくアイロンをかけたことがある。

「そうだ。洗濯室に持っていったわけではないんだね?」

「いいえ」ほんの一瞬、嘘をつくことも考えたけれど、そんなことをして何になるだろう?

「誰が持っていったのか、心当たりは?」

フィリスはテーブルの前の椅子を引くと、どすんと腰をおろした。目にみるみる涙があふれる。

「チャンドラー夫人?」

「エリックがやったんです」

「なんだって?」フィリスのささやき声はあまりに小さく、フランシスには聞こえなかった。

「エリックですよ!」ハンカチを取り出すと、フィリスは目を拭う。

「だが、いったいなぜエリックが……？」

「あたしには、なんともお答えできません、ペンドルトンさま。いったい、なんとご説明したらいいのか。ただただ恥ずかしくて、もういっそ死んじまいたいくらいです」いまや覚悟を決めたのか、フィリスの口からは言葉が次々とあふれ出してくる。「あの子には、どこかおかしなところがあるんです。奥さまに憧れるだけならともかく、そんな気持ちを頭の中でふくらませて、もう自分じゃ抑えきれなくなっちまったんですよ。あの子には、ちゃんと話しました。びしっと言ってやったんです」

「きみも知っていたのか？」フランシスは衝撃を受けた。

「ネグリジェのことは知りませんでしたけど、その……ほかのことを」

「ほかにも何か盗んでいたということか？」

「わかりません、旦那さま。ええ、ひょっとしたら。あの子は病気なんですよ――」

フランシスは片手を挙げ、フィリスの言葉をさえぎった。この展開は予測していなかったし、こんな話の相手をする余裕もない。しばらくは、どちらも口をつぐんだままでいた。やがて、フランシスがひとつ息をつく。「どっちにしろ、できるだけ早いうちに《クラレンス・キープ》は売りに出す。それはもう決めたんだ。ここでひとり住みつづけるなんて、ぼくにはとうていできないからね。だが、きみときみの息子には、きょうじゅうに出ていってもらう。妻が亡くなったというのに、きみの息子ときたらそんなことを――」言葉を切る。「これは警察に言わなくてはならないな。通報することになるかもしれない」

「あたしは止めようとしたんです、旦那さま」フィリスはわっと泣き出した。

「すまない、チャンドラー夫人。きみを責めても仕方がないことはわかっている。だが、とにかく、きみたちふたりには出ていってもらう。エリックが戻ってきたら、ぼくが二度と顔を見たくないと思っていると、きみから伝えてくれ。あいつのことを考えるだけでも、気分が悪くなりそうだ」

フランシスはきびすを返し、厨房を出ていった。


《ヨルガオ館》では、アティカス・ピュントが朝食を終え、モーリーン・ガードナーから伝言のメモを受けとったところだった。伝言はヘア主任警部からで、ピュントの助言どおり、これからバーンスタプルへ赴き、オペラ『フィガロの結婚』の開演に遅刻した観客はいなかったか、そのほかいくつかの新たな疑問について聞きこみをしてくるつもりだという。オペラの開演時刻は七時だった。フランシス・ペンドルトンが本人の申し立てどおり六時十五分に屋敷を出ていたとしても、到着は開演ぎりぎりだったことだろう。屋敷を出るのがそれより遅くなっていたら、開演に間に合うのは不可能とはいわないまでも、かなり難しくなる。つまり、いったん車で屋敷を出ておきながら、徒歩でこっそり戻って妻を殺し、どこかに駐めておいた車までふたたび歩いて、そこからバーンスタプルへ向かい、車を駐めてから劇場に入っていたら、おそらく序曲は聴きのがしているにちがいない。

結局は、またしてもミス・ケインのまとめた十項目の時系列表に戻ってくる——だが、それらの項目は依然として、事件全体の形を描き出そうとはしてくれない。昨夜、ピュントは眠れずじまいだった。あの十項目の順列の入れ替えを、あれこれと考えはじめてしまったのだ。結果として、夜が明けるまでのほとんどの時間をそれに費やすこととなった。

ラウンジにいるピュントのところへ、ミス・ケインも姿を現し、かたわらの椅子にかける。いつもとはちがい、どこか屈託ありげな表情だ。朝食は、きょうも自室でとったという。さっそくタイプライターで打った紙の束を取り出した秘書は、それをピュントに差し出した。「昨日、わたしがとった記録です。量が多かったので、何も漏れていないといいんですが」

「ありがとう」ピュントはその紙を受けとり、ざっと目を走らせた。サイモン・コックスからの事情聴取、そして《クラレンス・キープ》訪問、フランシス・ペンドルトンとチャンドラー母子からの事情聴取。「きっちりと順を追った、すばらしいまとめだね、ミス・ケイン。それにしても、まさかきみがタイプライターまで持ってきていたとは！」目をしばたたかせながら、ピュントはつけくわえた。

「ガードナー夫妻が、ここの執務室を使ってかまわないと言ってくれまして」何かまだ隠していることがあるかのように、ミス・ケインは言いよどんだ。

「ほかにも何かあるのかね？」ピュントが優しく促す。

「ええ。実は、そうなんです。わたしが道に外れた行いをしたと、どうかお思いにならないでくださいね、ミスター・ピュント。執務室を使わせてもらえたのは、ガードナー夫妻のご親切だったこともわかってはいるんです。でも、十分くらい経ったところで、夫妻はわたしを残して部屋を出ていってしまって。そのときふと、このホテルの経営状態のこと、陰で起きているかもしれない問題のことを、ヘア主任警部が話していたのを思い出したんですよ。それで、せっかくだから、この機会にちょっと探ってみようと思ったんです」

「なんとまあ、ミス・ケイン！」ピュントはにっこりせずにいられなかった。「きみは、まさにシャーロック・ホームズだね。いや、それよりも、紳士泥棒ラッフルズのほうが近いかな。それで、何が見つかった？」

「あの夫妻はミス・ジェイムズを欺いていたんです、ミスター・ピュント。それは疑いようがありません。可哀相なミス・ジェイムズ、あんな悪党ふたりを信頼して、ホテルをまかせておいたなんて！」

ミス・ケインが取り出した三通の手紙は、どれもランス・ガードナーが書き、署名をしたものだった。それぞれ別の業者――バーンスタプル、トーントン、ニューキーにある食料品店、家具屋、洗濯屋――に宛てたもので、文面はどれも、誤って過払いしてしまったことを詫び、申しわけないが上記の口座に差額を返金してほしいと述べている。

「これは、昔からある帳簿のごまかしかたのひとつなんです」ミス・ケインは説明した。「わたし、ロンドンで《サヴォイ・ホテル》の支配人の個人秘書を一年半にわたって務めていたことがありまして、そのときにいろいろ教えてもらったんですよ。まず、業者にわざと多すぎる額を支払います。たいてい、正しい額の十倍のことが多いですね。ゼロをひとつ書き足すだけなので、いちばん簡単ですから。それからこんな詫び状を書き、返金を求めます。でも、その振込先がどこになっているか、見てみてくださいな!」

ピュントは上に記された口座番号を見た。

「L・ガードナー宛てか」声に出して読みあげる。

「そうなんです。これは、ガードナー氏個人の口座ですよね。こうやって、差額を自分のふところに入れていたんですよ。いまお渡しした三通だけでも、合計二百ポンド近くになります。こんな手紙が、ほかにもたくさん綴じてあったんですよ。あまりたくさん持ち出して、夫妻に気づかれてしまっては困るので、とりあえず三通だけ。でも、これじゃホテルの経営が行き詰まるのも当然ですよね。こんなことがいつから続いていたのか、神のみぞ知るというところですけれど。何千、何万ポンドも横領していたのかもしれません」

「いや、実にすばらしい、ミス・ケイン」ピュントはほかの手紙にも目を走らせた。まちがいなく、それぞれ五十ポンドから百ポンドを超える額の返金を、業者に求めている。「ヘア主任警部が戻りしだい、これを渡さなくてはいけないな」

「この手紙をどうやって手に入れたかは、できれば内密にお願いします」

「お望みとあらば」

「それから、お話ししておきたいことがもうひとつ……」

ミス・ケインが頭を下げたのを見て、この秘書が最初からいかにも言いにくそうにしていたのは、犯罪の証拠となる手紙を盗んだ件ではなかったのだと、ピュントは悟った。心に重くのしかかっていたことが、ほかにあったのだ。「こんなことを申しあげるのは本当に心苦しいのですけれど、ミスター・ピュント、わたし、どうか辞めさせていただきたいと思うのです。もちろん、実際の退職までには一ヵ月の期間をおくつもりですけれど、それはきょうから数えることにしていただけますか」

ピュントは不意を打たれ、顔を上げた。「理由を訊いてもかまわないかね？」

「あなたの下で働くことは、とても楽しかったんです。お仕事ぶりには、心から感銘を受けていましたし。あなたは本当にすばらしいかたですわ。ただ、ご存じのように、わたしは昨日、あなたがヘア主任警部と事件について話しあっているのを聞いて、ひどく気分が悪くなってしまいました。殺人についての詳細な描写が——その、わたしにはどうにも耐えられなかったんです」

「それは無理もないことだよ、ミス・ケイン。きみの前であけすけにあんな話をしてしまって、あれはひとえにわれわれの責任だったのだ」

「あなたを責めるつもりはまったくありません、ミスター・ピュント。そんな、とんでもない。ただ、あなたがされているようなお仕事は、自分には向かないのだと、あれをきっかけにわたしは悟ったんです。ホテル業、保険業、食品製造業——そういった分野なら、わたしにとっては安心できる環境ですから、自分で言うのも何ですが、これまでも充分な働きをしてきたと自負しています。でも、若い女性が絞殺され、大勢の警察官が出動し、関係者はみな嘘の証言をする、などという状況は、わたしの知っていた世界とあまりにちがいすぎて。昨夜はこのことを考えて、まんじりともできませんでした。やがて、ついに日が昇るのを見たとき、決心がついたんです。あなたをがっかりさせてしまうのは本当につらいんですが、このお仕事は、わたしには向いていません」

「なるほど、よくわかるよ」ピュントはどこか悲しげな笑みを浮かべた。「きみの辞意は受け入れよう、ミス・ケイン。きみに代わる人材を見つけ出すのは至難の業だろうがね」

「そんなことはありませんよ。斡旋所には、わたしと同じくらい仕事のできる若い女性がたくさんいますから。わたしはただ、実際に退職する日までに、どうかあなたがこの事件を解決されることを願うばかりです。誰が犯人だったにしろ、正義の裁きを受けるのを見とどけたくて」

「その願いは、おそらくかないそうだね。ほら、いかにもいい知らせのありそうな顔をして、ヘア主任警部がやってきた」

ピュントの言うとおりだった。これまでに見せたことのない、きっぱりとした自信のある足どりで、主任警部がラウンジに入ってくる。ふたりを見つけると、まっすぐこちらに歩いてきた。「おはようございます、ミスター・ピュント――ミス・ケイン。どちらも朝食はお済みですか？」

「ええ、済ませましたよ、主任警部。バーンスタプルはいかがでした？」

「めざましい進展がありましてね。最初からわたしが行くべきだったと、自分の頭を殴りたいくらいです。地元の警察官にまかせるしかなかったんでね――まあ、部下たちを責められませんが。自分で足を運んでみるべきだと助言してくださって、本当に感謝していますよ」

「いったい何が明らかになったのか、われわれにも話していただけますか？」

「この件についてはもう、どうかわたしを信頼してください。これからまた《クラレンス・キープ》に向かうところなんですがね。よかったら、いっしょにいらっしゃいませんか？」

「それはもう、喜んで。ミス・ケイン、きみはどうする？」

「ぜひごいっしょします、ミスター・ピュント。いま、バッグを取ってきますね……」

ホテルの外には、もう一台の車にふたりの制服警官が待っていた。それを見て、ピュントはヘア主任警部に向きなおった。「わたしの見るところ、これから逮捕に向かうというわけですね？」

「そのとおり、ミスター・ピュント」つい昨日、ピュントに挨拶したときのヘア主任警部とは、まるで別人のようだ。「何か問題が起きるとは思っていませんが、いちおう地元の署からもふたり、応援を呼んでおいたんですよ」

「誰が犯人なのか、おわかりになったのね！」ミス・ケインが歓声をあげた。

「ええ、わかったつもりです」と、ヘア主任警部。「昨夜われわれが話していたことが、まさにこの解決につながったんですよ、ミスター・ピュント。そうそう、昨夜はすばらしい夕食をご馳走さまでした。今回はこういうことになりましたが、次の事件ではきっと、あなたの興味をそそる手ごわい謎と対決できるはずですよ」

「そうですね、きっと」ピュントはうなずいた。

《クラレンス・キープ》まで、短い道程（みちのり）を車で走る。前回と同じく、エリックが一行を玄関ホールに通してくれた。だが、この執事はいつもよりさらに態度がぎこちなく、身なりも乱れていたうえ、どうも警察の車とふたりの制服警官の姿を見て、すっかりすくみあがってしまったらしい。いまにもがたがた震え出しそうなところに、ヘア主任警部の言葉を聞いて、ようやくおちついたようだ。

「われわれはペンドルトン氏に用があってね。氏は起きているかね？」

　これを聞いて、エリックの顔にふっと安堵の色が広がったのを、ピュントは見てとった。

「ほんの三十分ほど前に、お茶を召しあがったところです」

「それで、いまはどこにいる？」

「上のお部屋に」

「では、呼んできてもらえるかね？　きみとチャンドラー夫人には、あとで話を聞くから自室で待機していてほしい。われわれはペンドルトン氏と内密な話があるのでね」

　これを聞いて、またしてもエリックは怯えたように見えたが、いまはただうなずくほかはなかった。「みなさんがいらしたと、旦那さまにお伝えしてきます」

　海を見晴らし、屋敷の脇に出られるフランス窓のある居間で、ヘア主任警部は屋敷の主人を待つことにした。数分後に姿を現したフランシス・ペンドルトンは、ぱりっとしたシャツにスーツのベストとズボンという恰好だったが、こんなにも大勢の人間が自分を待ちかまえているのを見て、いささかたじろいだようだ。ピュントはソファにかけている。ミス・ケインはできるだけ距離を空けておきたいとでもいうように、片隅の高い背もたれの椅子にちょこんと腰をかけていた。ヘア主任警部は居間の中心に立ち、制服警官のひとりは入口の扉の脇、もうひとりはフランス窓の前にいる。

フランシスはすぐに立ちなおった。「お目にかかれて嬉しいですね。何か新しい知らせでも？」

「捜査に大きな進展がありましてね。奥さんの死の当日にあなたが何をしていたか、あなたが供述した内容とも大きくかかわることです」

フランシスは動揺を見せた。「というと……？」

「椅子にかけていただけますか？」

「立ったままで、ぼくはかまいませんが」

「まあ、そうおっしゃらず……」フランシスが腰をおろすのを待って、ヘア主任警部は先を続けた。「前回こちらにお邪魔したときも、その前に話をうかがったときも、あなたはオペラ鑑賞のため午後六時十五分に屋敷を出た、奥さんは頭痛のため早く休んだと話していましたね。《ヨルガオ館》で支配人夫妻と何を話したか、ほんのしばらく奥さんから話を聞いたものの、夫婦で意見がぶつかるようなことはなかったと。そのとおりですね？」

「ええ、まちがいありません。ぼくが話したとおりです」

「そして『フィガロの結婚』の公演をどれほど楽しんだか、それも話していましたね。当日の出来映えについては、とくに何も触れていなかった」

「特筆すべきこともありませんでしたからね。公演を行ったのはセミプロの団体ですから。それでも、すばらしい舞台でしたよ」

「開幕に間に合ったんですね？」

「ええ」

「フィガロ役を演じた歌手はいかがでした？」

「誰が演じていたのか、よく憶えていませんね。しかし、いい歌手でしたよ。いったい何の話なのか、はっきりさせてもらえませんか、主任警部？」

　ヘア主任警部はしばし間を置き、やがて口を開いた。淡々と事実を述べるだけの口調で、決定的なことを告げるために。「あの日の公演は、けっして〝特筆すべきことがない〟出来ではありませんでした。もしも開幕に間に合っていたら、あなたは劇場の支配人が舞台に上り、本来フィガロ役を務めるはずだったヘンリー・ディクスン氏が、交通事故によって負傷したと発表したのを聞いていたはずですからね。ディクスン氏は舞台に上がる前、いつも散歩に出る習慣があったのですが、あの日は散歩の途中で轢(ひ)き逃げに遭ってしまったんですよ。幸い、生命はとりとめましたがね。そこで、フィガロ役はベントレー氏という人物が代役を務めることになったんですが、なにしろぎりぎりだったので、残念ながら台本を手に持って演技するしかなかったとか。出来はさんざんだったというのが観衆のおおよその意見で、終演後、返金を求めた客もけっして少なくはなかったようですよ」

　この話を、フランシス・ペンドルトンは押し黙ったまま聞いていた。

「それで、あなたは本当にその公演を観ていたんですか、ミスター・ペンドルトン？」主任警部が尋ねる。

さらに、長い沈黙があった。「観ていません」

「奥さんとホテルの経営について話しあったというのも嘘ですね。あなたがた夫婦は口論になった」

フランシスは何も言わない。ただうなずくだけだった。

「屋敷を出たのは、本当は何時だったんですか？」

「わかりません。最初のぼくの供述よりは遅かったでしょう。でも、それほど遅くはならなかったはずです」

「奥さんを殺した後で、屋敷を出たということですね」

フランシス・ペンドルトンは両手に顔を埋めた。「神さま、感謝します」そっとささやく。「あなたには信じてもらえないでしょうが、ぼくはずっと、この瞬間が来るのを待ち望んでいたんです――この苦しみが終わるのを。こうなったら、すべてをお話しします。何もかも、包み隠さずに。ぼくはすでに逮捕されているんですか？」

「いっしょに来ていただけるなら、署で正式に逮捕の手続きを取ります」

「申しわけない、主任警部。ぼくがどれほど申しわけなく思っているか、あなたには想像もつかないでしょう。こんな状態で、どうしてここまで耐えられたのか、自分でもわからない。これ以上はもう、とうてい無理だったんです」フランシスは自分の足もとに視線を落とした。「何か靴をはかないと。あと、二階に上着を取りにいってもかまいませんか？」

「ええ、どうぞ。ここでお待ちしますよ」

「ありがとう。ぼくは……」フランシスは何かを言おうとして、ふと思いとどまった。そのまま、まるで夢遊病者のような足どりで居間を出ていく。

「うん、思ったよりも簡単だったな」ヘア主任警部はつぶやいた。それから、ピュントをふりむく。「あの男がもっとも有力な容疑者だと、われわれの意見は一致していましたからね。結局、そのとおりになったということですよ」

だが、ピュントはどこか腑に落ちない顔をしていた。「しかし、まだ電話機の問題がある」口の中でつぶやく。「それに、ミス・ケインのまとめた、この事件を構成する十項目の時系列表があります。ペンドルトン氏を逮捕してもなお、あれが矛盾なく納まるとは思えないのですよ」

「それについては、最寄りの署に戻ったところでゆっくり話しましょう、ミスター・ピュント。重要なのは、われわれが犯人を確保したということですよ。自白も取れた。細かい点は、これから二日ほどかけて、ゆっくりと辻褄を合わせていけばいいじゃありませんか」

「もうひとつ確認しておきたいことがあります、主任警部。不運にも事故に遭ったディクスン氏の件ですが、轢き逃げの犯人はすでに見つかっているのですか？」

「まだなんですよ。そちらの件は、まだあまり捜査が進んでいなくてね。事故当時、現場を車で通りかかった人ふたりに話を聞けたんですが、道路脇に淡い色の車が停まっていたような気がすると。しかし、雨が激しかったので、はっきり何色かはわからなかったし、運転手も見えなかったというんです」

「淡い色ですか、なるほど。それはおもしろい……」

ピュントは先を続けようとしていたが、その瞬間、ミス・ケインが窓の外を指さして叫んだ。

「あそこに！」

みながふりかえり、同じものを見た。窓から何ものかが、この部屋の様子をうかがっていたのだ。

「いったい、誰が……？」ヘア主任警部が口を開く。

だが、その人影はあまりに早く逃げ去ってしまい、いったい誰だったのかはわからずじまいだった。みなが見たのは、窓ガラスに誰かが顔を押しつけ、片手で目の上に日よけを作りながら部屋の中をのぞきこんでいる姿だ。男なのか女なのか、それさえも判別がつかなかった。

誰もがいっせいに行動を起こした。制服警官のひとりは居間の扉を勢いよく押し開き、玄関ホールに飛び出した。もうひとりの警官も、その後を追う。ヘア主任警部はフランス窓から出るのがいちばん近道だと判断して走りより、鍵穴に挿しっぱなしになっていた鍵を回した。ピュントも主任警部を追い、すぐ後ろから庭に出る。

そこは屋敷の脇だった。フランシス・ペンドルトンの明るい緑のオースチン・ヒーレーが、いつもの場所に駐めてある。前方には、眼下に道路が延びていた。ふたりがそこに立っていると、ふたりの制服警官が玄関から外に飛び出してくる。ヘア主任警部が手短に指示を出した。

「ひとりはここに残れ。ペンドルトンが逃げないように。もうひとりは道路まで下りて、車がいないか見るんだ！」

制服警官のひとりが、玄関の前に立つ。もうひとりは、私道を走りおりていった。ヘア主任警部はピュントに歩みよった。「やつを見ましたか？」

「何ものかがいたのは見たのですが、誰だったのかはわかりませんでした」

「エリック・チャンドラーでしょうか？」

「あの男は、あんなにすばやくは動けませんよ。母親のほうも、年齢を考えたら無理でしょう」

ひとけのない庭を、ヘア主任警部は見わたした。「ひょっとしたら、どうということはない話かもしれませんよ。郵便配達人とか、お使いの少年とか」

「しかし、われわれに見られないよう万全の注意を払っているように見えましたよ」

「たしかに」

ピュントとヘア主任警部は、屋敷の裏をぐるりと回ってみた。こちらも、人影はない。厨房の裏手に通じる扉があり、主任警部が試してみると、鍵はかかっていなかった。あの謎の侵入者は、こちらに回ったのだろうか？《クラレンス・キープ》の敷地は低い塀に囲まれていて、その向こうには灌木（かんぼく）が生い茂っている。誰かが塀を乗りこえたとすると、次の瞬間には姿を隠せるだろう。実際、人の姿はどこにも見えない。完全に、後手に回ってしまったようだ。

そのとき、甲高くけたたましい悲鳴が、玄関ホールから聞こえてきた。

玄関前に立っていた警官が、まず中へ飛びこむ。ピュントとヘア主任警部は、それから十秒ほど遅れて後を追った。そのとき目にした光景は、誰もけっして忘れることができまい。

ミス・ケインは玄関に背を向け、階段の上り口に立っていた。その口から、まるで理性がはじけ飛んでしまったかのような悲鳴が漏れている。

フランシス・ペンドルトンは、階段をこちらに下りてくるところだった。上着をはおり、靴をはいている。何かを胸の前に抱えているようだ。その顔は、すっかり血の気が失せていた。指の間からは、血が流れ出している。ピュントはふと、前回ここで目にした映画の小道具のことを思い出した。『ハーレムの夜』で使われた、柄に色とりどりの石がはめこまれた短剣。それが置かれていたホールのテーブルにちらりと目をやり、やはり消えていることを確認する。フランシス・ペンドルトンが抱えているのが、その短剣だ。弧を描く刃は、深々とその胸に突きたてられていた。

フランシスが前によろめく。そして、抱きとめようとするかのように手を伸ばしたミス・ケインの腕の中に、力尽きて倒れこんだ。ミス・ケインがふたたび悲鳴をあげる。

フランシス・ペンドルトンは床にくずおれ、そのまま動かなくなった。

13　死の後に

ヘア主任警部は、すぐさまその場の指揮を執った。「ミス・ケインを頼みます！」そうピュントに叫ぶと、自分はフランシスの身体に駆けよって状態を調べる。ピュントは秘書の身体に腕を回し、厨房へ連れていった。ミス・ケインはもう叫んではいなかったが、いまや虚脱状態におちいってしまったようだ。その服の前面には、べっとりと血痕が付着している。そこに立っていた制服警官は目を大きく見ひらいたまま、身じろぎもできずにいた。まだ二十代の青年で、どうやら死体を見たのは初めてだったのだろう。しかも、つい一瞬前まで生きて動いていた人物なのだから。

「上の階へ！」ヘア主任警部は、その警察官に向かって叫んだ。「屋敷じゅうを調べるんだ。殺人犯人は、おそらくまだ邸内にいる」そう言いながら、片膝を床に落とし、フランシスの脈をとる。

警察官はすぐさま階段を駆けあがり、二階の通路を曲がって姿を消した。厨房では、ピュントが椅子を見つけ、優しくミス・ケインを坐らせていた。秘書の身体は激しく震え、頬にぼろぼろと涙がこぼれ落ちる。たとえ、ミス・ケインがすでに辞める決心をしていなかったとしても、こんなことが起きてしまえばどのみち同じだっただろうという思いが、ピュントの脳裏をちらりとかすめた。こんな状態のミス・ケインを、ここにひとり残しておくわけにはいかない。迷っていたところに、悲鳴を聞きつけて戻ってきたもうひとりの制服警官が、ちょうど戸口に姿を現す。

ピュントはそちらをふりむいた。「この女性を見ていてもらえるかね？」

「了解しました」

「無線機は持っているか？」

「申しわけありません。まさか、こんなことになるとは……」

「いや、いい。救急隊と応援を呼ぶのは、ヘア主任警部がやってくれるだろう。きみはここにいてくれ」

厨房を出ようとしたとき、裏の扉が開いて、フィリス・チャンドラーが姿を現した。「何があったんです？」鋭い口調で問いつめる。「悲鳴が聞こえましたよ。どうして、ここに警官が？」

「チャンドラー夫人、申しわけないが、しばらくこの厨房から動かないでください。くれぐれも、玄関ホールには行かないように。よかったら、わたしの秘書に濃いお茶を淹れてやってもらえませんか？　ひどい衝撃を受けてしまっているのです」そして、ピュントはミス・ケインのほうへ身を乗り出した。「すまないが、わたしはしばらくここを離れるよ。きみを病院に運ぶ救急車の手配はしておく。いま着ている服に触れないようにしてくれ、それは警察が証拠品として押収することになるからね。ここにいるふたりが、きみの面倒を見てくれる。わたしもすぐに戻るよ」

さっそくやかんに手を伸ばすチャンドラー夫人にうなずいてから、ピュントが玄関ホールに戻ると、ちょうどヘア主任警部が床から立ちあがったところだった。

「死亡しています」主任警部が告げる。

「とうてい信じられませんね。われわれの目の前で、あんなことが起きるとは」

「わたしの責任だ！」これまでに見たこともないほど、ヘア主任警部は打ちひしがれていた。「ペンドルトンを、ひとりで自室へ行かせるべきじゃなかったんだ」

「あなたが責任を感じることではありませんよ」ピュントは励ました。「あれは、ごく自然な流れでしたし……」階段の足もとに横たわっている死体に、ちらりと目をやる。「誰ひとり、こんなことは予測がつかなかったのですから」

「どうしてこんなことになったのか、わたしにはさっぱりわかりませんよ」

「これから、いろいろ質問をしてまわらないといけませんね。しかし、まずは電話をかけていただかないと。救急車を二台お願いします。一台はフランシス・ペンドルトンのため、もう一台はミス・ケインのために」

「そうだ、応援も呼ばないと」

上の階を調べにやった警察官がもどってきた。死体を見ないようにしようと努めながらも、ついつい視線がそちらへ向いてしまうようだ。「上には誰もいませんでした、主任警部。二階の小さな台所に坐っている男がいたんですが、ここで働いているそうです」

「エリック・チャンドラーか」と、ヘア主任警部。

「そうです。ほかには誰もいませんでした。外も見てきましょうか？」

「それはいい思いつきだ」

若い警察官は死体の脇をおそるおそる通りすぎ、外へ向かった。

ピュントはひとり、現場に残された。黒っぽい血が木の床に広がっている。それを見ていると、ふと昨夜の月に照らされた海を思い出さずにはいられない。あのとき、ピュントは何か邪悪なものがトーリー・オン・ザ・ウォーターに存在するのを、たしかに感じとっていた。あの予感が、こんなにも早く的中するとは思わなかったが。

「では、わたしは電話をかけてきますよ」ヘア主任警部が居間へ戻る。


三時間後、ヘア主任警部とアティカス・ピュントは《クラレンス・キープ》の居間に、向かいあって腰をおろしていた。このときばかりは、どちらもとうてい穏やかな心境ではいられなかったのも無理はない。ヘア主任警部はいまだ自らを責めていたし、ピュントでさえも、自分は犯人に愚弄されたのではないかという思いが胸に兆しはじめていた。事件が起きて一週間後に捜査を依頼されるのはよくあることだが、まさかこんなふうに、自分の目の前で殺人をやってのけられるなどという目に遭うとは。これまで、こんな経験をさせられたことはない。

事件が起きてしまってからは、さまざまなことが矢継ぎ早に展開していった。二台の救急車と四台の警察の車がバーンスタプルから駆けつけて、どんな殺人事件にもつきものの手順を遂行する。まずは、フランシス・ペンドルトンは心臓に達するひと突きにより死亡したと、警察医が宣言。次に警察の写真係が、それぞれ異なる角度から二十枚にわたって現場を撮影する。指紋採取の専門家は、一週間以上前に二階で行ったのと同じ作業を、一階のいたるところでくりかえした。遺体はストレッチャーに載せられ、救急車でエクセターに運ばれて、さらなる検分が行われることになる。もう一台の救急車は、すでにミス・ケインを乗せ、病院へ向かっていた。

レナード・コリンズ医師とその妻であるサマンサは、いまだロンドンにいることが確認された。映画プロデューサーのサイモン・コックスは、ロンドンのメイダ・ヴェールにある自宅に。ランス・ガードナーは午前中ずっと《ヨルガオ館》で勤務しており、その妻モーリーンは、無断欠勤したナンシー・ミッチェルの代わりにフロントで受付をしていた。

事件関係者のうち、ナンシーとアルジャーノン・マーシュだけは居場所を確認することができず、現在は警察が行方を探している。

事件直前に窓からのぞきこんでいた、あの謎の人影は、どこへともなく消え失せてしまっていた。それが誰だったにしろ、足跡も、そのほか何の痕跡も残ってはいない。ヘア主任警部とピュントの両方がちらりと目撃しているとはいうものの、ひょっとしたらただの想像の産物だったのではないかとさえ、いまとなっては思えてしまう。

「わたしが考えるに、フランシス・ペンドルトンは自殺したんじゃないでしょうかね」ヘア主任警部が沈黙を破った。「もちろん、これから正式な検死審問が開かれますが、わたしの意見を訊かれたら、それしか説明がつかないように思えるんですよ。だって、この状況を見たら明らかじゃありませんか！　犯行に使われた短剣は――メリッサ・ジェイムズの映画で使われた小道具のひとつでしたね――階段のすぐ脇のテーブルに置かれていたんですよ。上着と靴を取りに二階へ上がるとき、ペンドルトンもまちがいなくあの短剣を目にしているはずです。あの直前に、ペンドルトンは妻を殺したと自白したところでしたからね、これでもう自分は終わりだと観念したんでしょう。それで、短剣に手を伸ばし、楽な逃げ道を選んだ。結局のところ、それが最善の方法だったかもしれませんよ。裁判費用も節約できますしね」

「では、あの謎の侵入者は？」

「わたしには、あの侵入者にペンドルトンが殺せたとは思えないんですよ、ミスター・ピュント、たとえそれが目的で屋敷にやってきたのだとしてもね。窓からのぞきこむ人影をあなたの秘書が発見してから、ペンドルトンが刺されるまでには、せいぜい一分半くらいしか経っていないはずです。被害者を殺すためには、その間に屋敷の外をぐるっと回り、裏口から入らなきゃならないんですからね。裏口から厨房に入ったら、そこからさらに玄関ホールへ進み、あの短剣を手にして被害者を刺してから、どこへともなく姿を消す。あの侵入者に、そんな時間があったと思いますか？」

「わたしはまだ何の推論も立ててはいませんよ、主任警部。しかし、その点ではあなたと同意見です。いまおっしゃったような方法で被害者を殺害するのは――不可能とまでは言わないまでも――きわめて困難にはちがいありません」

このときばかりは、ヘア主任警部も感情をあらわにせずにはいられなかった。こんなふうにむきになって自説にこだわる気持ちは、ピュントにもよく理解できる。ヘア主任警部にとって、これは最後の事件だったのだ。事件をみごと解決して、上司からも感謝と祝意を伝えられ、気持ちよく退職したいと願っていたにちがいない。さらにややこしい事態が起きることなど、まったく予測してはいなかったし、実際にそんな状況になったときには、不意を突かれてあわてるばかりとなってしまったのだ。

「どう見ても、これはごく単純な話ですよ」ヘア主任警部は言いはった。「フランシス・ペンドルトンは妻を殺しており、その事実が露見してしまった。あの男が言ったことを、あなただって聞いていたでしょう。すべてが終わることを、あの男は望んでいたんですよ」

ピュントは申しわけなさそうな顔になった。「ペンドルトン氏が妻を絞殺した、それは充分にありうることです。それは、わたしもこの捜査を通じてずっと言ってきましたし、いまや例のオペラについて、氏が嘘をついていたという事実も明るみに出たわけですしね。それでも、まだ電話機の問題は解決していません。昨夜の夕食の席でもその話になったことを、あなたも憶えているでしょう」

「ああ、そうでしたね！　電話機か。どうして、その問題とやらをさっさと説明してくれないんです？　ずいぶんと、ひとりで奇妙な考えにとりつかれているようですが（ガット・ア・ビー・イン・ユア・ボンネット）！」

「何ですって？　ミツバチ（ビー）？」

「英語にそういう言いまわしがあるんですよ。いったい、電話機の何がそんなに気になるんです？」

「単純なことなのですよ、主任警部、しかし、これがそもそもの最初から引っかかっていまして。電話機の本体にも、受話器にも、指紋はひとつも残っていなかったというお話でしたね」

「そのとおりです。きれいに拭きとられていました」

「しかし、電話機を凶器として使ったのがフランシス・ペンドルトン氏は屋敷の主です。あの電話機だって、何度となく使ったことがあったはずですよ。自分の指紋を拭いとる必要などないでしょうに」


ヘア主任警部は考えこんだ。「たしかにね。だが、ひょっとしたらわれわれの疑いをそらそうと、わざと電話機を拭いたとは考えられませんかな？」

「その可能性は低いかと思いますね」

「そうだとしても、何が変わるというんです、ミスター・ピュント？　フランシス・ペンドルトンは殺害を自供したんだ！　われわれふたりとも、この耳で聞いたじゃありませんか」

「ペンドルトン氏による殺害の自供など、わたしは聞いていませんよ、主任警部。氏はただ、包み隠さずすべてを話す、と言っただけです」

「そのとおり！」

「しかし、何を話すつもりだったのでしょう？」

「そんなことは知りませんよ」ついに、ヘア主任警部は我慢できなくなってしまったようだ。

「ひょっとして、村の売店でお菓子を万引したとか、駐車禁止区域に車を駐めたとか、そんな話をするつもりだったのかもしれませんがね。だが、殺人罪で逮捕するとわたしが告げた以上、ペンドルトンの頭にあったのもそのことだったんじゃありませんか」そこまでまくしたてて、ふと口をつぐむ。「申しわけありません、ミスター・ピュント。あなたにこんな口をきくべきじゃなかった」

「主任警部」ピュントはふたたび口を開き、今度はゆっくりと言葉を選びながら続けた。「謝る必要などありませんよ。ただ、その必要もないのに、わたしがわざとこの事件を複雑にしているとは、どうか考えないでください。わたしとしては、この事件のすべてをペンドルトン氏が自供しようとしていたとは、とうてい思えないのです。そして、どうしてあれが自殺ではなかったと考えられるのか、それについては理由を三つ挙げてみましょう」

「ええ、どうぞ！」

「第一に、ペンドルトン氏がこの部屋を出たのは、上着と靴を身につけるためでした。氏が自殺するつもりだったとするなら、それは単にひとりきりになるための口実にすぎません。わたしの言いたいのはここなのですよ。ペンドルトン氏は実際に上着をはおり、靴をはいていました。両方とも身につけて、死を迎えたのです。いったい、どうしてそんなことを？　どうせ死ぬつもりなら、何を着ていようがかまわないのではありませんか？」

「こんなことを言うのは失礼かもしれませんが、あなたは英国紳士の考えかたというものを理解しておられないようです、ミスター・ピュント。わたしは以前、トーントン一帯の地主だった人物が、自分の頭を撃って自殺した事件を担当したことがあるんですがね。その地主は金銭的な問題を抱えていて、自分はこういう理由で死を選ぶのだということを、きちんと遺書に記していましたよ。そして、自殺する際にはちゃんと、ディナー・ジャケットを身につけていたんです。いざ旅立つときには、いちばん立派な服を着ていたかったんですよ」

ピュントは肩をすくめた。「なるほど。では、次に短剣の置き場所について考えてみましょう。あれは階段の上り口の脇、テーブルの上に置いてありましたね。しかし、ミス・ケインが目撃したとき、ペンドルトン氏は階段の途中、一階の床より何段か上の位置にいました。そして、あの短剣はすでに胸に突き立っていたのです。これは、いったいどういうことなのでしょう？　ペンドルトン氏は二階の自室へ、短剣を持って上がったということでしょうか。そして、なぜか階段を下りる途中で、短剣を胸に突きたてた？　そう考えると、どうも意味がわからないのですよ。さらに、自殺の方法の問題もあります」ヘア主任警部がふたたび口をはさむ前に、と、ピュントは急いで言葉を継いだ。「これが日本人だったら、ハラキリという方法を選んでも、別に不思議はないのかもしれませんがね！　しかし、あなたもいまおっしゃったように、ペンドルトン氏は英国紳士でした。こんな方法の死を選んだ話を、これまで聞いたことがありますか？　二階には、自分の浴室に剃刀（かみそり）もありました。ネクタイで首を吊ることだってできたはずです。それなのに、あえて短剣を選び、それを自分の胸に突きたてるとは……？」

「それだけ自暴自棄になっていたんですよ」

「とはいえ、上着をはおり、靴をはくだけの余裕はあったわけですよね」

「わかりましたよ」ピュントの筋道の立った論理に逃げ道はないと悟り、ヘア主任警部はのろのろとうなずいた。「それでは、いったいどういうことだったと、あなたは考えておられるんですか？」

「庭に侵入した謎の人影の正体をつきとめてからでないと、それにはお答えできません。しかし、この屋敷を出る前に、ひとつ解決しておかなくてはならない疑問があります」

「どんな疑問です、ミスター・ピュント？」

「ミス・ジェイムズの寝室の壁紙は、なぜ破れていたのでしょう？」

マデレン・ケインが救急車で搬送されていくと、フィリス・チャンドラーはまた階段を上り、エリックとともに、自分たちのこぢんまりした居間に腰をおちつけていた。周りには、スーツケースが並んでいる。フランシス・ペンドルトンに屋敷を出ていくよう命じられてすぐ、ふたりは荷造りを始めたのだ。だが、母子の旅立ちは、屋敷の主の死によって出鼻をくじかれてしまった。朝からふたりはほとんど口をきいておらず、いまも無言のままだ。扉をノックする音がして、ピュントとヘア主任警部が部屋に入ってきたのを見ても、どちらも反応しなかった。

「ここを出ていくのですね？」並んだスーツケースを見て、ピュントが尋ねた。

「ええ、そうなんです。正直に言って、あたしはもう、一分だってここに長居したくはないんですよ。あんなことが起きたいまとなっちゃね」

「といっても、そのまま雲隠れされては困るよ、チャンドラー夫人」ヘア主任警部が釘を刺した。「あなたがたには、もう少し訊きたいことも出てくるだろうから」

「あたしは雲隠れなんかしませんよ、主任警部。ビュードの姉のとこへ身を寄せるんです」

「それで、息子さんは？」

フィリスがちらりと息子を見やる。エリックは肩をすくめた。「おれがどこへ行くのかなんて、自分でもわかりませんよ。友だちもいないし。何も持ってないんだから。もう、どうなったって——」

ピュントは一歩前に踏み出した。自分たちが作りあげてしまった檻に囚(とら)われて、こんなにもみじめな思いをしている人々には、めったにお目にはかからない。それでも、いまはどうしても解決しなくてはならない問題がある。「チャンドラー夫人、あなたと——そして、息子さんとも——お話ししなくてはならないことがあります」

自分も話に出てきたのを聞き、エリック・チャンドラーが後ろめたそうな顔で目を上げた。

「まず、今朝ペンドルトン氏が襲われたときのことですが。あなたがたふたりは、この部屋にいたんでしたね」

「ええ、そうです。あたしたち、荷造りをしてたんですよ」

「つまり、きょうのこの怖ろしい事件が起きる前から、ここを出ていくと決めていたわけですね？」

言うつもりはなかったことをうっかり漏らしてしまったと気づき、フィリスは大きく息を吸いこんだ。「実を言うと、あたしたちはペンドルトンさまから暇を出されちまったんです。この屋敷はもう売りに出すから、おまえたちに働いてもらう必要もなくなる、って」

「それにしても、ずいぶん急ですね」穏やかな口調で、ピュントは指摘した。

「ペンドルトンさまがお決めになったことですから。旦那さまには旦那さまのお考えがあったんでしょうよ」

ヘア主任警部が口を開いた。「ミス・ケインの悲鳴は聞こえたね。あのときは、息子さんといっしょだった？」

フィリス・チャンドラーはためらった。本当のことは言いたくなかったが、どうしようもないこともわかっている。「あたしはここにいました。エリックは自分の寝室に」

「おれも荷造りしてたんです」と、エリック。「何も見てませんよ」

「あたしたちふたりとも、何も見てないんです」

「窓から外をのぞいてはみませんでしたか？　誰かが走っていく音は聞こえなかった？」

「どうしてそんなことばかり訊くんです？」フィリス・チャンドラーがぴしりと言いかえした。

「あたしはもう耳が遠いんだって、前にも言いましたよね。あたしたちが知ってるのは、お屋敷に警察の人がいっぱい押しかけてきたってことだけですよ。おまえたちは自分の部屋にいろって言われて、ずっとそのとおりにしてただけなのに！」

「ペンドルトン氏は、どうしてあなたたちに暇を出したのですか？」

「さっきも言いましたけど――」

「さっきの話は嘘ですね、チャンドラー夫人」今度はピュントが怒りを見せる番だった。「ここから先は、本当のことしか話してはいけません。この屋敷では、すでに二件の殺人が起きているのです。あなたが息子さんを守りたい一心なのはわかっていますが、これ以上わたしに白を切りとおせるとは思わないように！」

「何のお話なのか、さっぱりわかりませんけど」

「それなら、見てもらいたいものがあります」

誰にも止める間を与えずに、ピュントは決然とした足どりで部屋を出た。ヘア主任警部も、その後に続く。エリック・チャンドラーと母親は目を見交わしたが、やがて後を追った。

何を探せばいいか、ピュントにはわかっていた。メリッサ・ジェイムズの寝室の壁紙を見て、ふとあのルーデンドルフ・ダイヤモンド事件の捜査で訪れた、あのナイツブリッジの屋敷を思い出したのは、奇妙な偶然にすぎない。だが、そのおかげで、まったく同じ手がかりに目が吸いよせられたのだ——壁紙の破れ目に。それでも、何も考えずに忘れてしまっていた可能性もある。だが、ピュントの脳裏には、サイモン・コックスが立ち聞きしたという会話の記憶がよみがえっていた。〝《ヨルガオ館》が曲がっていたとか、見てしまったとか、何かそんなようなことを〟——この言葉はまったく意味をなさない。たしかに、ガードナー夫妻の心根は曲がっていたかもしれない。何か曲がった行いが、ホテルの中でひそかに続いていたというのもわかる。しかし、ホテル自体が曲がっているというのは、いったいどういう意味なのだろう？

ピュントの向かった先は、メリッサの寝室ではなかった。角を曲がり、その寝室の壁に沿って走る廊下に足を踏み入れる。ここは、まだ使用人棟の領域だ。歩きながらもピュントは正確に距離を測り、やがて、前にも目をとめていた一連の写真の額の前で立ちどまる。トーリーのさまざまな風景の写真――灯台、砂浜、そしてホテル。エリックとその母親が声も出せずに怯えて見まもる中、ピュントは《ヨルガオ館》の額を外し、その後ろのレンガの壁にドリルで穿たれた穴をあらわにした。

「やはり、思っていたとおりでしたね」と、ピュント。

ヘア主任警部は穴に近づき、片目で穴をのぞきこんだ。視界に映ったのは、メリッサ・ジェイムズの寝室だ。この壁の向こう側に貼られていた鳥と蓮の葉柄の壁紙を考えると、この穴は模様にまぎれて、ほとんど見えないにちがいない。主任警部がふりむくと、フィリス・チャンドラーはもう、いまにもわっと泣き出さんばかりだった。エリックは蒼白になり、どうにか息を吸いこもうと口をぱくぱくさせている。

「これはどういうことなんだ?」ヘア主任警部は詰問した。

「おそらく、のぞき穴ではないかと思いますよ」ピュントが答える。

ヘア主任警部は嫌悪感をにじませて、エリックをじっと見つめた。「きみはのぞきをやっていたのか!」エリックは声も出せずにいる。主任警部はピュントをふりかえった。「どうやってこれに気づいたんですか?」

「サイモン・コックスが漏れ聞いたという、あの言いあらそいのことは憶えていますね。チャンドラー夫人は、息子のしていたことに気がついたのです。《ヨルガオ館》の額が曲がっているのに気づき、自分も見てみた、と。つまり、ドリルで開けた穴をのぞいてみた、ということですよ。コックス氏は会話のすべてを聞いたわけではありませんでしたが、これだけでも充分に辻褄が合っているのがおわかりでしょう」

ヘア主任警部は軽蔑の目でフィリスを見た。「あなたもこれを知っていたんだね？」

厳しい顔つきのまま、年老いた家政婦はうなずいた。「あたしはあの額を外してみたんです。まさに、あの事件のあった日でしたよ――ミス・ジェイムズの亡くなられた。あたしは窓から外の様子を見ようとして、ふと、あの額が曲がってるのに気づいたんです。このことがあったせいで、あたしたちはしばらく厨房で話をしていて、出発するのが遅れちゃって。あたしがどんな気持ちだったと思います？　もう、とことん打ちのめされましたよ。自分の息子が、あんなことを！」

「それで、これを知られたら、ミス・ジェイムズは死ぬしかないと言ったのかね？」

「とんでもない！」フィリス・チャンドラーはすくみあがった。それから、ふと思い出したらしい。「あたしが言ったのは、こんなことを知ったら、ミス・ジェイムズはあまりの屈辱に死んでしまうかも、ってことですよ。そんな意味じゃないんです！　だって、そうでしょう。奥さまはエリックを信じてらしたんですよ。まさか、のぞかれてるだなんて夢にも思わずに」

「おれは、そんな……」エリックは何かを言おうとしたが、続く言葉は出てこなかった。

だが、フィリスは容赦なく続けた。「それで、今朝のことですけど、ペンドルトンさまがおっしゃったんですよ、誰かが奥さまの寝室に忍びこんで、奥さまのものを盗み出したって」

「奥さまのものというと？」ヘア主任警部が尋ねた。

「ごく個人的なものですよ。寝巻です。ベッドのそばの箪笥から……」

「おれじゃない！」エリックが叫んだ。

「おまえに決まってるじゃないの！」母親は激昂し、息子に向きなおった。「こうなってもまだ嘘を重ねて、いったい何になるんだか。でぶの怠けものだってだけじゃなく、頭の中まで腐りはててるなんて、おまえみたいな息子は、いっそ生まれてこなきゃよかったんだ。やれやれ、父さんが生きてたら、おまえを見てさぞかし恥じ入っただろうよ！」

「母さん……」

それは、ぞっとするような光景だった。息子は声をあげて泣きわめき、頬には涙がぼろぼろとこぼれ落ちている。そのままふらふらと後ずさったかと思うと、エリックは肩を壁にぶつけ、ずるずると床に坐りこんでしまった。ピュントとヘア主任警部があわてて駆けより、手を貸してチャンドラー家の居間へ連れ帰る。ソファにエリックを坐らせると、主任警部は水の入ったグラスを持ってきてやった。だが、エリックはそれを飲むことさえできない。ただ、とめどなくすすり泣いているばかりだ。フィリスは戸口にたたずんで、じっとその様子を見つめているが、息子の苦しみに寄り添おうとする表情は、その目にまったく浮かんでいない。フィリスがここまで夫を深く愛していなかったとしたら、そしてその愛情を少しでも息子に向けてやっていたら、この母子の日々ははるかにもっと幸せなものとなっただろうにと、ピュントは思わずにいられなかった。

「それで、どうなるんです？」フィリスは尋ねた。「この子を逮捕するんですか？」

「まあ、息子さんが法律を破ったことはまちがいない」ヘア主任警部の口ぶりは、どこか歯切れが悪かった。「逮捕も充分にありうる状況だが……」

「おれはただ、奥さまを見ていたかっただけなんだ！」すすり泣きながら訴えるエリックの声は、ほとんど聞きとれないほどだった。「あんなにきれいな人だったから。奥さまを傷つけたことなんかない。何も盗んでなんかいないんだ！」

ヘア主任警部はちらりとかたわらに目をやり、ピュントがうなずくのを確かめて口を開いた。

「だが、きみたちふたりはここを出ていくところだし、被害を訴えたはずのペンドルトン氏もミス・ジェイムズも、もはやこの世にいない。だとすると、きみたちをこのまま送り出すのがいちばんいいのかもしれないな。こちらから、いつでも連絡がとれるようにだけはしておいてくれ。それから、エリック……きみはコリンズ先生に相談して、誰か力になってくれる人を紹介してもらうべきだ。きみは、ひどくまちがったことをしたんだからね」

「おれは何も――」

「わたしからはもう、何も言うことはないよ」

ヘア主任警部とピュントは、チャンドラー家の居間を出た。戸口に立っていたフィリスは、脇に退いて道を空ける。ふたりとも、母子のほうをふりかえろうとはしなかった。

「これが正しい判断だったことを願うばかりですよ」階段を下りながら、ヘア主任警部はつぶやいた。「もしもフランシス・ペンドルトンが殺されたのだとしたら、エリック・チャンドラーは容疑者の筆頭に躍り出るかもしれないのに。いや、実際、いまのところほかに容疑者はいませんよね。あの男は屋敷の中にいたし――それに、あなたも母親の言っていたことを聞いたでしょう。息子は自分の部屋にいた、自分は別の部屋にいた、と。つまり、息子が本当はどこにいたのか、母親は知らないってことですよ。妻の寝巻だか何だかを盗んだ罪で、ペンドルトンに警察に突き出されるとエリックが思いこんだとしたら、それは殺人の動機になりうるでしょう」

「たしかに、おっしゃるとおりです」ピュントはうなずいた。「あの男はひどく歪(ゆが)んでしまっている。エリックの人生はずっと、さまざまな意味で不運ばかりだったのでしょうね。それでも、わたしの見るところ、けっして暴力的な人間とは思えないのですよ。あの男なりの歪んだ方法ではありながら、エリックがメリッサ・ジェイムズを崇拝(すうはい)していたのはまちがいありません。そんな人間が、崇拝する女性の夫を殺すでしょうか?」

ふたりが玄関ホールに下りると、居間から出てきた制服警官がこちらに近づいてきた。どうやら、ヘア主任警部を探していたらしい。手には、透明な証拠品袋に収めた手書きの手紙を持っている。「ちょっとよろしいですか。これはぜひ、主任警部にお見せしておかないと思いまして。居間の書きもの机を捜索していて、引き出しの底から見つけたんです。大量の古い書類の間に、見つからないよう隠してありました」

手紙を受けとったヘア主任警部は、注意ぶかく文面に目を走らせた。「なるほど、これを読むと、あなたのお考えも変わるかもしれませんよ」口の中でつぶやく。「ひょっとして、やはりわたしが正しかったのかもしれないな」そして、手紙をピュントに見せた。紙はくしゃくしゃに丸めた形跡がある。書いている途中で、丸めて捨てられたもののようだ。

二月十三日
愛しい愛しいあなた、
わたしはもう、こんなふうに自分を偽っては生きていけません。どうしても無理。こうなったら思いきって、わたしたちの運命を、お互いにとってどれほど大切な存在なのかを、世間に明らかにすべきだと思うの……

「メリッサ・ジェイムズには愛人がいて、フランシス・ペンドルトンとは別れたいと思っていたわけです。自分は捨てられると思うととうてい耐えられなくなり、ペンドルトンは妻を殺し、それが露見したと知って自ら死を選んだ」ヘア主任警部は見せていた手紙を引っこめた。「これ以外に、どういう解釈がありうるというんです?」

「たしかに、一見したところ、いかにもありえそうな説には思えます」ピュントはうなずいた。

「しかし、主任警部、この事件が解決したと考える前に、あとひとつ、どうしても必要な情報があるのですよ」

「というと?」

「メリッサ・ジェイムズには愛人がいた。それはたしかです。しかし、それは誰だったのでしょうか?」

14　轢き逃げ

「ここで何をしている？」コリンズ医師は尋ねた。

「実はね、あんたを待ってたんだ」アルジャーノンは答えた。

《教会の家》の台所に入ってきた医師は、そこでテーブルに向かい、タバコをふかしている義弟と顔を合わせたところだった。サマンサは次の礼拝の準備のため、子どもたちを連れて牧師を手伝いにいっている。妻は教会で時間をすごすのが好きなのだ。ミッチェル夫人が掃除に来るのは、夕方近くになる予定だった。そんなわけで、ここにいるのは自分ひとりだと、コリンズ医師は思っていたのだ。


　アルジャーノン・マーシュのことは、もともと好きではない。義弟が過去にしてきたこと、現在していることはうんざりするほどよく知っていて、そんな人間を家に泊めるなど、本来なら勘弁してもらいたいところだ。だが、この件については、ほかのさまざまなことと同じく、自分よりはるかに寛大な性格のサマンサの意見を尊重している。妻をどれほど説得しても、アルジャーノンが生まれたその日から厄介ごとの権化のような人間だと、納得させることはできなかったのだ。その点、この姉弟の両親には先見の明があったのかもしれない。アルジャーノンというのは、どこかの通俗劇に登場した悪漢にちなんで名付けられたのだという。この青年は、まさにその名にふさわしく育ったというわけだ。

こうして顔を合わせると、コリンズ医師はあらためて苛立たしさがつのるのを感じていた。ある意味で、自分とこの男とは正反対の人間なのだ。自分は医師になって十五年、最初はスラウで、それからトーリーに移ってきて、妻とふたりの子を養うのがやっとという給料ではあるが、まさに昼も夜もなく患者のために働いている。だが、そんな境遇に不平を漏らしたことはない。医学の道は自分の天職なのだから——戦時中も、英軍医療部隊に所属し、しっかりと務めをはたした。いっぽうアルジャーノンはといえば、当然のことながら、きつい作業はいっさい回避して、ロンドンの中心街で身体の楽な仕事ばかりを選んでいる。高級スーツやフランス車をひけらかし、最終的には自分だけが得をするように計算されたあやしげな事業計画に沿って突き進むこの青年は、利己心と享楽主義の時代へ英国を引きずりこもうとしている新世代の象徴のように、コリンズ医師には見えていた。

いま、こうしてアルジャーノンがテーブルに——わが家のテーブルに——向かい、台所じゅうにタバコの煙を漂わせている態度も、まるでわざとこちらを挑発しているかのように思える。こんなやつをわが家に招いたおぼえはない。勝手に来ておいて、あたかも自分の家であるかのようにふるまっているのだ。

「どういうことかな。わたしを待っていたって?」コリンズ医師は尋ねた。サマンサのためにも、せめてもの礼儀は守ることにしよう。

「ああ、そうだよ。あんたと、ちょっと話でもしようかと思ってね」

「いったいわたしと何の話をしようというのか見当もつかないが、残念ながら、ご期待には沿えないな。検討しなくてはならないカルテがあるんでね」

「そっちは後回しにしときゃいい」

「悪いが、そうはいかないんだ」

「まあ、坐れよ、レナード。話があるんだ」これは、誘いかけではない。脅しだ。アルジャーノンの声、そしていかにも愛想のいい笑みから何か穏やかならぬものを感じとり、コリンズ医師は振り切って立ち去るのをためらった。こんなやつにかまうなと直感はささやいているのに、あえて向かいの席に腰をおろす。

「恩に着るよ」またしても、アルジャーノンは言葉とは裏腹の意味をはっきりと匂わせた。ひどく冷たいまなざしで、目の前に坐った相手を見すえる。

「どういうことなんだ、アルジャーノン？　わたしは本当に――」

「これのことだよ」

アルジャーノンはポケットからたたまれた紙を取り出し、目の前で広げてみせた。ロンドンの弁護士事務所《パーカー&ベントレー》からサマンサに宛てた手紙であることに気づき、コリンズ医師ははっとした。アルジャーノンはその手紙を、広げたままふたりの間のテーブルに置く。

「これをどこから持ち出した？」コリンズ医師が憤って詰問した。「わたしの机を漁ったな。よくもまあ、そんなことを！　泥棒のような真似をして、恥ずかしくないのか？」

「あんたは、これをぼくに話さないつもりだったんだろう？　わが愛しのジョイス叔母がニューヨークでくたばって、サマンサに財産を遺したってこと――実のところ、総額はいくらだったんだ？　昨日、あんたたちがロンドンに行ったのは、そのためだったんだろう」

「きみには関係のないことだ」

「関係はあるさ、大ありだよ、レナード。忘れてるんだったら教えてあげるけど、ぼくはサマンサの弟なんだからな。あのばあさんとだって、一時期はいっしょに暮らすはめになったんだ」

「叔母さんは、きみには何も遺さなかったんだ、アルジャーノン。きみの生きかたに賛成してはいなかったからね――それを言うなら、わたしも同じだ。総額がいくらだろうと、きみには一ペニーも渡りはしないよ」

「それはサマンサの意見なのか？」

「そうだ」

「それとも、あんたがサマンサにそう言わせてるのかな？　ぼくの記憶では、サムはいつだってぼくに甘かったけどね――少なくとも、あんたと結婚するまでは。サムなら、自分に舞いこんだ幸運は喜んでぼくに分けてくれるさ、あんたのお望みのものを賭けたっていい。で、結局、いくらだって言ったかな？」

「何も言っていないがね」

「まあ、こっちはこっちでちょっとばかり調べてみたんだ。ハーラン・グーディスは広告業界で大儲けしたらしいな。友だちから聞いた話じゃ、百万ポンドでもおかしくないとか」

「いったい何が望みなんだ、アルジャーノン？」あからさまな軽蔑をこめて、コリンズ医師は義弟を見つめた。

「半々に分けるのが公平ってもんじゃないかな」

医師は義弟をにらみつけ、やがて短い笑いを漏らした。「正気か？」

「あんたは承知しないってことだね？」

「わたしの意見はもう伝えたはずだ。あの財産を、きみが手にすることはない。相続人に指定されたのは家内だ。きみにはいっさい何も遺さないというのが、きみの叔母さんの意思だったんだよ。サマンサがわたしの助言を聞き入れるなら、あの財産を相続した後、きみとはもうかかわりを持たないだろう」

「サムはあんたの言うことをきくのか？」

「ああ」

「そりゃよかった。だったら、やっぱり考えなおせと説得したら、そのとおりになるんだな」

「どうしてまた、わたしがそんなことをしなきゃならない？」

「なぜなら、あんたについちゃ、ぼくもひとつふたつ知ってることがあるんでね、レナード。あんたがサマンサに——そして、ほかの誰にも——知られたくないだろうことを」

コリンズ医師は顔に一発食らったような表情を浮かべた。「いったい、何の話だ？」

「はっきり言ってもらいたいのかな？」

「わたしを脅迫する気だな！」

「ああ、脅迫してるし、どうやらうまくいってるらしい」アルジャーノンは身を乗り出した。「特定の患者に対するプロ意識の欠如、とでも言っておこうか?」

「きみが何をほのめかしているにせよ、それはきっぱりと否定させてもらう。わたしには何ひとつ後ろめたいところはないのでね、わたしを貶めようというきみの情けない企でも、きみが刑務所にぶちこまれるだけで終わるさ。きみには当然の報いだが」

「サマンサはそうは思わないだろうな」

「家内を巻きこむな!」

コリンズ医師が立ちあがり、義弟につかみかかろうとしたとき、家の敷地に車が、一台ならず二台も乗り入れてきたのに気づき、ふたりは口をつぐんだ。最初の車から降りてきたのは、アティカス・ピュントとヘア主任警部。そして、後ろの車からは制服警官たちが姿を現す。

アルジャーノンは立ちあがり、窓の外に目をやった。「どうやら、この楽しい話の続きはまたいずれ、ということになりそうだな」わざとらしく気どった口調だ。そして、テーブルの上の手紙に手を伸ばすが、コリンズ医師が先に引ったくる。「ぼくが何の話をしてるのか、あんたは重々承知のはずだ」アルジャーノンは続けた。「遺産はきっちり半々に。しばらくの間は、何も言わずにおいてやるよ。あんたは色仕掛けでも弁舌でもいい、すべての手を尽くしてサムを説得することだな。こっちも、そう長くは待てないんでね」

玄関の呼鈴が鳴った。

コリンズ医師は、しばらくアルジャーノン・マーシュをにらみつけていた。やがて視線をそらすと、来客を迎えに玄関へ出る。

戸口に立っていたヘア主任警部は、何かがおかしいとすぐに気づいた。ふだんは穏やかでくつろいだ雰囲気のコリンズ医師が、見るからに動揺している。それは、けっして警察官が大挙して自宅に押しかけてきたという理由だけではなさそうだ。

「何のご用でしょうか?」

「急にお邪魔してたいへん申しわけありませんが、コリンズ先生、義理の弟さんはご在宅ですか?」

この質問のどこかに、医師をおもしろがらせる何かが隠れていたらしい。コリンズ医師の顔に、ふっと笑みの影がよぎった。「アルジャーノンですか? ええ、いますよ。いま、わたしもちょうどあいつと話をしていたところでね」

「さしつかえなければ、われわれもちょっと弟さんと話をさせてほしいのですが」

「ひょっとして、あいつを逮捕しにきたんじゃないでしょうね?」

「残念ながら、そういう質問にはお答えできないんですよ」

「それはそうですよね。入ってください。アルジャーノンは台所にいますよ……」

ふたりの制服警官は、玄関の外に立った。《クラレンス・キープ》であんなことが起きてしまったいま、ヘア主任警部は万全の対策をとろうと心に決めていたのだ。主任警部とピュントは、コリンズ医師に続いて家の中に入る。そこへ、アルジャーノン・マーシュがいかにも平然と台所から姿を現した。

「これはこれは、警部！　それに、ミスター・ピュントも！　またお目にかかれて嬉しいですね。今回はぼくにご用ですか、それとも義兄に？　どうやら、レナードはあなたがたに話したいことがあるようですよ」

「実を言うと、ミスター・マーシュ、きょうはきみに話があってね」

アルジャーノンの顔が曇ったが、笑みだけは口もとに貼りついたままだった。「こんな話はもう、いささかうんざりなんですけどね、警部」

「そうかもしれませんが、これがわたしの仕事なのでね」ヘア主任警部はコリンズ医師をふりむいた。「われわれと義理の弟さんだけで話したいのですが、どこか場所を貸してもらえますか？」

「よかったら、わたしの書斎を使ってください」

ピュントは無言のままだったが、アルジャーノン・マーシュが義兄に当てこすりめいたことを口にしたのを、けっして聞きのがしてはいなかった。コリンズ医師が、警察に話したいことがあるようだ、と。それは、メリッサ・ジェイムズに関することだろうか？　おそらく、まちがいない。

「それじゃ、また後で、レナード」アルジャーノンは声をかけた。「さっきの話、考えておいてくれよ」

ピュントの疑惑は、確信に変わった。この義理の兄弟の間には、まちがいなく何か軋轢（あつれき）があるようだ。

コリンズ医師が案内してくれた書斎は、いつも診察室として使われている部屋で、片隅に診察台があり、周囲にぐるりとカーテンが引けるようになっている。ピュントはその診察台に腰をおろした。ヘア主任警部とアルジャーノン・マーシュは、医師の机をはさんで向かいあう。

「きみの会社について、ちょっと聞かせてほしいんだが」ヘア主任警部は切り出した。「《サン・トラップ・ホールディングズ》について」

「いったい、あれが何の関係があるっていうんです？」アルジャーノンは鼻で笑った。「投資でもご希望ですかね、警部？」

「わたしは主任警部でね。それに、言っておくが、ミスター・マーシュ、これは何も笑いごとではないんだ」言葉を切る。「きみの会社を通して、かなり多くの人々が投資を行っているようだな。いったい何をしている会社なのか、説明してもらえるかね？」

「もちろんですとも。うちは南フランスで不動産を開発してるんですよ――ホテル、別荘、そういったたぐいの施設をね。いま、あのへんはまさにゴールド・ラッシュのような活況でね。カンヌ、ニース、サン＝トロペ――いまはまだ、こんな地名も聞いたことがないかもしれませんけど、もうすぐ、世界じゅうの人々が憧れる観光地になるでしょう」

「たしか、メリッサ・ジェイムズも、あなたの会社に投資しているひとりだったな」

アルジャーノンの顔がけわしくなった。「誰から聞いたんです？」しかし、すぐに動揺をとりつくろう。「メリッサも、ほんの少額ですが投資していましたよ、たしかにね」

「九万六千ポンドともなると、けっして少額とはいえないんじゃないかね、ミスター・マーシュ」

「これはぼくが個人的にやってる事業なんですけどね。いったい、誰からそんなことを聞き出したんですか?」

「ミス・ジェイムズが口座を持っていた銀行の支店長からだ。ミス・ジェイムズが《サン・トラップ・ホールディングズ》宛てに切った三枚の小切手を、すでにわれわれは確認している」

「開発が終わった暁にあの人が受けとるはずだった配当金と比べれば、ごく少額といっていいでしょう」

「それで、いったい何軒のホテルと別荘を、すでに完成させたのかね?」

「あなたはこういう事業を、まったく理解していないようですね、主任警部。そんな単純な話じゃないんですよ」

「いや、実に単純な話です」ピュントが割って入った。「これは三十年ほど前に、チャールズ・ポンジというイタリア人の紳士が考えついた方式なのですよ。投資者を募り、実際には何の利益も生まない事業計画に金を出させる。そして、後から投資された金を先に投資した人間に分配することで、何もかも順調に進んでいると錯覚させるのです。その間も、残りの金はすべて自分のふところに入れているのですがね」

「法律に触れることなんか、ぼくは何もしてないんだ!」

「そうともかぎらないな」と、ヘア主任警部。「一九一六年窃盗法の第三十二条は、偽りの名目によって金銭を詐取することをはっきりと禁じているのでね。違反したものは、懲役五年の刑に処せられる」

「誰からも詐取なんかしてない！」アルジャーノンは椅子に身体を縮こまらせ、さっきまでの虚勢はどこへやら、情けない声で弁解を始めた。「メリッサは自分が何に投資してるか、ちゃんとわかってた。ぼくは、すべてきっちりと説明してたんだ」

「それで、きみとメリッサ・ジェイムズはどういう関係だったのかね？」

「友人どうしですよ」

「親しい友人？」

「ええ！」

「ミス・ジェイムズと寝ていたのか？」

アルジャーノンはあっけにとられてヘア主任警部を見つめた。「いや、それはさすがに露骨すぎやしませんか、主任警部。そもそも、どうしてそんな質問に答えなきゃいけないんだか。あなたには、何の関係もないことなんだから」

ヘア主任警部は恥じ入る様子もなかった。《クラレンス・キープ》で見つかった手紙を取り出し、アルジャーノンに見せる。「これはきみ宛てかな？」

その手紙を受けとり、じっと文面を見つめているアルジャーノンを、ピュントは注意ぶかく観察していた。この青年は文字どおりの計算高い嘘つきで、自分にとって何が得かをつねに計算し、真実を話すのはそれが自分に有利になるときだけだ。いまもまた、さまざまな選択肢を秤(はかり)にかけているのがわかる。やがて、アルジャーノンはついに心を決め、口を開いた。

「わかりましたよ」肩を力なく落としたまま、手紙をテーブルの上に放る。「そう、これはぼく宛てです。〝愛しい愛しいあなた〟──メリッサはいつも、ぼくにこう書いてよこしてたんですよ。いっしょにここを出ていくって話もね。ぼくたちは、いつもそのことを話しあってました」

「つまり、きみたちは愛人関係にあったと」

「ええ。実際、メリッサはぼくに夢中でしたよ。フランシスと結婚したのはまちがいだったと気づいてたんです。あの夫では、自分の求めるものを与えてくれない、ってね」

「求めるものというと？」

「刺激。挑戦。セックス。女はみんなそうですよ。もともとはロンドンで始まった関係で、いつしかトーリーを訪れるたび、メリッサと会うようになってました。実際、こんな退屈な村までわざわざ足を延ばす理由なんて、ほかにありませんしね」ちらりと手紙を見やる。「これ、どこで見つけたんですか？」

「どうやら、フランシス・ペンドルトン氏が発見して……」

「それで妻を殺した？　そういうことなんですか？　まったくひどい話ではあるけど、つまり、夫としても恋人としても、あの男はまったくの力不足だったってことですよね。メリッサがぼくになびいたのも無理はありませんよ──いちおう言っておきますけど、ぼくはあの人に何もひどいことはしてませんからね」

「投資金を詐取した以外は、ということか」

「勘弁してくださいよ、主任警部。その言いかたはあんまりだ」

「これはわたしの印象だがね、ミスター・マーシュ、きみの商売のやりくちは、轢き逃げをする運転手と同じだな。恥も知らなければ、倫理も持ちあわせない。自分のやりたいようにやり、さっさと先に進むだけだ」


　またしても、ピュントはアルジャーノンの変化に気づいた。ヘア主任警部の言葉を聞いた瞬間、その目に怯えたような色が浮かんだのだ。


「ぼくは何もまちがったことはしてませんよ」アルジャーノンはつぶやいた。

「ヘンリー・ディクスン氏はそうは思わないだろうな」

「ヘンリー・ディクスン？　そんな名は聞いたこともありませんが」

「ディクスン氏はオペラ歌手でね、いまは重傷を負ってバーンスタプルの病院に入院している。幸い、生命に別状はないようだがね。氏は十日ほど前、ブラントン・ロードで車にはねられたんだ。はねた車の運転手は、そのまま逃げた」

「まさか、それがぼくだとでも……」アルジャーノンの言葉からは、心のうちが透けて見えた。後ろめたさが、その口ぶりにはっきりと現れていたのだ。

「きみのプジョーの前面には傷がある。あれはどうして付いたのか、説明してもらえるかね、ミスター・マーシュ？」

「わかりませんよ。ぼくは何も……」

「事故現場を通りすぎたほかの車の運転手によって、きみの車は目撃されていてね。さらに、これも……」ヘア主任警部はふたつめの証拠袋を取り出した。中には雨に濡れ、紙が茶色に変色した吸殻が収められている。「そして、きみが《ソーントン・ゴルフ・クラブ》で飲んだ酒の量も、すでに調べはついているんでね。あの日、きみが基準値以上の酒を飲んで運転したと考えるに足る証拠は、すべてそろっているというわけだ」

ヘア主任警部は相手の出方を待った。だが、アルジャーノンは口を開こうとはしなかった。もう逃れるすべはないと、すでに悟っていたのだ。

「アルジャーノン・マーシュ、きみを一九三〇年道路交通法と一九一六年窃盗法に対する複数の違反により逮捕する。きみは何も言う必要はないが、もし何か発言するなら、それはきみに不利な証拠として採用される可能性がある。それでも、何か言いたいことはあるかね？」

「ええ、ひとつだけ」

「というと？」

アルジャーノンは怖れてはいなかった。どうしたらいいのかは、すでに考えつくしてある。

「ぼくとメリッサ・ジェイムズは、お互い愛しあっていたんです。いま、ぼくにとって大切なのはそのことだけなんですよ、主任警部。そうしたいなら、ぼくを逮捕すればいい。その事実だけは、ぼくから奪うことはできないんだから」

警察官に連行され、姉の家を出るときも、アルジャーノンの顔には笑みが浮かんだままだった。

15　橋に立つ娘

アルジャーノン・マーシュを警察署へ連れていくつもりだった一行は、バーンスタプル・ロング・ブリッジで思わぬ渋滞に引っかかってしまう。何かおかしなことが起きているにちがいないと、ヘア主任警部はすぐにぴんときた。時刻は午後三時ごろで、橋の両側にそれぞれ十台から二十台の車が連なる理由など、何も思いあたらない。運転手のほとんどは車を降り、橋のまさに真ん中で起きている何かを見ようとしている。アルジャーノンとふたりの制服警官を後ろの車に残し、ヘア主任警部とピュントは様子を見ようと車を降りた。現場に近づくにつれ、集まった人々の声が耳に飛びこんできた。

「可哀相に、あんな若い娘が！」

「誰かがなんとかしてやらないと」

「警察には、もう通報したのか？」

さらに進んでいくと、ふいに視界に飛びこんできた光景に、ふたりは何が起きているのかを悟った。

長い橋に途切れることなく設けられた石の手すりを、若い娘が乗りこえて、その向こうの狭い縁に立っている。後ろ手に手すりをつかみながらも、身体は前のめりに川面の上へ乗り出しているのが見えた。橋の高さはせいぜい六メートルというところだが、川の水量はかなり多く、濁（にご）った水が渦を巻いて勢いよく流れている。このまま手を放してしまったら、落下が原因で死ぬことはないかもしれないが、まちがいなく溺れてしまうだろう。

成人した娘のいるヘア主任警部は、こんな衝動に駆られてしまった娘が可哀相でならなかった。おそらく年齢は二十代だろうかと見当をつけながら進むうち、ふいに娘の茶色い髪、どこか均整のとれていない顔立ちに見おぼえがあることに気づく。

「あれは《ヨルガオ館》の娘ですよ！」主任警部は叫んだ。

「ナンシー・ミッチェルですね」ピュントも同じく思いあたったようだ。

「どうしても止めてやらないと」なすすべなく橋の渡り口に立ちつくしていたふたりの男を押しのけるようにして、ヘア主任警部は前に進んだ。あまり近づきすぎると娘が怯（おび）え、飛びこんでしまうかもしれないと気づかったのだろう、車から降りた運転手たちはみな、そのあたりにたむろしていたのだ。

ピュントは主任警部に追いつくと、その腕をつかんだ。「気持ちはわかりますが、わが友よ、あの娘と話すのはわたしのほうがいいでしょう。あなたが階級の高い警察官だということは、ナンシーも知っています。ひょっとしたら、自殺は法に触れるという知識も持っているかもしれません。あなたが近づいてくるのを見たら、あの娘は動揺してしまうかも……」

「たしかに、そのとおりですな」言いあらそっている時間はない。ヘア主任警部は集まっている人々に歩みより、その前に立ちはだかった。「わたしは警察官だ」静かな口調で告げる。「全員、少し下がってもらえるかね？」

　見物人たちはみな、言われたとおりにした。その間もピュントは歩きつづける。気がつくと、橋の上にいるのはいまや自分と娘だけだ。近づいてくるピュントに気づき、ナンシーは大きく見ひらいた目に恐怖をたたえて、じっとこちらを見つめた。

「こっちに来ないで！」声を張りあげて叫ぶ。

　あと十歩ばかりの距離で、ピュントは立ちどまった。「ミス・ミッチェル！　わたしを憶えていますか？　あのホテルに泊まっているものですが」

「あなたのことは知ってます。でも、話す気はないの」

「話す必要はありませんよ。何も言わなくていいのです。ただ、お願いだから、わたしの話を聞いてください」

　さらに二歩近づくと、娘は身体をこわばらせた。ピュントは足を止め、茶色に渦巻きながら勢いよく流れていく水を眺めた。橋の反対側に集まった人々は、その様子を見てどよめいたが、幸い別の警察官が到着し、見物人たちを押しとどめてくれていた。

「あなたがどうしてここに立つはめになったのか、いったい何が原因で、いま選ぼうとしているような究極の解決を考えることになってしまったのか、わたしは何も知りません」ピュントは切り出した。「あなたはいま、ひどく不幸せなのですね。そのことは、わたしにもわかります。でも、どうか信じていただけませんか、いまがどれほどひどい状況に思えても、明日が来ることを受け入れさえすれば、しだいに風向きは楽になるのですよ。それが世の理（ことわり）というものなのです、ミス・ミッチェル。なぜかといえば、わたしこそは、その理の生き証人にほかならないからです」

ナンシーは口をつぐんだままだった。さらに二歩、ピュントが近づく。距離が狭まるにつれ、大きな声を張りあげる必要はなくなった。

「それ以上は近づかないで！」ナンシーが叫ぶ。

ピュントは両手を広げてみせた。「あなたに触れるつもりはありません。わたしはただ、話したいだけなのですから」

「あたしが何を考えてるかなんて、あなたにわかるわけがないのに！」

「そう、あなたの考えていることはわかりません。でも、あなたの気持ちは、わからないでもないのですよ」さらに一歩近づく。「わたしもやはり、ひどく苦しんだことがあるからです、ミス・ミッチェル。わたしは凄まじい迫害を耐えてきました——戦時中、ドイツの収容所で。妻は殺されました。両親も。わたしはとうてい言葉にできないほど悲惨で残酷な迷宮を、たったひとりでさまよっていたのです。あなたと同じように、わたしも死を願いました。

しかし、わたしは死ななかった。この人生でもっとも愚かしく、もっとも理に合わない決心をしたからです。どれだけの苦しみに見舞われようとも、生き抜いてやろうと！　この道を選んでよかったと、いまのわたしは思っているでしょうか？　ええ、思っていますとも。なぜなら、こうしていま、この場にいることができるからです。あなたにも同じ道を選んでほしい、どうにかわかってもらえればと願いながら」

「あたしには、もう何の希望もないんです」

「希望は、いつだってあるのですよ」さらに二歩、ピュントはナンシーに近づいた。いまや、お互いに手を差しのべれば触れあえるほどの距離だ。「どうか、あなたが進むべき道を、わたしにもいっしょに考えさせてください。これまでに起きた不幸なできごとを解決するのに、ぜひわたしも力になりたいのですよ」それでもまだ、ナンシーは迷っている。早く決心をつけなくてはと、焦っているのが読みとれた。自分がどうすべきか、ピュントにはわかっていた。「お腹の赤ちゃんのことも、どうか考えてあげてください！」思いきって踏みこむ。「その赤ちゃんにも、未来を見せてやりたいとは思いませんか？」

ずっと水面を見つめていたナンシーが、弾かれたようにこちらをふりむいた。「誰から聞いたんですか？」

実のところ、誰から聞いたわけでもない。ヘア主任警部がその慧眼（けいがん）で読みとったことだ。「生命の奇跡が、あなたを輝かせているからですよ」ピュントは答えた。「どうかその生命を、あなたの腕で抱きしめてあげてください」

ナンシー・ミッチェルは泣き出した。そして、弱々しくうなずくと、両手で手すりにつかまったまま、こちらに身体を向ける。ピュントはすばやく前に踏み出すと、両腕をナンシーの身体に回し、しっかりと抱きよせて持ちあげた。数秒後、その場に駆けつけたヘア主任警部の目の前で、ナンシーは気を失い、地面にくずおれた。

二時間後、アティカス・ピュントとヘア主任警部はバーンスタプルにある北デヴォン病院の二階の個室の外で、坐りごこちの悪い木の椅子に並んで腰かけていた。この病院のどこかで、オペラ歌手のヘンリー・ディクスン氏もゆっくりと回復しつつあるという。また、たしかマデレン・ケインもここに入院しているはずだ。フランシス・ペンドルトンの事件以来、ミス・ケインとはまだ会えていないものの、きちんとした治療を受けていることはすでに確認していた。

個室の扉が開き、若い医師が廊下に出てきた。

「あの娘はどんな具合ですか？」ヘア主任警部が尋ねる。

「弱めの鎮静剤を投与したので、いまはいくらか眠そうですが、あなたがたに会いたいそうですよ。わたしとしては、やめておいたほうがいいと思うんですがね。あれだけのことがあった後ですから、いまは休息をとらないと」

「できるだけ疲れが出ないように、われわれも気をつけますよ」と、主任警部。

「ええ、そうしていただければ。ちなみに、患者は妊娠しています。あなたがたの言ったとおりでしたよ。三ヵ月です。幸い、お腹の子には何の影響も出ない見こみですがね」

医師は立ち去った。ピュントとヘア主任警部は目を見交わし、それから病室へ足を踏み入れた。

ナンシー・ミッチェルは解いた髪を枕に広げ、ベッドに横たわっていた。いまは心もおちつき、奇妙なほど穏やかな表情に見える。「ミスター・ピュント」ふたりが腰をおろすと、ナンシーは口を開いた。「あなたにはどうしてもお礼を言いたくて。あたしのしたこと……しようとしてたことは……どうしようもなく馬鹿げてました。あんなみっともない真似をしてしまうなんて、本当に恥ずかしくて」

「あなたがいまここにいて、気持ちも少しは楽になったなら、こんなに嬉しいことはありませんよ、ミス・ミッチェル」

「あたしを逮捕するんですか、主任警部？」

「まさか、そんなことは夢にも思っていないよ」ヘア主任警部は答えた。

「よかった。おふたりにお会いしたかったのは、あたし、うちあけてしまいたいことがあるんです。両親がここに来る前に、どうしてもと思って。お医者さんの話では、もうこっちに向かってるそうですから」

ナンシー・ミッチェルが見ちがえるように吹っ切れた顔をしていることに、ヘア主任警部は驚いていた。まるで、あのバーンスタプル・ロング・ブリッジでの体験から、何かを悟ったとでもいうように。

「たぶん、そもそもの最初からお話しすべきなんでしょうね。あなたの言うとおりなんです、ミスター・ピュント。お医者さんからも聞いたと思いますけど、あたしのお腹には子どもがいます。まだ両親にも話してないんですけど、あたし、この子を育てる決心をしました。トーリーの人たちが眉をひそめるからって、どうしてこの子を養子になんか出さなきゃいけないの？ 父は反対するでしょうけど、あたしはちっちゃいころから父の顔色ばかりうかがってきて、もう、そういうのはたくさんなんです。たぶん、あなたの言ってたのはこういうことなんでしょうね、ミスター・ピュント。自分の人生を自分の思うように生きるために、あたしにとっては、これがいい機会だったんです。

おふたりに訊かれる前に、子どもの父親は誰なのかをお話ししますね。これまでは誰にも言わずにきたし、最後まで誰にも言わずにおくつもりだったんです。でも、おふたりには知らせておくべきだと思って、うちあける決心をしました。この子の父親は、メリッサのご主人、フランシス・ペンドルトンです。やっぱり、びっくりしますよね。そう、実はそんな事情だったから、おふたりにはどうしても話しておかなくちゃと思ったんです。あたしたち、別に愛しあってたとかじゃありませんでした。それと、先に言っておきますけど、あのかたを殺したのはあたしじゃありません。まあ、たとえそうであっても、自分じゃないってみんな言うんでしょうけどね」ここで、いったん言葉を切る。

「どうしてこんなことになったのか、最初からお話しします。

言うまでもなく、あのかたのことはよく知ってました。《ヨルガオ館》の持ち主はミス・ジェイムズでしたけど、あのかたもしょっちゅうホテルに出入りしてましたから。奥さんのお手伝いをしてたんです。友人のように親しくなったなんて言うつもりはありませんけど、あのかたも、あたしと話すのは楽しそうでした。あちらも、あたしに頼みたいことがあったんですよ。ガードナー夫妻がミス・ジェイムズのお金を使いこんでるんじゃないかって、あのかたは疑ってて、何かおかしなところはないか、夫妻を見はっててほしいと言われたんです。でも、あたし、それはあまり気が進まなくて。スパイみたいな真似をするのは嫌だったんです。それでも、そんな大切なことを頼まれて、あたしはちょっと得意でしたし、あのかたのことは好きでした。あたしには、いつも優しかったから。

そんなある日、二ヵ月くらい前のこと、ホテルに現れたあのかたは、どうにもひどい様子でした。あたしには何も言わず、まっすぐバーに入ってひとりで飲みはじめたんです。幸い――ううん、不幸にも、かな――その夜、あたしは夜勤にあたってました。二月なかばだったから、ホテル自体、ほとんどお客さまはいなかったんです。それから二時間くらい、あたしはあのかたをひとりにしておいたんですけど、だんだん心配になってきて、バーに様子を見にいきました。何も悪いことは起きてないのを確認して、安心したかったんです。

でも、何もないわけはありませんでした。あのかたはひどく酔っていて、その勢いであたしにぶちまけたんです、奥さんに愛人がいるのに気づいてしまったって。最初、あたしにはとうてい信じられませんでした。だって、メリッサ・ジェイムズですよ！　あんな大スターなのに。きっと何かのまちがいだろうと思ったんですけど、あのかたが言うには、奥さんの書きかけた手紙を見てしまったって――ラブレターを。誰宛てなのかはわからなかったそうです。相手の名前は書いてなかったし、そんなものを見てしまったなんて、奥さんにも言えなくて。ぼくはもうだめだって、あのかたは言ってました。奥さんのことを崇拝（すうはい）してたんですよ。それはもう、心から。妻を失ったら生きていけないってくりかえすあのかたが、あまりに思いつめた様子で、見ていて怖くなってしまうほどでした。

もう夜も遅かったし、ほかには誰もいなかったから、あたしはできるだけ優しくしてあげようとしました――だって、心配で放っておけなかったんです。そんなに飲んでしまったら、もういまからお屋敷に帰るのは危ないから、よかったら上の客室で泊まっていったらどうですか、って提案して。あのときは、五、六部屋は空いてましたから。それはいい思いつきだって、あのかたもうなずいてね。じゃ、お部屋にご案内しますねって申し出たのがまちがいだったんです。そこからどんどん思いもかけないほうへ転がって、ってのはうちの母の口癖ですけど、本当にそんなふうだったんですよ」

ナンシーは黙りこんだ。

「フランシスは、あたしのことなんか愛してはいませんでした」しばらくして、ようやく先を続ける。「ただ、ひどく落ちこんで、自分が嫌になってただけだったんです。メリッサだけをただひたすら愛してたのに、こんなふうに裏切られてしまって。だったらいっそ、同じように奥さんを裏切ったら、少しは気持ちを立てなおせるんじゃないかって思ったんでしょうね。そう、ひとりの男として。あたしのほうは、自分でも何を考えてたのか、さっぱりわかりません。たぶん、フランシス・ペンドルトンみたいな人の目にとまったことに、ちょっと得意になってたところもあったのかも。でも、結局、何も考えてなかったってことですね。その結果、どんなことになるかなんて、まったく頭になかったんです」

ため息をつく。

「あたしが馬鹿だったんです。鳥やミツバチや、そんな動物がどんなふうに生まれるかってことなら、ちゃんと知ってたはずなのに。コリンズ先生の診断を聞いたときには、本当に死ぬかと思いました。先生のほうは、当然あたしが子どもを養子に出すと思ってたみたいです。父親が誰なのか、先生には言いませんでした。というより、嘘をついたんです。ビデフォードで出会った相手だ、って。本当のことは、誰にも知られたくなくて。こんなことを誰かに話したって、いいことなんて何もないんです。あのかたにとっても、ミス・ジェイムズにとっても、あたし自身にとっても。

でも、結局、フランシスにはうちあけました。あのたった一夜のできごとから、あたしたちはほとんど顔を合わせてなかったんです。たぶん、向こうがあたしを避けてたんだと思いますけど。それで、あたし、手紙を書いたんです。だって、知らせないわけにいかないでしょう！あのかたは父親なんだし、それに、あたしには助けが必要でした。あのかたなら、なんとかしてくれるかもしれないと思ったんです。奥さんと別れてほしいとか、そんなことを考えてたわけじゃありません。ただ、お金はいっぱいあるんだから、あたしがこの子を産んで、新しい生活に踏み出せる場所を用意してくれるかもしれないとか、そんなことを期待してたんです。

そしたら、どうなったと思います？　手紙を受けとったすぐ翌日、あのかたは一通の封筒を送ってよこしました。中には六十ポンドと、ロンドンの医者の住所が入ってました。あたしに、堕胎手術を受けろってことなんです。それだけで、手紙も入ってなかったんですよ！　あたしとは話したくなかったんでしょうね。自分はいっさいかかわりたくない、ってことなんです。よくもまあ、こんな残酷なことができますよね？」

「フランシス・ペンドルトンが殺される直前、《クラレンス・キープ》に現れた人影はあなただったのだね」ピュントが問いかけた。

「フランシスを殺したのはあたしじゃありません、ミスター・ピュント。それだけは誓います」ナンシーは大きく息を吸いこんだ。「どうか、あたしの気持ちもわかってください。本当にひどく傷ついてたんです。自分が恥ずかしかったし……腹立ちもありました。もちろん、ミス・ジェイムズがあんなことになって、状況はさらに複雑になってしまったんですけど、それでもフランシスに手紙を送ったのはその事件の前なんだから、あたしとちゃんと話をしなかった言いわけにはなりませんよね。あのかたは、自分に都合が悪いからって、あたしを追いはらおうとしたんです。結局、あたしのことを見くだしてたから。あのかたにとって、あたしなんかどうでもいい人間だったんです。でも、あたしのほうは、何か手を打たなくちゃいけなくて――それも、できるだけ早く。母はあたしにいぶかしげな目を向けるようになってましたし、父が気づくのも時間の問題でしたから。

あたしはフランシスと話をつけようと、お屋敷へ向かいました。本当のことを言うと、あのかたを脅してやるつもりだったんです。あたしのこれからの生活をきちんと考えてくれなかったら、あなたがどんな男なのか、全世界にぶちまけてやる、って。だって、そうしてくれたって、いまはもう、あのかたは何も失うものはないわけでしょう。ミス・ジェイムズは、もう亡くなってしまったんです。ミス・ジェイムズのものだったお屋敷も、ホテルも、財産も、みんなあのかたのものになったんですから。あたしのために、何もできないわけはないんですよ。だから、ちゃんと父親としての責任をはたしてほしい、さもなければ――って、そんなふうに言おうと思ってたんです。

でも、《クラレンス・キープ》に来てみたら、外に車がたくさん駐まってて、いったい何があったんだろうと思いました。それで、玄関の呼鈴は鳴らさずに、脇に回って居間の窓をのぞいてみたんです。そうしたら、そこにあなたと主任警部がいて——そればかりか、制服を着たおまわりさんまでふたりも立ってるじゃありませんか！　こんなところへ出ていくわけにはいかないと、あたしはすぐに悟りました。それで、すぐに身体をかがめて逃げ出したんです——お屋敷の裏に回って塀を乗りこえ、木立を抜けて道路へ下りてね。

でも、後になってフランシスのことを聞いて、あたしはすっかり怖くなりました。村じゅうが、その話でもちきりだったんです。あのかたも殺されてしまったって！　事件が起きたのは、ちょうどあたしがお屋敷の庭にいたころだって、すぐに気づきました。もしもあたしとあのかたのことが知れてしまったら、犯人は絶対にあたしだって、みんな思うに決まってますよね。あのかたに短剣を突きたてるだけの理由が、あたしにはあったんです、あんなあつかいをされたんだから。あなたや主任警部も、きっとそう思うでしょう。

何もかもが、どうしようもなく絶望的に思えました。みんなに疑われることもそうなんですけど、フランシスが亡くなってしまったら、あたしを助けてくれる人はもう誰もいないんです。この子の父親が誰なのかさえ、もう証明することはできません。あたしの力になろうとしても、母には何もできないでしょう。父が知ったら、きっとあたしを殺すでしょうね」

ナンシーが声を詰まらせたのを見て、ピュントは水のグラスを差し出した。それを何口か飲むと、ナンシーはグラスを返し、また口を開いた。

「あの橋であんな騒ぎを起こしたことは、自分でも馬鹿だった、まちがってたと思います。でも、どうしたらいいのか、本当に先が見えなくて。いっそ、あたしさえいなくなれば、みんなにとって楽なんじゃないかと思ったんです。ほかの人たちだけじゃなくて、あたし自身にとっても、この子にとっても。海にそのまま入っていこうかとも考えました。あたし、泳ぎを習ったことがないから。でも、橋から飛びこんだほうが楽に終わるかと思って、それであそこへ行ったんです。あんな恥ずかしい騒ぎを起こした末に、いまはこうしてここにいますけど、これからいったいどうなるのか、いまだに先は真っ暗で。あたし自身、もう何も思いつかないんです」

これで話は終わりだった。ナンシーが黙りこむ。

ヘア主任警部は、じっと口をつぐんだまま耳を傾けてきたが、ここで先に口を開いた。「すべてを話してくれて本当によかった、ミス・ミッチェル。いま、われわれはひとりならずふたりまでも殺された殺人事件を捜査しているのでね、きみの証言はそのためにも役に立つかもしれない。きみに休息が必要なのは重々承知だが、ひとつだけ、どうしても訊いておかなくてはならないことがある。《クラレンス・キープ》に来たとき、きみは誰かが屋敷から出てくるのを見なかったかね？　いまの話を疑っているわけではまったくないが、きみが推測したとおり、まさにペンドルトン氏が殺された時刻に、きみは現場にいたことになる。きみは、窓からミスター・ピュントとわたし、ふたりの警察官を見たと言っていたね。ほかに、誰かの姿を見てはいないのかね？」

ナンシーはかぶりを振った。「ごめんなさい、主任警部。あたしはただ、早くその場から逃げたいと思ってただけだったから。何も見ていません」

これは主任警部も予測していたとおりの答えだったが、やはり落胆せずにはいられない。

「よくわかった。今朝のことは、これ以上は訊かないよ。いま重要なのは、きみが身体を大切にすることだ。お母さんにもぜひ相談すべきだし、コリンズ先生はきっと力になってくれるだろう。きみのような立場の若い女性が相談できる組織もあってね。《ザ・ミッション・オブ・ホープ》とか……《スキーン倫理向上協会》もそうだな。けっして、きみひとりでどうにかしようと思う必要はないんだ」

「わたしもぜひ、あなたの力になりますよ」ピュントが言葉を添えた。「あの橋であなたに言ったことは、すべて本当です」ナンシーに向かってにっこりする。「自分の身体と赤ちゃんを大切にして、何かあったらいつでもわたしに連絡してきてください」ピュントは名刺を取り出し、枕もとのテーブルにそっと置いた。「何もかも、きっとうまくいきますよ。忘れないで、わたしはいつでもあなたの友ですから」

そして、ピュントとヘア主任警部は立ちあがって病室を出ると、中央階段へ向かって歩きはじめた。いま聞いた話のせいで、主任警部はすっかり憔悴してしまったようだ。悲しげに首を振り、口を開く。「まさか、こんなことになるとはね」ため息。「いったい、これからどうしたらいいんでしょうな？　このトーリー・オン・ザ・ウォーターで起きた事件は、さながらヘラクレスの第一の難業のように見えますが」

「何のことですか、主任警部？」

「ほら、〝アウゲイアス王の大牛舎〟ですよ。これまでのところ、メリッサ・ジェイムズはアルジャーノン・マーシュと道ならぬ関係に踏みこんでいたいっぽう、その愛人に不動産投資と称して金をだまし取られていたことがわかっています。さらに、フランシス・ペンドルトンも、ナンシー・ミッチェルと一夜の過ちを犯していた。エリック・チャンドラーはのぞき屋だった。ガードナー夫妻はホテルの金を横領していた、と。これじゃ、いくら探っても終わりがないじゃありませんか？ 糞だらけの大牛舎を掃除させられるのと同じです」

「あの大牛舎の件は、たしか第五の難業でしたよ。でも、そう悲観しないでください、わが友よ」ピュントの目がきらめく。「事件の解決は、まさに目前に迫っていますから！」

「ああ、それが信じられたら！」

階段を一階まで下りたところで、ヘア主任警部の嘆声に応えようとしたピュントは、ふいに驚きの声をあげた。「ミス・ケイン！」

見まちがいではなかった。すっかり身なりを整えた秘書は、バッグを提げて正面扉の前に立っている。「ミスター・ピュント！」こちらも同じくらい驚いているようだ。

「気分はどうかね、ミス・ケイン」

「おかげさまで、かなりよくなりました。これからホテルへお戻りでしょうか？」

「ああ、そのつもりだ」

「ご迷惑でなければ、わたしもごいっしょさせていただきますね」ふと言いよどむ。「あの、ここでの滞在はまだかなり長くなりそうですか？　正直にお話ししますね。わたし、あのお屋敷であんなものを見てしまって――あの光景が、どうしても頭から離れないんです！　できるだけ早くロンドンに帰れたら、わたしにとってはそれが何よりなんですが」

「この地を離れたいというきみの望みは、わたしにもよくわかるよ。あんな怖ろしい体験をさせてしまって、あらためて謝らなくてはならないね。喜んでもらえるかどうか、わたしは明日にはロンドンへ戻る予定だ、ミス・ケイン。そのときまでに、すべての謎は解決できるだろう」

「あなたにはもう、犯人がわかっているんですね！」ヘア主任警部が叫ぶ。

「メリッサ・ジェイムズを、そしてフランシス・ペンドルトンを殺したのが誰か、わたしは知っています。しかし、これはけっしてわたしの手柄ではないのですよ、主任警部。これはあなたが指揮している捜査ですし、すべての謎を解き明かす鍵を示してくださったのは、ほかならぬあなただったのですから」

「何が鍵となったのですか？」

「あなたがウィリアム・シェイクスピアに触れ、とりわけ『オセロ』にあるデズデモーナの死をとりあげたときですよ」

「そう言ってくださるのはたいへんありがたいんですがね、ミスター・ピュント、わたしには何の話なのかさっぱりわかりませんな」

「すべてはもうすぐ明らかになりますよ。最後に、あとひとつだけ情報を得ることができれば、われわれの捜査は終了です」

「あとひとつとは？」

ピュントはにっこりした。「メリッサ・ジェイムズは、なぜ教会へ行ったのか？」

16　ピュント、光を見出す

　これまで、アティカス・ピュントは宗教にかかわらずに生きてきた。戦時中、ピュントが迫害を受けたのは、自分が信じている神のためではない。自分が生まれる六十年も前、ギリシャ系ユダヤ人の曾祖父がドイツへ移住したからだ。その決断のおかげで、曾祖父自身の生活こそ向上するものの、後に自分の血統がほとんど根絶やしにされてしまうなどと、まさか曾祖父に予知できたはずもない。ベルゼンの収容所にいたころ、われらを悪から救いたまえと、ユダヤ人たちがともに祈りを捧げていたのを、ピュントはよく目にしていた。その祈りを捧げていた人々はみな、ピュントの目の前で連れていかれ、次々と殺されてしまったものだ。たとえ神が存在していたとしても、けっして人々の祈りに耳を傾けてくれたりはしない、星や十字架、三日月と、世界にはさまざまな宗教の象徴が存在するものの、それがどんな宗教であれ、その事実には寸分のちがいもないのだと、ピュントはすでに悟っており、そこに疑いをはさんだことはなかった。

　そんなふうに信じてはいても、人間にとってなぜ宗教が必要なのかは理解しているし、その気持ちを尊重もしている。聖ダニエル教会の庭に足を踏み入れながら、もしこの教会がなかったら、トーリー・オン・ザ・ウォーターはいまよりどれほど味気ない場所だっただろうかと、ピュントは思わずにいられなかった。ここは、まるでひとつの小さな世界のようだ。ブナの木立に囲まれた、緑の安息所。長年にわたり漁によってこの村を支えてきた男女は、いまも墓に眠りながら、この村の礎(いしずえ)を形づくっている。この教会が建てられたのは、十五世紀にまでさかのぼる。ムアストーンという名で知られるコーンウォール産の花崗岩(かこうがん)を使った、均整のとれた美しい建物ではあるが、西側の円錐形の塔は、いささか修理が必要かもしれない。それでも、ここにいると、心がすばらしく安らぐのがわかる。宗教色のない英国の村は想像できても、教会のない英国の村など、とうてい存在するとは思えなかった。

メリッサ・ジェイムズは死ぬ一時間前に、ここを訪れている。その理由は？

コリンズ医師の妻であるサマンサは、寝室の窓からその様子を目撃していた。しかし、メリッサはこの教会の墓地に眠ると決めてはいたものの、信仰心も、教会のために割(さ)く時間も持ちあわせていなかったように思える。新しく掘ったばかりの墓穴が、警察から遺体が戻ってくるのを辛抱強く待っている光景を、ピュントは眺めた。ひょっとして、メリッサはここで誰かと会っていたのだろうか？　実際、ここは密会にはうってつけの場所だ。人目につかず、村の中心部からも離れている。そして、扉にはけっして鍵がかけられることはない。

鉄製のずっしりとした輪をひねると、扉がきしみながら開く。教会の中に足を踏み入れてみて、ピュントは驚いた。外観から想像していたよりも中は広く、明るいうえにすばらしく整然としていて、信徒席の中央の通路には、突きあたりの祭壇まで青い絨毯(じゅうたん)が敷かれている。祭壇の上には、三枚のステンドグラスが聖ダニエルの生涯を描き出していた。そちらへ近づいていくと、ピュント自身もステンドグラスから射しこむ遅い午後の陽光を浴び、全身がさまざまな色に染めあげられる。片側には石の洗礼盤、そして反対側には地中に横たわる荘園領主の姿を彫った真鍮(しんちゅう)の祈念碑。誕生から死まで、視線を横に動かすだけでたどれるというわけだ。

ふと気がつくと、そこにいるのはピュントひとりではなかった。説教壇の後ろから、花を活(い)けた花瓶を抱えた女性がこちらへ歩いてくる。サマンサ・コリンズだ。ここで出会ったことに、驚きはなかった。ヘア主任警部から渡された資料にも、サマンサが熱心に教会の活動にとりくんでいると書かれていたからだ。

「あら……こんにちは、ミスター・ピュント」サマンサのほうは、一瞬はっとしたらしい。「ここで何をしていらっしゃるの？」

「しばし考えごとをしようかと」ピュントはにっこりした。

「どうぞ、お好きなだけいらしてくださいな。わたしはすぐに失礼します。ただ、新しいお花を活けにきただけなの。それから、今度うたう賛美歌の番号も掲示しておかなくちゃ。この教会のオルガンはひどく古くて、もう息も絶え絶えなんですけれど、それでも老骨に鞭打って『見よや十字架の』を弾ききるくらいは頑張ってくれるんじゃないかしら」

「わたしにかまわず、どうかお仕事を続けてください。わたしはもう、すぐにホテルに帰るのですから」

だが、サマンサは花瓶を置くと、きっぱりとした足どりでこちらに近づいてきた。「あなた、アルジーを逮捕されたんですよね」

「わたしは誰も逮捕などしていませんよ、コリンズ夫人。弟さんを拘束したのはヘア主任警部で、いまは署で話を聞いているところです」

「弟がいったい何をしたのか、教えてはいただけないんでしょうね」

ピュントは肩をすくめた。「申しわけありませんが」

「いえ、いえ、いいんです。当然のことですよね」サマンサはため息をついた。「アルジーはいつだって、次から次へと面倒に巻きこまれているんです。いったいいつからこんなだったか、わたしももう思い出せないくらい。ここまでお互いの生きかたがちがってしまうと、弟とどうやってつきあっていけばいいのか、ときどきわからなくなってしまうんです」一瞬のためらいの後、思いきって先を続ける。「これだけは教えてください。弟は、まさかメリッサ・ジェイムズを殺した疑いで逮捕されたんじゃありませんよね？」

「あなたは弟さんを疑っているのですか、コリンズ夫人？」

「まさか！　とんでもない！　そんなつもりでお訊きしたんじゃないんです」サマンサはぎょっとしたようだ。「あの子はいろんなことをやらかしますけれど、わざと誰かに危害を加えるようなことだけは、絶対にするはずがないんですよ」

しかし、あの青年は実際に他人に危害を加えているのだ、とピュントは思わずにいられなかった。轢（ひ）いてしまった相手を、道路脇に放置して逃げ出しているのだから。

「ただ、弟とメリッサが親しかったことだけは知っていますけれど」サマンサは続けた。「前にもお話ししたように、弟はメリッサの投資アドバイザーでしたから」

「弟さんからは、ミス・ジェイムズとの関係をそんなふうに聞いていたのですね？」

「ええ。おそらく、弟はメリッサのお金目当てだったんでしょうけれど、それは別に犯罪じゃありませんよね。メリッサのほうは、お金はたっぷりあるんだから」

その言いかたに、ピュントは何か引っかかるものを感じた。前回《教会の家》でサマンサから聞いた話を思い出す。このふたりの女性は、けっして親しい関係ではなかったのだ。「こんなことをうかがうのは失礼かもしれませんが、コリンズ夫人、あなたはあまりミス・ジェイムズをお好きではなかったのですね？」

「本当のことを言うと嫌いでした、ミスター・ピュント」思いとどまる間もなく、その言葉は唇からこぼれ出したように聞こえた。「こんなことを言って、まちがっているのはわかっています。誰のことだって、もっと温かい目で見なくてはいけないのに。それでも、わたしはあの人が大嫌いだったんです」

「理由をお訊きしてもかまいませんか？」

「わたしには、メリッサの高級ホテルや高級車、ひと目あの人を見ようと押しかけてくる人たち――ファンですね――のせいで、トーリー・オン・ザ・ウォーターが堕落してしまったような気がしてならないんです。あんな人、もう何年も、何の映画にも出演していないのに。わたしから見て、メリッサはひどく薄っぺらい女性に思えました」

「あなたの弟さんが、ミス・ジェイムズの愛人だったことはご存じですか？」

サマンサは仰天した。「弟がそう言ったんですか？」

「ええ、不義の関係にあったと告白しました」

「ああ、本当にアルジーのやりそうなことだわ」憤然とした口調だ。「弟がどうなっても、わたしはかまいません。また刑務所に戻るとしても。姦通（かんつう）は神さまが禁じた罪です。それを犯したというなら、わたしはもう、弟を家に入れるつもりはありません。そもそもの最初から、もっとレナードの意見を聞けばよかった」息継ぐ間もなく、サマンサは先を続けた。「メリッサのほうはといえば、まさにハリウッド女優らしい行いだとしか思いません。アルジーをかばうつもりはさらさらないんですけれど、この村に、メリッサが色目を使わなかった男なんているのかしら。あの人、レナードにまでまとわりついて、単なる気のせいみたいな病気を治してほしいってせがんでいたんです。それが、メリッサ・ジェイムズという人よ。ほしいものは、何でも手に入れないと気がすまないんだから。いったん目をつけられたら、もう神さまにおすがりするしかないの」

神さまの名を口にしたことで、サマンサははっとわれに返ったようだ。ふいに口をつぐむと、自分がどこにいたかを思い出したかのように、周囲を見まわす。「亡くなった女性の悪口を言うなんて、もちろん、まちがったことですよね。どうか、メリッサに神さまのご慈悲がありますように。ただ、わたし自身がメリッサを好きじゃなかったのは、あの人はもっと教会のために尽くすことだってできたと思うからなんです。自分のお墓はここにするって、決めていたくらいなのに。ほら、ついさっき、ここのオルガンのことをお話ししましたよね。こういう村のみんなが困っている問題のことも、メリッサは何もかも知っていたくせに、修繕のための募金に一ペニーだって出してくれなかったんですよ。まあ、この件については、たまたまわたしがどうにかできることになったんです。それでも、メリッサだって、ちょっとくらい協力してくれてもよかったのに。どうしてあんなに自分勝手になれるものかと思うわ」

「最初にお会いしたときには、そんなことは話してくれませんでしたね」

「そうね、あのときは、こんなことを口に出すのは不謹慎だと思ったんです」

サマンサがちょっと前に口にしたことを、ピュントは聞きのがしてはいなかった。「さっきのお話によると、あなたは最近ご自分の財産をお持ちになられたようですね」そして、こうつけくわえる。「それを教会のために差し出すとは、本当に思いやりのある行いです」

「財産を独り占めしようだなんて、わたし、夢にも思いませんでした。そもそも、かなり莫大な額でしたし。つい先ごろ亡くなった叔母が、わたしに遺してくれたんです」

「そのお金でオルガンを？　購入するとなると、かなり費用がかかるでしょうに」

「ええ、そうなんです、ミスター・ピュント。この教会では、建物自体の次に高価な品になるでしょうね。プリマスの《ヘレ&カンパニー》に、特注品をお願いしようと思っているので。千ポンド以上はかかってしまうけれど、レナードも賛成してくれたんですよ。この村にとって、教会は何より大切な役割をはたしているわけでしょう。せめて、これくらいのことはしなくちゃ、って」言葉を切る。「教会の屋根も修繕が必要なので、それもなんとかしようと思っているんです」

「あなたというかたは、本当にもの惜しみをされないのですね、コリンズ夫人」ピュントはにっこりしたが、ふといぶかしげな顔になる。「お亡くなりになったのは、叔母さまだったとおっしゃいましたね。その叔母さまは、弟さんには何も遺されなかったのですか?」

サマンサの頬が赤くなった。「ええ、そうなんです。遺言に、アルジャーノンのことは何も書いてありませんでした。ずっと若かったころ、弟は馬鹿なことをして、叔母をひどく失望させてしまって。それで、叔母はもう、弟を切り捨ててしまったんです。わたし、自分が受けとった財産を、いくらか弟にも分けようかとも考えていたんですよ。でも、あなたからあんなお話をうかがって、そうしないほうがいいと思うようになりました。おかしな話ですけれど、レナードったら急に、やっぱりアルジャーノンにも分けたほうがいいんじゃないか、なんて言い出したんですよ。わたしたちだけで独り占めするのは不公平かもしれない、って思うようになったんですって。最初に遺産の知らせが来たときには、アルジャーノンには知らせないほうがいいって言っていたくせに。でも、主人の意見なんて、もういいわ。わたしは心を決めました。こんなふうに考えるのは、まちがっているんでしょうか?」

「こんなことにわたしが口を差しはさむのは、あまりに出すぎたことだと思いますよ、コリンズ夫人。ただ言えるのは、あなたのそんな気持ちは、わたしにもよく理解できるということだけです」

「ありがとうございます、ミスター・ピュント」サマンサはふりかえり、どこか憂いを含んだ目で、祭壇の上の十字架を見つめた。「よかったら、しばらくひとりにしておいていただけますか。憎しみやクリスチャンらしからぬ思いは、どうしてこんなにもたやすく、口からこぼれ出してしまうのでしょうね。いまはメリッサ・ジェイムズのため、弟のために祈りを捧げるべきなんだと思います。神さまの目から見れば、わたしたちはみな罪びとなんですから」

ピュントはひかえめなお辞儀をすると、サマンサが神と向きあい、おそらくは自分自身のためにも祈りを捧げるにまかせて、その場を立ち去った。教会を出ると、無数の墓に囲まれ、まばゆい陽光をさんさんと浴びながら、しばしその場にたたずむ。《教会の家》も、教会に入っていくメリッサ・ジェイムズをサマンサが見かけたという寝室の窓も、ここからならよく見えた。教会というものの力を、自分はもっと信じるべきなのかもしれない。この偶然の出会いが、ピュントの知りたかったことすべてを教えてくれたのだから。

17 《ヨルガオ館》にて

その日の午前中、《ヨルガオ館》のラウンジは貸し切りとなっていた。扉には、私用により正午まで閉鎖することを泊まり客へ詫びるとともに、バーに設置したコーヒーとビスケットをご自由にどうぞと記された掲示が貼り出されている。室内には午前十時前から、ピュントとヘア主任警部を含めて十三人が顔をそろえていた。ピュントはけっして迷信を信じるほうではないが、ここに集まった顔ぶれのうち、誰かが不幸に見舞われるのは、どうやら避けられないだろう。

きっちりとした古風なスーツをまとい、左手で持った紫檀の杖を右足の脇へ斜めにかまえて、ピュントは部屋の中央に立っていた。その銀縁眼鏡や、いかにももの静かで篤学の士めいた風貌を見れば、まるで地元の学校の教師が招かれて、これからトーリー・オン・ザ・ウォーターの歴史や、この地域に棲息する野生動物について特別講義を行うのだろうかと、つい錯覚してしまいそうだ。そんな催しは、よくこのホテルで開かれているから。

集まった聴衆は多種多様な顔ぶれだが、全員が――容疑をかけられているかどうかはともかく――メリッサ・ジェイムズ、そしてフランシス・ペンドルトンの死とかかわりのある人間ばかりだ。この面々を一堂に集めようというのは、ヘア主任警部の決断だった。いくらか芝居がかっているのは承知のうえだが、これは自分が引退する前の最後の事件なのだから、劇的な締めくくりを楽しんだところで罰（ばち）はあたるまい——たとえ、中央の舞台に立つのが自分ではないとしても。今回、その役回りはピュントが務めることとなっていた。

《ヨルガオ館》の支配人夫妻、ランス・ガードナーとモーリーンは、ひとつのソファに並んで腰かけ、こんなところに呼び出される筋合いはないとばかり、すでに腹を立てている。コリンズ医師と妻のサマンサも別のソファに並び、お互いの手を握りあっていた。アルジャーノン・マーシュはひじ掛け椅子に腰をおろして、片方の足をもう片方の膝に乗せ、両手を前で組みあわせている。これを見て、まさかこの青年がすでに逮捕され、勾留中の身だとは誰も思うまい。今回この集まりにアルジャーノンが参加できたのは、ヘア主任警部のはからいだった。サイモン・コックスもロンドンから呼び出され、暖炉をはさんで同じひじ掛け椅子に腰かけている。エリック・チャンドラーとその母親は、それぞれ本棚の前の木の椅子にかけていた。隣どうしの席ではあるが、わざと距離を空けて坐った母子は、お互いに目も合わせずにいる。ナンシー・ミッチェルは退院し、母親が付き添ってこの場に参加していた。あれこれと娘の世話を焼く母親の様子を見れば、どうやら妊娠のことをうちあけられたようだ。その隣にはミス・ケインが、速記帳とペンをかまえている。いかにも憂鬱（ゆううつ）げな面差しを見て、この秘書が早くロンドンに帰りたがっていたことを、ヘア主任警部は思い出していた。あれだけの体験をさせられたいまとなっては、そもそもこんなところに来なければよかったと、心から後悔しているにちがいない。

「まずはきょう、ここにお集まりいただいたみなさんに、心よりお礼を申し上げます」ピュントが口を開いた。「この事件の捜査は、きわめて特殊な形となりました——その理由はふたつ。まず第一に、メリッサ・ジェイムズを殺す動機を持っていたものは五、六人いたと考えられます。いっぽう、フランシス・ペンドルトンを殺す動機を持っていたものも二、三人いました。しかし、その両方を持ちあわせていた人間を探すというのは、わたしにとってはどうにも難問でした。

第二の奇妙な点にわたしの注意を喚起してくれたのは、秘書のミス・ケインです」ピュントは本人を見やった。「きみにとって、今回の事件がひどい体験となってしまったことはわかっている。それでも、このいわゆる〝十項目の時系列表〟をきみが作成してくれたことには、心から感謝しているよ。さて、わたしはこの時系列表の写しの作成を、わが友であるヘア主任警部に頼んでおきました。ミス・ジェイムズが殺された日、午後五時四十分から六時五十六分までにいったい何が起きたのか、この表に基づいてみなでふりかえってみましょう」

ヘア主任警部はミス・ケインの作った表を、ここに集まった全員に見えるよう、もっと大きな紙に書きなおしていた。画鋲ふたつを使い、ピュントは窓にはさまれた壁にその表を掲げた。

「やれやれ、壁紙に穴を開けてもらっちゃ困るんですけどね」モーリーン・ガードナーのつぶやいた嫌味も耳に入ったが、それは黙殺する。

午後五時四〇分　ミス・ジェイムズ《ヨルガオ館》を出る。

六時〇五分　ミス・ジェイムズ、自宅《クラレンス・キープ》に到着。
一五分　フランシス・ペンドルトン《クラレンス・キープ》を出てオペラへ。
一八分　犬、吠える。不審者《クラレンス・キープ》に到着か？
二〇分　《クラレンス・キープ》玄関の扉が開く音、そして閉まる音。
二五分　チャンドラー母子、家を出る。オースチンは庭に駐まっていない。
二八分　メリッサ・ジェイムズ、コリンズ医師に電話。
三五分　コリンズ医師、自宅を出る。
四五分　コリンズ医師《クラレンス・キープ》着。ミス・ジェイムズ死亡確認。
五六分　コリンズ医師、警察と救急に通報。

「ご覧のように、被害者が殺害されたと考えられる時刻は、たった十七分間のうちのどこかというところまで絞られているのです」ピュントは続けた。「殺害時刻がこんなにも狭く限定されるのは、きわめてめずらしいことであり、わたしの捜査にも大きな影響を与えました。たとえば、被害者からの電話がかかってきた六時二十八分、コリンズ夫妻は自宅におり、どちらにもこの犯行は不可能です。被害者が電話をかけた時間は交換局に記録が残っているうえ、コリンズ夫人も受話器から漏れるミス・ジェイムズの声を聞いているのですから。このとき、ミス・ジェイムズは何らかの理由で動揺しており、医師、あるいは親しい友人——コリンズ先生は両方に該当しますね——を呼びたかったことがわかっています。何があったのか、被害者は泣いていました。遺体が発見された寝室、そして一階の居間から、ミス・ジェイムズが涙を拭いたティッシュが発見されています。

ここで疑問が生まれます——ティッシュは、なぜ二ヵ所に落ちていたのか？　わたしはずっと、この問題に頭を悩ませてきました。被害者にとって最後のつらい体験は、どちらの部屋で始まったのか？　もしもそれが寝室だったとしたら、いったいなぜ寝室の電話を使わず、わざわざ居間の電話からコリンズ先生にかけたのでしょう。もしも居間で始まったのだとしたら、なぜ寝室へ戻ったのでしょうか？　証拠から判断するに、何か心乱れるできごとが起きてからは、寝室にいた時間のほうが長かったようですね……」

「どうしてそんなことがわかるんです？」コリンズ医師が尋ねた。

「寝室にはふたつティッシュが落ちていて、居間にはひとつだけしか落ちていなかったのですよ。ここで、さらなる疑問が出てきます。いったい、こんなにもミス・ジェイムズを動揺させたできごととは何だったのか？　これについては、いまだ何もわかっていません。被害者がコリンズ先生に電話をかけたとき、犯人はすでに屋敷の中にいたのでしょうか？　ミス・ジェイムズはそう考えていたようです。〝屋敷の中にいるのよ。何が望みか、わたしにはわからないの。とにかく、怖くて〟——ミス・ジェイムズは電話でそう訴えていたと、コリンズ先生から聞きました」

ピュントはまた、壁に貼り出した表をふりむいた。

「この表にまとめられた時間帯について、いくつか新たにつけくわえられる情報もあります。

たとえば、ミス・ジェイムズはホテルを出る前、映画プロデューサーのサイモン・コックス氏と口論をしていました。話しあいは決裂し、いっしょに撮るはずだった映画の話は流れたのです。さて、ミス・ジェイムズは、その後まっすぐ《クラレンス・キープ》に帰ったのでしょうか？　いいえ。理由はいまだ不明ですが、車でホテルを後にしたミス・ジェイムズは、聖ダニエル教会に立ち寄ったところを、コリンズ夫人に目撃されています。いっぽう、コックス氏はその後を追って《クラレンス・キープ》に向かったのですが、ミス・ジェイムズより先に到着してしまうことになりました。屋敷に近づいたコックス氏は、チャンドラー夫人と息子さんとの口論を漏れ聞いています」

「あれは、すごく内輪の話なんですよ！」フィリスが椅子から腰を浮かせる。

「その詳しい内容については、ここでは触れません、チャンドラー夫人。どうかおちついてください」フィリスがふたたび腰をおろすのを待って、ピュントは先を続けた。「この口論の結果、あなたと息子さんは屋敷を出てお姉さんの家へ向かうのが予定より遅れ、六時二十五分となりました。ここで、あなたがたの証言が大きな意味を持つことになります。チャンドラー夫人と息子さんは、六時十八分に犬が吠える声、その二分後に玄関の扉が開き、また閉まる音を聞いたという話でしたね。この犬は、屋敷に見知らぬ人間がやってくると吠えるのだとか。つまり、メリッサ・ジェイムズを恐怖に陥れた人物は、このとき屋敷に入ってきたのではないかと考えられます。そしてその十分後、怯(おび)えたミス・ジェイムズは、コリンズ先生に電話をかけるのです。

ところで、この間ずっと、フランシス・ペンドルトンはどこにいたのでしょう？　最初の供述とは異なり、実は『フィガロの結婚』の公演を聴いてはいなかったことが、すでにわかっています。実際に、この表のとおり六時十五分に居間のフランス窓から屋敷を出たのかもしれません。その姿は目撃されていないし、声も聞いたものはいないのです。あるいは、こっそりと屋敷にとどまり、妻を殺したのでしょうか。しかし、その場合、なぜミス・ジェイムズはコリンズ先生に電話をかけたとき、そのことを話さなかったのか？　自分の知っている誰かに殺されそうになっているのなら、当然そのことをコリンズ先生にも知らせたいと思ったでしょうに！」

ピュントはその場にたたずみ、じっと表を眺めた。

「それでは辻褄が合いません。これらすべての事実について、わたしは辻褄を合わせることができなかったのです。執筆中の著書『犯罪捜査の風景』に、かつてわたしはこんなふうに書きました――〝ときに、一見して辻褄が合っているように思えたいくつかの事実が、よく考えるとまったく辻褄が合わないこともある。その場合、それらが実際には真実ではないのかもしれないということを、探偵は受け入れなくてはならない。それらの事実のどこかに思いちがいがひそんでおり、そのために真実が見えなかったのだということを〟」いったん言葉を切る。「わたしは、まさにこの手順を踏んだのです。そもそもの最初から、ひとつひとつの項目を疑い、メリッサ・ジェイムズがどんなふうに殺されるに至ったのか、辻褄の合う別の順序はないかと考えました。しかし、ヘア主任警部のすばらしい示唆がなかったら、そんな試みも失敗していたにちがいありません。主任警部はこの事件を、シェイクスピアの『オセロ』で描かれるデズデモーナの死に喩えたのです。その瞬間、これが真実にちがいないという仮説が、わたしの脳裏にひらめいたのでした」

「だとすると、ぼくたちの中にイアーゴーがいるわけだ」アルジャーノンがせせら笑った。どうやら、この趣向をすっかりおもしろがっているらしい。

それを無視して、ピュントは続けた。「では、わたしが最初に提示した疑問に戻りましょう。メリッサ・ジェイムズが殺された理由は何だったのか、どうしてフランシス・ペンドルトンもまた、死ななくてはならなかったのか」ふいに、ランス・ガードナーに向きなおる。「あなたには、被害者を殺す立派な動機がありましたね、ミスター・ガードナー。ミス・ジェイムズはホテルの経理に監査を入れると、あなたに警告したのですから」

「別に、何も隠しごとなどありませんがね」ガードナーは言いかえした。

「いや、とんでもない。わが有能な秘書、ミス・ケインの働きにより、あなたがどれほどのことを隠しているか、われわれはすでにつきとめているのです。ホテルに出入りしている業者にわざと過払いをしては、差額を自分の口座に振り込ませていたということをね。その証拠も、すでに主任警部に提出してあります」

「こちらが片づきしだい、きみたち夫婦からはじっくりと話を聞かせてもらう」厳しい顔で、ヘア主任警部が口をはさんだ。

「もしもメリッサ・ジェイムズが死んだら、ホテルの経理に監査が入ることもありません。あなたがた横領していたことも、闇に葬られるというわけです。あなたがたには、ミス・ジェイムズを殺害する動機があっただけではない。やはりあなたがたの横領を疑い、妻の死後も調査を続けていたであろうフランシス・ペンドルトンもまた、亡きものにしたいと願う理由があったのです」

「あたしたちは、誰も殺しちゃいませんよ！」モーリーン・ガードナーが叫ぶ。

「では、フィリス・チャンドラーとエリックはどうでしょう？　こちらの親子にもまた、最初にメリッサ、次にフランシスを殺す歴とした動機がありました。《クラレンス・キープ》で、エリックはきわめて不愉快なある行為に手を染めており——」

「そんなこと、奥さまは何も知らなかったんだ！」エリックの声は甲高く、子どもがすねているかのように聞こえた。

「きみはそう言うかもしれませんね。しかし、ミス・ジェイムズが本当にきみの秘密を暴き出し、きみを脅してなどいなかったと、どうして言いきれるでしょう？　そして、妻の死後、夫がたまたま真実に気づいてしまったという理由で、きみはペンドルトン氏をも殺していたかもしれない。そう、これはあなたがた親子のどちらにも言えることです。エリックは怯えたあまりに主人夫妻を殺したかもしれないし、チャンドラー夫人は息子のしたことを恥じ入るあまり、殺人におよんだのかもしれない。そして、あなたがた親子が共謀していた可能性もあります。いかにもありそうな話ではありませんか、大げさに親子喧嘩をして、対立しているように見せかけるというのは。それに、いいですか、殺人が起きたと思われる時刻の直前まで、屋敷にいたことがはっきりとわかっているのは、あなたがた親子だけなのですよ」

「よくもまあ、そんな嘘っぱちを！」フィリスが吐き捨てる。

しかし、ピュントはすでにナンシー・ミッチェルのそばへ移動していた。いくらか語調は柔らかくなったものの、この事件にナンシーがはたした役割についても、ここできっちりと説明をつけなくてはならない。「そして、今度はあなたです、ミス・ミッチェル」

「うちの娘は何もしてません！」ブレンダ・ミッチェルは、ナンシーをしっかりと抱きよせた。

「もちろん、あなたはそう信じていることでしょう、ミッチェル夫人。わたし自身、心からそう信じたいと願ってはいます。とはいえ、あなたのお嬢さんは最初の殺人のとき現場のすぐ近くのホテルで働いており、第二の殺人のときは、まさにその現場に居あわせたのですよ」ピュントはどこか痛ましげな口調でそう語ると、ナンシーに向きなおった。「あなた自身も、そのことは認めていましたね。屋敷の窓から中をのぞき、すぐに走って逃げたと。しかし、その前に裏口から屋敷に忍びこみ、トルコの短剣をフランシス・ペンドルトンの胸に突きたててから逃げ出したのだとしたら、これもごくすっきりと筋の通った話です。ペンドルトン氏はあなたにひどい仕打ちをした。そして、あなたは怒りに震えていました。実際に何があったかについては、すでに話してもらいましたし、それをまた大勢の前でくりかえすつもりはありません。ただ、これだけはあなたに尋ねておきたいのです。この部屋に集まった人間のうち、こんなにも無謀で危険な行動に踏み切るほどの動機を持った人間が、あなた以外にいるでしょうか？」

ナンシーは黙りこみ、目を伏せた。母親が、その身体をそっと抱きしめる。ふたりとも、無言のままだった。

「ぼくはどうなんです？」アルジャーノンが口をはさんだ。「メリッサを殺(や)っちまった疑いを、ぼくにもかけたりしないんですかね？」

「おもしろがっているのですか、ミスター・マーシュ？」

「まあね、拘置所に押しこめられているよりは、ずっとおもしろいですよ」

「むしろ、きみは檻の中にいるのに慣れたほうがよさそうだぞ」ヘア主任警部がつぶやいた。「わたしの見立てでは、けっこう長い刑を食らいそうだからな」

「もちろん、あなたにもミス・ジェイムズを殺害する動機はありました」ピュントは続けた。「多額の資金をあなたの事業に注ぎこませ、実際にはだまし取っていたのですからね。ミス・ジェイムズが資金繰りに困っていたことはわかっています。もしも、投資金を返してほしいと要求されたら？　あなたの事業計画は、根底から覆ってしまうことになります」

「でも、メリッサは返せなんて言いませんでしたよ。あの人とぼくは結婚するはずだったんです。そうなれば、あの人の財産はぼくのものでもあるわけですからね、残念ながらあなたのささやかな仮説は、あっさりひっくり返ってしまうようですよ」

「ああ、なるほど。ミス・ジェイムズがあなたに送ったという手紙ですね。〝愛しい愛しいあなた……〟そんなふうに、あなたを呼んでいたとか」

「ええ、そのとおり」

「それはちがいますね、ミスター・マーシュ。けっして、そのとおりではありませんでした。

ミス・ジェイムズがあなたとそんな関係だったなどと、わたしはけっして思ってはいません――少なくとも、あなたがたふたりの関係には、まったく恋愛はからんでいなかったはずです。あなたがそんな作り話をしはじめたのは、目当てのものを手に入れるため、そのほうが都合がいいからにすぎません」

そして、ピュントはサマンサ・コリンズに向きなおった。

「教会でお会いしたとき、あなたは最近かなりの財産を相続したものの、弟さんは遺言から外されていたと話してくれましたね」

「ええ」その場の全員の視線を浴び、サマンサは居心地が悪そうだ。

「あなたはそのことを、弟さんに知らせずにおきたかった」

「それは……」

「《教会の家》にお邪魔したとき、その日ロンドンへご夫婦で出かける件について、弟さんには話さないでほしいとコリンズ先生から頼まれました」ピュントは指摘した。そして、医師のほうをふりむく。「あれは、ロンドンでの用件が、この相続がらみだったためですね？」

「ええ」コリンズ医師は認めた。「そのとおりです」

「その後、主任警部がお宅へマーシュ氏を逮捕しに出向いたときでしたが、義理の弟さんはきわめて興味ぶかい発言をしたのですよ。〝どうやら、レナードはあなたがたに話したいことがあるようですよ〟とね。あれは、われわれに対しての言葉ではないと、わたしはすぐにぴんときました。マーシュ氏は、あなたに警告を送っていたのです」

医師は弱々しい笑みを浮かべた。「何のことなのか、さっぱりわかりませんね」

「そして、教会でお会いした奥さんからは、どういうわけかあなたの気が変わり、遺産を弟さんにも分けるよう勧められたと聞きましたが」

「それは、家内が自由に意見を言いやすいように、わざと心にもないことを言ってみただけですね。いわゆる〝悪魔の代弁者〟の役割を務めたわけですよ」

「さて、この場合、悪魔というのは誰のことでしょうか?」ピュントの顔に笑みがよぎった。「あなたはアルジャーノン・マーシュ氏に脅迫されていたのですか?」コリンズ医師が答えないのを見て、さらに続ける。「メリッサ・ジェイムズの愛人だったのが、実はマーシュ氏ではなく、あなただったと仮定してみましょう。ふとしたことから、マーシュ氏は真実に気づいた――ひょっとしたら、ミス・ジェイムズがうちあけたのかもしれませんね。あなたの奥さんがそれを知ったらどうなるか、マーシュ氏は知っていました。実を言うと、わたし自身も知っていましてね。教会で、コリンズ夫人は姦通の罪について語り、その罪を弟が犯していたのだとしたら、自分は二度と弟には会わないと言いきったのです。自分の夫、ふたりの子どもの父親が、人妻と道ならぬ関係におちいっていると知ったなら、コリンズ夫人はどうするか――誰にでも、その先は簡単に想像がつきます」

「それは嘘だ」コリンズ医師は言いかえした。

「いえ、これこそが真実なのですよ、コリンズ先生。だからこそ、あなたはミス・ジェイムズを殺した。こう考えて初めて、すべての辻褄が合うのです」

「そんなはずはありません、ミスター・ピュント！」恐怖、そしてとうてい信じられないという表情が、サマンサ・コリンズの目に浮かんでいる。さっきまで握っていた夫の手は、いつ放してしまったのだろう。「レナードがお屋敷へ行ったのは、メリッサが助けを求めたからだったんですよ」

「ミス・ジェイムズが電話で何を言ったのか、あなたには聞こえなかったのでしょう、コリンズ夫人」

「何を言ったのか、全部は聞こえませんでした。ええ、たしかに。でも、誰かが助けを求めていること、それがメリッサの声だというのはわかりましたよ」

「では、ミス・ジェイムズは何にそれほど動揺していたのですか？」ピュントはまた、コリンズ医師に向きなおった。

「前にもお話ししたとおり――」

「だが、あなたの話は嘘だった！」壁に貼られた表のところへ、ピュントはふたたび歩みよった。「そして、この十項目の時系列表ですが、これもまた嘘でした。あらためて、新しい情報と照らしあわせながら、これを見ていきましょう。

午後五時四十分、メリッサ・ジェイムズはホテルを出ます。サイモン・コックス氏との激しい口論に心乱れ、向かった先は聖ダニエル教会でした。それは、教会の隣に愛する男性の家があったからです。ミス・ジェイムズはコリンズ先生に会い、今夜は自分ひとりだと知らせたかったのでした。夫のフランシス・ペンドルトンはオペラに出かけた。つまり、愛人と会える時間ができたわけです。しかし、そのことを知らせる前に、まずはいま、コリンズ先生がひとりかどうかを確かめなくてはなりません。《教会の家》に目をやると、上の階の窓からコリンズ夫人がこちらを見ていることに、ミス・ジェイムズは気がつきました。それで、どうしたか？ミス・ジェイムズは向きを変え、最初からここへ来るつもりだったというように、教会へ入っていったのです。

六時五分に屋敷へ戻ると、フランシス・ペンドルトンが妻を待っていました。妻が自分を裏切っていることは、すでに知っています。この世界の何よりも妻を愛していたペンドルトン氏は、自分が捨てられるかもしれないと怯えるあまり、正気を失っていました。そして、ふたりは口論になります。この口論の声は、チャンドラー夫人の耳には届きませんでした。夫人はいくらか耳が遠くなっていますし、どちらにしろ夫人は息子さんと階下の厨房にいて、あそこは厚い壁に隔てられていますからね。ペンドルトン氏とミス・ジェイムズが何を言いあったのか、それは永遠にわからないままです。おそらく氏は妻の裏切りを責め、ミス・ジェイムズは真実を認めて、この結婚生活はもう終わりだと告げたのかもしれません。書きかけて、結局は出さなかった手紙の書き損じにも、そんなことが示唆してありましたからね。そのあげく、激情に駆られたペンドルトン氏は、電話機のコードを手にとり、それで妻の首を絞めました。それが、六時十八分のことです。ミス・ジェイムズの飼っていた小さな犬は、寝室のすぐ外にいました。それが、犬が吠えたのは、玄関に見知らぬ訪問者が来たからではありません。動物の多くが持ちあわせている本能で、自分の女主人が怖ろしい暴力を振るわれていることを悟り、必死に吠えたのです。

フランシス・ペンドルトンは怒りに衝き動かされていました。まさに、主任警部が形容したとおりの状態にあったのです。シェイクスピア描くオセロと同じく、人生でたったひとり、心から愛する人の首を絞めてしまうという状態に。自分が何をしてしまったのか、はっと気づいたペンドルトン氏は、きびすを返して屋敷を飛び出しました。これが、六時二十分にチャンドラー夫人が耳にした、玄関の扉が開き、また閉まる音だったのです。もちろん、ペンドルトン氏はオペラの会場には向かいませんでした。車で屋敷を出ると、しばらく走って車を停め、自分がいったい何をしてしまったのか、そこでじっと考えつづけていたのです。わたしがペンドルトン氏と会ったのは、それから一週間も後でしたが、まさに大切なものをすべて失ってしまった人間の姿そのものでしたよ」

「では、やっぱり夫が犯人だったんですね！」ミス・ケインが叫ぶ。

「いや、氏は妻を殺してはいなかった」ピュントは答えた。「『オセロ』の物語では、いったい何が起きたでしょうか？ オセロはデズデモーナが自分を裏切って別の男と寝たと思いこみ、妻の首を絞めます。イアーゴーの妻エミリアが部屋に入っていくと、オセロは自分のしたことをうちあけるのです。〝あれは死んだ……墓のように静かだ……わたしに妻はいない〟と。

しかし、それは勘ちがいでした！ 数分の後、エミリアは誰かが呼ぶ声を聞きつけます。〝あの叫びは？ ああ、奥さまの声だわ〟デズデモーナは、まだ殺されてはいなかった――ただ、気絶していただけだったのです。ほんのしばらく意識をとりもどしたデズデモーナは、オセロは無実だと告げ、そして息をひきとりました。

同じことが、メリッサ・ジェイムズにも起きたのですよ。首を絞められたとき、人が死ぬ原因はさまざまです。いちばん多いのは、血液の流れが止まり、脳に酸素が回らなくなること。ほかにも、心臓発作が起きる場合もあります。動脈が損傷してしまうことも。しかし、このことはあまり知られていないようですね。首を絞めると、数秒のうちに被害者は気を失いますが、実際に死に至るまでには、ときに五、六分かかることもあるのです。

そんなわけで、フランシス・ペンドルトンの目にはどう映ったか、想像してみましょう。自分はいま、妻の首を絞めてしまった。妻は死んでしまったものと、ペンドルトン氏は思いこみました。ミス・ジェイムズは倒れたはずみに、ベッド脇のテーブルに頭を打ちつけています。頭からは血が流れ、妻はぴくりとも動かない。殺してしまったと思いこんだペンドルトン氏は、屋敷を飛び出しました。この瞬間から、氏は自分が妻殺しの犯人だと思いこんでいたのです。

しかし、その数分後、メリッサ・ジェイムズは意識をとりもどしました。すでにチャンドラー夫人と息子さんも出発しており、屋敷にはほかに誰もいません。気づくと寝室には自分ひとりで、ミス・ジェイムズはすっかりとりみだし、涙をぼろぼろこぼしていました。なにしろ、ついいましがた、夫に殺されかけたのですから！　まずはティッシュを二枚使い、あふれる涙を拭うと、床に落とします。さて、次はどうする？　ミス・ジェイムズとしては、自分が愛する、そしてきっと自分を愛してくれているであろう男性に、とにかく電話をしなくてはと思うはずです。しかし、寝室の電話機は、壁からコードが引き抜かれてしまっている。仕方なくミス・ジェイムズは一階へ下り、居間から電話をかけることにしました。さらに新たなティッシュを引き抜くと、それを手に階下へ向かったのです。

六時二十八分、ミス・ジェイムズはコリンズ先生に電話をかけ、フランシス・ペンドルトンに殺されかけたとうちあけます。すぐに自宅を出たコリンズ先生が《クラレンス・キープ》に到着したのは六時四十五分。しかし、この時刻はさほど重要ではありません。屋敷に着いてみると、メリッサ・ジェイムズはベッドに横たわっていました。話すのもつらそうな様子です。

さて、次に何が起きたのでしょうか?

コリンズ先生は、メリッサ・ジェイムズと道ならぬ関係にありました。何に惹かれたのかは想像がつきます。なにしろ、相手はハリウッドの輝かしい大スターなのですから。美しい屋敷、そしてホテルも持っており、これから新しい映画も撮ろうというのです。平凡な妻、退屈な海辺の田舎町の生活など、きれいさっぱり捨ててしまおうと、コリンズ先生は考えていたのかもしれません。しかし、ここにきて状況は一変しました。親戚の死により、妻であるサマンサが巨額の財産を相続することになったからです。いっぽう、ミス・ジェイムズは借金を抱えていました。ホテル事業も赤字続きです。この女性との未来は、ふいに色あせてきてしまったというわけです。

それなのに、ミス・ジェイムズはふたりの関係を公(おおやけ)にしようと、コリンズ先生に迫っていました。あの書き損じの手紙にはなんと書いてあったでしょう? 〝こうなったら思いきって、わたしたちの運命を……世間に明らかにすべきだと思うの〟――こんな脅しのとおりにされてしまっては、妻だけでなく、妻が相続した財産までも失ってしまいます。コリンズ先生にとって、それはとうてい耐えがたい展開でした。

しかし、ここでいきなり降って湧いたような機会が到来しました。何もかも、自分に都合のいいようにお膳立てされています。メリッサ・ジェイムズは夫に暴力を振るわれました。そして、助けを求めて電話をかけてきたとき、自分は妻と自宅にいたのです。この通話記録は、まちがいなく交換局に記録されていることでしょう。コリンズ先生はすぐに心を決め、電話機のコードを手にとって、フランシス・ペンドルトンがしたのと同じことをやりました。ただ、今回は加害者が医師だったので、どれくらい絞めつづければ人が死ぬかをよく知っていたうえ、実際に絶命したかどうかも自分で判断できたというわけです。これを裏付ける、唯一の証拠は？　被害者の首に残った、二組の索状痕（さくじょうこん）です。これに気づいたのはヘア主任警部ですが、それが激しい格闘によるものだという結論を出してしまったのは、この状況では無理からぬことではありました。

コリンズ先生はメリッサ・ジェイムズを殺すと、警察に通報しました。そして、屋敷に到着してみると、すでに被害者は死んでいた、と説明したのです。助けを求めてきた電話で、ミス・ジェイムズが夫に襲われたと告げていたことは、あえて明かしませんでした。おそらくは明かしたい誘惑に駆られたことでしょう――ただ、ペンドルトン氏が何時に屋敷を出たのか、氏が屋敷を出た後にミス・ジェイムズが生きている姿を見た人間がいないかどうか、コリンズ先生には確信が持てなかったからです。どちらにしろ、それは大きな問題にはなりませんでした。自分がそんなことを明かすまいと明かすまいと、フランシス・ペンドルトンこそは最有力容疑者であることが、コリンズ先生にはわかっていたのですよ。ただ、ここで先生は第二の、より大きな過ちを犯します。自分が触れてしまった電話機から、指紋をきれいに拭きとったのです。これは主任警部にもお話ししたことですが、屋敷の住人であるペンドルトン氏が犯人なら、そんな証拠隠滅をする必要はありませんでした」

室内の誰もが、驚きのあまり言葉を失っていた。全員の視線が、レナード・コリンズに注がれる。サマンサは動揺し、夫から距離をとった。アルジャーノンが薄笑みを浮かべていたのは、自分の義兄がこんな途方もないことをやらかせる人間だと知って、感嘆していたのだろう――だが、これで自分が遺産の分け前にありつく可能性も消えたのだと悟るにつれ、その笑みも虚しく消えていった。フィリス・チャンドラーはすくみあがっている。マデレン・ケインも、やはり衝撃を受けた顔だ。

コリンズ医師は立ちあがった。まるで、自分を銃殺しようとする部隊を迎えた人間のようなおももちだ。「絶対に逃げおおせられると思ったんだがな」

「レナード……」サマンサが口を開いた。

「すまない、サム。だが、そこの探偵の言うとおりだ。何もかもな。退屈な生活、退屈な妻……わたしはもっと、大きな夢を見ていたんだ。父さんがさよならを言っていたと、子どもたちに伝えてくれ」コリンズ医師は戸口へ向かい、扉を大きく開けはなった。その両脇には、すでに制服警官が待ちかまえている。「申しわけないが、話の続きは聞かずに失礼するよ。いまはひとりになりたいんでね」

コリンズ医師はラウンジを出ていき、その後ろで扉が閉まった。長い沈黙が、室内に広がる。

サマンサは、両手に顔を埋めていた。ミス・ケインは何ごとかを速記帳に書きこむと、そこに下線を引いた。

「なるほど、犯人はあの男だったんですな！」ヘア主任警部は、耳にしたことをいまだ信じられずにいた。「たしかに、それですべての辻褄が合いますね、ミスター・ピュント。いや、本当にすばらしい。しかし、まだ説明していただいていないことがあります。いったい、どうしてあの男はフランシス・ペンドルトンを殺したんです？」

「フランシス・ペンドルトンを殺したのは、コリンズ医師ではありません」ピュントが答えた。

「これは非常に申しあげにくいことなのですが、主任警部、ペンドルトン氏の死の責めを負うべき人間が誰なのか、わたしにははっきりとわかっています」

「では、誰なんです？」

「わたしです」

18　求　人

「ここで、わたしは告白しなくてはなりません」ピュントは続けた。「《クラレンス・キープ》でフランシス・ペンドルトンが殺されたとき、わたしはその場にいました。いまふりかえってみると、氏が殺害されたのは、わたしに幾分かの責任があるのです」

「あなたが殺したんですか？」信じられないといった口調で、アルジャーノンが叫ぶ。

「いいえ、ミスター・マーシュ。ペンドルトン氏の胸に短剣を突きたてたのは、わたしではありません。しかし、わたしの観察力がもう少し鋭かったなら、あるいは推理を組み立てるのがもう少し速かったなら、あれは防ぐことのできた事件でした」

「あなた以上のことができたかたはいませんよ、ミスター・ピュント」ミス・ケインがつぶやいた。その目は、とがめるようにピュントを見つめている。

「そう言ってもらえるのはありがたいがね、ミス・ケイン。しかし、このトーリー・オン・ザ・ウォーターで、わたしは重要な教訓を学んだ。それについては、ぜひわたしの著書でも論じるつもりだよ」

「いったい何があったのか、洗いざらい話してもらえませんかね？」ヘア主任警部が促す。

ピュントはうなずいた。

「おかしな話に聞こえるでしょうが、あなたと夕食をとった夜、ホテルの自室のバルコニーに立っていたわたしは、奇妙な予感をおぼえたのです――この事件の依頼を、わたしは受けるべきではなかったと。結局、その予感は的中してしまいました。あなたの助力により、メリッサ・ジェイムズ殺害事件は無事に解決することができましたが、フランシス・ペンドルトン殺害のほうは、そもそもまったく別の事件といっていいでしょう。

あらためて問いますが、いったいどんな理由で、ペンドルトン氏は殺されたのでしょうか？ここに集まったみなさんの中で、氏を亡きものにする動機を持つのは誰なのか？　先ほども触れましたが、ペンドルトン氏に対してもっとも深い恨みを抱いていたのはナンシー・ミッチェルでした――それには、当然の背景があったのですが。ガードナー夫妻にも、氏を怖れる理由があったでしょう。チャンドラー夫人と息子さんも、まちがいなく、ペンドルトン氏の存在に怯(おび)えていました」

「あのかたに、おれは指一本触れてない！」エリックが泣き声をあげる。

「めそめそするんじゃないよ、図体だけはでかい赤んぼうみたいに」フィリスはささやくように吐き捨てた。

「アルジャーノン・マーシュは冷酷な詐欺師で、自分の事業の邪魔になるなら、どんなことでもやりかねないでしょう。そして、ここでサマンサ・コリンズの可能性も考えてみなくてはなりません」

最初の殺人事件の犯人は自分だと、夫が告白したのを聞いて以来、サマンサは魂が抜けてしまったかのように呆然としたままだった。警察官のひとりが濃いお茶を運んできていたが、それにもまったく手をつけていない。見るからに、いまだ衝撃から立ちなおることができずにいるようだ。ピュントの言葉を聞き、ようやく気力を奮いおこして、サマンサは目を上げた。

「どういう意味ですか？」

「教会で、あなたはメリッサ・ジェイムズが嫌いだったと話していましたね。それがミス・ジェイムズを殺す動機となった可能性をも、わたしはちらりと考えたものでした。わたしから見て、あなたはご自分の評判、家族、子どもたちといったものを守るためなら、どんな手段をもいとわない女性に思えます。フランシス・ペンドルトンが、もしも自分の妻とあなたの夫との関係を知っていたとしたら？　ペンドルトン氏の口からそれが世間に広まるのを防ぐため、あなたはどんな手を打つでしょうか？」

「そんなの、馬鹿げているわ！」

「ただの可能性の話ですよ」抗議の声を、ピュントは打ち消した。「こうしたさまざまな思いつきが、頭をよぎったのはたしかです。しかし、わたしはそれをひとつずつ排除していきました。ガードナー夫妻は浅ましい犯罪者ではあるものの、殺人を犯すような人間ではありません。マーシュ氏も車を運転していてたまたま人をはね、殺してしまうことはあるかもしれませんが、故意に誰かを殺すような度胸を持ちあわせてはいないでしょう。ミス・ミッチェル、あなたは善良な心根の持ち主だ。どうか、これからあなたが幸せになるよう、わたしはそれだけを祈っていますよ。チャンドラー夫人、あなたはもう少し息子さんを温かい目で見てあげることはできませんか。息子さんに必要なのは、あなたが頭ごなしに怒ることより、むしろ手を差しのべることだと思いますが。エリックもまた、こうした暴力的行為に走る人間ではありません。仮にエリックの犯行だとしても、あんなにもすばやく現場から逃走することはできなかったでしょう」

「それでは、いったい誰が？」

ピュントは室内を見まわした。

「わたしがなぜここに来るべきではなかったのか、その理由をお話ししましょう。この事件の捜査をわたしに依頼してきたのは、エドガー・シュルツという米国のエージェントでした。ニューヨークの《ウィリアム・モリス・エージェンシー》共同経営者を名乗っていましてね。顧客と実際に顔を合わせることなく依頼を受けたのは初めてで、そもそもの滑り出しから、わたしはどこか不安を抱いていたのです。とりいそぎ調査も入れてみたのですが、そういう人物はたしかに存在し、メリッサ・ジェイムズの代理人を務めていたということでした。とはいえ、シュルツ氏とのやりとりには奇妙なところがいくつかあると、すぐにわたしは気づきました。たとえば、先方から送られてきた手紙です。宛名には〝ミスター・ピュント〟（Mr Pünd）と記されていたのですが、米国人なら当然ミスターの後に打つであろうピリオドが、なぜか見あたらなかったのですよ。続いて、シュルツ氏とは電話で話をしたのですが、なぜわたしに捜査を依頼したかというと、事務所の〝なかなか切れる若いの（ブライト・スパーク）〟の提案だったと話していましてね。こんな英国ならではの言いまわしを、米国人の口から聞かされたことが、ふと心に引っかかったのです。そんなわけで、これらふたつの奇妙な点に、わたしはそのとき気づいていながら、深く考えようとはしませんでした。手紙は、きっと急いでタイプを打ったのだろう、シュルツ氏の家系はもともと英国の出なのかもしれない、と考えて。

昨夜、もはや遅きに失してはいましたが、わたしはシュルツ氏に電話をかけてみました。電話に出たのは、前回わたしがロンドンのアパートメントの電話で話した相手とは、明らかに別人でした。昨夜のシュルツ氏は、わたしに手紙を書いたこともなければ、わたしがこの事件を捜査していたことも知らないと明言したのです。つまり、そもそもわたしには、トーリー・オン・ザ・ウォーターに来る資格はなかったことになりますね。関係者からの依頼など、最初からなかったわけですから」

「そんなこと、ありえませんわ！」ミス・ケインが叫んだ。「《ウィリアム・モリス・エージェンシー》に電話したのはわたしなんです。あちらの秘書が、シュルツ氏に電話を回してくれたんですよ」

「どうしてこんなことが起きたのか、実に不思議な話だね、ミス・ケイン。きみが交換手に告げた番号が、まちがっていた可能性はないかな？」

「そんなこと、起きるはずがありません」

「いま思えば、わたしがこの依頼を受けるよう、きみはずいぶん熱心に勧めていたね」

「それは、あなたがこの事件に興味をお持ちになっていたからです。ほかに、たいした依頼もありませんでしたし」

「本当に、それだけの理由かね？」

「ほかに、どんな理由があるというんですか？」

「では、きみがトーリー・オン・ザ・ウォーターに着いてからの行動をふりかえってみよう。初めて《クラレンス・キープ》を訪れたとき、きみはあの屋敷を見て、まさに圧倒されているようだったね。〝なんて素敵な〟〝うっとりしてしまう〟そんな言葉を使っていたのを憶えているよ。きみとはまだ、さほど長くいっしょに働いているわけではないが、めったに自分の意見は口に出さない性格だと思っていたのでね、ふだんとはちがう言動が意外だったのだ。そして、きみはミス・ジェイムズの女優としての活動についても、かなり詳しいようだ。屋敷の中で『オズの魔法使い』のポスターを見かけ、これはミス・ジェイムズの出演作ではなかったはずと、意外そうにしていたね。その後、コリンズ夫人と話していたときも、詩篇の一節と故人の出演作とのつながりに、すぐに気づいていた」

「ミス・ジェイムズの作品のことなら、もちろん知っています。人気スターですもの、誰だってそうじゃありません？」

「きみはファンだったのかね？」

「それは……」

「ファンというのは、考えてみるとおもしろい言葉だ。一説によると、〝狂信的な(ファナティック)〟を略したものらしいが」

「いったい何のお話なのか、さっぱりわかりません」

「では、わたしが説明しよう。まずは、メリッサ・ジェイムズがもっとも熱狂的なファンから受けとった手紙からだ」ピュントが取り出したのは、几帳面な筆跡で綴られた薄紫色の便箋だ。あれには見おぼえがあると、ランス・ガードナーは気づいた。ホテル宛てに届いた手紙だ。妻があれをメリッサに手わたしたときのことは、いまでも記憶に残っている。「〝あなたが映らないスクリーンなんて、何の興味もありません〟」ピュントは読みあげた。「〝わたしたちの人生は、光を失ってしまったんです〟」便箋を下ろす。「この文章に、心当たりはあるかね？」

ミス・ケインは深く息をついた。「わたしが書きました」ようやく認める。

「きみは、わたしにそのことを知られたくなかった」ピュントは続けた。「だから、われわれがミス・ジェイムズの寝室にいたとき、気を失いかけたふりをしたのだね。あのとき、きみは積んであった手紙を床に落とした。いちばん上に自分の手紙があったので、これをわたしが見たら、すぐ筆跡に気づかれてしまうと思ったのだろう。だから、床に落ちた手紙を集めたとき、字の書いてある側を伏せてわたしに差し出したのだ。実に巧妙な手口だったよ……」

「でも、あれはごく個人的な手紙ですから」ミス・ケインは言いかえした。

「それではあの寝室で、ミス・ジェイムズの箪笥の引き出しから寝巻を盗んだことも、個人的なことだというのかね？」怒りをこめ、ピュントは秘書をにらみつけた。「ここで詳しく理由を語るつもりはないが、あれはエリックがしたことだと、チャンドラー夫人は思いこんでいたのだよ」

「おれはやってない！」エリックはすかさず訴えた。

「その言葉を、わたしは信じますよ。銀行に押し入ったのを見つかった強盗が、金を盗んだことを否定しても仕方がありませんからね！　あなたはすでに、不道徳な行いをひとつ認めている。本当に自分のしたことなら、いまさらもうひとつを否定したりはしないでしょう。だが、だとしたら誰が？」ピュントはふたたび秘書に向きなおった。「きみは、屋敷の中でひとり残されていた時間があったね。失神したふりをした後だ。つまり、寝室に忍びこむのに、充分な機会があったことになる」

マデレン・ケインは椅子の上で身をよじった。「もう、こんなことはたくさんです！」叫び声をあげる。「最初はわたしのことを嘘つき呼ばわりして、今度は泥棒だなんて」

「きみのことは、むしろ狂信者と呼ぶべきだと思うね。メリッサ・ジェイムズは多くの人々を惹きつけた。ファンレターを書いたり、憧れのメリッサをひと目見ようとトーリー・オン・ザ・ウォーターを訪れたりする人々を。きみもそのひとりだった。狂信的なまでの憧憬を、ミス・ジェイムズに抱いていたのだ」

「それは、別に犯罪じゃありませんよね」

「だが、殺人は犯罪だ。つい先ほど、コリンズ医師がメリッサ・ジェイムズを殺したことが明らかになったとき、きみはいかにも衝撃を受けた様子だったね。それはどうしてかね？」

「あなたの質問には、これ以上はお答えしません、ミスター・ピュント」

「それなら、代わりにわたしが答えよう。きみが衝撃を受けたのは、フランシス・ペンドルトンを殺したのがまちがいだったとわかったからだ。きみは、犯人ではない人間を殺してしまったのだよ!」

室内に、異様な沈黙が広がる。いまや、全員がまじまじとミス・ケインを見つめていた。

「あなたが妻を殺したのだと、フランシス・ペンドルトンに主任警部が指摘したとき、きみも同じ部屋にいた。言うまでもなく、ペンドルトン氏は自分が殺人を犯したのだと信じていたので、罪を告白したのだ。まさか妻が息を吹きかえし、別の人間にあらためて首を絞められたなどと、とうてい知るすべはなかったからね。氏はこの苦しみが終わることに感謝し、何もかも包み隠さずに話すと約束した。

そして、ペンドルトン氏は上着と靴を取りに、二階へ上がる。すべてがうまくいっていたのだが、ここで居間の窓から中をうかがっていたミス・ミッチェルの登場で、事態は急変してしまったのだ。主任警部とわたしは、すぐに庭に出た。制服警官たちも、やはり侵入者の捜索を始めた。チャンドラー夫人とエリックは、使用人棟の二階に。あの屋敷の一階に残っていたのは、きみひとりだったのだよ。しばらくして、フランシス・ペンドルトンが階段を下りてきたとき、そこにはきみしかいなかった。きみは反射的に行動したのだろう。憤(いきどお)り、怒り、そんな感情に衝き動かされてね。そこにあった短剣を手にとると、下りてくるペンドルトン氏に近づいて、その胸に突きたてたのだ。

数秒の後、主任警部とわたしが玄関から屋敷に戻ってきた。きみはおそらく大量の返り血を浴びていたのだろうが、こちらに背を向けていたから、われわれには見えなかったのだ。だからこそ、倒れこむフランシス・ペンドルトン氏を、きみは抱きとめた――すでに自分が血まみれだったことを隠すためにね。きみにとって、これはけっして殺人ではなかったのだろう、ミス・ケイン、きみの価値基準に照らすなら。きみから見て、これは悪人に懲罰を下す行為にすぎなかったのだ」

マデレン・ケインは否定しようともしなかった。その顔は怖ろしいほど無表情で、自分はすべきことをしただけだ、と思っているのが明らかだ。すでに、なかば正気を失っているのかもしれない。「だって、あの人がミス・ジェイムズを殺したんだと思ったんです」平然と述べる。それから、責めるような目をヘア主任警部に向けた。「あなたがそう言ったんですよ。あなたのせいだわ」そして、ミス・ケインはまたピュントに向きなおった。「それに、ペンドルトン氏は自白したんです。わたし、この耳で聞きました」

「だからって、殺さなくてもいいだろう！」ヘア主任警部は叫んだ。「もしもあの男が有罪だというのなら、あとは司法にまかせておけばいいんだ」

ピュントは悲しげに頭を振った。「結局は、やはりわたしがいけなかったのです。ロンドンを発つ前、わたしは講演をしました。その原稿には、英国において死刑は近いうちに廃止されるかもしれない、この半世紀、死刑判決の半数近くは減刑されているのだから、と記したのですが。原稿をタイプで清書してくれたのはほかならぬミス・ケインで、この問題について語りあいさえしたというのに」

「もしもメリッサを殺したのがフランシス・ペンドルトンだったなら、絞首刑にされて当然でしょう」自分が致命的なまちがいを犯してしまったという事実と、マデレン・ケインはいまだに向きあおうとせずにいる。いまや、その目は焦点が合っていなかった。口もとには、奇妙な薄笑みが浮かんでいる。「メリッサ・ジェイムズは自然の生み出した大いなる力でした。この国から誕生した、もっとも偉大な女優のひとりだったんです。結局、わたしが手紙に書いたとおりになってしまった。メリッサがいなくなって、世界は永遠に光を失ってしまったのよ」ミス・ケインは立ちあがった。「わたし、もう行きます」

「最後にひとつだけ訊いておきたいことがある、ミス・ケイン」ピュントが声をかけた。「あの電話で、エドガー・シュルツ氏のふりをしていたのは誰だったのかね？」

「わたしの友人で、俳優なんです。でも、今回のことにかかわっているわけじゃありません。ちょっとした冗談として、わたしが頼んだだけなので」

「わかった。ありがとう」

ミス・ケインのもとへ、ヘア主任警部が歩みよった。「警察署まで、わたしが運転しよう」

「ありがとうございます、主任警部」ミス・ケインは懇願するような目になった。「お願いです、どうか最後に一度だけ、《クラレンス・キープ》の前を通っていただけません？」

「さてと、ミスター・ピュント、ついにここでお別れですな」

その日の夕方近く、ヘア主任警部とアティカス・ピュントは、バーンスタプル駅のプラットフォームに立っていた。

《ヨルガオ館》に集められた関係者たちは、すでに全員が立ち去っている。アルジャーノン・

マーシュは、拘置所へ戻っていった。ランスとモーリーンのガードナー夫妻は、これからたっぷりと尋問されることになっており、おそらくは同じ場所に放りこまれることになるだろう。エリック・チャンドラーとその母親が、お互い言葉を交わすことのないまま別々に帰っていったのを見て、ピュントは残念に思わずにはいられなかった。フィリスはそこまで息子のしたことを嫌悪しているのか、それとも、息子がこんなにも悲惨な人生を送っているのは、自分にも責任の一端があると悟っているのだろうか？

少なくともナンシー・ミッチェルが、別れぎわに明るい顔をしていたのはありがたい。ミス・ケインが連行された後、ナンシーは母親とともに、ピュントのところへ近づいてきた。母と娘ふたりの中に、これまでにない新たな強さがいつしか生まれていることを、ピュントははっきりと見てとった。

「あたし、あなたにお礼を言いたくて、ミスター・ピュント」ナンシーは口を開いた。「橋の上でのこと、本当にありがとうございました」

「こちらこそ、力になれたのなら本当に嬉しいですよ、ミス・ミッチェル。今回のことは、誰にとってもつらい経験ではありましたが、どうかあなたが一日も早く立ちなおれることを願っています」

「あたしも娘を支えるつもりです」ブレンダ・ミッチェルは娘の手をとった。「ナンシーがそうしたいっていうんなら、子どもはうちで育てますよ。主人がどう言おうとかまうもんですか。あたしはもう、主人に威張りちらされるのには飽き飽きなんです」

「おふたりの幸せを、心から祈っていますよ」《ヨルガオ館》で真相が明かされたあの事件からも、嬉しいことが何ひとつ生まれなかったわけではないのだと、ピュントはあらためて思わずにいられなかった。

サイモン・コックスは車でロンドンへ戻るという。よかったら乗せていきますよと声をかけられ、ピュントは丁重に断った。「あなたは実にすばらしいかたですな、ミスター・ピュント。あなたのようなかたの映画を、誰か作ればいいのに」ふと、映画プロデューサーの目が輝く。「どうです、ちょっと前向きに考えてみませんか!」

「やめておきましょう、ミスター・コックス」

サマンサ・コリンズを探したときには、もうその姿はどこにも見えなかった。《教会の家》には婦人警官を行かせて、サマンサと子どもたちの様子を見るようにするからと、ヘア主任警部は請けあった。

昔ながらの蒸気機関車LMR57が車輪をガタゴト鳴らし、白い煙を吐き出しながら、列車を牽引して駅に滑りこんできた。扉が開き、乗客が降りはじめると、ポーターたちが急いで駆けよる。

「ロンドンに戻ったら、何をされるんですか?」ヘア主任警部が尋ねた。

「まずは新しい秘書を探すことになりますね」ピュントは答えた。「どうやら、この職には空きができてしまったようですから」

「そうでしたね。いや、本当にお気の毒です。すばらしく頼りになる秘書をお連れだと思ったのに――つまり、その、頼りになるときには」

「まったくです。そちらはいかがですか、わが友よ？　いよいよご勇退でしょう！」

「ええ、そうなりますな。おかげさまで、最後を華々(はなばな)しく飾っていただけましたよ。実のところ、わたしの手柄じゃないんだが」

「とんでもない。今回の事件を解決できたのは、まさにあなたのおかげだったのですよ」

　固い握手を交わすと、ピュントはスーツケースを提げ、列車に乗りこんだ。扉が音をたてて閉まると、数秒後には機関士がホイッスルを鳴らし、ブレーキをゆるめる。ふたたび蒸気の漏れる音、そして金属のこすれあう音がして、列車は動きはじめた。

　遠ざかっていく列車を、ヘア主任警部はじっと見送った。やがてその姿が見えなくなると、ようやくきびすを返し、駐めてあった車へ戻っていった。

ヨルガオ殺人事件

これだけの年月を経て『愚行の代償』を読みかえすのは、どうにもおかしな気分だった。自分が編集した本を、わたしはめったに読みかえすことはない。わたしの知るかぎり、たいていの作家もかつて自分が書いた作品を読みかえしたりはしないので、それと同じということだろうか。編集という作業は、執筆と同じくあまりに張りつめたぎりぎりの日々が続き、ときとしてさまざまな問題に神経をすり減らされるはめになるため、完成した本の出来映えにどれほど満足していても、たいていの場合はふりかえらずに前に進むこととなる。わざわざ後戻りする必要はないのだ。

さて、こうして見送りを終えたヘア主任警部が車に戻るまでを読み、最後のページをめくって、いったいわたしは何を感じただろうか？　昼過ぎから夕方までをこの本のためにまるまる使ってはみたものの、これはまったくの時間の無駄だったのではという思いが、しみじみと胸に広がる。

一見して、この『愚行の代償』は、《ブランロウ・ホール》で二〇〇八年六月に起きた事件と何の関係もない。そもそも結婚式も登場しないし、広告業界の大物の泊まり客も、ルーマニア人の用務員も、森の中のセックスも出てこないのだ。物語の舞台はデヴォンであり、ここサフォークではない。被害者も、ハンマーで殴り殺されるわけではない。実のところ、この作品の中で起きる出来事は、どれもみな、あまりに絵空事ばかりだ――有名な女優が首を絞められる――ご丁寧に、二回も！――だの、シェイクスピアの『オセロ』に隠された手がかりだの、薄紫色の便箋で手紙をよこす熱狂的なファンだの、七十万ポンドもの財産を遺して死ぬ叔母だの。どれもアラン・コンウェイが頭の中で作りあげたことばかりで、こんな話を書くのにはるばる《ブランロウ・ホール》へ出かけていく必要もなかっただろうに。

とはいえ、そもそもの最初からわたしがまちがっていたのでなければ、セシリー・トレハーンはこの本を読み、その結果、ステファン・コドレスクは無実だったと確信したのだ。南仏にいた両親に電話をかけて、その証拠を見つけたと告げ、こうつけくわえている――〝すぐ目の前にあって――わたしをまっすぐ見つめかえしていたの〟と。このとおりの言葉だったと、父親は語っていたではないか。しかし、いまわたしはこの本を、表紙から裏表紙まできっちりと読みとおした。現実に起きた殺人事件についても、いまはすべての情報を集めたつもりだ。それなのに、いったいセシリーが何に気づいたというのか、わたしにはさっぱりわからなかった。

わたしが個人的に驚いたのは、ふたりいる犯人が誰なのか、はっきりと記憶したまま読みはじめたというのに、それでも最後まで読書を楽しめたことだ。アラン・コンウェイはミステリに分類される作品を書くのを嫌い、このジャンルを見くだしてさえいたけれど、すばらしい才能を持っていたのはまちがいない。複雑に絡みあった謎がきっちりと解かれていく過程には、大きく満足の吐息をつかずにはいられなかった。初めてこの作品の原稿を読んだときの喜びの幾分かが、これだけの年月を経てもそのまま生き生きと胸のうちに湧きあがってくる。アランはけっして読者をごまかすことがない。それが、成功の秘訣のひとつなのだろう。

とはいえ、編集者としてアランを担当するのは、けっして楽しいことばかりではなかった。あの〝十項目の時系列表〟にしたところで、すべての項目の辻褄（つじつま）が合っているか、どこか破綻しているところはないかと、何時間もかけて細かいところを突きあわせたものだ。アランとの打ち合わせは、たいていインターネットごしだった――わたしたちはさほど気が合うほうではなく、つねに一触即発の関係だったので――でも、一度だけ、ロンドンの会社のわたしの執務室で、この本の編集作業をいっしょにしたことがあった。《ブランロウ・ホール》の庭園でこの本を読みなおしていると、あの秋の長い午後、わたしたちがどんな問題でぶつかったのか、まざまざと記憶がよみがえる。アランという人間は、どうしてあんなにも不愉快な態度をとらずにいられなかったのだろう？　たしかに、作家は誰しも自分の作品に手を入れられるのを嫌う。でも、アランが声を荒らげ、わたしに人さし指をつきつける様子ときたら、まるで自分の神聖な想像の世界に土足で踏みこんだ人間を糾弾しているかのようだった。こちらはただ、アランのこのいまいましい本の売れ行きが少しでも上がるよう、力になろうとしていただけだったのに。

たとえば、わたしはこの物語の最初の章から、アティカス・ピュントを登場させたかった。結局のところ、これはピュントという探偵のシリーズなのだ。主人公が登場しないままにまるまる四章を費やして、はたして読者はついてきてくれるものだろうか。かといって、ピュントがようやく登場する〝ルーデンドルフ・ダイヤモンド事件〟と銘打たれた章もまた、わたしの頭痛の種だった。これは本筋から独立した別の短篇であって、トーリー・オン・ザ・ウォーターで起きた事件とは何の関係もないのだ。わたしとしては、この章は削りたかったのだけれど、アランは聞く耳を持たなかった。全体の長さは七万二千語で、この段階でもいささか短すぎるのはふたりともわかっていたため、わたしの指摘はよけい気に障ったのだろう。ただ、この長さの件は、さほど重要な問題とまではいえない。アガサ・クリスティの作品にも、短めの小説はいくらでもある。『親指のうずき』や『ナイルに死す』（これは名作）は、どちらも六万語強というところだ。ルーデンドルフ・ダイヤモンド事件を削ってしまったら、この小説はほとんど中篇とでも呼ぶべき長さになってしまい、そうなると売り上げにも影響が出るかもしれない。ただ、アランには残りの部分をふくらませる作業をする気がなかったので、わたしも最初に受けとった形のままでいくしかなかったというわけだ。まあ、あの章そのものは、わたしはけっこう好きではある。ちなみに、メリッサ・ジェイムズの寝室の壁紙が破れていたという部分は、わたしの思いつきだ。あのエピソードを入れることで、ダイヤモンド事件の章も本筋とある程度のつながりが生まれ、あの章を入れる理由もできることになる。

わたしとアランがもっとも激しくぶつかったのは、登場人物のひとり、エリック・チャンドラーについてだった。あまりに人好きのしないエリックの造型が、わたしにはどうしても気になったのだ。この作品が書かれたのは、障害を持つ登場人物を描くことに作家が慎重になる、現代ならではの繊細な感覚が一般的になるより数年前のことだ。足の不自由な人物を登場させるのは、別にかまわない。しかしその人物を、年齢を重ねても子どものまま成長していないうえ、歪(ゆが)んだ性的嗜好を持つ変質者として描くのは、あまりに不快すぎるではないか。これでは、まるで障害をよくないことと言っているにも等しい。もちろん、その時点では、わたしはエリックという人物が、まさか《ブランロウ・ホール》の夜間責任者、デレク・エンディコットという実在の人間をモデルにしているなどと、夢にも思ってはいなかった。ローレンス・トレハーンの言うとおり、こんな戯画化は残酷すぎる。こんなことと知っていたら、わたしはもっと強硬に反対しただろうに。

さらに、事件の謎解きを行う章でも、わたしはアランと意見がぶつかった。アティカス・ピュントは——橋の上で、ナンシー・ミッチェルの生命を救った後——病院でこの娘を見舞う。そして、自分はいつでもあなたの友人であり、どんなときも手助けを惜しまないと告げるのだ。それなのに、そこからたった二章の後、ピュントはナンシーに、フランシス・ペンドルトン殺害の嫌疑をかける。「これって、あまりに意地悪すぎませんか?」

「物語上の効果をねらってのことなんでね!」せせら笑いを浮かべてこちらを見る、アランのどこか偉そうな態度は、いまもまざまざと目に浮かぶ。

「でも、ピュントって、そんな人じゃないはずでしょう」

「これはミステリのお約束なんだ。探偵は容疑者全員を一堂に集め、そのひとりひとりが犯人である可能性を探っていく」

「それは知ってます、アラン。でも、ナンシーを疑う必要ってある?」

「ほう、それじゃ、どうしろというのかね、スーザン?」

「そもそも、ナンシーをここに呼ぶ必要はないんじゃ?」

「ナンシーは必要に決まっているだろう! ナンシーを呼ばなかったら、この場面は成立しないんだ!」


最終的に、アランは該当する部分をいくらか穏やかに書きなおした――さんざん不平を並べながら。わたしはいまだ、この部分があまり好きではない。

そんなふうに、編集作業は進んでいった。前にも触れたように、アランは自分の作品の中に、さまざまなことを隠しておくのが好きだった。いま思うと、作品のどこそこをこう変更したいというわたしの要望に、ときとしてアランが頑ななまでに応じようとしなかったのは、それが作中にこっそり埋めこんだ、大切な秘密のメッセージ――そう、まるで復活祭の卵(イースター・エッグ)のように、あちこちに隠してあるのだ――をぶちこわしにしてしまうからだったのかもしれない。アルジャーノンという名は昔の戯曲から借りてきたようで、あまり好きになれなかったということも、以前に述べた。わたしから見ると、一九五三年という時代にアルジャーノンがフランス車のプジョーに乗っているという設定も、どうにも非現実的に思えたものだ。〝闇が落ちて〟の章が、ローマ数字で区切られているのも気に入らなかった。作品のほかの部分と、形式が統一されていないように感じられてしまう。同じ理由で、ところどころに実在する人間が登場するのも気になった——バート・ラーやアルフレッド・ヒッチコック、ロイ・ボールティングといった顔ぶれだ。

でも、アランは何ひとつ変更に応じなかった。

そもそも〝闇が落ちて〟という章題にも、わたしは引っかかっていた——これは、まちがいなく巧妙に隠された〝復活祭の卵〟のひとつだ。ミステリというジャンルにわだかまりはあったとしても、アランはアガサ・クリスティを尊敬しており、その趣向を自分の作品のあちこちにこっそり取り入れていた。〝闇が落ちて〟という章題と、その中で綴られるトーリー・オン・ザ・ウォーターの夜の描写は、明らかにクリスティの『終わりなき夜に生まれつく』を意識している。それを言うなら、別の章〝潮流に乗って〟は、『満潮に乗って』へのオマージュだ。『オセロ』を使って手がかりを忍ばせておくのは、まさにクリスティの流儀といっていい——かの女王の作品のうち、四作もがシェイクスピアの戯曲にちなんで題名をつけられているのだから。実のところ、クリスティは『愚行の代償』の本文中にゲスト出演さえしている。デヴォンへ向かう列車の中、ミス・ケインが読んでいるのはメアリ・ウェストマコット——クリスティの別名義——の新作なのだ。

こうしたことが気になっていたのは、けっしてわたしだけではない。校閲もさんざん提案をはねつけられている。そんな例は数えきれないが、わたしがよく憶えているのは、最後の章に登場し、ピュントをロンドンまで運んでいくことになる蒸気機関車ＬＭＲ57の件だ。この蒸気機関車は、そもそもこの物語の百年も前に、現場から引退してしまっている。もともとデヴォンではなくリバプール・アンド・マンチェスター鉄道を走っていた形式で、主に貨物の運搬に使われていたそうだ。しかし、アランはまったく意に介さなかった。「誰も気にしないさ」と言いはって、ここもそのまま変更はなし。でも、どうして？　蒸気機関車の形式なんて、変更したところでほかの部分に影響が出るわけでもないのに。一九五三年に右ハンドルのプジョーを探すのは至難の業だろうというわたしの意見にも、校閲の女性は賛成してくれていたのを憶えている。

もっとも、こんな論争をいくら思い出したところで、誰がフランク・パリスを殺したのかという問題の解決にはまったくつながらない。でも、実際にアランは真実を知っていたのだ。《ブランロウ・ホール》から帰ってきたアランは、当時の連れあいだったジェイムズ・テイラーに〝連中はまちがった男をつかまえたな〟と漏らしていたのだから。それにしても、なぜアランはそれを隠していたのだろう？　どうして警察に通報しなかった？　これは以前にも自問していた謎ではあるけれど、こうして『愚行の代償』をあらためて読みかえしてみても、その答えはいっこうに浮かんでこない。この本では、一件ならず二件もの殺人の謎が解き明かしてあるというのに。この本のどこに目をつければ、隠された秘密が明らかになるのだろうか？

わたしはまず、登場人物の名前をひとつずつ見ていくことにした。

アランはいつも、登場人物の名付けに何かしら遊びを隠している。四作めの『羅紗の幕が上がるとき』では、全員が英国を流れる川の名をつけられていた。『瑠璃の海原を越えて』で使われたのは、万年筆のメーカーだ。『愚行の代償』の名付けかたを割り出すのに、時間はかからなかった。何人か、すぐにわかりにくい名前もあるけれど、どれもみな、著名なミステリ作家にちなんでいる。ぴんときたのは、エリックとフィリス・チャンドラーの母子の名に目をとめたときだ。もちろんこれは、いまや私立探偵の象徴ともいえる、フィリップ・マーロウを生み出したレイモンド・チャンドラーから借りた名だ。アルジャーノン・マーシュは、〈アレン警部〉シリーズを書いたナイオ・マーシュから。マデレン・ケインは『郵便配達は二度ベルを鳴らす』や名作『殺人保険』を書いたジェイムズ・M・ケインに、ナンシー・ミッチェルは、六十作以上ものミステリを世に送り出したグラディス・ミッチェルにちなんでいる――ちなみに、詩人のフィリップ・ラーキンは、この作家のファンだった。

とはいえ、アランという人間は、こんな単純な遊びだけでは満足しない。これらの主な登場人物たちは、みな自分が《ブランロウ・ホール》で顔を合わせ、取材に協力してもらった実在の人間と結びつけてある。ほとんどの場合は頭文字が共通しているし、ファースト・ネームは全員がモデルと似た響きを持っている。たとえば、ランス・ガードナー（Lance Gardner）（〈ペリー・メイスン〉シリーズを書いたE・S・ガードナーから名を借りている）について、これはまちがいなく自分のことだと、ローレンス・トレハーン（Lawrence Treherne）がひどく立腹していたものだ。レナード・コリンズ（Leonard Collins）医師は、頭文字から見てライオネル・コービー（Lionel Corby）にちがいない。同じように、ラトヴィア出身の映画プロデューサーであるシーマニス・チャックス（Simanis Čaks）、英名サイモン・コックスは、ステファン（Stefan）・コドレスク（Codrescu）と対応しているのだろう。ただ、この物語において、コックスには何の役割も与えられていないのは、考えてみるとおもしろい。実際のところ、容疑者でさえないのだから。

アラン・コンウェイの頭の中で起きていたことを解明しようとするなら、ここサフォークの《ブランロウ・ホール》と、デヴォンの村トーリー・オン・ザ・ウォーターの世界の対応図のようなものを作らなければいけないと、わたしは悟った。指標となるのは、これらの作中人物とお互いの人間関係、そしてこの世界に実在するモデルとの関係。本を読みおわったのはホテルの庭園のテーブルだったけれど、すでに日も沈んでしまっている。わたしは自室に戻ってメモ帳を取り出し、思いつくまま書き出していった。

メリッサ・ジェイムズ（Melissa James）

名前を借りた作家：『罪なき血』や『死の味』の著者P・D・ジェイムズ。もしかすると、ピーター・ジェイムズの可能性もあるかもしれない（なにしろ本書への〝絶賛の声〟を寄せてもらっているのだから！）。

現実世界のモデル：セシリーの姉、リサ・トレハーン（Lisa Treherne）

考察：作中人物と実在のモデルは、ファースト・ネームがメリッサとリサで似ている以外、ほとんど共通点が見あたらない。メリッサの顔に傷跡があるという描写が一ヵ所（21ページ参照）。リサ・トレハーンはステファン・コドレスクとセックスをしていたらしく、その現場をライオネル・コービーに目撃されている。でも、『愚行の代償』では、メリッサの浮気の相手はレナード・コリンズ医師だった。

アラン・コンウェイの元妻の名もメリッサで、ジムのインストラクターだったライオネル・コービーとは、かなり親しかったらしい。ひょっとして、アランはふたりが関係を持っていたと示唆しているのだろうか？

フランシス・ペンドルトン（Francis Pendleton）
名前を借りた作家：〈死刑執行人〉シリーズを書いた米国の犯罪小説家、ドン・ペンドルトン。
現実世界のモデル：フランク・パリス（Frank Parris）
考察：名前の頭文字が同じというだけでなく、アランはフランシス・ペンドルトンを明らかにフランク・パリスに寄せて描写している。どちらも巻き毛に浅黒い肌の持ち主（29ページ参照）であるばかりか、フランシスは《サンダウナー号》というヨットを所有しているけれど、これはフランク・パリスがオーストラリアで経営していた広告代理店と同じ名だ。
　作中で使われた凶器は短剣、現実ではハンマーではあるけれど、どちらも殺害されている。ここも共通点。ただ、作中で描かれている、ミス・ケインがフランシス・ペンドルトンを殺した動機については、現実世界にはそれに近いものさえ存在しない。

ナンシー・ミッチェル（Nancy Mitchell）
名前を借りた作家：〈ブラッドリー夫人〉シリーズを書いたミステリ作家、グラディス・ミッチェル。

現実世界のモデル：ナターシャ・メルク（Natasha Mälk）——遺体を発見したメイドのフルネームは、エイデンから聞くことができた。名前の頭文字は一致する。

考察：アランは実際にナターシャと会うことができたものの、わたしはその機会に恵まれず、とくに書くべきことも思いあたらない。ナンシーはフランシス・ペンドルトンと一夜の過ちを犯したけれど、こちらは現実と対応しようもない——なにしろ、フランクはゲイなのだから！

マデレン・ケイン（Madeline Cain）

名前を借りた作家：ジェイムズ・M・ケイン

現実世界のモデル：メリッサ・コンウェイ（Melissa Conway）？

考察：名前の頭文字以外には、このふたりに共通点は見あたらないものの、アランとしては、元妻を映画スターに熱狂するファン、そして殺人犯として描くことをおもしろがっていたのかもしれない。アランはアティカス・ピュントの世界から、こうしてマデレン・ケインを追放した——そして、第四作めからは、代わりにジェイムズ・フレイザー（モデルはジェイムズ・テイラー）を招き入れたというわけだ。

レナード・コリンズ（Leonard Collins）

名前を借りた作家：ここは判断をつけにくい。主にミステリ短篇を書いた米国の作家、デニス・リンズの別名義マイケル・コリンズだろうか。あるいは、『白衣の女』『月長石』を書いたウィルキー・コリンズかも？

現実世界のモデル：ライオネル・コービー（Lionel Corby）

考察：これはどう考えたらいいのだろうか。レナード・コリンズ医師は殺人犯であり、作中で大きな役割をはたしている人物だ。とはいえ、たしかにメリッサ・ジェイムズを殺してはいるものの、フランシス・ペンドルトンは殺していない。つまり、アランはフランク・パリス殺しの犯人が、ライオネル・コービーではないと示しているのだろうか？

そもそも、《ブランロウ・ホール》で殺人を犯したのはひとりなのに、作中で殺人を犯した人物はふたりいる。これがどういう意味なのか、わたしにはわからない。

サマンサ・コリンズ（Samantha Collins）

名前を借りた作家：レナード・コリンズ医師に同じ。

現実世界のモデル：セシリー・トレハーン（Cecily Treherne）？

考察：サマンサという登場人物がどうやって作り出されたのか、判断するのは難しい。『愚行の代償』でも、ほんの一瞬だけ嫌疑をかけられるものの、物語の中ではたす役割はそれほど大きくはない。セシリーとサマンサという名前は、頭文字こそ異なるものの、同じ発音の子音から始まっている。また、サマンサの顔は〝四角く、いかにも真面目そう〟だと描写されていて（57ページ参照）、ここはセシリーと一致する。

サイモン・コックス（Simon Cox、本名：シーマニス・チャックス）
名前を借りた作家：『毒入りチョコレート事件』などの作者、アントニー・バークリー・コックス。この作家は『愚行の代償』の作中世界ともうひとつつながりがある――著書『レディに捧げる殺人物語』が、一九四一年にアルフレッド・ヒッチコックにより『断崖』という題名で映画化されているのだ。
現実世界のモデル：ステファン・コドレスク（Stefan Codrescu）
考察：ステファン・コドレスクはフランク・パリス殺害事件における最重要人物なのに、サイモン・コックスは『愚行の代償』の世界で、どちらかといえば脇役なのは興味ぶかい。コックスのほうは、実際には容疑者でさえないのだ。
とはいえ、アランはサイモン・コックスを東欧の出（ステファンはルーマニア出身、コックスはラトヴィア出身）として描くだけではなく、メリッサに〝まるで出所したばかりの三流ギャングといった風情〟と描写させて（65ページ参照）、いささか意地の悪い冗談を楽しんでいたようだ。
これは、アランが実際には、やはりステファンが犯人だと思っていたことを示すのだろうか？　それとも、ステファンは無実だと知っていながら、あえて嘲笑を浴びせて楽しんでいたということ？
ランス／モーリーン・ガードナー（Lance／Maureen Gardner）

名前を借りた作家：〈ペリー・メイスン〉シリーズの作者、E・S・ガードナー。
現実世界のモデル：ローレンス／ポーリーン・トレハーン（Lawrence／Pauline Treherne）
考察：作中で、ランスとモーリーンは小悪党の夫婦として描かれている……これは、アラン・コンウェイがひとりでほくそ笑むための冗談にちがいない。この夫妻は、作中ではどちらの殺人事件にも関与していない。でも、これはさすがに、アランはローレンスから訴えられても文句は言えないはず！

エリック／フィリス・チャンドラー（Eric／Phyllis Chandler）
名前を借りた作家：レイモンド・チャンドラー
現実世界のモデル：デレク・エンディコット（Derek Endicott）——と、おそらくその母親。
考察：ガードナー夫妻と同じく、エリックも作中の殺人事件に関与していないところを見ると、アランはデレク・エンディコットをフランク・パリス殺害事件と結びつけていなかったのだろうか。でも、もしかしたらアランの見のがしている事実があるのかもしれない。たとえば、犯人がねらっていたのがフランク・パリスでなかったとしたら……？
のぞきのエピソードに加え、身体の不自由な人をからかうような表現は、いかにもアラン・コンウェイらしい。アランは取材に訪れたとき、デレクの母親には会っているのだろうか？
わたしは会ってみなくては！

アルジャーノン・マーシュ（Algernon Marsh）
名前を借りた作家：〈アレン警部〉シリーズを書いた、ニュージーランドのもっとも偉大なミステリ作家、デイム・ナイオ・マーシュ。
現実世界のモデル：エイデン・マクニール（Aiden MacNeil）——本人もそのことに気づいていた。
考察：エイデンはアランに話をすることを拒んだ。〝会ったのは……せいぜい五分くらいだったかな。正直なところ、あまり好きにはなれなかった〟そうだ。そのお返しに、アランはエイデンを本人そっくりに戯画化し、情けない詐欺師に描き出した。これは、アランの復讐なのだろうか？　とはいえ、エイデンが犯人だとは示唆していないようだ。

名前についての整理は、こんなところだろうか。アラン・コンウェイが少しでもわたしのために話をわかりやすくしてくれる気があるなら、フランシス・ペンドルトン殺害の犯人を、ちゃんと《ブランロウ・ホール》の関係者と同じ頭文字を持つ登場人物にして、フランク・パリス殺害犯人を教えてくれていただろうに。
でも、ひょっとして、アランが本当にそうやって真実を教えてくれているのだとしたら？　フランシス・ペンドルトンを殺したのは、マデレン・ケインだった。だとしたら、フランク・パリスを殺したのは、メリッサ・コンウェイだったのだろうか？　どちらも、同じくＭＣの頭文字だ。

とはいえ、わたしはアランが元妻をフランク・パリス殺害の犯人として名指ししたとは、どうしても信じられずにいた。そもそも、あの殺人事件が起きたときには、メリッサはもう旧姓のジョンソンに戻っていたのだ。それに、フランク・パリスを殺すどんな動機を、メリッサ・コンウェイが持っていたというのだろう？　考えてみると、『愚行の代償』にはメリッサがもうひとり登場する――第四章で絞殺されるメリッサ・ジェイムズだ。こちらのメリッサも、やはりメリッサ・コンウェイをモデルにしているのかもしれない。そうなると、アランは元妻のことを、殺人事件の被害者、そして犯人の両方に重ねていたことになる。

いったい、どうしてこうややこしい話になってしまうのだろう？

《ブランロウ・ホール》で実際に起きた事件から、『愚行の代償』に持ちこんだと思われる手がかりは、ほかにふたつある。わたしはそれを、メモ帳に記した。

オペラ『フィガロの結婚』。

吠える犬。

フランク・パリスはセシリー・トレハーンに、『フィガロの結婚』を観にいくつもりだと話したという。このモーツァルトによるオペラのまさに同じ演目に、『愚行の代償』のフランシス・ペンドルトンが行ったと嘘をついたのは、けっして偶然などではありえない。この件については、現実も物語も、発言した人物の頭文字まで一致している。フランク・パリスがどうしてそんな嘘をついたのか、その理由はいまだ謎のままだ。本当はどこへ行っていたのか――そして、どうして嘘をつかなくてはならなかったのか？　犬については、《クラレンス・キープ》

のキンバも、《ブランロウ・ホール》のゴールデン・レトリーバーであるベアも、殺人の起きた時刻あたりに吠えたところは共通している。またしても、アランがわたしに何かを告げようとしている気がしてならない。あの夜どんなことがあったのか、次にデレクに会ったとき、もっと詳しく訊いてみなくてはと、わたしは心を決めた。

次に窓の外に目をやったときには、外はもう真っ暗になっていて、わたしはふいに空腹を感じた。メモ帳を閉じ、『愚行の代償』のペーパーバックの隣に置く。

夕食をとりに階下へ向かおうとしたそのとき、あることが頭に浮かんだ。アランの本に手を伸ばし、最初のページを開く。やはり、思ったとおりだ。わたしはもう、自分のうかつさにうんざりするばかりだった。すぐ目の前から、こちらを見つめかえしていた文字を、まるでわざと無視しているかのように読みとばしていたのだから。

献辞。

〝フランクとレオ——思い出に捧ぐ〟

このフランクは、フランク・パリスにまちがいあるまい。レオというのは、ロンドンで会ったときにジェイムズ・テイラーが話していた男娼のことだろう。フランクとレオ、アラン、そしてジェイムズは、いっしょに食卓を囲んだのだという。抑圧してきた性的指向に目を向けるよう、フランク・パリスはアランの背中を押した。そして、フランク自身はレオとの倒錯したセックスを楽しんでいたのだとか。

〝思い出に捧ぐ〟。

この言葉が、ふいにページから浮きあがって見える。フランクは《ブランロウ・ホール》で殺害された。レオもまた、すでにこの世にはいないのだろうか？

わたしは衝動的にiPhoneに手を伸ばし、手短にメッセージを打った。

ジェイムズ――《ル・カプリス》ではあんなにご馳走になっちゃって、わたし、ちゃんとお礼を言ったかしら？　久しぶりに会えて、本当に嬉しかった。ひとつだけ、追加でとりいそぎ訊いておきたいことがあるの。フランク・パリスの友人のレオって人のこと、あのとき話してくれたでしょう。その人のことで、ほかに何か知らない？　ひょっとして、もう亡くなってい る可能性もある？　アランの本の献辞に、レオの〝思い出に捧ぐ〟って書いてあったから、ちょっと気になって。よろしくね。スーザンより。X

返事を待たされることはなかった。ほんの一分もすると、わたしのiPhoneから着信音が響き、画面に答えが浮かびあがる。

やあ、スーザン。レオについては、ぼくもたいして知らないんですよ。メイフェアになかなかのアパートメントを持ってたけど（どうやって金を工面したんだか）、聞いた話じゃもうロンドンにはいないらしくて、生きてるか死んでるかもわからないんだ。レオはフランクをお得意さんにしてたけど、それにしても、あの本があいつに献呈されてたってのは驚きだな。アランはぼくに、レオの話をしたことはなかったから。ぼく自身、ちゃんと会ったのは一度だけだから、あんまり話せることもないんです。金髪で（染めてたのかも?）きれいな子でしたよ。あんまり大柄じゃなかった。裸になったところは見たことないから、どれくらいいい身体だったのかは……皮を切ってるかどうかも――あなたはきっと、そういうことが死ぬほど知りたいんでしょうけどね!!!　身体は鍛えてましたよ。いつも、いい感じに絞ってました。ところで、レオっていうのは、もしかすると本名じゃないかも。ぼくたちはみんな、だいたい偽名を使ってたんです（ほら、用心に越したことはないから）。種馬（スタッド）とか、ラテン系の色男っぽくナンドとか、そんな名前がよく使われてたな。あとは愛称とかね。アランと初めて会ったとき、ぼくはジミーって名乗ってましたよ……少年っぽくて可愛いでしょう。あれから、何かわかりました?　いま思うと、フランク・パリスってすごく気色の悪い、ほんものの変態でしたよ。あんなことになったのも、罰が当たったんじゃないかな。こっちに来るときは、またいつでも連絡してください。ジミーより。XXX

　レオの生死さえ、ジェイムズは知らないという。いったいどうやって探すことができるのか、わたしには見当もつかなかった。

あと二日

翌朝、起きるとすぐに、わたしはまたビデオ通話（FaceTime）でアンドレアスを呼び出してみた。クレタ島ではちょうど朝の十時半で、あの人はもう朝食を終え、ひと泳ぎしてきたはず。そして、とくに何か緊急の仕事がなければ、濃いブラック・コーヒー（トルコ・コーヒーではなく、ギリシャ・コーヒーと呼ぶこと）の小さなカップと本を手に、いつものテラスでしばしくつろぐ。わたしがクレタ島を出たときには、ちょうどギリシャの小説家ニコス・カザンザキスの作品を読んでいて、わたしにもぜひと勧めてくれたものだ――そんなもの、読む時間があるわけないのに。

FaceTimeに応答がないので、今度は携帯に電話をかけてみると、そのまま伝言サービスにつながってしまう。ネルかパノス、そのほか《ホテル・ポリュドロス》の従業員に電話してみることも考えたけれど、それはさすがに最後の手段というべきだろう。そもそも、わたしとアンドレアスの問題に、あまり他人を介入させたくはない。これが、クレタ島の暮らしの困ったところなのだ。たとえそこそこの町であっても、誰もがみな小さな村の住人のように噂好きなのだから。

いっこうに返事をくれないアンドレアスに、わたしはとまどっていたし、正直に言うなら、いくらか腹を立ててもいた。これではまるで、わたしが窮地に追いつめたかのようではないか。わたしはただ、自分が抱えていた気持ちのいくらかを率直にうちあけ、ちゃんと話しあおうと提案しただけだ。そんな態度をとられるほど、無理なことは言っていないでしょうに。アンドレアスがあまりこまめにメールチェックをしないのは知っているけれど、それでも通知が画面に出たら、わたしからだということはわかるはず。ただ、何か意見がぶつかることについてじっくり話しあったり、関係を見なおしたり、〝わたしたちのこれから〟について考えたりするのを、アンドレアスが後回しにしがちな性格だということは、わたしにもわかっていた。ひょっとしたら、これは地中海の日射しを浴びながら、だらだらとした日々をすごすうち、いろいろなことがどうでもよくなって、怠惰にさえなってしまっているからだろうか。まあ、わたしの出会ったたいていのギリシャ人男性はそんなふうだけれど。

結局、わたしはアンドレアスと連絡をとるのを諦めた。どうせ、英国に滞在するのもあと数日のことなのだ。セシリー・トレハーンの行方は杳として知れず、わたしはすでに、思いつく関係者のすべてに会い、思いつく質問のすべてを尋ねてしまった。『愚行の代償』は読んだものの、収穫などほとんど何もなかったといっていい。わたし自身の将来の見とおしはといえば、マイケル・ビーリーからは、フリーランスとしてであれ、社員としてであれ、いまのところ出版関係の仕事でわたしを雇うことはありえないと、はっきり言いわたされたも同然だ。だとすると、わたしはこれから、いったいどうしたらいいのだろう。しょんぼりと《ホテル・ポリュドロス》に戻り、アンドレアスと膝を突きあわせて、これからどうすべきかを相談しなくてはいけなくなりそうだ。

シャワーを浴び、服を着て一階に下りる。朝食の会場は、前にローレンスから夕食をご馳走になったのと同じ場所だ。ウッドブリッジからバスで出勤してきたウェイターたちが、白いシャツと黒いズボン姿で立ち働いている。目玉焼き、ベーコン、ベイクド・ビーンズなどが並ぶ昔ながらのビュッフェもあり、おなじみの加熱用ランプに照らされ、食べものがぎとぎとと光っているのを見ると、いくらか食欲が減退してしまう。わたしはふいに、ギリシャ・ヨーグルトとスイカの朝食が恋しくてたまらなくなったけれど、ぐっとこらえて席につき、メニューから朝食を注文して、自分のメモ帳とおいしいコーヒーの入ったポットをお伴に、料理が届くのを待つことにした。

ようやく料理を食べはじめたとき、ふと顔を上げたわたしは、いつのまにか自分がひとりではなかったことに気がついた。リサ・トレハーンが目の前に立ち、微笑を浮かべてこちらを見おろしている——といっても、こんな微笑を向けられたら、誰だって、もうシリアルを食べつづけてはいられないだろう。ステファン・コドレスクに解雇を言いわたしたときも、リサはきっとこんな表情を浮かべていたにちがいない。

「おはよう、スーザン。ごいっしょしてもかまわない?」

「どうぞ、ご遠慮なく(ビー・マイ・ゲスト)」わたしは向かいの空いている椅子を手で示した。

「実際には、それ、こちらの台詞(せりふ)よね」リサはとりすました顔で腰をおろすと、コーヒーを勧めにきたウェイターを、手を振って追いはらった。「こちらが、あなたをお客さま(ゲスト)としてもてなしているんだから」

「ええ。とってもよくしていただいて、ありがとう」

「うちのホテルはいかが？」

「すごく素敵よ」雲行きがあやしいことを、わたしは感じとっていた。こうなったら、愛想よくしておくにこしたことはない。「人気があるのも当然よね」

「そうなの。言うまでもなく、いまは繁忙期だしね。そのことで、あなたにちょっとお話があるんだけれど。事件の捜査はどうなっているの？」

「わたし、別に捜査をしているわけじゃないのよ」

「セシリーがどうなったのか、何か収穫はあった？」

「昨日、例の本を読みかえしたところ。『愚行の代償』をね。いったい何があったのか、いくつか思いついたこともあってね」

「いくつか思いついたこと？」リサはわたしの皿をちらりと見やった。けっして、そんなにたくさん注文したわけではないのに――トーストに載せたポーチド・エッグくらいだ――その目つきといったら、まるでわたしがビュッフェの料理をすべて平らげたかのようだった。「正直な話をさせてもらうけれどね、スーザン。失礼なことは言いたくないけれど、あなたがいま泊まっている部屋は、普通なら一泊三百ポンドじゃきかないのよ。そして、こうしてうちのレストランの料理を食べ、きっと部屋のミニバーの飲みものも楽しんでいるんでしょうね。うちの両親をうまいこと言いくるめて、法外な謝礼金を出させたあげく、あなたからやっと連絡が来たかと思えば、前渡し金の要求だけ。わたしたちから見たら、いままでのところ、あなたはまだ何もしていないのよ」

〝失礼なことは言いたくない〟のに、この言いよう。本気でリサが喧嘩を売るつもりになったら、いったいどんな騒ぎになることだろう。わたしの脳裏に、ライオネル・コービーがリサを評した言葉がよみがえった——〝あの女は、まったくたいしたタマだったな〟。あのとき、ライオネルの言葉を疑ったりして申しわけなかったと、いまさらながらふりかえる。

「わたしにこんな話をすることを、ご両親は知っているの？」わたしは尋ねた。

「実はね、この話をしてきてほしいと、父から頼まれたのよ。わたしたちとしては、もうこの取り決めは終わりにして、あなたに出ていってほしいの」

「いつ？」

「きょう」

手にしていたナイフとフォークを、わたしはきっちりと皿に置いた。それから、リサの目をまっすぐ見つめ、いかにも愛想のいい口調で問いかける。「ステファン・コドレスクを解雇する前、あなたがあの男とセックスしていたことは、もうお父さんに話したの？」

その言葉を耳にした瞬間、リサの顔は怒りで紅潮した。奇妙にも、まるで一分前に刺されたばかりのように、口もとの傷跡がくっきりと浮かびあがる。「よくもまあ、そんなことを！」押し殺した声で、リサはささやいた。

「ほら、捜査はどうなっているかって、いま訊かれたばかりだったから。この情報はなかなか意味深長で、いろんな事実に別の角度から光を当ててくれそうよね。そう思わない？」

これは、なかなかおもしろい展開だ。口にする前は、わたしもライオネルの話を完全に信じきっていたわけではなかったけれど、現にリサは否定しようともしない。いま思えば、裏付けとなるさまざまな情報はすでに出ていた。ローレンス・トレハーンとの夕食のとき、初めのうちはリサがステファンを気に入っていたこと、ふたりはよくいっしょにいたことが、父親の口から語られていたではないか。その後、ライオネルによるとでっちあげの疑いをかけられて、ふいにステファンはリサに解雇されてしまったのだ。さらに、異性関係をめぐり、妹とよく揉めていたという話もあった。〝ふたりはいつだって、お互いの男友だちのことで焼きもちを焼いていたんです〟――ローレンスの言葉だ。リサがエイデン・マクニールを嫌うのは、結局はこの年季の入った嫉妬心の影響が大きいのだろうと、ふいにわたしは思いあたった。

「誰から聞いたの？」リサは詰めよった。こんなことを言われたのに、怒って席を立たないのは驚きだ。わたしだったら、きっとそうしていただろう。

「解雇したのは、ステファンがもうあなたと寝てくれなくなったからなんでしょう」

「あの男は泥棒だったから」

「それも嘘でしょ。ものを盗んでいたのは、遺体を発見したメイド、ナターシャ・メルクだったそうじゃない。みんな知っていることよ」

わたしはただ、ライオネル・コービーから聞いた話をくりかえしただけだったのに、どうやらこれも図星だったらしい。リサの顔が暗くなる。「あんな、ろくでもない男」低い声だ。

「リサ、わたしはノーフォークのウェイランド刑務所で、ステファンと面会する手続きをとったの。だから、嘘をついても無駄よ」実のところ、嘘をついているのはわたしのほうだった。面会を申しこんではいるものの、まだステファンから返事が来ていないのだから――でも、もちろんリサは、そんなことを知る由もない。

リサがわたしをにらみつけた目つきといったら、ポーチド・エッグも恐怖に固まってしまいそうだった――もっとも、加熱用ランプのおかげで、すでに固くなっていたけれど。「あんなやつが何を言おうと、よく信じる気になれるものね。殺人の罪で有罪になった男よ」

「本当にステファンがフランク・パリスを殺したのかどうか、わたしはあやしいと思っているの」

おかしな話ではあるけれど、こんな言葉を口にしながらも、絶対に真犯人は別にいると、わたしはすでに確信していた。死ぬまで刑務所にぶちこんでやれとばかり、警察がいそいそとステファンを逮捕したのは、相手がルーマニア人だったという単純な理由にすぎない。実際のところ、有罪となった根拠など、馬鹿馬鹿しいくらい薄弱なのだ。ステファンのマットレスの下に、百五十ポンドが隠してあった？　いまどき、マットレスの下にお金を隠したりするのは、テレビの三流コメディに登場するおばあさんくらいのものだ。そもそも、そんな少額の金を盗むため、ステファンは本当に何十年もの刑を食らう危険を冒すだろうか？

この事件には、いまだ説明のつかない点があまりに多い。犬が吠えたこと、〝起こさないでください〟の札が扉に掛けられていたのに、いつのまにか外されていたこと、フランク・パリスがオペラを観にいくと嘘をついたこと。また、わたしにとって最大の謎は別にある。もしもアラン・コンウェイが真犯人の正体を知っていたのだとしたら（知っていたからこそ、セシリー・トレハーンは失踪するはめになったのだけれど）、どうしてそれを伏せておいたのだろう？

「ステファンが犯人じゃないのなら、誰だっていうの？」リサが迫る。

「あと一週間の猶予をもらえれば、探し出してみせるけれど」

リサはわたしをにらみつけた。「じゃ、明日までね」

「いいわ」本当はもうちょっと交渉したかったけれど、それだと弱気に見えてしまいそうだ。少なくとも、これで昼食前に放り出されることはなくなった。

リサは立ちあがりかけたものの、わたしはまだ話を終えてはいなかった。「あなたとセシリーについて話して」

リサは坐りなおした。「何が聞きたいの？」

「姉妹の仲はよかった？」

「そこそこね」

「ねえ、どうして本当のことを話してくれないの？　妹に何が起きたのか、わたしにつきとめてほしいとは思わない？」怖い目をしてにらみつけてきたリサに、こうたたみかける。「その口の脇の傷は、どうしてできたの？」

「妹がやったのよ」リサは傷をかばうように手を挙げ、ほんのしばらく傷跡を隠した。「でも、わざとじゃないの。あのとき、セシリーはまだ十歳だったから。自分が何をしているのか、よくわかっていなかったのよ」

「何のことで喧嘩になったの？」

「そんなこと、関係ないでしょ！」

「それはどうかな」

「男の子のことよ。ううん、子どもじゃなかった……大人の男性。その年ごろの女の子がどんなか、あなたも知っているでしょう。その人はケヴィンという名で、厨房で働いていたの。たぶん二十歳くらいだったけれど、わたしたちはどっちも、その人に夢中になっちゃって。それで、ケヴィンがわたしにキスをしたの。それだけのことよ。ある日、わたしがいろいろ話しかけて、いっしょにくすくす笑っていたら、ケヴィンが頬にキスしてくれたの。そのことをセスに話したら、あの子、すごく怒ってね。〝わたしからケヴィンを盗んだのね〟って言って、手もとにたまたまあった調理用のナイフを投げつけてきたの。別に、わたしをねらったわけでさえなかったのにね。でも、その刃がたまたま口の脇に当たって。とても鋭いナイフだったから、ここが切れちゃったのよ」リサは手を下ろした。「あのときは、ずいぶん血が出たわ」

「そのことで、いまだに妹を責めているの？」

「責めたことなんて、一度もないったら。セシリーには、自分のしたことがわかっていなかったんだから」

「セシリーとエイデンについては？」

「あのふたりがどうしたの？」

「前回のあなたの話しぶりだと、エイデンのことをあまり好きじゃないようだったから」

「別に、個人的にはなんとも思っていないのよ。ただ、あまり仕事に本腰を入れているようには見えないだけ」

「妹さんは、エイデンのことを愛していた？」

「たぶんね。よくは知らないけれど。わたしたち、そういう話はしなかったから」

わたしはわざとセシリーの話に過去形を使ってみたけれど、リサがそれに反発する様子はなかった。どうやらリサもわたしと同じく、セシリーはもうこの世にいないと思っているようだ。

「あなたとステファンのことも話して」

「何について？」

「ステファンを解雇した、本当の理由は？」

どう答えるかリサが心を決めるのに、数秒かかった。やがて、覚悟を決めて口を開く。「あの男とは二、三度セックスしたわ。どうしてって——別にかまわないでしょ？　見た目は悪くないし、独り身だし、それに、こう言ったら何だけど、向こうも嫌がらなかったしね！　そのうえ、何の取り柄もない前科者で、わたしがいなかったら路頭に迷っていたかもしれない男よ。ある意味では、親切のお返しをしてもらっただけってわけ。

でも、だからって、別に無理強いしたおぼえはないの。もしも、ステファンがもうわたしのベッドに来てくれなくなったから、わたしがあの男を解雇したと思っているんなら、いますぐさっさとこのホテルを出ていってちょうだい。フランク・パリスを殺した犯人をあなたが知っていようといまいと、そんなこと、もうどうだっていいんだから。ステファン・コドレスクは、わたしが言うことなら何でもやった。それもまた、楽しいといえば楽しかったかな。わたしが指を鳴らすだけで、あの男はすぐ飛んできたから。でも、あなたがどう言おうと、残念ながら、お金を盗んだのはあの男だった——ナターシャじゃなくてね——だからこそ、もうこのホテルには置いておけなかったの。わたしの個人的な楽しみより、ホテルのほうが大切だもの」

リサは立ちあがった。椅子の脚が、床を引っかく音。

「あなたに残された時間は、きょうと明日の午前中だけよ、スーザン。そこから先は、二度とあなたに会うつもりはないから」そして、別れぎわの決め台詞も言わずにはいられなかったらしい。「当ホテルのチェックアウトは十二時です」

エロイーズ・ラドマニ

リサから事実上の解雇通告を受けたことは、さほど残念というわけではなかった。わたしはもうアンドレアスのところへ帰りたかったし、もしも謎が解けないまま英国を離れることになったとしても、これならリサのせいにできる。とにかく、アンドレアスと話したかった。わたしたち、まだ別れたわけじゃないのよね？　その疑問が、どうにも胸を騒がせる——八年前、誰がフランク・パリスを殺したかなどという小さな問題よりも、よっぽど切実に。

《ブランロウ・ホール》から強制退去させられるまで、あと一日とちょっとしかない。さあ、この時間をどう使う？

怒りと性的欲求不満をつのらせたリサがテーブルにやってくるまで、わたしはこれから追うべき手がかりの一覧をメモ帳に書き出していたところだった。ようやくひとりになって、あらためてその表を見なおす。残された時間はおそろしく少ないのに、すべきことがこんなにもあるとは。

何よりも優先すべきなのは、ウェイランド刑務所にいるステファン・コドレスクと面会することだ。ステファンからは、きっといろいろな情報が聞き出せるだろう。殺人のあった夜の記憶に始まって、リサとの関係は実際にどうだったのか、ステファンの部屋に出入りできたのは誰か、そして何より重要な疑問として、どうして自白などしてしまったのか。でも、手紙の返事が来るまでには数週間、ひょっとして何ヵ月もかかってしまうかもしれない。わたしにはもう、それだけの時間は残されていなかった。

そして、レオのこともある。フランク・パリスとアラン・コンウェイの両方を〝知って〟いた――それも、いわゆる深い意味で――男娼。もしもアランの献辞がほのめかしているように、レオもまた死んでいるとするなら、いったいどんな死を迎えたというのだろうか？　そもそも、なぜこの本はフランクだけでなく、レオにも捧げられているのだろう？　レオはけっしてフランクと生涯をともにする連れあいだったわけではなく、金で買える多くの男娼のひとりにすぎなかったというのに。

まずは、マーティンとジョアン・ウィリアムズ夫妻のところへ戻らなくてはならない。あの夫婦こそはフランクを亡きものにしたいと願う、実にわかりやすい動機を持っていたのだから。前回あの夫婦を訪ねたときには、どちらもいやに気味の悪いところがあると思ったけれど、いまとなってみると、ふたりともわたしに嘘をついていたわけだ。顔を合わせているときに、わたし自身が気づくこともできていたはずなのに。夫妻の話が嘘だということは、エイデンの話から明らかになった。さらに、ローレンスが後から送ってくれた長いメールも、それを裏付けることとなったのだ。フランク・パリスが殺された当日、マーティンは《ブランロウ・ホール》を訪れている。マーティンは自分でも気づかずに、わたしの前で口を滑らせていたのだ。

そして、もともとヨルガオ棟十二号室を割りあてられていたという人物、ジョージ・ソーンダーズから、わたしはまだ話を聞けていない。ロクサーナの乳母であり、見たところエイデンの忠実なるお伴という感じのエロイーズ・ラドマニからも。さらに、わたしはアランの元妻であるメリッサを探したいと考えていた。なにしろ、殺人事件が起きたとき、メリッサはこのホテルのすぐ隣に住んでいたというではないか。あの夜、誰にも見られずにホテルに忍びこむことだってできていたはずだ。

最後に、フラムリンガムでサジッド・カーンがふと口を滑らせた、ウィルコックスという人物がいる。この人物の連絡先はすでにつきとめてあり、今回の事件には何の関係もないものの、どうしても話を聞いておきたかった。これも、きょうの午後に予定しておこう。

朝食を終え、自室に戻る。ふたたびロビーへ出たとき、洗濯かごを抱えてフロントの前を通りすぎるエロイーズ・ラドマニがふと目にとまった。どうやら、ホテルの洗濯室を《ブランロウ・コテージ》の付属施設のように使っているようだ。向こうもわたしに気づき、呼びとめられる前にホテルを出ようときびすを返したけれど、ここで逃すつもりはない。急いで後を追い、裏口の手前でつかまえる。

エロイーズについて、すでにわかっていることを、ざっと頭の中で整理する。出身はマルセイユ。《ブランロウ・ホール》に来たのは二〇〇九年で、ロクサーナが生まれた二ヵ月後、フランク・パリスの死からは九ヵ月後のことだった。それ以前の経歴は、ロンドンで学校に通っていたとき、そこで出会った男性と結婚するものの、夫はエイズで亡くなってしまったのだという。初めて顔を合わせたとき、エロイーズはわたしに、悪魔でも見るような目を向けたものだ。いかにも迷惑そうなその様子から判断して、わたしに対する印象は、いまだあまり変わっていないらしい。きょうはくすんだ青のTシャツにゆったりしたジャケットをはおり、いつもの黒と灰色の装(よそお)いにいくらか色味を添えている。

「おはよう」わたしは努めて愛想よく声をかけた。

「どうも」エロイーズは顔をしかめる。

「わたしはスーザン。前に、ちらっと《ブランロウ・コテージ》の前で会ったでしょう。あのときは、わたしがどうしてここにいるのか、説明する時間がなかったから」

「ミスター・マクニールから聞きました」〝ムッシュー〟ではなく〝ミスター〟を使ってはいるものの、わざとやっているのかと思うくらいのフランス訛(なま)りだ。「セシリーを探すのに力を貸してもらってるって」

「ええ、そうなの。あれから、何か進展はあった？　わたし、昨日はロンドンにいたから……」

エロイーズはかぶりを振った。「まだ、何も」

「あなたも、さぞかしつらい思いをしているんでしょうね」

いくらか緊張を解きはしたものの、乳母の目にはいまだ警戒の色が浮かんでいた。「ええ、本当に。セシリーには、とっても親切にしてもらってました。まるで家族の一員みたいに、あたしを受け入れてくださって。とりわけロクサーナは、すごくつらいんだと思います。いつも、とっても悲しそうな顔で。いったい何が起きてるのか、まだわからないんですよ」

「こちらのお宅で働きはじめて、もうけっこう長かったのよね」

「ええ」

「最後にセシリーと会ったのは？」

「どうして、あたしにそんなことを訊くんですか？」

「何があったのかをつきとめてほしいと、ローレンスとポーリーンに頼まれているの。みんなから話を聞いているのよ。あなたも協力してくれるでしょう？」わたしはあえて押してみた。いったい何を、エロイーズは隠したがっているのだろう。

どうやらわかってもらえたようだ。乳母は小さくうなずいた。「もちろん、あなたの質問に答えるのはかまわないんですけど、でも、あたし、本当に何も……」

「それで、最後にセシリーと会ったのはいつ？」

「姿を消してしまった日です。昼食の、すぐ後でした。あたし、ロクサーナをウッドブリッジのお医者さまのところへ連れてかなくちゃいけなくて。具合が悪かったんです。その……わかるでしょう……お腹の調子が。セシリーは犬の散歩に出かけるって言ってました。あたしたち、家のキッチンでちょっとだけ話して、それが最後だったんです」

「その日の夜は、あなたはお休みをとっていたんでしょう」

「ええ。ホテルに勤めてるインガが来て、ロクサーナを見ててくれました」

「あなたはどこへ行っていたの？」

ふいに、初対面のときと同じ怒りがエロイーズの目に浮かんだ。「あなたに関係あります？」

「わたしはただ、情報をすべて整理しようとしているだけよ」

「オールドバラの映画館へ」

「何を観たの？」

「何だっていいでしょう？　フランスの映画よ！　よくもまあ、あたしのことを根掘り葉掘り嗅ぎまわって。何さまのつもり？」

わたしは相手がおちつくのを待った。エロイーズはもう、わたしを置いてその場を離れたがっているようだったけれど、ここで譲るわけにはいかない。「いったい、何を怖がっているの、エロイーズ？」

こちらを見つめ、乳母が目をしばたたかせる。いまにも泣き出しそうなその顔に気づき、わたしははっとした。「セシリーがもうこの世にいないんじゃないかと思って、それが怖いんです。あんなちっちゃい女の子が、お母さんを失ってしまうかもしれないことも。そして、ミスター・マクニールが、たったひとりで残されてしまうかもしれないことも。それなのに、あなたは何なの？　こんなときに押しかけてきて、探偵小説ごっこを始めたりして。こちらのご家族のことも、あたしのことも、あたしがどんなに苦しんできたかも知らないくせに」

「あなたはご主人を亡くしたんですってね」

もしも洗濯かごを抱えていなかったら、エロイーズはわたしを引っぱたいたにちがいない。プラスティックの取っ手を握る指の関節が、ふいに白くなる。「ルシアンは建築家になるはずだったのに。ましたし」いまや、その声は低くしゃがれている。「きっと、偉大な建築家になるはずだったのに。すごく発想の豊かな人で――どうせ、信じてもらえないでしょうけど！　あの人を支えるために、あたしがどれだけ働いていたかわかる？　お皿も洗った。事務所の掃除もした。広告代理店の受付もやったし、その後は《ハロッズ》で紳士服の売り子もした。何もかもルシアンのためだったのに、あの人は、あなたたち英国人ご自慢の国民保健サービスに殺されてしまったのよ。おかしな血を輸血しておいて、あの人が死んでしまっても、あたしには何の補償もなし。そう、何も。あたしにとってすべてだったあの人は、そんなふうに殺されてしまったの」

「お気の毒にね」

ふたりの泊まり客が階段を下りてきて、どこかへ出かけようと出口へ向かう。ひょっとして、わたしたちの会話が聞こえはしなかっただろうかと、わたしは気を揉んだ。こんな田園地帯の閑静なホテルで聞かされるには、あまりに物騒すぎる話だ。

「どうしてあたしを放っておいてくれないの？」エロイーズは続けた。「最初は警察、そしてあなた！　エイデンは、奥さんの死に何もかかわっていないのに。それだけは、心の底から本当よ。あのかたはすごくいい人だし、ロクサーナはお父さんが大好きなんだから」

「あなたはセシリーに何が起きたと思っているの？」

「知らないったら！　もしかしたら、何も起きてないかもね。もしかしたら、何か事故があって、もう亡くなっているのかも。とにかく、あなたはさっさと目の前から消えて、あたしを放っておいてちょうだい」

エロイーズは洗濯かごを勢いよく抱えなおすと、急ぎ足で裏口を出ていく。今回は、わたしももう引きとめる気はなかった。いまぶちまけた怒りと被害者意識の合間に、もしかするとエロイーズ自身も漏らすつもりのなかった情報が含まれていることに、わたしは気づいていたのだ。まずは、これを確認してみよう。

まっすぐ自室に戻り、エイデンが話していた乳母の斡旋所（あっせんじょ）、《ナイツブリッジ・ナニーズ》の電話番号を調べる。そもそもの最初、エロイーズはこの斡旋所を通してここにやってきたのだ。わたしはエロイーズを雇おうかと考えている母親のふりをして、そこに電話をかけてみた。応対した女性は、いささか驚いたようだった。

「でも、ミス・ラドマニがいまのお抱え主のところを辞めてたなんて、まったく知りませんでしたけど」

いまどき〝お抱え主〟なんて言葉を使う人がいるだろうか？　でも、きっと、ここはそういう古風な斡旋所なのだろう。

「いえ、ミス・ラドマニは、まだマクニール家で働いていますよ」わたしは相手を安心させてやった。「ただ、いろいろたいへんなこともあって、ちょっと転職も考えているようなんです。ほら、ご存じかもしれませんけれど、マクニール夫人が失踪して……」

「ええ、知ってますとも。それはそうですよね」女性は態度を和らげた。

「わたし、ミス・ラドマニを面接してみて、なかなかすばらしいと思ったんですけれど、念のために経歴書の細かいところを確認しておこうかと。本人から聞いたところでは、以前は広告代理店で働いていたことがあるそうですね。実はうちの主人もたまたま広告業界にいるので、ミス・ラドマニがいたのはどこの代理店だったのか、ちょっと気になって」

電話の向こうは、しばし沈黙した。それからコンピュータのキーボードを叩く音がして、どうやらめざす情報が見つかったらしい。「《マッキャンエリクソン》だそうです」

「なるほど。どうもありがとうございます」

「あの、もしもまたミス・ラドマニと話す機会があったら、うちにも連絡してほしいと伝えていただけますか。それから、もしも今回のお話がまとまらなかったときは、ぜひご相談ください。うちで、きっと最適の人材をご紹介させていただきますよ」

「それはそれは、ご親切に。またご連絡しますね」

電話を切ると、わたしは机に向かってコンピュータを開き、ロンドンで見た記事を探してみた。画面が立ちあがるまで、永遠とも思える時間がかかったものの、やがて目当ての記事が目の前に現れる。広告業界誌《キャンペーン》に載っていたものだ。

かつて《マッキャンエリクソン》の切れ者と謳われたフランク・パリス氏がシドニーに開業した広告代理店、《サンダウナー》が倒産した。国内金融界のお目付役であるオーストラリア証券投資委員会によると、開業後たった三年で取引停止に至ったとのこと。

フランク・パリスは《マッキャンエリクソン》に勤めていたのだ。エロイーズ・ラドマニもまた、そこで受付をしていた。ふたりは、きっとお互いのことを知っていたにちがいない。そして、いまやエロイーズはここで働いている。犯罪捜査において、けっして偶然などというものは存在しないのだと、アティカス・ピュントはよく口にしていたではないか。〝人生のすべてのできごとには決まった様式があり、その様式が人間の目にとまった一瞬を偶然と呼ぶにすぎない〟と。

これもまたピュントの言うとおりなのだろうかと、わたしは思いをめぐらせた。

ふたたびウェスルトンへ

わたしはホテルを出ると、車で《荒地の家(ヒース・ハウス)》に向かった。フランク・パリスとその妹、ジョアン・ウィリアムズが母親から相続したという家。今回は、家の外には誰もいなかったので、玄関の呼鈴を押して応答を待つ。ドアを開けたのは、前と同じ紺のつなぎ姿のマーティン・ウィリアムズだった。手にはハンマーが握られていて、わたしがいまここにいる理由、わざわざサフォークまで来るはめになった理由となる事件を、ぞっとしながら思い出すはめになる——とはいえ、このマーティンという人物は、保険を売りこむために電話していないときは、こうして家の内外の手入れを楽しんでいるらしい。

「スーザン！」わたしを見て嬉しいのか、それともうんざりしているのか、どうにも判断できない表情だ。ひょっとしたら、奇妙な話ではあるけれど、どっちも本当なのかもしれない。「まさか、あなたにまた会うことになるとは思いませんでしたよ」

　前回の別れぎわ、妻がわたしに何を言ったのか、この男は知っているのだろうか。

「またお邪魔してしまって、本当にごめんなさい、マーティン。わたし、もうじき英国を離れるんですけれど、あれからいくつか明らかになったこともあって。ほんの五分か十分、ちょっとお話をうかがいたいんです」

「どうぞ、入ってくださいよ」そう促した後、マーティンは陽気な口調でつけくわえた。「まあ、ジョアンは歓迎しないかもしれませんがね」

「わかっています。前回はっきり言いわたされましたから」

「別に、あなたがどうこうっていうんじゃないんですよ、スーザン。ただ、妻はフランクとあまりうまくいってなかったんでね。もう、何もかもさっさと忘れてしまいたいんでしょう」

「それは、誰だって同じよ」口の中でつぶやいたわたしの声は、マーティンには聞こえなかったことだろう。

キッチンに案内されると、ジョアンはちょうど何かをボウルの中で混ぜあわせているところだった。愛想笑いを浮かべてこちらをふりむき、わたしに気づいた瞬間、その顔から笑みが消えていく。「いったい、何の用？」詰問口調だ。今回は、いちおう礼儀を守るふりさえする気はないらしい——ペパーミントが入っていようといまいと、きょうはお茶を勧められることはなさそうだ。

「単純なことなんですけれど」自分はここに居すわる権利があるとばかりに、わたしは腰をおろした。これで、わたしを放り出すのもそう簡単にはいくまい。「前回お邪魔したとき聞いたお話には、ふたつ嘘がありましたよね」わたしはいきなり踏みこんだ。ジョアンがあんな目でこちらをにらんでいる以上、できるだけ早く用件を済ませなくては。「まず、フランク・パリスがこちらを訪ねたのは、新しく設立する代理店に投資してほしいと頼みにきたというお話だったでしょう。でも、わたしが調べたところによると、フランクはこの家——あなたがたの家——の権利の半分を要求しにきたんだとか。おふたりを説きふせて、ここを売りに出そうとしていたそうですね」

「あなたに関係ないでしょ！」ジョアンは手にしていた木製のスプーンを、まるで武器のように振りかざした。たまたま肉を切っているときに来あわせなくて、せめてもの幸いと思わなくては。「勝手にここへ押しかけてきたあなたに、何も答える必要なんかない。もしもすぐに出ていかないなら、警察を呼ぶわよ」

「わたしはいま、警察に協力している立場なんですよ。わたしの調べあげたことを全部、警察に話してほしいんですか？」

「あなたが何に協力していようが、知るもんですか。さっさと出ていってよ」

「まあまあ、ジョアン」こんなときにおちつきはらっているマーティンが、逆にどうにも不気味でならない。「いったい、そんな話をどこから聞いてきたんです？　情報源が誰だったのか、われわれにも知る権利はあると思いますがね」

当然ながら、真実をうちあけるわけにはいかなかった。サジッド・カーンは友人でも何でもないけれど、さすがにこんな面倒に巻きこんでしまってはいけない。「フラムリンガムの不動産業者から聞いたんです。フランクはこの家のおおよその価格を知りたがっていて、その業者に、自分の持っている不動産を売るつもりだと話したんだそうですよ。その理由も含めてね」

説明しながら、自分でもあまり真実味のない話だと思わずにはいられない。それでもマーティンはわたしの言葉を信じたうえ、さほど腹を立てた様子もなかった。「それで、結局は何が言いたいんです、スーザン？」

この問いには、どう答えていいものかわからない。「いったい、なぜわたしに嘘をついたんですか？」

「そうだな、まず第一に、あなたには何の関係もない話だからですよ。それについては、ジョアンの言ったとおりだ。それに、あなたの言いようはずいぶん失礼だが、われわれが話したことは、別にさほど真実からかけ離れているわけでもないでしょう。フランクがその金をほしがったのは、新しい会社を設立するためだし、われわれに投資してもらいたがっていたのも本当だし。だが、わたしも妻も、その話にはまったく乗り気じゃなくてね。われわれはふたりとも、この《荒地の家》を愛しているんですよ。ジョアンはここで生まれ育ったわけだしね。ただ、弁護士に相談したところ、われわれにはどうすることもできないというんでね、もう諦めるしかなくて」マーティンは肩をすくめた。「まあ、言うまでもなく、そこでフランクが死んでしまったわけですが」

「わたしたちには何の関係もないけれどね」言わずもがなのひとことを、ジョアンがつけくわえる。そんなことを言われると、逆にいかにも関係があったように聞こえるけれど。

「それで、さっきは嘘がふたつあったという話でしたね」と、マーティン。

「あなたも、どうしてこの人の相手をするのよ?」苛立ちを抑えきれずに、ジョアンが夫をにらみつける。

「われわれには、隠すことは何もないからね。スーザンが何か訊きたいことがあるというなら、いくらでも答えようじゃないか」わたしに向かい、マーティンはにっこりしてみせた。「どうなんです?」

「前に聞いたお話では、フランク・パリスは《ブランロウ・ホール》で行われる結婚式のことで愚痴っていたということでしたね。大テントのせいで、眺めがだいなしだと」

「ええ、憶えていますよ」

「それが、どうも辻褄が合わないんです。フランクがここを訪れたのは、金曜日の朝ということでしたよね。でも、大テントが庭に運びこまれたのは、金曜の昼どきだったんですよ」これについては、エイデン・マクニール、ローレンス・トレハーンのどちらも同じことを言っていた。まるで第一稿の矛盾が頭のどこかに引っかかっているときにも似て、この話はわたしの意識の片隅に、じっとこびりついて離れなかったのだ。いまや、わたしが相手の出かたを待つ番となる。「この点を、どう説明していただけますか?」

マーティン・ウィリアムズはいっこうに動じなかった。「さて、説明などできるかどうか」しばし考えこむ。「きっと、フランクが何か勘ちがいしたんでしょう」

「まだ持ちこまれてもいないものが、眺めを邪魔するわけありませんよね」

「じゃ、フランクが嘘をついたのかな」

「あるいは、あなたが昼どき以降にホテルを訪れ、自分の目で大テントを見ていたか」

「だが、どうしてわざわざホテルになんか、わたしが行かなきゃいけなかったんです? それに、もしも行ったとしたって、隠さなきゃいけない理由もないでしょう?」

「こんなの、馬鹿げているわ!」ジョアンが口をはさむ。「あなたも、もうこんな女にかまわないで……」

「もちろん、わたしがこの家を売りたくなくて、義兄を殺したんだろうとほのめかしているんなら、また話は別ですがね」マーティンは続けた。こちらをじっと見つめている目に、これまで見たことのなかった表情が、いつしか混じりこんでいる。こちらを射すくめるようなその目つきに、わたしはぞっとせずにはいられなかった。アーガのオーヴンが備えつけられ、垂木(たるき)からは鍋やフライパンがぶらさがり、ドライ・フラワーが飾られた花瓶がいくつも並ぶ、いかにも居心地のいい田舎家のキッチンでこんな目を向けられることが、よけいに恐怖を煽(あお)りたてる。何の変哲もない、こんなにも平和な空間で、使い古した作業着をまとい、屈託なくくつろいだ様子のマーティン。それなのに、その目だけがまるで挑発するように、こちらをじっとにらみつけている。ちらりと妻のほうに目をやったわたしは、ジョアンもまた、同じ恐怖を感じているのを見てとった。この女性は、わたしの身を案じているのだ。

「もちろん、そんなことをほのめかしているつもりはありません」わたしは答えた。

「これで質問が終わりなら、ジョアンのいうとおり、もう帰ってもらいましょうか」

夫妻は、どちらも動こうとはしない。息もできないほど張りつめた空気の中、わたしは立ちあがった。「見送りはけっこうですから」

「ええ、しませんよ。どうか、二度と戻ってこないでください」

「でも、これで終わりとはいきませんからね、マーティン」わたしも、けっして怖じ気づいたままで退散するつもりはなかった。「きっと、真実が明らかになるはずよ」

「さようなら、スーザン」

わたしは退散した。正直なところ、早く外に出たくてたまらなかったのだ。

マーティンのあの言葉は、フランク・パリス殺害を自ら認めたものだったのだろうか？

〝わたしがこの家を売りたくなくて、義兄を殺した〟これは、まさにわたしが考えていたことそのままだ。ここまでに明らかになったことに基づいて、ステファン・コドレスクが無実だったという前提のもと推理を重ねた結果、フランク・パリスを殺す動機のあった人物は、ほかにはひとりも存在しないのだから。でも、マーティンとジョアンにはまぎれもない動機があり、被害者が誰かということさえ知らなかった。ホテルの関係者は誰ひとり、ふたりは必死にそれをわたしから隠そうとしていたのだ。それればかりか、マーティンはわたしに大テントのことで嘘をついておきながら、いましがたそれを追及されても、何か言いわけになりそうな話を作りあげようとさえしなかった。マーティンとその妻は、わたしにとってそれぞれ別の意味で怖ろしい存在だ。ふたりとも、まるで犯人は自分たちだと、わたしに教えようとしているかのようにふるまっている。

わたしは車に乗りこみ、ゆっくりと車を走らせてウェスルトンを出ると、やがて探していた家にたどりついた――そのまま一キロ半ほど下ったあたりだ。《木イチゴの家》という屋号で、いかにもサフォークの田舎家らしく、桃色でこぢんまりとした造りとなっている。はるか昔からずっとここに建っているかのようなたたずまいで、隣の農場とは低い木の柵で隔てられていた。

《ブランロウ・ホール》の夜間責任者、デレク・エンディコットが住んでいるのは、こんな家にちがいないと想像していたとおりのところだった。ウェスルトンのすぐ近くに住んでいると聞いていたので、ホテルを出る前に、わたしはインガから住所を聞き出していた。おそらく、デレクの家族は代々ずっとこの家に住んできたのだろう。屋根に取りつけられた昔ながらのテレビのアンテナ、いまだ取り壊されず、別の用途に転用した様子もない外便所、何世紀もの汚れがこびりついているかのような窓ガラスを見れば、容易に想像がつく。呼鈴は、おそらく六〇年代くらいに後から付けたものだろう。押すと、短いメロディが流れた。

永遠に返事がないかと思われたころ、かなり高齢の婦人がドアを開いた。ぶかぶかな花模様のドレス――というより、スモックのほうが近いだろうか――を着て、歩行器で身体を支えている。もつれた髪は灰色で、両耳には補聴器を着けていた。デレクの母親はあまり具合がよくないとローレンスから聞いていたものの、第一印象としては、いかにもしゃんとして、頭もしっかりしているように見える。

「はい？」老婦人の声は高く張りつめていて、どこか息子の話しかたにも似ている。

「エンディコット夫人ですか？」

「ええ。どちらさま？」

「スーザン・ライランドといいます。《ブランロウ・ホール》から来たんですが」

「デレクにご用？　まだ寝てますよ」

「じゃ、後でまた来ましょうか」

「いいのよ。入って。入ってちょうだい。いまの呼鈴で、あの子も目がさめたんじゃないかしら。どっちにしろ、あの子もそろそろお昼の時間だし」

エンディコット夫人はこちらに背を向けると、歩行器に寄りかかりながら小刻みな足どりで、一階のほとんどを占める唯一の部屋へ入っていった。そこは、台所と居間を雑にくっつけたような部屋だった。家具はみな、悪い意味で古めかしい。たるんだソファ、傷だらけのナラ材のテーブル、時代から取り残されたような設備の台所。ただひとつ二十一世紀に目くばりした家具である大画面テレビは、片隅のみっともない木目調のテレビ台に、居心地悪そうに載せられている。

とはいえ、それらすべてを差し引いても、そこは居心地のいい部屋だった。何もかもがふたつずつそろっていることに、つい目が惹きつけられる――ソファの上のふたつのクッション、二脚のひじ掛け椅子、テーブルをはさむ二脚の椅子、ガス台のふたつのコンロ。

エンディコット夫人は、片方の安楽椅子にどっかりと腰をおろした。「ええと、お名前はなんとおっしゃいましたっけね？」

「スーザン・ライランドです。あの、エンディコット夫人……」

「グウィネスと呼んでちょうだい」

この老婦人が、アラン・コンウェイの本にはフィリス・チャンドラーとして登場しているわけか。でも、わたしはすでに、そのふたりに共通点などまったく存在しないことを見てとっていた。そもそも、アランはこの家を訪ねたことがあるのだろうか。あやしいものだ。

「わたし、昼食のお邪魔はしたくないんです」

「邪魔になんかなるもんですか。スープと、あとマッシュポテトと肉のパイ（シェパーズ・パイ）があるだけだから。よかったら、いっしょに食べていくといいわ」息を継ごうと言葉を切ったとき、喉がつらそうにぜいぜいと鳴る音が聞こえた。夫人が椅子の脇に手を伸ばしたのを見て、酸素吸入器が目立たないよう置かれていたのに初めて気づく。プラスティックのカバーを外すと、エンディコット夫人はそれを口に当て、五回ほど吸いこんだ。「実は肺気腫を患っててね」吸入が終わると、わたしに説明する。「これも自業自得なんですよ。毎日タバコを三十本ずつ吸ってるうちに、ついに肺が保たなくなっちゃって。あなた、タバコは？」

「吸います」わたしは認めた。

「だめよ、やめないと」

「誰か来てるの、母さん？」

姿が見える前に、デレクの声が届く。続いてドアが開き、ジャージのズボンに、いくらか小さすぎるニット素材のシャツという恰好の本人が現れた。わたしが来ているのを見て、明らかに驚いたようだけれど、ジョアン・ウィリアムズとちがって怒った様子はない。

「ライランド夫人！」

敬称こそまちがっていたものの、ちゃんと名前を憶えてもらっていたことに、わたしは感動した。「こんにちは、デレク」

「何か進展はありました？」

「セシリーのこと？　残念だけれど、まだ何も」

「ライランド夫人はね、警察に協力してセシリーを探してるんだ」デレクは母親に説明した。

「ほんとにねえ、怖ろしい事件よね」と、グウィネス。「あんなに優しいお嬢さんだったのに。

お母さんもいいかただし！　無事に見つかるといいんだけど」

「きょうお邪魔したのもそのためなの、デレク。あと二つ三つ、質問させてもらってもかまわない？」

デレクはテーブルの前の椅子に腰をおろした。いまにも腹がテーブルにつかえそうな狭さだ。

「おれで役に立つんなら、喜んで」

「この前、ホテルで話を聞かせてもらったでしょう」デレクを怖がらせないよう、わたしは言葉を選んだ。「ほら、セシリーはある本を読んで、動揺してしまったのよ。二週間くらい前――火曜日の、時間はいまくらいかな――南仏にいたご両親に、そのことで電話したのよね。フランク・パリスを殺した犯人は、本当はステファン・コドレスクじゃなかった、その本の中に書いてあった、そんなふうに言っていたらしいじゃない」

「おれ、ステファンは好きでしたよ」と、デレク。

「あたしも会ったことのある人かね？」グウィネスが尋ねた。

「いや。あいつは、ここには来てないよ」

「それで、この前セシリーのことを訊いたとき、あなたはこう言っていたでしょう――〝セシリーがあの電話をかけてたのを聞いて、どこかおかしいと思ったんですよ〟って。これって、いまの話に出てきた電話のことよね？　南仏にいたご両親にかけたという？」

デレクはしばし考えこみ、記憶の糸をたどるとともに、それが自分にとってどんな意味を持ちうるのかを測っているようだ。「そう、ご両親への電話でしたよ」やがて、ようやく口を開く。

「おれはフロントにいて、セシリーは自分の執務室にいたんです。別に、電話の内容を聞いてたわけじゃないんだ。その……聞こうとしてたわけじゃない」

「でも、動揺していたのはわかったのね」

「ステファンはやってない、って言ってました。警察がまちがえたんだって。ドアがちゃんと閉まってなかったから、隙間から声が漏れてきたんです」

「でも、あなたはどうしてホテルにいたの？　あれは真っ昼間のことだったでしょう。あなたは夜しか勤務につかないのかと思っていたのに」

「ときどき、おふくろが具合が悪いときがあって、ラースに勤務を交代してもらうんですよ。トレハーン氏が親切に、そう勧めてくれたんです。おふくろの具合が悪いときには、ひとりにしておけないから」

「ほら、肺気腫がね」グウィネスは息子に向かってにっこりした。「ほんとに、この子はよくやってくれますよ」

「それで、あなたは昼間にホテルにいたのね。セシリーが電話をかけていたとき、ほかにも誰か近くにいた？」

デレクは唇を引きむすんだ。「えーと、お客さまはいましたよ。けっこう忙しい時間帯だったから」

「エイデン・マクニールは？　リサはどう？」

「見なかったな」デレクはかぶりを振った。それから、ふいに目を輝かせる。「そういや、乳母がいましたよ！」

「エロイーズが？」

「ちょうどセシリーを探してたんで、執務室にいるって教えてやったんです」

「それで、エロイーズは執務室へ入っていった？」

「いえ。セシリーが電話で話してる声が聞こえたんで、邪魔しちゃいけないからって、戻っていきました。電話が終わったら、あたしが探してたって伝えてちょうだい、って言いのこして」

「それで、セシリーには伝えたの？」

「伝えられなかったんです。電話が終わったら、セシリーは部屋を飛び出していっちゃって、どこに行ったかわからなくて。あなたの言うとおり、ひどく動揺してたんです。なんだか、泣いてたみたいでした」まるで自分のせいだとでもいうように、デレクの顔が暗くなる。

「そのこと、警察には話したのかい？」グウィネスが尋ねた。

「いや、言ってない。訊かれなかったしな」

この狭苦しい部屋に、身体の不自由な母親と、その息子とともに閉じこめられて、わたしはいたたまれない気持ちになりつつあった。このふたりを勝手にモデルにし、滑稽(こっけい)な姿に描きかえたアラン・コンウェイに、強烈な怒りがこみあげてくる——でも、自分もまた共犯者にすぎないことが、わたしにはわかっていた。足が不自由で、小児じみた性衝動に駆られるエリック・チャンドラーという人物造型について、わたしはもっと手厳しく批判することだってできたはずだ。でも、わたしは結局そのまま受け入れ、出版してしまった。ベストセラーになったときだって、文句も言わずに大喜びしていたではないか。

まだ、ほかにも訊いておかなくてはならないことが残っている。これも、あまり気が進まない質問ではあるけれど。「ねえ、デレク」わたしは切り出した。「セシリーの結婚式の前日、あなたが動揺していたのはなぜ？」

「おれ、別に動揺なんかしてませんよ。あの日は従業員のためのパーティがあって。おれは出なかったけど、みんな、すごく楽しんだ顔をしてたから、おれも嬉しくなったんです」

でも、ローレンス・トレハーンによると、けっしてそうではなかったはずだ。あのときの回想を綴ってもらった長いメールには、あの夜のデレクはどうにも様子が変で、〝幽霊でも見たような顔をしていた〟と書いてあったのだから。

「あの日、誰かあなたの知っている人が、ホテルにやってきたんじゃない？」

「ちがいます」デレクは怯えていた。わたしが真相を知っていることに気づいたのだ。

「本当に？」

「おれ、よく憶えてなくて……」

きつい言葉はできるだけ避けようと、わたしは慎重に話を進めた。「そうね、もう忘れてしまっているかもね。でも、ジョージ・ソーンダーズのことは知っているでしょう？　フランク・パリスと部屋を交換することになって、十六号室に入ったお客さんよ。あなたがブロムズウェル・グローヴ校の生徒だったとき、校長先生をしていた人よね」

この情報をインターネットで探し出すには、一時間ほどかかった。昔の同級生を探すためのサイトは、ネットにいくつもある――クラスメイト・コムとか、スクールメイツとか。さらにブロムズウェル・グローヴ校は独自の掲示板を設けていて、投稿も非常に多い。フランク・パリスの殺された部屋は、退職した元校長がもともと宿泊予定だったと聞いて、わたしはふと、その日《ブランロウ・ホール》にいた従業員、あるいは泊まり客に、この校長とつながりのある人間はいないか探してみようと思いついたのだ。たちまち、わたしのコンピュータの画面にはデレクの名前が浮かびあがった。

　掲示板の投稿――そして、その内容を引用しあう卒業生のフェイスブック――を読んでいくと、当時のデレクがひどいいじめに遭っていたのは明らかだ（〝でぶ〟〝うすのろ〟〝マスかき野郎〟と呼ばれて）。卒業から二十年以上が経った現在も、いまだにその名は引き合いに出され、嘲られている。いっぽうソーンダーズ校長のほうも、負けず劣らずの叩かれようだ。こちらは弱いものいじめのろくでなし、小児性愛者野郎、形式主義者などと呼ばれている。教え子たちから見ると、一日も早く死にやがれというところらしい。

　アラン・コンウェイはいつも、インターネットこそはミステリにとって最悪の存在だと口にしていた――だからこそ、自分の書くシリーズは五〇年代に設定したのだろう。それも一理ある。世界じゅうのありとあらゆる情報が、誰にでも一瞬で手に入れられるようになってしまっては、探偵をいかにも有能なふうに演出するのは至難の業なのだから。もっとも、わたしの場合は、自分を有能に見せる必要はない。わたしはただ、真実を探り出したかっただけだ。たとえ、アティカス・ピュントがわたしのやりかたに賛成しないとわかっていても。

「どうしてジョージ・ソーンダーズの話なんか?」グウィネスが尋ねた。「まったく、ひどい先生でしたよ」

「あの日、ソーンダーズはホテルにいたのよ」あくまで、わたしはデレクに向かって話しつづけた。「あなたも見たんでしょう?」

デレクはみじめな顔でうなずいた。

「向こうもあなたを見た?」

「ええ」

「何か言っていた?」

「おれには気づいてなかったみたいです」

「でも、あなたは気づいたのね」

「そりゃそうですよ」

「ほんと、あれはひどい先生でした」グウィネスがくりかえす。「デレクは何も悪いことをしてないのに、ほかの男の子たちは寄ってたかってこの子をいじめて。それなのに、ソーンダーズ先生は何もしてくれなかったんだから」本当はまだまだ言いたいことがありそうだったけれど、グウィネスはここで息切れしてしまい、またしてもかたわらの酸素吸入器に手を伸ばした。

「あの先生は、いつだっておれをさらしものにしてたんです」母親が言いたかったことを、デレクが引き継ぐ。「みんなの前でおれをからかって、笑いものにして。おまえのような役立たずに未来なんかないって、そう言われました。たしかに、そのとおりなんです。おれ、得意なことなんて何もなくて——学校でも、どこでも。何をやらせても、こんなやつはものにならないって、そんなふうに言われてました」うつむいて、視線を落とす。「先生の言うとおりなのかもしれないけど」

わたしは立ちあがった。ここを訪ねてきたことで、自分も掲示板の誹謗中傷（ひぼうちゅうしょう）やいじめに荷担してしまったような気がして、どうにも恥ずかしくていたたまれない。「そんな嘘っぱち、絶対に信じちゃだめよ、デレク。トレハーン夫妻は、あなたを本当に買っていたもの。あなたのこと、家族の一員のように思っているんだから。それに、お母さんの面倒もよく見ていて、わたしはすばらしいと思ってる」

ああ、もう！　こんなふうに上から偉そうな口をきいて、いったい何さまのつもり？　わたしはあれこれ言いわけを並べ、そそくさとエンディコット家を後にした。

車に戻ってから、あらためていまの会話をふりかえる。ひとつだけ、何度も何度もくりかえし頭に浮かんでしまうことがあった。ブロムズウェル・グローヴ校の生徒たちは、ほとんど全員がジョージ・ソーンダーズを嫌っている。全員に、さっさと死ねと思われているといっても過言ではない。ソーンダーズの姿を見かけただけで、デレク・エンディコットは挙動不審になってしまったほどだ。

でも、実際に殺されたのは、フランク・パリスのほうだった。

ケイティ

きょうそちらに行くと、ケイティにはあらかじめ電話しておいたけれど、今回ばかりは、わたしは妹に会うのがいささか気詰まりだった。

《三本煙突の家(スリー・チムニーズ)》の敷地に車を乗り入れると、ケイティはちょうど庭仕事用の手袋をはめ、剪定(せんてい)ばさみを手に、咲きおえたバラを摘(つ)みとったり、マリーゴールドを剪定したりと、この完璧な家がよりいっそう完璧に近づくよう、忙しく立ち働いていた。わたしはケイティが大好きだ。本当に、心から。わたしのこの行き当たりばったりな人生の中でただひとつ、いまも昔も変わらず揺るぎなくそこに居つづけてくれる存在。たとえ、わたしは妹のことを本当に理解しているのだろうかと自問してしまう瞬間が、何度となく訪れるとしても。

「いらっしゃい！」ケイティは明るくわたしを迎えた。「ごめんなさい、お昼はあり合わせなの。前に買いおきしておいたやつ。メルトンの《ハニー+ハーヴェイ》で買ったキッシュと、ざっと作ったサラダと」

「いいじゃない……」

キッチンに案内されてみると、テーブルにはすでにお昼が並んでいた。ケイティは冷蔵庫を開け、自家製レモネードの入った水差しを取り出す。これはケイティご自慢の、レモンを丸ごと潰して砂糖と水を加えるというレシピで、当然ながらそのへんで売っている缶やペットボトルのレモネードよりはるかにおいしい。キッシュは、すでにオーヴンで温められていた。テーブルの上にはちゃんとした布のナプキンが、金属のリングに通して添えられている。こんなこと、いまどききちんとやる人がいるの？　キッチン・ペーパーをロールからちぎったやつじゃだめ？

「それで、例の件はどうなった？」ケイティは訪ねた。「警察はまだ、セシリー・トレハーンを発見できていないんでしょ」

「この先も見つかるかどうか」

「セシリーは殺されてしまったと、あなたは思っているの？」

　わたしはうなずいた。

「でも、それって、前回あなたが言っていたこととはちがうじゃない。この前は、もしかしたらただの事故かもしれないって言っていたのに。足を滑らせて川に落ちたとか、そんなことなのかもしれないって」ケイティは口をつぐみ、わたしのうなずいた意味を考えた。「じゃ、もしも殺されているんだとしたら、例のステファンなんとかいう人が無実だったたっていう話も、セシリーの考えが正しかったと思っているのね？」

「全部つなぎ合わせると、そうなるのよね」

「意見が変わったのはなぜ？」

　それはいい質問だった。いまのところ、わたしは何ひとつ手がかりをつかんではいない——

どんな形のものであれ。関係者みんなから話を聞き、何ページもメモをとってきたけれど、誰ひとりとして尻尾を出す気配はない。誰ひとり、うっかり口を滑らせたり、犯人はこいつだと確定できることをやらかしてくれてはいないのだ。わたしがつかんでいるものといえば、漠然とした雰囲気だけ。あやしい順に容疑者リストを作れといわれたら、おそらくこんな感じになるのだろうか。

一、エロイーズ・ラドマニ
二、リサ・トレハーン
三、デレク・エンディコット
四、エイデン・マクニール
五、ライオネル・コービー

エロイーズとデレクは、どちらもきっかけとなったあの電話を小耳にはさんでいる。リサ・トレハーンはセシリーに激しい嫉妬心をかきたてられていたうえ、どうやらステファンには振られたらしい。エイデンはセシリーの配偶者であり、一見いかにも憔悴(しょうすい)して妻の身を案じているように思えるものの、やはり容疑者として最初に名が挙げられる人物には変わりない。ライオネルは、あやしい順に並べるなら最後となる——ただ、第一印象が悪かったせいか、あの青年にはどこかおかしなところがあると、わたしには思えてならなかった。

それでは、わたしは現時点でこの事件をどう見ているのだろう？『愚行の代償』では、二件の殺人がそれぞれ別の理由で起き、実際に解決してみれば、それぞれ独立したふたりの犯人がいたわけだ。わたしの調べている事件は、それよりまちがいなく単純な構造だろう。トレハーン夫妻がわたしに示唆していたとおりの理由で、セシリーは口封じのため殺されたのだ。大勢の人間が行き来する場所から両親に電話をして、それを犯人に聞かれたために。

セシリーは『愚行の代償』を読んだ結果、誰がフランク・パリスを殺したのかを悟った。わたしもまた同じ本を読み、セシリーと同じ文章を目にしているはずなのに、どうしたわけか、それはわたしの前を素通りしていってしまったらしい。こうしてみると、わたしはもっとセシリーについて、いろんな質問をしてまわるべきなのだろう。どんなものが好きで、どんなものが嫌いだったか、何に夢中になっていたのか。それを知ることで、セシリーがあの本の何に気づいたのか、わたしにも見えてくるのかもしれない。

「ただ、そんな気がするというだけ」わたしはケイティの質問に答えた。「どっちにしろ、わたしにはもう、きょうと明日しかないの。リサ・トレハーンに出ていけって言われちゃったから」

「どうして？」

「時間の無駄だって思われたみたい」

「もしかしたら、知られたくないことをあなたに知られたからかもよ」

「それはわたしも考えたんだけれどね」

「よかったら、うちに泊まってもいいのよ」

本来なら、どんなに嬉しい申し出だったか。わたしもケイティの近くにいたい。でも、これから何を話すことになるかを考えると、たぶんそれは無理だろう。

「ケイティ」わたしは切り出した。「わたしがあなたをどんなに大事に思っているか、わかってくれているでしょ。わたしたち、仲のいい姉妹だと思っていいのよね」

「仲はいいじゃない」ケイティはにっこりしたけれど、そこに怯(おび)えが混じっているのを、わたしは見てとっていた。これからどんな話になるのか、妹にはわかっているのだ。

「どうしてゴードンの話をしないの？」わたしは踏みこんだ。

ケイティは表情を変えずに受け流そうとした。「ゴードンの何を？」

「アダム・ウィルコックスのこと、知ってるの」

このひとことで、妹の心が折れたのがわかった。とくに、何か劇的な反応があったわけではない――涙も、怒りも、叫び声もなかった。ただ、ほんの一瞬前まで、身の回りをきっちりと整えることで――美しい花、異国ふうのサラダ、自家製レモネード、メルトンのお洒落なデリカテッセンから買ってきたキッシュ――ケイティは自分を保っていたというのに、その瞬間すべてが身を守る鎧にすぎなかったことが明らかになり、そうした防御が崩れ去るのと同時に、こらえていた悲痛な苦しみがあふれ出してきたのだ。自分とは何のゆかりもない人々をめぐる事件に、わたしがこんなにも気をとられていなかったら、もっと早く気づくことができただろうに。そう、もちろん、枯れた灌木やわたしによこしたメールの打ちまちがい、ジャックの喫煙やバイクについては目をとめていた。でも、それをケイティの内面に結びつけることができずにいたのだ。わたしはそれらを、まるで別の事件の一連の手がかり、解明すべき謎のようにとらえてしまい、ケイティに心を寄せようとはしなかった。

そんなとき、サジッド・カーンがうっかり口を滑らせる。そろそろ帰ろうとしたわたしに、ケイティが自分の助言により、ウィルコックスという人物に何やら依頼しているらしいことをほのめかしたのだ。カーンはすぐに失言に気づき、なんとかごまかそうとしたものの、何かまずいことが起きているらしいことを、わたしははっきりと悟っていた。ケイティが弁護士に助言を求めるとなると、その原因は何だろう？　またしても、わたしを助けてくれたのはインターネットだった。まずは、〝ウィルコックス　ロンドン　弁護士〟で検索してみる。どちらかというとめずらしい苗字なのは運がよかった。この検索で浮かびあがった候補者は、全部で十数人。ジェローム・ウィルコックス（取引基準専門）、ポール・ウィルコックス（知的財産権専門）は最初から除外してかまうまい。そうしてひとりずつ調べていたとき、ふと名案を思いつき、今度は〝ウィルコックス　イプスウィッチ　弁護士〟で検索。アダム・ウィルコックスは最初のページに出てきた。専門は離婚。

「ゴードンから聞いたの？」ケイティは尋ねた。

「ゴードンと最後に話したのは、もうずっと前じゃないかな」わたしは答えた。

「実は、わたしもそうなの」ケイティはほほえもうとしたけれど、うまくいかなかった。「あなたに言いたくなかったのはね、あんまりつまらない話だから。ほら、もう何年も何年も、わたし、あなたにお説教してきたでしょ。だから、こんなことを話したら、きっとわたしのこと、ずいぶん偉そうな口をきいていたくせに間抜けだな、と思うんじゃないかって気がして。わたしには当然の報いだ、って」

わたしは手を伸ばし、妹の手を握りしめた。「そんなこと思うはずないでしょ。あなたのこと、絶対にそんなふうに思うわけない」

「ごめんなさい」その目に、ようやく涙が浮かんだ。テーブルのナプキンに手を伸ばし、それを拭う。「そんなつもりじゃなかったんだけれど。意地悪なこと言っちゃった」

「何があったのか、わたしに話して」

ケイティはため息をついた。「ゴードンは自分の秘書と浮気しているの。ネイオミって名の女よ。あの人より二十歳下なの。こんなひどい話、聞いたことある?」

「ずいぶん馬鹿な男だったのね、って思うかな」

「本当に馬鹿なのよ」ケイティは、もう泣いてはいなかった。さっき涙を見せたのは、わたしにひどいことを言ってしまったと思ったからなのだ。ゴードンのことを話すぶんには、こみあげてくるのは怒りだけらしい。「くだらない言いわけばかり、さんざん聞かされちゃった。どんなにきみのことを愛しているか、どんなに子どもたちのことを愛しているか、家族を傷つけたくないとどれほど願っているか、でも自分はどこか満たされずにいた、ネイオミのおかげで若返ったような気分になれたんだ、ぼくたちはみんな、新たに出なおす必要がある、そんなたわごとをね。本当に情けない男だけれど――わたし、半分は自分を責めてもいるの。〝平日はロンドンで、週末だけウッドブリッジに帰ってくる〟なんて取り決め、賛成しなければよかった、って。絶対ろくなことにならないって、わかっていてもよかったのに」

「ことの起こりはいつごろ？」

「二年ほど前かな、あなたがクレタ島へ引っ越したすぐ後くらい。ゴードンはもう長距離通勤に疲れちゃって、どこか銀行の近くに、居間と寝室ひとつのちっちゃなアパートメントを借りたいって言い出したの。馬鹿みたいな話だけど、わたしも了解したのよ。最初のうちは、そこに泊まるのもせいぜい週に一日か二日だった。でも、あるときから急に、本当に週末しか帰ってこなくなって、そのうち週末さえも、たまにロンドンですごすようになってきたの。やれ会議だ、外国出張だ、上司とゴルフだ、ってね。あーあ、どうして気づかなかったんだろ。〝浮気してます〟って、壁に貼り出されているのも同然だったのに。それも、でかでかと大文字でね！」

「どうやって見つけたの？」

「携帯のメッセージ。もう夜も遅い時間に、あの人の携帯が鳴って、ちらりと画面を見たら、スクリーン・セーバーに隠れる前のほんの数秒、文章が読みとれたの。たぶん、お可愛らしいネイオミがわざとやったんじゃないかな。わたしに気づかせようとしてね。そうに決まってる」

「どうして話してくれなかったの？」

「こんなことでクレタ島にメールしろって？　そんなことをして、何かの役に立つ？」

「ほんの数日前にも、わたし、ここに来たじゃない……」

「ごめんなさい、スー。話すべきだったのはわかってる。そうしたかったの。でも、どこかで自分が恥ずかしくて。おかしな話よね、わたしが恥ずかしがる必要なんて、どこにもないのに。でも、わたしはいつもあなたに向かって、アンドレアスとはどうするのとか、早くおちついた暮らしをすべきとか、さんざん小言を並べてきたでしょ、それが忘れられなくて。まあ、いまや自分の暮らしがばらばらに崩れつつあるのを、認める勇気がなかっただけかもね」

「わかってるでしょ、話してくれたら、喜んで力になったのに」

「そうね、わかってる。もう言わないで、また泣き出しちゃうから。あなたがいつか気づくのはわかっていて、わたし、それが怖かったの」

これについては、訊いておかなくてはならない。「このこと、ジャックとデイジーも知っているのね」

ケイティはうなずいた。「話さないわけにいかないでしょ。ふたりとも、ひどく傷ついているんじゃないかと心配で。デイジーはもう、父親と口もきかないの。ただただ汚らわしくてたまらない、って感じ。ジャックはね……あの子がどんなか、この前あなたも見たでしょ。わたしはどうにか勇敢にふるまおうとはしているの。〝こんなことがあっても、あなたのお父さんには変わりないのよ〟とか〝お父さんくらいの年ごろは、心理的に不安定になりがちなの〟とか——お定まりの慰め文句を並べて。でも、とことん正直な気持ちをうちあけるとね、スー、あの子たちが父親に怒っているのを見て、わたし、いい気味だとも思っているの。あんな自分勝手なことをして、すべてをだいなしにしてくれたんだもの」

まだ、ほかにも何かあったらしい。わたしは身がまえた。

「あの人、ネイオミのためにすごくお金を使いこんで。それなのに、銀行のほうでは業務成績がどんどん下がるばかりで、ついに解雇されちゃったのよ。いまのところ、ゴードン自身はあまり気にしていないみたい。ウィルズデンの〝愛の巣〟にいるだけで、ただただ幸せなんじゃないの。でも、この家は売らなくてはいけなくなって。あの人の持ち分を買いとるって手もあるけれど、わたしにそんなお金はないし、基本的には半々だしね。こんな金勘定の話を細かく聞かせるつもりはないの。もう、本当に面倒なんだから」

「それで、これからはどこに住むの？」

「まだ、ちゃんと考えていないのよ。どこか、もっと小さいところを探さなきゃ。《三本煙突の家》は、来週には売却物件の一覧に載る予定」

ケイティは立ちあがり、やかんを火にかけた。ほんのしばらくの間でいいから、わたしに顔を見られたくなかったのだろう。「知ってもらえてよかった」こちらをふりむかずに、ケイティはつぶやいた。

「本当につらかったでしょうね、ケイティ。でも、わたしも話してもらえてよかったと思ってる。わたしたち、お互いに隠しごとなんかすべきじゃないのよ」

「結婚して、もう二十五年よ！　それなのに、こんなにもあっけなく壊れてしまうなんてね」

ケイティはガス台の前に立ったまま、やかんの湯が沸くのを待っていた。どちらも、しばし無言のままだ。やがて、コーヒーのマグカップをふたつ、ケイティがテーブルに運んでくる。あらためて向かいあうと、また数分が無言のうちにすぎていった。

「ウッドブリッジには残るの？」やがて、わたしは尋ねた。

「できればね。友だちはみんなこのあたりにいるし、もしも希望するなら、園芸店での仕事も常勤に戻せばいいって言ってもらえたし。やれやれ、五十歳も目の前なのに、いまからフルタイムで働くことになるとはね！」ケイティは自分のカップの黒い液体をじっとのぞきこんだ。

「ほんと、あんまりよね、スー。あんまりだわ」

「わたしも、何か力になれたらと思うんだけれど」

「あなたがそこにいてくれるだけで、ちゃんと力になってもらってる。それに、わたしはだいじょうぶよ。この家は、わりといい値段で売れるはずだしね。貯えだってある。子どもたちも、あと少ししたらひとりでやっていける年齢になるし……」

それから、わたしたちはしばらくおしゃべりした。サフォークを離れる前に、絶対また顔を見にくるからと約束し、話し相手がほしくなったらいつでも電話してと念を押す。でも、自分でも人でなしだとわかってはいるのだけれど、その間じゅう、わたしはずっとアンドレアスのことを考えずにはいられなかった。クレタ島で口論なんかしなければよかった、こっちからあんなメールを書かなければよかった、そもそも《ブランロウ・ホール》になんか来るんじゃなかったと、後悔ばかりが胸に広がる。

その午後しばらくして、わたしはまたアンドレアスに電話してみた。でも、やはり電話はつながらなかった。

フクロウ

ホテルに戻ったときには、もう三時になっていた。わたしはさっさと自室に戻ってベッドに横たわり、涙で濡れたハンカチを目に押し当てて、フランク・パリスやセシリー・トレハーンのことなどすっかり忘れてしまいたかった。リサ・トレハーンには、明日の正午までに何らかの結果を出すように言われているけれど、いまだ何も見えてはこない。妹の家を後にして、わたしの心はもう千々に乱れていた。妹のことが、どうにも心配でならない。ケイティには、これまでの捜査もどきについても話したけれど、自分がどれほど何もわかっていないかを、あらためて思い知らされただけだ。

それなのに、部屋の鍵を受けとろうとフロントに寄ると、誰かがわたしを呼ぶ声がする。ふりむくと、目の前には思ってもみなかった人物が立っていた。アラン・コンウェイの別れた妻、メリッサだ。口もとに浮かんだ薄い笑みを見ると、わたしを見つけて驚いた、あるいは喜んでいるというよりも、わたしが驚くことがわかっていて声をかけてきたのだろう。ブラッドフォード・オン・エイヴォンの自宅をほんの しばらく訪ねてから、もう二年が経つ。あれから、メリッサはまったく変わっていなかった。短い栗色の髪、秀でた頬骨、飾り気がなさすぎるほどの上品な装（よそお）い。

「わたしのこと、憶えていないのね」メリッサが口を開いた。

気がつくと、わたしはまじまじと相手の顔を見つめていた。「憶えているに決まっているでしょう、メリッサ。でも、まさかここで会うとは思っていなかったから。いったい、どうしてウッドブリッジへ？」

「わたし、以前ここに住んでいたことがあるの。オーフォードを離れてすぐ、《ブランロウ・ホール》の敷地内にあるコテージを借りたのよ」

「ええ、聞いたわ」

「だから、このあたりには友だちがたくさんいてね。エイデン・マクニールには、離婚直後の苦しい時期に、ずいぶんお世話になったのよ。だから、セシリーが失踪したと聞いて、何か力になれればと思って駆けつけたの。あなた、ずいぶんエイデンを締めあげたみたいじゃない」

「そんなつもりはなかったのに」

「どうも、あなたに目をつけられているみたいだって言ってた」わたしが答えずにいたので、メリッサはさらに続けた。「わたし、きょうの夕方にはブラッドフォード・オン・エイヴォンに帰るんだけれど、その前にあなたに会えたらいいなと思っていたの。ねえ、時間があったら、お茶でもどう？」

「もちろん、メリッサ。喜んで」

わたしはお茶など飲みたくはなかった。じっくり腰を据えてメリッサに責めたてられるのも、絶対に避けたい。でも、メリッサと話す必要があるのはたしかだ。八年前の結婚式前々日の木曜、メリッサはこのホテルにいたという——その姿をジムで見かけたというライオネル・コービーによると、ひどく不機嫌だったとか。それに、『愚行の代償』が出版されたときには、すでにふたりは離婚していたとはいえ、アラン・コンウェイのことを誰よりもよく知っていたのはメリッサなのだ。夫婦として長年にわたり生活をともにしてきたばかりか、そもそもミステリを書いてみればとアランに勧めた張本人なのだから。そんなメリッサが、エイデン・マクニールと親しいというのもおもしろい。『愚行の代償』こそは、フランク・パリスの死とセシリー・トレハーンの失踪をつなぐ唯一の環だと、わたしはずっと考えてきた。でも、こうしてみるとメリッサもまた、そのふたつの事件を結びつける環にほかならない。

わたしたちはラウンジに向かった。わたしとしては、できればタバコの吸える屋外の席がよかったけれど、メリッサが有無を言わせぬ勢いで先に立ち、歩いていってしまったのだ。席を決め、腰をおろす。

「それで、エイデンに会ったのはいつ?」わたしは尋ねた。

「いま、ちょうど《ブランロウ・コテージ》でお昼をご馳走になったところ。あなたに会えるかなと思って、ホテルに寄ったの」注文をとりにきたウェイターに、わたしはミネラル・ウォーターを頼んだ。メリッサはコーヒーを。「わかるでしょ、エイデンは心から奥さんを愛しているの」ウェイターが立ち去ると、メリッサは話を続けた。「結婚する前にも、わたしはあのふたりに会ったことがあってね。だからこそわかるのよ、エイデンはもう、セシリーに夢中なの」

「あなたも結婚式に招待されていたの？」

「いいえ」

では、そこまで近しい友人だったわけではないのか。そんなわたしの考えを読みとったらしく、メリッサは言葉を添えた。「わたしはセシリーよりエイデンと親しかったの。住むところを探していたとき、エイデンが《オークランズ・コテージ》を案内してくれて、わたしが引っ越してきたときには、不自由のないようにいろいろ手配してくれてね。アランとの間に何があったのかをうちあけたからか、ずいぶんと気にかけてくれたのよ。ジムのフリーパスも発行してくれたし、一度か二度、夕食もいっしょにとったかな」

「結局、どれくらい親しかったの？」わたしは尋ねた。

「それ、わたしが想像しているような意味で訊いているのよね？　スーザン、あなたって人は、いつもあまりに露骨すぎるのよ。相手の気持ちなんか、これっぽっちも思いやってくれないんだから」メリッサはうっすらと笑みを浮かべた。「エイデンとわたしは、いわゆるそういう関係だったわけではないの。セックスはしてません。そもそも、初めて出会ったときには、もうエイデンの結婚式まで二、三週間しかなかったんだから！　あの人は、そういう男性ではないのよ。誘ってきたことなんて、一度もなかった」

「そういう意味で訊いたわけじゃないの」と、わたし。もちろん、まさにそういう意味のことを考えていたわけだけれど。

「エイデンと会ったのは、全部で五、六回くらいだったかな。念のために言っておくと、いっしょに夕食をとったときには、セシリーもその場にいたのよ」

「どんな印象の女性だった？」

「感じはよかったけれど、口数はあまり多くなかったわね。たぶん、結婚式が迫っていて、そのことで緊張していたんじゃないかな。お姉さんと口論したと言っていたから、そのことで動揺していたのかもね」

「なぜ口論になったのか、理由は知っている？」

「さあ、何も。もともと、あんまり仲はよくなかったみたい」メリッサは言葉を切った。「そういえば、ステファンって名前が出てきたことは憶えてる。たしか、例の殺人事件で有罪になった男じゃなかった？　リサがその男を解雇したことで、セシリーは腹を立てていたのよ」

「あなた自身は、ステファンと何度も顔を合わせていたの？」

「一度だけね。《オークランズ・コテージ》の排水口の詰まりを直してもらったの。チップとして、一五ポンド渡したわ」

注文した飲みものが運ばれてくる。ウェイターがまた戻っていくのを待って、メリッサは話を続けた。

「実をいうとね、わたしがここに住みはじめたころ何があったのか、あんまりよくは憶えていないのよ、スーザン。ほら、わたしにとって、あのころは本当につらい時期だったから。ずっと夫だった相手、わたしの息子の父親だった男性に、実はゲイだった、離婚してくれと言われたわけでしょう。オーフォードの家も売却したばかりでね。いったいどこに住めばいいのか、フレディとわたしは途方にくれたものよ」

　フレディというのは、メリッサの息子だ。離婚当時は、たしか十二歳だった。「ここのコテージには、息子さんといっしょに住んでいたの？」

「しばらくはね。それも、わたしがここを借りた理由なの。あの子はウッドブリッジ校に入学したばかりだったから、近くにいてやりたくて」

「息子さん、いまはどうしてる？」

「ロンドン芸術大学のセント・マーチンズ校で勉強中よ」

　そういえば、最後にメリッサに会ったとき、フレディがそこを志望しているという話を聞いていた。「希望の学校に入れてよかったわね」

「ほんと、わたしも嬉しいの。いま思えば、アランがフレディにしたことは、ひどく残酷だったもの。ゲイの男性が自分の性的指向を明らかにして、わたしの結婚生活が終わったからって、わたし自身はまったくかまわないのよ。ううん、もちろん、嬉しいことじゃなかったけれど、アランを責めないようにはしていたの。それが本来の自分だというのなら、隠していても仕方ないものね。でも、フレディにとっては、話はまったく別でしょう。あの子はまだ十二歳で、新しい学校に入学したばかりだったのに、いきなりすべての新聞に、有名人である父親が実はゲイだった、なんて記事が載ったのを読まされたのよ。ウッドブリッジ校の先生や職員はみんな、すばらしく配慮のゆきとどいた対応をしてくれたけれど、それでもあの子は当然のように学校でからかわれ、いじめられるはめになったの。あのくらいの年ごろの男の子たちがどんなか、あなたも知っているでしょう。そんな息子に、アランはまったく手を差しのべようとはしなかった。そのころには、あの人はもうジェイムズと出会っていて、アビー荘園に引っ越していたから、わたしたちのところには、毎月の小切手が送られてくるだけだったのよ」

「息子さんは、アランのところへ泊まりにいったりはしなかった?」

「フレディが嫌がってね。わたしは父親との橋渡しをしようと、いろいろ頑張ったつもり。それが、親としての責任だと思っていたから。でも、ただの時間の無駄だったみたい。フレディは結局、アランといっさいかかわりを持ちたがらなかったの」

その言葉を裏付ける光景が、ふと脳裏によみがえる。二年前、フラムリンガムで行われた父親の葬儀に、いやいやながら参列していたフレディ・コンウェイの姿だ。父親を悼む様子はまったく見られず、さっさとこの場を離れたいとだけ、一心に願っているようだった。

「それにしても、フランク・パリスが殺された週末に、あなたもこのホテルにいたなんて、考えてみるとすごい偶然ね」わたしは言ってみた。

「誰から聞いたの?」

「ライオネル・コービー」いったい誰のことなのか、メリッサが思い出せずにいるのを見て、後からつけくわえる。「ジムの責任者だった人よ」

「ああ、あのオーストラリア人ね。レオ。そうそう、わたし、あの人にいつもトレーニングを見てもらっていたのよ」

「レオ？」

「わたしはいつも、そう呼んでいたの」

これは、思ってもみなかった話だ。「ほかにも、ライオネルのことをそう呼んでいた人はいる？」

メリッサは肩をすくめた。「さあ、どうだったかな。なぜ？　それ、そんなに大切なこと？」

その問いに、わたしは答えなかった。「あなたがずいぶん不機嫌だったって、ライオネルから聞いたけれど」

「いつ？」

「結婚式の前の木曜日」

「わたし、本当に憶えていないのよ、スーザン。もう、ずっと昔のことじゃない。どうせ、たいしたことじゃなかったはず。レオはときどき、ひどく鼻につくところがあったから。すごく自惚れの強い人でね。たぶん、それでわたしがむっとしたのよ」

ライオネルについては、たしかにその指摘は的を射ている。ロンドンで会ったとき、わたしも同じ印象を抱いたものだ。それでも、メリッサがまだ何か隠しているのではないかという気がしてならない。「あなたはフランク・パリスを知っていた？」

「ええ」

「会ったことはある？」

「ゲイのキャンペーンのときの写真を見たのと、アランから話を聞いていたくらい」

「フランクは、まさにその木曜にホテルに着いたのよ」

「そうよね」メリッサはため息をついた。「わかった、話すわ。あんな腹の立つ不意打ちってある？　ジムに行く途中、たまたまフロントの近くで見かけたの。たぶん、わたし、それで不機嫌になっていたんだと思う」

メリッサはこちらに身を寄せた。ラウンジにはほかにも二、三人の客がいたから、話を聞かれたくなかったのだろう。「わたしとアランについて、あなたには何もかも率直に話してきたつもりよ。わたしたちは夫婦だった。でも、あの人はゲイだった。だから離婚した。これはもう、遅かれ早かれそうなるしかなかったんだと思うの。でもね、言ってみれば、アランのために新たな世界の門を開いたのは、まさにあのフランク・パリスだったわけ。アランの手をとり、それまであの人が知らなかった世界を案内した――ロンドンのゲイの社交場をね。あのふたりは寝てもいるのよ、まあ、フランクはアランの好きなタイプじゃなかったけれど。そもそもの最初から、あの人はもっと若い男の子が好きだったから。でも、そっちの世界をあの人に手ほどきしたのも、やっぱりフランクだったのよ――言ってみればね。そういうクラブに連れていって、二十歳になるかならないかくらいの男の子たちと、お金を払ってセックスする方法を教えたの。実際、あのころのアランはずいぶん、そういうことにのめりこんでいてね！　わたしはわりと柔軟な価値観を持っているつもりだけれど、それでも、そんなことは聞かずにおきたかったな」

「アランから聞いたの?」

「一度、ひどく酔いつぶれたときにね。聞きたくないことまで聞かされちゃった」

「それで、あなたはフランク・パリスを恨んでいるのね」

「だからって、ハンマーで殴り殺すほどじゃないけれどね。そっちへ話をつなげようとしているのなら、それはまちがい。でも、あの男が殺されたというニュースを聞いても、たいして涙を流す気にもなれなかったのはたしかよ」

そんなつもりはなかったのに、わたしはだんだんメリッサが好きになりはじめていた。フロントで呼びとめられたときには、いかにもわたしに敵意を抱き、非難がましい目でこちらを見ているように思えたのに。まあ、わたしとしては、メリッサがかつてアンドレアスとつきあっていたという事実は、なかなか忘れられるものではない――たとえ、わたしと出会う前だったとしても。とはいえ、メリッサの話を聞けば聞くほど、その思慮ぶかさ、頭のよさは認めざるをえない。そもそも、アティカス・ピュントがこの世に誕生したのは、アランと同じくらい、メリッサのおかげでもある。こんなめぐりあわせでなかったら、わたしたちはきっと友人になれていただろう。

「知ってのとおり、アランはあの本をフランク・パリスに捧げているのよね」わたしは言ってみた。

「『愚行の代償』のこと? ううん、わたしは知らなかった。実をいうと、読んでもいないのよ」

「あの本のせいで、わたしはいまここに来ているの」

「それは聞いたわ。エイデンが話してくれた。あの事件の六週間後に、アランはここに来たんですってね。関係者にいろいろ話を聞きまわって、集めた材料をごっそり新しい本に注ぎこんだとか」メリッサは頭を振った。「いかにもアランのやりそうなことよ。その気になったら、あの人はどこまでも人でなしになれるんだから——いま思うと、人でなしのときのほうが圧倒的に多かったわね」

「アランがここに来ていたとき、あなたは会っていないの？」

「ええ。ありがたいことに、ちょっと留守にしていたの。ばったりアランに会うなんて、絶対に勘弁してほしいもの。とりわけ、あのころはね」

「このホテルで働いている多くの人たちを、アランは本に登場させているの。ローレンス・トレハーンとポーリーン。デレク・エンディコット。エイデンもね。中心となる人物はメリッサというの。たぶん、あなたのことを考えていたんでしょうね」

「そのメリッサ、どうなった？」

「首を絞められて殺されるの」

メリッサは声をあげて笑った。「いまさら、驚きもしないけれどね。アランはいつだって、そういう仕掛けを隠して楽しんでいたの。『アティカス・ピュント登場』も、『慰めなき道を行くもの』も同じよ。もちろん、『カササギ殺人事件』もね」メリッサはわたしの目をまっすぐに見すえた。「アランはエイデンを犯人に見立てていたの？」

「いいえ」

「エイデンは犯人じゃないわ、スーザン。信じて。わたし、このことをあなたに言いたかったの。ここに来たわたしを、いちばん温かく迎えてくれたのはエイデンだったのよ。それに、セシリーとふたりでいるところも、わたしは見ているしね。セシリーって、かなり子どもっぽい娘でね。なんだか『デイヴィッド・カッパーフィールド』のドーラを思い出すところがあったかな。ちょっとめそめそしてて。気の利いたことなんて、何も言えないの。でも、エイデンはそんなセシリーに夢中だったのよ。わたし、人を見る目はあるつもりだけれど、あの人は絶対にセシリーを傷つけたりしない。それなのに、あなたがいきなり現れ、エイデンを責めたてて――」

「わたし、何も責めたりしていないのに」

「エイデンは、そうは受けとらなかったみたいよ」

このまま口論になるかと思ったそのとき、ラースがふいに現れ、わたしたちのテーブルに近づいてきた。「ミス・ライランド」

「はい?」

「赤いMGBはあなたの車でしたっけ?」

「ええ」わけがわからないまま、ふいに不安になる。

「誰かがフロントに電話してきたんです。あなたの車が道をふさいでいて、自分の車を出せないそうで」

車を駐めたのは三十分ほど前だったけれど、記憶にあるかぎり、近くにはほかの車など駐まっていなかったはずなのに。「何かのまちがいじゃない？」

ラースは肩をすくめた。

わたしはメリッサを見やった。「二分で戻るから」

席を立ち、ラウンジを後にすると、円形のロビーを通りぬけ、正面の扉から外へ。それから起きたことは、矢継ぎ早に変化する一連の映像として記憶に残っている。後になって順を追いながらふりかえり、ようやく全貌が見えてくるような。

わたしの車は、そこに駐まっていた。憶えていたとおり、誰の車の邪魔にもなっていない。それを確かめた時点で引き返せばよかったのに、さらに近づいていったのは、誰が苦情を申し立てたのか知りたかったからだ。

車寄せの向こう側、ホテルの正面玄関前に、エイデン・マクニールがいた。わたしに向かって、何か叫んでいる。てっきり、何かわたしに怒っているのかと思ったけれど、次の瞬間に気づく。あれは警告の叫びだ。エイデンはわたしの頭上を見あげていた。わたしの視界より、はるかに上を。

わたしも上に目をやった瞬間、とてつもないものが視界に飛びこんでくる。翼をいっぱいに広げ、大空を羽ばたいているかのようなフクロウだ。そして、百万分の一秒ほどのうちに、わたしはそれがほんもののフクロウではないのを悟った。ホテルの正面にめぐらせた手すり壁の中央に設置され、わたしもここに初めて来たときに目をとめていたフクロウの石像だ。空を飛んでいるのではない、まっすぐに落下しつつある。

わたしをめがけて。

その真下に、わたしは立っていた。どうすることもできない。逃げ出す時間さえないのだ。そのとき、何か黒っぽい影が動き、誰かがわたしに体当たりしてきた。玄関の近くに立っていた男性だ。その腕がわたしを抱きかかえ、わたしの胸を肩に乗せて、まるでラグビーのタックルめいた体勢で、危険な位置から遠ざかるように倒れこむ。ほぼ同時に、フクロウは地面に激突し、五十もの破片となって砕けちった。その衝撃音を耳にした瞬間、あのままだったら死んでいたかもしれないと、わたしはまざまざと思い知らされていた。

倒れこみながら、その男性は身体をひねっていたので、着地したときにはわたしが上になっていた。砂利でけがをしないよう、わたしを守ってくれたのだ。恐怖に顔をこわばらせ、エイデンがこちらに走ってくる。誰かの叫び声。誰かに罠を仕掛けられたことは明らかだった。フロントに入った苦情の電話。わたしの車が道をふさいでいるという言いがかり。すべては、わたしをホテルから誘い出すためだったのだ。

助けてくれた男性が腕をゆるめたので、身体を起こし、生命の恩人に向かいあう。顔も見えていないうちから、それが誰なのか、わたしにはわかっていた。ほら、思っていたとおりだ。

そこにいたのは、アンドレアスだった。

差しのべられた手につかまり、立ちあがる。

「アンドレアス……」わたしは呼びかけた。「ねえ、いったい……?」でも、ふいに喉が詰まり、問いかけたかった言葉が出てこない。これまで、一度だってこんな気持ちになったことはなかった。強烈な安堵が胸にあふれ、身体を包みこむ。それは、ぎりぎりのところで生命拾いしたからというだけではない。どういうことなのかさっぱりわからないけれど、とにかくアンドレアスが目の前にいてくれる。その身体を、わたしは抱きよせた。

「まったく、きみって人は、決まってこんなことに巻きこまれる体質なんだな」

「ねえ、どうしてここに?」

アンドレアスが答えるより早く、エイデン・マクニールが青ざめた顔で駆けつける。アンドレアスがわたしの知りあいなどと知っているはずもないから、きっと通りがかりの誰かがたまたま助けてくれたのだと思ったにちがいない。「だいじょうぶですか?」その声は、いかにも心配げだ。わたしの容疑者リストの四番めにこの青年を載せてしまったかと思うと、さすがに胸が痛む。これに免じて、五番めに格下げしてあげてもいいかもしれない。

わたしはエイデンにうなずいた。腕と肩を砂利ですりむいたらしく、すでにひりひりしはじめている。目の前には、フクロウの石像の破片が散らばっていた。直撃したあたりの地面には、大きなへこみができている。

「屋根の上に、誰かがいたんです」と、エイデン。「ぼくは見たんだ！」

「どういうことなんだ？」アンドレアスはいまだ、わたしの身体に腕を回している。

「さあ、ぼくにもわかりません。でも、たしかに誰かいたんですよ。ちょっと上って見てみないと」エイデンはわたしたちのそばを通りすぎ、ホテルに入っていった。

アンドレアスとわたしは、ふたりでその場に残された。

「いまのは誰？」アンドレアスが尋ねる。

「エイデン・マクニール。セシリー・トレハーンの夫よ。わたしの主要容疑者リストにも載っているの」

「だが、むしろあの男は、きみが殺されるのをどうにか阻止した側じゃないか」

「何の話？」

「危ないと叫んでいただろう」

「わたしを助けてくれたのはエイデンじゃない。あなたよ」アンドレアスに抱きつくと、その唇にキスをする。「あなた、こんなところで何をしているの？　ここにはどうやって？　わたしのメールに、どうして返事をくれなかったの？」

アンドレアスがわたしに向けたのは、記憶にある中でも最高の笑みだった——どこかいたずらっぽい、誘いかけるような笑み。ひげも剃っていないし、髪も梳かしていない。さっきまで砂浜にいたかのような顔だ。「そんなこと、本当にいますぐ話したいのか？」

「ううん。まず、何か飲みたい。あなたとふたりだけになりたい。こんなホテル、さっさと出ていきたいくらい。正直に言うとね、わたし、こんなところへ来なければよかったと思っていたの」

アンドレアスは屋根を見あげた。「どうやら同じように思っていた人間が、もうひとりいたようだね」

まだまだアンドレアスに言いたいことはあったのに、ここでまたしても邪魔が入った――今度は、ホテルから飛び出してきたリサ・トレハーンだ。顔からは血の気が失せ、息を切らしている。「いま、エイデンに会って」叫ぶような声だ。「何があったの？」

「石像のひとつが屋根から落ちてきたの」と、わたし。

「もしかすると、誰かが落としたのかもしれない」アンドレアスがつけくわえた。「スーザンは危うく死ぬところだったんだ」

まるで自分が責められたかのように、リサは憤然とアンドレアスに向きなおった。「失礼ですけれど、どちらさま？」

「こちらはアンドレアス、わたしの連れあいなの。いま、クレタ島から着いたばかりよ」

「エイデンはいま、屋上を見にいっているところよ」リサは説明した。「最上階に、屋上に出る通用口があるから」

「当然、そこはいつも鍵がかけてあるんだろうね」と、アンドレアス。不思議だけれど、わたしがホテルを追い出されそうになっている話もまだ聞いていないのに、アンドレアスはもう、ひと目見てリサが嫌いになってしまったらしい。

「さあ、それはどうかしら。でも、スーザンに危害を加えようとする人間がいるなんて、とうてい想像もつかないけれど」

「それは、スーザンがここで殺人事件と失踪事件の捜査をしていたからだろう。ひょっとして、まずいことを知られてしまったと誰かが思ったのかもしれないな」

もう、この事態をどう収拾したらいいのだろう。

「わたし、腕をけがしちゃって」すりむき傷をリサに見せる。「かまわなければ、もう部屋に戻りたいの」

「エイデンが何か見つけたら知らせるわね」

わたしを救おうとして地面に放り出した旅行かばんを、アンドレアスはひょいと拾いあげた。それから、わたしの腕をとり、ホテルへ戻る。ロビーへ足を踏み入れた瞬間、わたしはふと、メリッサ・コンウェイをラウンジに待たせていたことを思い出した。このままだと鉢合わせしかねない。そんな気まずい場面は絶対に避けなくてはと、わたしはアンドレアスを引っぱって足早にフロントに歩みより、デスクにいたインガに声をかけた。

「インガ、わたし、ラウンジに女性を待たせているの。ごめんなさい、どうしても部屋に戻らなくてはいけなくなったと、その女性に伝えてもらえる？」

返事は待たない。そのままアンドレアスを押すようにして、階段へ向かう。

「待たせている人って?」アンドレアスが尋ねた。

「別に」わたしは答えた。「たいしたことじゃないの」

やっと自室にたどりつき、内側からドアを閉めると、わたしは止めていた息をようやく吐き出した。そういえば、この部屋は《ヨルガオ・スイート》だ。アンドレアスは感心した目でベッド(エジプト綿、打込本数五百のシーツ)、薄型テレビ、続き部屋の浴室を見てまわっている。「《ホテル・ポリュドロス》より上だな」

わたしは異を唱えた。「うちのほうが、景観は素敵よ」

ベッドに腰をおろす。アンドレアスはまっすぐミニバーに歩みよると、ウイスキーのミニボトルを取り出し、水で割った。そのグラスをわたしのところへ運んできて、隣に腰かける。受けとって喉にひと口流しこんだとたん、すっと気分がよくなったのは、水割りのおかげか、それともかたわらにアンドレアスがいてくれるからだろうか。いましがた外で起きた出来事に、自分がどれだけ動揺していたのか、あらためて思い知らされる。

「ねえ、答えて」わたしは切り出した。「いったい、どうやってここに?」

「イージージェット便で」

「そういうことじゃないって、わかっているくせに! ほら、あなたから何日も返事がなかったでしょう。わたしはてっきり――」続く言葉を吞みこむ。本当は何を考えていたのかなんて、この人には知られたくない。

もう一度、アンドレアスはわたしの手をとった。「ぼくの愛する人(アガピティ・ムー)」こうしてまたギリシャ語で話しかけられて、いっそう幸せが胸に広がる。「すまなかった。許してくれ。きみのメールを受けとっていなかったんだ。昨夜までね。あの間抜けなコンピュータのせいだ。きみのメールは、迷惑メールのフォルダに入ってしまっていたんだよ」

わたしも知っていたはずなのに。アンドレアスのコンピュータは調子が悪かった。クレタ島を発つ直前にも、同じ理由で予約がふいになってしまっていたではないか。

「昨夜、やっと気がついてね。きみに電話しようかとも思ったんだが、それより今朝のいちばん早い便に乗ったほうがいいと考えなおしたんだ。ちゃんと、顔を見て話したかったから」

「ホテルは誰が切りまわしているの？」

「そんなこと、心配しなくていいさ」

「あんなメールを書いてごめんなさい、アンドレアス。あんなふうにクレタ島を出てきちゃって、悪かったと思っているの」

「いや、きみのメールのとおりだよ」アンドレアスはため息をついた。「ぼくがいけなかったんだ。《ホテル・ポリュドロス》をなんとか軌道に乗せようと、そればかりに必死になって、きみのことを考えていなかった。もっとずっと前に話しあっておくべきだったね。きみも、つらかったなら話してくれたらよかったのにとは思うよ。だが、ぼくがもっと注意していたら、気づいていて当然のことだからな。《ホテル・ポリュドロス》はずっとぼくの夢ではあったが、けっしてきみの夢じゃない。そんなものを無理やりきみに押しつけようとするなんて、ぼくが自分勝手だったんだろう。とはいえ、たかが建物ひとつのために、きみを失うつもりはない。

あんなもの、売ってしまったっていいんだ。ヤニスにまかせたっていい。ぼくはただ、きみとまた以前のように暮らしたいだけなんだ。そのためにロンドンに戻ってやりなおさなきゃいけないのなら、喜んでそうするよ。ぼくはまた、教師の職を探したっていい。それなら、きみは出版界に戻れるしね」

「ちがうの。そんなことを望んでいるわけじゃないのよ」アンドレアスの手を、さらに強く握りしめる。「わたしはただ、あなたといたい。それだけなの」ひょっとしたら頭にケイティのことがあったからかもしれないし、いましがたの出来事が、あまりに衝撃だったからかもしれない。とにかく、気がつくと、わたしの心はすっかり固まっていた。「わたしはもう、こっちでは暮らせない。クレタ島に移ったときに、言ってみればロンドンの居場所をすべて焼きはらって出てきたようなものだもの。ロンドンのアパートメントは売ってしまったし、正直にうちあけるとね、出版界もけっして両手を広げてわたしを歓迎してくれるわけではなさそうだし。わたしはただ、フリーランスとしてでもいいから、ときどき編集の仕事に携わっていたいだけなの。ほら、これまでの人生、本はいつもわたしにとってすごく重要な存在だったわけでしょ。でも、クレタ島に移ってからは、本とのつながりがまったく切れてしまって……わたしにとっては、あまりに激しすぎる変化だったんだと思う」

「こっちで仕事も探してみた？」

「業界の友人と昼食をとったんだけれど、とくに何の話もなかったの」クレイグ・アンドリューズと食事をしたことは、アンドレアスには言わずにおく。あれもとくに何もなかったのだから、別に罪悪感をおぼえる必要もないだろう――自分にそう言いきかせているだけかもしれないけれど。「あんなふうに飛び出してしまったこと、許してくれる？」

「許さなきゃいけないようなこと、きみは何もしていないじゃないか」

「わたし、てっきりあなたが怒っているんだと思っていたの。だから、返事をくれないんだって」

「ぼくがきみに怒るはずがないだろう。こんなに愛しているのに」

わたしは水割りを喉に流しこんだ。この部屋に泊まって、まだミニバーに手をつけたことはなかったけれど、いまはいっそシャンパンでも開けてしまいたい気分だ。そう考えたところで、ふと思い出す。「そういえば、ローレンス・トレハーンからお金は届いた？」

「いや、まだだ」

「あなたに送金してって頼んだのに」

「そんな金はいらないよ、スーザン。そんなもののために、きみが殺されかけるくらいなら」

「まあね、わたしの重大事件の捜査も、どうやらもう終わりみたい。結局、何も見つからずじまいでね。実をいうとついに今朝、首になったところなの。明日には出ていってくれって、リサ・トレハーンに言われちゃった」

「さっき、外で出会ったあの女性だね」アンドレアスはにっこりした。「どうも嫌なやつだと思ったんだ」

「何もかも、ただの時間の無駄だったってわけ——そのうえ、飛行機代だのロンドンの宿泊代だの、お金もたっぷり使っちゃったのに」わたしは立ちあがった。「でも、今夜はあなたもここに泊まればいいし、夕食はここのレストランで、いちばん豪華な料理を頼むことにしない？少なくとも、それは向こうのおごりなんだから。もしかしたら、ローレンス・トレハーンに談判して、小切手を切らせることもできるかも。そして、明日にはいっしょに帰れるのよ」

「クレタ島へ？」

「《ホテル・ポリュドロス》へ」

「じゃ、夕食までは何をする？」

「それはもう、ちゃんと考えてあるの」

わたしはカーテンを閉めようと、窓辺に歩みよった。

ふと窓から外に目をやると、マーティン・ウィリアムズが車に乗りこもうとしているのが見えた。誰にも見られたくないらしく、人目をはばかるようにこそこそしている。あなたが義兄を殺したのではないかと疑いをかけるも同然のやりとりを交わしたのは、つい今朝のことだ。以前の話は嘘だった、本当のことを話してほしいと、わたしは迫った。そのマーティンが、こんなところに姿を見せるとは。

わたしは窓ぎわに立ちつくしたまま、その車が走り去るのを見送った。

ウェイランド刑務所

状況が一変したのは、翌朝のことだった。アンドレアスと朝食をとっていたところへ、インガがわたし宛ての手紙を届けにきたのだ。封筒の表書き——不器用な、文字を書きなれていない筆跡——を見た瞬間、それが誰から来たものか、すぐに悟る。中にはたった一枚、罫線入りの紙が入っていて、すぐにわたしの直感を裏付けてくれた。ステファン・コドレスクから返事が来たのだ。まさにきょうの面会を、向こうで申請してくれたという。こちらからは、インターネットで面会者の登録をするだけでいい。わたしはすぐにその手続きをとり、二時間後にはアンドレアスとともに、屋根を閉じたMGBでA十四号線をノーフォークに向かってひた走っていた。

それまで、わたしは刑務所を訪れたことはなかった。セットフォードからほんの数キロ北へ走ると、どうやら高齢者施設らしい建物やこぢんまりとした平屋の集まった、いかにも平穏な村にさしかかり、こんな場所に刑務所があるのかと、まずはそのことに驚かされる。そこからくねくねと曲がる小径をたどっていくと、やがて目の前に赤いレンガ造りの建物が現れた。まるで大学とも見まがう外観ではあるけれど、おそらくは囚人護送車が乗り入れるための、二階の天井まで届く機械仕掛けの扉が正面にあり、その後ろにはどこまでも塀やフェンスが続いている。周囲には家こそあるものの、バスも走っていなければ、鉄道の駅も二十キロ近く離れていて、こんなところを訪ねようと思った人を罰するかのように、どこの駅からタクシーに乗ろうとしても二十ポンド以上はかかる。まるで、中に収容されている受刑者ばかりではなく、その家族にも罰を与えなくてはいけないという、司法の意志が働いているかのようだ。

刑務所の駐車場に車を駐め、しばしアンドレアスと言葉を交わす。面会を許可されているのはわたしだけで、周囲にはパブもレストランも見あたらないため、どうやらアンドレアスは車で待つしかなさそうだ。

「こんなところにあなたを待たせておくなんて、どうも気がひけるわね」

「気にしないで。ぼくがはるばるギリシャから飛んできたのも、この厳重な警備を誇る刑務所の駐車場に置き去りにされるのを、心から楽しみにしてのことなんだから」

「もし、わたしが刑務所に閉じこめられちゃったら、警察に通報してね」

「むしろ、ずっと閉じこめておいてくれって通報しようかな。いや、本当に心配はいらないよ。ちゃんと読むものは持ってきたから」『愚行の代償』のペーパーバックを取り出すアンドレアスを見た瞬間、これ以上ないほどの愛情が胸にこみあげる。

そして、わたしは刑務所に足を踏み入れた。

ウェイランド刑務所は、新しさと古めかしさが混じりあっているような奇妙な場所だ。考えてみると、人間をこうして閉じこめておくという考えかた自体、現代にはそぐわないのかもしれない。ヴィクトリア朝ならいざ知らず、現代ではあまりに荒っぽすぎる解決法だし、そこに費やされる二十一世紀の技術と資源を考えると、あまりに経費がかかりすぎるという側面もある。最初に案内されたのは、色鮮やかな内装の、こぢんまりとしたロビーだ。周囲の壁には、薬物や携帯電話を衣服に——あるいは体内に——隠して持ちこむことを禁じる注意書きが貼りめぐらされていた。腰をかがめ、一段低い窓口をのぞきこんで、制服をまとった職員に身分証を見せ、携帯を預かってもらう。それから、わたしとほかのふたりの訪問者は、小さな囲いの中へ進むよう指示された。やがて耳障りなブザーが鳴り響き、いま通ったばかりの扉がするすると閉まる。一瞬の後、今度は反対側の扉がするすると開いた。ついに、ここからは刑務所の内部だ。

看守に案内され、中庭に出て——すでにもう、フェンスの内側だ——そこから面会棟へ入る。そこは、世界最低のカフェテリアとでも呼ぶべき場所だった。明るすぎる照明がこうこうと輝く室内に、三十ほどのテーブルが床にねじで留めつけられている。一方の壁には、厨房に通じる小さな窓が開いていて、そこから食べものと飲みものが買えるらしい。当然のように——ここは男子刑務所なので——周囲の訪問者はほとんど女性だ。気がつくと、ひとりの女性が同情をこめた目でこちらを見ている。

「あんた、初めてなの?」女性は尋ねてきた。

どうしてわかったのだろうと、わたしは不審に思ったけれど、おそらく刑務所という場所では、些細（ささい）な点からそうしたことを見抜く眼力の持ち主もめずらしくないのだろう。とはいえ、女性の口ぶりはいかにも親切そうだ。「ええ」わたしはうなずいた。

「何か食べものがほしかったら、先に買っといたほうがいいよ。男どもが連れられてきたら、売場の前には長い列ができて、話す時間もなくなっちまうからね」

わたしはその助言にありがたくしたがうことにして、厨房の窓口へ向かった。ステファンが何を喜ぶかはわからないので、とりあえずひととおり買ってみることにする。ハンバーガー、ポテトチップス、チョコレート・バーを三本、そしてコーラを二缶。このハンバーガーは、よく夜遅くにサッカー場の外で売っているようなしろものだった――おまけのレシピ・カードは付いていないけれど。ステファンが出てくる前に冷めてしまわないようにと、わたしはそれを二枚の紙皿ではさんだ。

それから十分ほどすると、脇の扉から男たちが面会室に入ってきて、それぞれ妻や母親、友人が待つテーブルへ向かう。全員がジャージのズボンにスウェットシャツ、そしてひどくお粗末なスニーカーという恰好だ。壁ぎわには何人かの看守が立っているものの、ごく平穏でくつろいだ雰囲気といっていい。わたしはステファン・コドレスクの写真を見ていたので、すぐに見つけることができた。向こうは当然わたしを知らないので、立ちあがって手を振る。ステファンもそれに気づき、こちらに歩いてくると、向かいの席に腰をおろした。

初めて実際に顔を合わせた瞬間は、なんとも不思議な感覚だった。まるで、小説を三百ページ以上も読みすすめたあたりで、ようやく主人公が登場したものの、あとほんのわずかなページでこの本が終わってしまうことが、すでにわかっているかのような。ありとあらゆる思いが、瞬時に頭の中を駆けめぐる。最初に浮かんだのは、いま目の前に坐っているのはほんものの殺人者かもしれないという考えだ――でも、わたしはすぐにそれを打ち消した。八年間を刑務所ですごしたというのに、ステファンにはどこか無垢なところがあり、それが奇妙な魅力ともなっている。よく鍛えられた身体つきで、肩幅はがっしりとしているものの、全体としてはかなり細身で、まるでダンサーのようだ。この男性を自分のものにしたいと思ったリサ・トレハーンの気持ちは、手にとるようにわかる。そのいっぽうで、目の奥には不公平な運命への憤りの炎が、この八年間を経ても消えることなくくすぶっていた。自分がここにいるのはおかしいと、ステファンははっきりと知っている。それを見た瞬間に、わたしもそれを信じた。

そうなると、この事件に自分がかかわっていること自体、はたしてこれでよかったのかと自問せざるをえなくなり、わたしはふいに、いたたまれない思いに駆られた。はるばる英国に飛んできたのは、謝礼金に釣られたからだ。まるでクロスワードを解くような気軽さで、わたしがとりくんでしまった事件は、本来ならとてつもなく不当な仕打ちと闘う覚悟が必要だったはずではないか。八年間も刑務所に入れられたままだなんて！　わたしがのんびりウッドブリッジとロンドンを行き来して、いろんな人に話を聞き、メモをとっていた間も、ステファンはずっとここに閉じこめられていた。わたしはひとりの青年の人生を賭けた闘いに臨んでいたのだ。

こうしてステファンと顔を合わせてみると、何かもうひとつ、頭のどこかに引っかかるものがあった。どこかで会った誰かに似ている――でも、それが誰なのか、どうしても思い出せない。

テーブルに広げた食べものや飲みものを、ステファンはじっと見ていた。「これは、おれに？」

「ええ。何がいいかわからなかったから」

「別に、何も頼む必要はなかったんですよ。腹は減ってないし」ステファンはハンバーガーを脇に押しやり、コーラの缶を開ける。それを喉に流しこむところを、わたしはじっと見まもっていた。「手紙には、出版社の人だって書いてありましたけど」

「以前は編集者をしていました。いまはクレタ島に住んでいるけれど、ローレンスとポーリーンに頼まれて、英国に戻ってきたのよ」

「おれのこと、本に書くつもりですか？」こちらを見つめる目には、静かな敵意がこもっている。

「いいえ」

「だけど、アラン・コンウェイに金を払ったのはあなたですよね」

「あれは、そういうことじゃなかったのよ。アランの書いた本は、たしかに《ブランロウ・ホール》で起きた事件を下敷きにしたものだった。でも、そのときのわたしは、あなたのことも、フランク・パリスのことも、まったく知らなかったの。そういう事情は、ローレンスから聞いて初めて知ったんです」言葉を切る。「あなたは、アランに会ったことは？」

ステファンは、しばらく答えなかった。わたしのことを信用していないのは明らかだ。何を話すにしても、じっくり考えてからにしようと思っているのだろう。「拘置所にいるときに手紙をもらったけど、そんな男におれが会いたいわけがないでしょう。あの男は、おれを助けようと申し出てきたわけじゃないんです。どっちにしろ、おれはほかのことで頭がいっぱいだったし」

「その本は読んだ?」

ステファンはかぶりを振った。「刑務所の図書館には置いてなくて。殺人事件の話はけっこう多いんだけど。そういう本は人気があるんです」

「でも、本のことは知っていたのね?」

わたしの質問を無視して、ステファンは尋ねた。「セシリーはどこにいるんです? あなたの手紙には、あの人が失踪したって書いてありましたけど」

では、ステファンはセシリーのことを知らなかったのだ——わたしが手紙で知らせるまでは。でも、考えてみたら、それが当然じゃない? 刑務所の中では自由に新聞も読めないだろうし、まだあのニュースは全国放送のテレビで報じられてはいない。またしても、わたしは自分に腹が立った。その結果、ステファンがどれだけ衝撃を受けるかも考えず、こんなことをいきなり知らせてしまったなんて。わたしにとっては、これもまた解くべきパズルの材料でしかなかったということなのだ。

いまさらながら、わたしは言葉を慎重に選んだ。「セシリーがいまどこにいるか、それはまだわかっていないの。警察が捜している最中よ。でも、警察としては、セシリーが危険にさらされているとは考えていないみたい」

「よくもまあ、そんなことを言えたもんですね。危険にさらされてるに決まってる。セシリーは怯えてたんだ」

「どうしてそれを知っているの？　セシリーが面会に来た？」

「いいえ。でも、手紙をもらったんです」

「いつ？」

その質問に答える代わりに、ステファンはポケットから一枚の紙を取り出し、一瞬ためらってから、こちらに差し出した。冒頭に記されている日付に目がとまる——六月十日。では、セシリーは失踪の前日にこの手紙を書いていたのだ！　興奮に心臓が高鳴る。新事実の登場だ。ほかにはまだ誰もこのことを知らないにちがいない。

「読んでもかまわない？」

「どうぞ」ステファンは背もたれに身体を預け、じっとこちらを見つめている。

わたしは紙を開き、読みはじめた。

六月十日
親愛なるステファン
これだけ長いことお便りしなかったのに、急に手紙を受けとってびっくりしているでしょうね。でも、わたしたちは以前から、お互いにもう手紙は書かないことに決めていたし、裁判であなたが罪を認めて以来、もう連絡はとらないほうがいいのだろうと思っていたの。

でも、わたしはまちがっていました。どうか許してください。フランク・パリスを殺したのはあなたじゃなかったと、いまはわたしにもはっきりとわかっています。ただ、どうしてあなたが罪を認めてしまったのか、それはいまだに理解できないけれど。あなたに会いにいって、ぜひちゃんと話を聞きたいと思っています。

どうしてこうなったのか、説明するのは難しいの。あの事件の後、アラン・コンウェイという人がホテルに来て、『愚行の代償』という本を書きました。これは、ただのミステリなんだけれど、うちのホテルで起きた例の事件とその関係者をモデルとしているみたいなのよ。うちの両親も、デレクも出てくるし、《ヨルガオ館》というホテルもあって。お話自体は、実際とはちがうけれど、問題はそこじゃないの。わたしはもう最初のページから、誰がフランク・パリスを殺したのかを悟っていました。最初から、わたしにはずっとわかっていたのに、あの本を読んで、やっとはっきり気づくことができたのよ。

とにかく、あなたに会って話したい。聞いたところによると、あなたの面会者リストか何かに、わたしの名前を載せてもらう必要があるんですってね。そうしてもらえる？　あの本は、両親に送りました。両親ならきっと、どうすべきかわかっているはず。でも、わたしは気をつけなくちゃ。いま何か危険が迫っているとは思わないけれど、うちのホテルがどんなか、あなたも知っているでしょう。誰にも、何も秘密にしておけないんだから。いまのところ、わたしは誰にも気づかれないようにしています。

とりあえず、大急ぎでこの手紙を送るけれど、来週、またきっと手紙を出すから。約束するわ。会えたときに、何もかも説明します。

愛をこめて

セシリー

やはり、思ったとおりだった。セシリーには、犯人が誰なのかわかっていたのだ。あの本の最初のページで、そのことに気づいたと書いてある。『愚行の代償』をここに持ってくればよかったと、わたしはいまさら悔やんでいた。あの物語は《クラレンス・キープ》の厨房にいるエリック・チャンドラーとフィリスの場面で幕を開けている。焼きたてのフロランタンや、〝テイギーおばさん〟の話が出てきたのは憶えているけれど、それがどうしてフランク・パリス殺害事件に結びつくのか、いくら考えてもさっぱりわからない。そういえば、車で待っているアンドレアスがあの本を持っていたと、ふいにわたしは思い出した。車に戻ったら、さっそく第一章を読みかえしてみなくては。

「この手紙を受けとってすぐ、おれはセシリーを面会者リストに載せたんです」と、ステファン。「それなのに、どうして連絡がないのか心配していて。そこへ、あなたから手紙が来た。だから、面会に同意したってわけです」

「ステファン――」わたしはもう、どうしていいかわからなかった。訊きたいことは山ほどあるけれど、この青年の心を傷つけるのが怖い。八年間も、こんなところに閉じこめられていたのだ！ どうしてこんなにも穏やかで、こんなにも自然なままいられるの？ 「あなたのことを助けたいと、わたしは本気で思っているのよ。でも、これだけは訊いておかないと。あなたとセシリー・トレハーンは、いったいどんな関係だったの？」

「おれがウォーレン・ヒル刑務所のカールフォード少年収容棟を出たとき、雇ってくれたのがセシリーだったんですよ。おやじさんのホテルで、例の更生プログラムをやってたから。ホテルで働いてたときには、セシリーはいつも親切にしてくれました。そして、おれが殺人の疑いをかけられたとき、信じてくれたのはあの人だけだったんです」

「この手紙ですべてが変わるって、あなたにもわかっている？」

「誰かが信じてくれたらの話ですけどね」

「ステファン、この手紙、わたしに預けてもらえない？ セシリーの捜索を担当している警察官とは知りあいなの。フランク・パリスの事件も捜査していた人よ」

「ロックですか？」

「そうよ。ロック警視正」

このとき初めて、ステファンは怒りをのぞかせた。「これは、あいつなんかに見せてほしくありませんね」手紙をわたしから取り返し、畳んでしまいこむ。「あの男のせいで、おれはこんなところにいるんだから」

「でも、あなたは自白したんでしょう」

「自白させられたんだ！」感情に押し流されまいと、ステファンは懸命に自分と闘っていた。

やがて、こちらに身を乗り出すと、柔らかい口調ながら棘（とげ）のある言葉を並べはじめる。「罪を認めたほうがおまえにとっても楽なはずだと、あの野郎はおれを丸めこみにかかったんですよ。証拠はすべて、おまえにとって不利なものばかりだ。前科もある。おまえの部屋から金が見つかり、血痕も残ってた。だから、もしも罪を認める供述調書に署名するなら、罪が軽くなるよう口を利いてやる、ってね。まったく馬鹿な話だけど、おれはそれを信じちまった。言われたとおりにした結果が、最低拘禁期間二十五年の終身刑ですよ。つまり、やっと出られたとしても五十歳も目前ってことです。こんな手紙を見せたら、あの男はきっとびりびりに引き裂いちまう。おれが無実だったなんて、誰にも信じてもらいたくないんだから。もしおれの無実が証明されたら、あの男は面目丸つぶれですよ。だからこそ、おれがずっとぶちこまれたまま、ここで腐ってくのがあいつの願いなんだ」

ステファンは身体を引き、背もたれに寄りかかったものの、まだ口をつぐむ様子はなかった。

「この国に渡ってきたのが、おれにとっちゃ運の尽きだったんですよ」静かな声だ。「おれは十二歳だったけど、こんなところにいたくなかった。こっちの連中だって、おれになんか来てほしくなかったんだ。おれは人間のくず――ルーマニア人のくず――で恰好の口実が見つかったとばかり、連中はおれをここに放りこみ、後はさっさと忘れちまった。こんな手紙、誰が真剣に読んでくれると思います？　誰がそんなこと、本気でとりあってくれるもんか。ああ、誰もね！　おれはもう、ここで死んだっていいんです。明日、自分で死を選んだっていい。そうしないのは、おれの人生のたったひとつの輝き、たったひと筋の夜明けの光が、おれに希望を見せてくれるからなんだ」それは何かと尋ねようとしたとき、ふいにステファンはこう問いかけてきた。「誰がフランク・パリスを殺したのか、あなたは知ってるんですか?」

「いいえ」認めないわけにはいかない。「まだわからないの」

「あなたは編集者じゃありませんか。本を作ってただけだ! 弁護士でもない。探偵でもないんだ。おれを助けられるわけがない」

「やってみなければわからないでしょう」わたしは手を伸ばし、ステファンの腕に置いた。お互いの身体に触れた、初めての瞬間だ。「あの夜、何があったのか話して。二〇〇八年六月十五日、金曜の夜よ」

「何があったのか、あなたも知ってるでしょうに。フランク・パリスって男が、ハンマーで殴り殺されたんですよ」

「ええ。でも、あなたについて聞きたいの。あの夜、あなたはどこにいた?」ステファンが答えようとしないのを見て、さらにたたみかける。「あなたはいったいどうするつもりなの? 自分の監房に戻って、ひとりきりで坐っているつもり? そんなことをしていたって、あなたのためにもならないし——セシリーを助けることだってできないのに」

ステファンはしばし考え、やがてうなずいた。

「おれはパーティに出てました。セシリーとエイデンが、従業員みんなのために、プールの脇でパーティを開いてくれたんですよ」

「そこで、たくさん飲んだの?」

「ワインをちょっと。グラスを二杯くらいかな。あの夜は、ひどく疲れてたんです。しばらくして、もうその場にいたくなかったんで、ジムで働いてたやつといっしょに部屋へ戻って……」

「ライオネル・コービーね」

「ええ。あいつは、おれの隣の部屋だったんですよ」

「コービーのこと、レオと呼んでいたことはある？」

「いや。おれはライオネルと呼んでました。どうして、そんなことを？」

「何でもないの。先を続けて」

「おれは、すぐに眠りこみました。あとはもう、別に話すこともないんですよ。ひと晩じゅう寝てて、けっこう遅くまで目がさめなくてね。たしか、朝八時半くらいだったかな。ホテルへは戻ってません。十二号室にも近づいてないんです」

「でも、デレク・エンディコットはあなたを見たって」

「誰かを見かけたんでしょうけどね。おれじゃない」

「あなたは、誰かに罪を着せられたんだと思う？」

「着せられたに決まってるでしょう。これまでのおれの話、何も聞いてなかったんですか？おれはねらわれてたんだ」

「あなたとリサとのことを話して」

ふいに、ステファンが口をつぐむ。「あれはくそ女でしたよ」やがて、ぼそっとひとこと、初めて汚い言葉が飛び出した。

「あなたはリサと関係を持っていたんでしょう」

「あれは関係なんてもんじゃない。ただのセックスです」

「リサはあなたを脅して……」

「あの女に会ったんですか？」

「ええ」

「だったら、おれみたいな人間があんな女と寝るのに、ほかにどんな理由があるっていうんです？」

「それで、思いどおりにならなかったから、リサはあなたを解雇したのね」

「いや、そんなわけがないでしょう。あれで、リサはかなり頭が回りますからね。おれが相手をするのをやめたんで、あの女は、おれが金やら何やらを盗んでるって話をでっちあげたんです。みんな嘘っぱちですけどね。あいつはおれを脅してたんだ。おれのことを疑ってるって、全員に印象づけておいてから、おれを首にしたんですよ」

「でも、それからもあなたはリサと会っていたんでしょう」わたしはライオネル・コービーから聞いた、森の中での出来事を思い出していた。「結婚式の二週間ほど前、《オークランズ・コテージ》の近くの森で、あなたたちがいっしょにいるのを見かけた人がいるのよ」

ステファンはためらった。その脳裏にどんな記憶がよぎっているのか、目にちらりと何かが浮かぶ。「それが最後だったんです。思いどおりにしてやったら、もう嫌がらせをやめてもらえるかと思って。でも、だめでしたよ。二週間後、結局おれは首になりました」

ステファンは嘘をついている。どうして自分がそう感じたのか、いったい何を隠そうとしての嘘なのか、それはわからなかったけれど、とにかくその物腰のどこかに変化を感じたのだ。まるで、最初に感じた無垢な輝きが、幾分か曇ってしまったかのような。問いつめようかとも考えてみたものの、そんなことをしたところで、何も得られはしないだろう。ステファンがコーラを飲みほし、その缶をテーブルに置くのを、わたしはじっと見まもった。缶を握りしめる指に力がこもる――いまにも押しつぶしそうなほどに。

「おれを助けることなんて、あなたには無理だ」

「でも、やってみてもいいでしょう。お願い、わたしを信じて、ステファン。わたしはあなたの味方よ。もっと早く会えなかったのは残念だけれど、こうしてやっと会えた以上、あなたをこのままにしておくつもりはないの」

ステファンはまっすぐにわたしを見つめた。どこまでも穏やかな、柔らかい茶色の瞳で。

「どうしてあなたを信じなきゃいけない？」

「だって、ほかに誰かいる？」わたしは答えた。

ステファンがうなずく。そして、ひどくのろのろした動きで手紙を取り出すと、テーブルの上を滑らせてよこした。「おれが持ってるのは、これだけなんです。ほかには何もないんだ」

そして、ステファンは立ちあがった。テーブルを離れる前に、その上に並んでいたすべての食べものをかき集める――ポテトチップス、チョコレート・バー、冷めてしまったハンバーガーまでも。わたしがきょうここで目撃したどんなことよりも、刑務所での生活がどんなものかていった。

を生々しく物語ってくれる光景だ。そして、それ以上は何も語らないまま、ステファンは去っていった。

運転なんか、できるはずもなかった。

わたしの代わりに、アンドレアスがハンドルを握る。中で何があったのか、わたしには訊こうとしないまま。話す余裕もないほどわたしが動揺していることを、目ざとく見てとったのだろう。十キロも走らないうちにノーフォーク州からサフォーク州に入ると、あたりの景色もいくらか柔らかく、温かみを増す。やがて、遅い昼食をとるために、セットフォードのすぐ南の《鋤と星》亭というパブに、わたしたちは寄ることにした。アンドレアスはサンドウィッチを注文したものの、わたしはまったく食欲が湧かない。食べものを見ると、ステファンが自分の監房に持ち帰った、あの冷えた粗末なハンバーガーを思い出してしまう。ああ、あの青年の人生から、八年もの時間が失われてしまったなんて！

「スーザン、何があったのか、ぼくに話したくはない？」やがて、ついにアンドレアスが尋ねる。

このパブは、金曜の夜にはさぞかし賑わうことだろう。板石を敷きつめた床に薪ストーブ、昔ながらの木製テーブル。でも、いまのところ、客はほとんどいない。カウンターの向こうに立っている男は、いかにも退屈そうだ。

「ごめんなさい。ただ、後先も考えずにこの事件に飛びこんでいった自分に、ものすごく腹が立っちゃって。まず、あなたを放り出して出ていったこと。そしていま、あの気の毒な、ずっと閉じこめられたままの青年に会って……」

「その男は無実だって、きみにはわかっているんだね」

「それはもう、そもそもの最初からわかっているのよ、アンドレアス。ただ、これまでは、ステファンの立場に立って考えてみたことはなかったの」

「それで、これからどうする?」

「わからない。それが最悪なところよね。ここから何ができるのか、まったく見当がつかないのよ」

その瞬間を、わたしははっきりと憶えている。わたしたちは隅の席にいた。バーテンダーはグラスを拭いている。わたしたち以外の唯一の客——犬を連れた男——が立ちあがり、店を出ていく。風がふわりと吹きこみ、外に掛けてあったパブの看板が揺れるのが見えた。

「わたし、誰がフランク・パリスを殺したのかわかった」

「なんだって?」アンドレアスはまじまじとこちらを見た。「でも、ついさっき、きみは——」

「自分が何を言ったのかはわかってる。でも、謎が解けたの!」

「ステファンから聞いたのか?」

「ううん。まあ、本来なら明かすつもりがなかっただろうことまで、ステファンの話からは読みとることができたけれどね。でも、そこでつかんだわけじゃないの。いま、すべての断片があるべき場所にぴたりと納まったのよ」

アンドレアスはいまだわたしをじっと見つめている。「ぼくにも話してくれるかい？」

「ええ、もちろん。でも、ちょっと待ってね。もう少し考えないと」

「本当に？」

「あとちょっと、時間をちょうだい」

アンドレアスはにっこりした。「きみってやつは、アラン・コンウェイよりたちが悪いな！」

結局、サンドウィッチは食べずに終わった。わたしたちは車に戻り、先を急ぐことにしたからだ。

殺人者

ウッドブリッジに戻ろうとしたわけではない。わたしたちはまっすぐ、ウェスルトンの《荒地の家》へ向かった。アンドレアスといっしょに玄関に歩みより、居留守を使えるものならやってみろとばかり、呼鈴を押しつづける。三十秒ほどして、マーティン・ウィリアムズがドアを開いた。アンドレアスにはいぶかしげな目を、わたしには驚きと怒りの混じりあった視線を向ける。考えてみると、もう二度と戻ってくるなと言いわたされたのは、つい昨日のことだった。

「あなたを入れるつもりはありませんね」と、マーティン。

「お忙しいところでした？」

「ジョアンがあなたには会いたくないというのでね。それは、わたしも同じです。前回、そのことはきっちり伝えたはずですが」

「誰がフランク・パリスを殺したのか、わたしは知っているんです。わたしの友人、アンドレアスもね。それが誰なのかを、わたしから聞くか、それとも警察から聞くか。判断はおまかせします」

マーティンはわたしを見つめながら、頭の中で計算しているようだ。小柄な体格ながら、身体を斜めにして戸口をふさぎ、わたしに突破されないよう身がまえている。つなぎを着ていないのは、今回が初めてだ。きょうはジーンズに革のブーツ、襟もとを開いたペイズリー模様のシャツという、これからラインダンスにでも出かけようかという恰好だった。「何もかも、でたらめばかりですな。それでも、あなたにあまりに馬鹿げたふるまいをさせておくのも、見ていて忍びなくてね。五分だけなら話を聞きましょう」

キッチンへ向かう途中、ちょうどジョアン・ウィリアムズも二階から下りてきた。わたしを見て腹を立て、それを隠そうともしない。「この女は、ここで何をしているの？」夫に問いただす。「二度とこの女はうちに来させないって、約束してくれたじゃないの！」

「こんにちは、ジョアン」わたしは挨拶した。

「フランクを殺したのが誰かつきとめたと、スーザンが言うのでね」マーティンが説明した。

「まずは話を聞いてみようかと思ったんだ」

「悪いけど、そんな話、興味ないの」

「本当にそれでいいんですか?」と、わたし。「ご主人に話したことをもう一度くりかえしますね——もしもわたしと話す気がないのなら、わたしはまっすぐ警察に行きますよ。どっちにします?」

夫妻は目を見交わした。どうやら、これ以上は説得する必要もなさそうだ。

「じゃ、こちらへ」マーティンが促す。

わたしたちは、またしてもキッチンに通された。いまや、あまりにおなじみとなった部屋だ。アンドレアスとわたしが片側に並び、ジョアンとマーティンが反対側に腰をおろす。パイン材のテーブルをはさんで、お互いがにらみあう形だ。まるで、軍事会議のように。

「そんなに時間をとらせるつもりはありません」わたしは切り出した。「こちらにお邪魔するのは三度めで、きっと喜んでもらえるでしょうが、これが最後になります。最初に説明したように、わたしはローレンスとポーリーンのトレハーン夫妻から、お嬢さんの失踪事件について調べ、八年前のフランク・パリス殺害事件と関係があるかどうかをつきとめてほしいと依頼を受けました。初めてこちらを訪ねたとき、あなたがたは嘘をついたとまでは言わないものの、ずいぶん真実をねじ曲げた話をしていましたね。あなたがたふたりが——あなたがただけが——フランク・パリスを殺す明らかな動機を持っていたことを、ほどなくわたしはつきとめました。オーストラリアでの広告事業が失敗したため、パリス氏は金が必要になり、あなたがたにこの《荒地の家》を売るよう迫ったのです。この家はもともと、ジョアンとフランクのお母さんが、兄妹に半々ずつ遺したものでしたから。ここはあなたがた家族が暮らしてきた家で、もしもフランクが亡くなったときには、ほかの誰かに遺すという遺言がないかぎり、ジョアンが相続することになります」

「フランクはジョアンに遺すと遺言していたんですよ」と、マーティン。

「本当に？」アンドレアスとわたしは目を見はった。

「そうすると、いつもフランクは言ってくれていたんでね」

信じられないというように、わたしは頭を振った。「ここが、どうしてもわたしにはわからないんですよ、マーティン。あなたはなぜ、そんなことをわたしに話すんですか？　本来なら、いちばんわたしに知られたくないことでしょう。さらに自分があやしく見えてしまうんだから。この家をあなたがたに遺すというフランクの遺言があったなら、あなたにはまちがいなく、フランクを殺す動機があったことになります。それなのに、あなたは思いとどまる間もなく、それをあっさり口にする。昨日、わたしがこちらに来たときにも、普通の人なら絶対に否定するでしょうに、あなたは自分が義兄を殺したかもしれない理由をさらりと口にしましたよね。きょうだって、あれだけ二度と会いたくないと言っておいて、どうしてわたしたちを中に入れたんですか？」

「そりゃ、馬鹿げた言いがかりは、二度と起きてこないように寝かしつけておきたいですからね」

「わたしには、どうしてもそんなふうに思えなくて。あなたはどう思う、アンドレアス？」

「ぼくもだ。むしろ、眠りこまないよう懸命に揺り起こしているように見えるよ」

ジョアンは息をしていないかのように身体をこわばらせ、固唾を呑んで夫を見つめている。わたしもマーティンが口を開くのを待った。

「もう帰ってもらえませんか」と、マーティン。

「それはもう遅すぎますね」わたしは答えた。「真実はすでにつきとめたので」

「どんな言いがかりをつけようと、それはそちらの自由ですがね。だが、何ひとつ証明などできませんよ」

「それが、実はできるんですよ、マーティン」と、わたし。「百パーセント確実に、何の疑いをはさむ余地もなく証明できるんです——あなたがフランク・パリスを殺していないことを。どうしてかって？　なぜなら、戸口でも話しましたが、わたしは真犯人を知っているんです。あなたではなくね」

「じゃ、ここで何をしているの？」ジョアンが詰問した。

「それは、わたしがもうあなたがたにうんざりしていて、その見え透いた小芝居をこれっきりにしてほしいからよ。初めてこの家に来たときから、あなたがたはわたしをからかうかのように、おかしな演技をして——」

「何のことだか、さっぱりわからないな！」マーティンがさえぎった。

「本当にわからない？　じゃ、わたしが話しましょうか。まずは議論の糸口として、ちょっと想像してみてください。あなたはどうしようもなく不幸な結婚生活から抜け出せずにいる、と。

妻はあなたを虐げて、自信も何も奪ってしまい――」

「よくもまあ、そんなことを！」ジョアンが勢いよく身体を起こした。その頬は、黒ずむほどに紅潮している。

「これはわたしの妹、ケイティから聞いた話なんです。妹は一度、あなたがたといっしょに食事をしたことがあって。妹はジョアン、あなたのことをこう言ってましたよ――〝ご主人は尻に敷かれている〟って。ご主人をいいように使っているとも言っていたかな。何が楽しくていまだ夫婦のままでいるのか不思議だ、って」

「まあ、そりゃ妹さんの勝手な見かたで……」マーティンがつぶやく。

「でも、いまはまったく様子がちがいますよね！　どうやら、何か事情が変わったんでしょう。いまや主導権を握っているのは、マーティン、あなたのほうですからね。でも、どうして？　もしかしたら、それはあなたがフランクを殺したものとジョアンが思いこみ、自分の夫はこんなにも危険な人間だったのかと、認識を新たにしたせいじゃありませんか？　だとすると、ひょっとして、そう、ひょっとしたらの話ですが、あなたはジョアンがそう思いこむように仕向けたのかもしれません。それによって力を手にし、この家で自由にふるまえるようになるわけだから」

「馬鹿げたことを！」

「そうかしら？　こんなふうに考えると、いまになってあなたが遺言の話を持ち出してきたことも――フランクが大テントを見たという矛盾をわたしが指摘したとき、あなたがまったく意味のない答えを返してきたことも、ちゃんと説明がつくんです。初めて顔を合わせたときから、あなたはずっと、わたしに疑ってほしかったのよ！」

マーティンは立ちあがった。「これ以上、こんな話を聞く気はありませんね」

「いいえ、聞いてもらわないと、マーティン。だって、あなたはわたしを殺そうとしたんだから！　あなたが昨日、こっそり《ブランロウ・ホール》から逃げ出すところを、わたしは見たのよ。ひょっとしたら、それもわざとわたしに見せたのかもしれないけれど。でも、屋上からフクロウの石像を落としたのは、まちがいなくあなただった。残念ながら、証拠もあるの」その言葉を聞いて、マーティンの動きがぴたりと止まる。「わたしをおびき出そうとしてホテルに電話をかけたとき、あなたはもう屋上で待ちかまえていたんでしょう。わたしが玄関から出てくるのを待って、屋上から石像を突き落としたのよ」わたしはジョアンに向きなおった。

「何があったか、ご主人から聞きました？」

「人から聞いた話だと言っていたけれど……」ジョアンがマーティンをにらみつけた目つきといったら、それを見られただけでも、わざわざこの家に寄った甲斐があったというものだ。

「ご主人の姿が防犯カメラに録画されていたこと、ホテルの交換台にご主人からの電話が記録されていること、発信者の番号をたどれることも、ご主人は話したかしら？　手袋をはめていたかどうかも？　屋上に出る防火扉も、石像の破片も、警察は指紋を調べているようだけれど」

これは真実ではなかった。あの件について、《ブランロウ・ホール》に警察は呼ばれていない。もちろん、呼ばれていてもおかしくはないのだけれど。

マーティンの顔からは、いつしかすっかり血の気が失せていた。

「あとひとつだけ、聞かせてほしいことがあるの、マーティン。いくらかでも寛大な気持ちでいられるいまのうちにね。確認しておきたいんだけれど、たぶんあなたは、本当にわたしを殺すつもりだったわけじゃないんでしょう。ただ、ああいう騒ぎを起こして、自分がホテルから逃げ出す姿を見せておきたかっただけ。あなたのねらいはわたしを怯(おび)えさせ、あなたを怖れるようにさせること。その作戦が、奥さんにはうまくいったから。殺人者マーティン！　マーティンこそは強い男だ！　でも、あなたはフランクを殺してはいないし、わたしを本気で殺そうともしていない。そんなイメージを作り出そうとしていただけ」

長い沈黙の後、ようやくわたしの待っていた答えが返ってきた。蚊の鳴くような声だったけれど。「そうです」

「いま、なんて言ったの、マーティン？」

「そうです！」今回は、そこそこ聞こえる声だ。

「ありがとう。知りたかったのはそれだけ」

席を立ち、アンドレアスとともに家を出る。まだ門まで行きつかないうちに、マーティンが追いついてきた。ひどく恥じ入り、落ちこんだ様子だ。家を出て追いかけてきたりしては、またジョアンの怒りを買いそうだけれど。

「本当に、あなたに危害を加えるつもりはなかったんですよ」マーティンは訴えた。「あなたの言うとおりです――フランクの件に関してはね。それに、昨日のホテルでの一件も。本当に、けがをさせるつもりはなかったんだ。まさか、わたしの犯行だなんて、警察には言いませんよね？」

わたしが止める間もなく、アンドレアスが飛び出した。こぶしを引き、勢いをつけてマーティンの顔を殴りつける。これがアランの本だったら、マーティンは宙を飛び、意識を失って地面に叩きつけられていたかもしれない。現実は、さほど劇的ではなかった。どすっという柔らかい音がしただけで、マーティンはいまだ同じ場所に立っている。唇に血がしたたり、目眩（めまい）を起こしたようではあったけれど。もしかしたら、アンドレアスの一撃で鼻が折れてしまったのかもしれない。

わたしたちは、その場から歩き去った。

「乱暴なことをするつもりはないって、あなたは言っていたじゃない」車に戻りながら、アンドレアスをとがめる。

「そうだったな。ごめん」

わたしは車のドアを開けた。「いいわ、許す」

チェックアウト

『愚行の代償』を編集していたとき、アランと口論になった部分はもう一ヵ所ある。最後の二章にわたり、アティカス・ピュントが全員を《ヨルガオ館》に集めるくだりだ。

こうした場面がテレビ映えするのは、わたしにもよくわかっている。わたし自身、デイヴィッド・スーシェ演じるエルキュール・ポワロ、ジョン・ネトルズ演じるバーナビー警部、アンジェラ・ランズベリー演じるジェシカ・フレッチャーがこんな場面を演じるのを、合計で百回は観てきたはずだ。一室に集めた容疑者に、ひとりずつ順々に焦点を当てていき、最後に真犯人を暴くという形式。わたしが指摘したのは、まさにここなのだ。いくら黄金時代の探偵小説へのオマージュとして書かれる作品とはいえ、物語の山場の演出方法として、これはさすがに少しありきたりすぎるのではないだろうか。真犯人の正体を明かす場面を、アランにはこれ以外の形式で書けないのかと、わたしは思わずにいられなかった。

まあ、ここまで読んできた読者なら、わたしという編集者の意見にアランがどれだけ耳を傾けたか、すでによくご存じのことだろう。

そんなわけで、結局《ブランロウ・ホール》のラウンジに、七人の関係者と一匹の犬を集めて種明かしをするはめになったわたしを見たら、アランはさぞかしおもしろがったにちがいない。犬というのはセシリーの飼っていたゴールデン・レトリーバーで、いまはラウンジの片隅ですやすやと眠っている。しかし、ほかの全員は、わたしがついにこれまでの捜査の真似ごとについて、申しひらきをするのを聞いてやろうと集まってきたのだ。見えないテレビカメラが、ひそかにこちらを向いているような気さえしてしまう。

きょうは、わたしがこのホテルですごす最後の日だ。実のところ、もうチェックアウトの時間はすぎてしまっている。ホテルから出ていってくれ、父親もまったく同じ意見だと、わたしはリサ・トレハーンに申しわたされた。でも、わたしはローレンスに、誰がフランク・パリスを殺害したのか、セシリーに何が起きたのかをつきとめたと、先ほど電話をかけたのだ。そして、約束した前渡し金も――おそらくはリサの差し金だと、わたしは確信しているけれど――まだ支払われていないことを指摘する。きょうの午後に会って話を聞こうと、ローレンスは約束してくれた。

「三時にラウンジに来ていただければ、何もかも説明します」わたしは告げた。「約束の小切手を忘れないでくださいね。アンドレアス・パタキス宛てに、一万ポンド」もちろん、本来ならこれはわたしの名で受けとるはずの小切手だけれど、はるばる三千キロ以上もの距離を飛びこえ、迫りくるフクロウ・ミサイルからわたしを救うべく駆けつけてくれたアンドレアスに、せめて謝礼金を受けとる喜びを味わってほしかったのだ。

ローレンスひとりで来てくれればと願っていたのに、約束の場にはポーリーンもいっしょに姿を現したばかりか、エイデン・マクニールまでも顔をそろえることとなった。まあ、これは仕方ない――セシリーのいちばんの近親者であり、何か進展はないかと知らせを待ちつづける日々を送っている立場なのだから。もっとも、エイデンがエロイーズ・ラドマニまでも連れてきたのには、いささか眉をひそめずにはいられなかった。ふたりでソファに並んで腰かけている姿を見ると、乳母と雇い主の関係としてはどうも奇妙で、どこか邪（よこしま）なものさえ感じられてしまう。幸い、ロクサーナはインガに預けてきたそうだ。さらに、わたしにとって最悪なことには、リサ・トレハーンまでも勝手に参加してきた。わたしの隣のアンドレアスに軽く会釈をしておきながら、わたしのことは無視。こんなものはすべて時間の無駄だと、最初からわかりきっているといわんばかりの態度で、ひじ掛け椅子にどすんと腰をおろす。

最後に、戸口の隣にある椅子には、ロック警視正が腰かけている。警視正はこの場に呼ぶべきだと、アンドレアスがわたしを説きふせたのだけれど、これはけっしてあっさり承知できることではなかった。先日マートルシャム・ヒースで話したときのことを思うと、わたしはもう、二度とロック警視正の顔を見たくはなかった。あんな横暴な人種差別主義者に、誰が会いたいものか。そもそもステファン・コドレスクが冤罪に苦しんでいるのも、主としてあの警視正のせいだというのに。でも、この集まりには誰か警察の人間を呼んでおくべきだというのが、アンドレアスの意見だった。警察官に立ち会ってもらうことにより、この集まりを公にしておいたほうがいい、と。

とはいえ、まさか警視正が本当にこの場に同席する気になるとは、わたしも思ってはいなかった。アンドレアスとわたしが車で署に寄ったときには、地元の性犯罪者のふたり組だって、もう少し温かく迎えてもらえるだろうに、と思ってしまうほどの応対だったのだ。フランク・パリス殺害の真犯人をつきとめたというわたしの言葉を一蹴し、その名前をいまここで話す気はないと聞いて怒り出す。警視正の態度を変えさせる力を持っていたのは、ステファンから預かった手紙だけだった。この手紙こそは、セシリーがステファンの無実を信じていたという証拠であり、また、この失踪事件と八年前の殺人事件とのつながりを示す証拠でもある。ロック警視正としては、自分がこの手紙の存在を知らなかったことが衝撃だったのだろう、実物を見せられて、ふいに弱腰になった。いま、この場に顔を出しているのも、手紙のおかげということなのかもしれない。

この顔ぶれは、アティカス・ピュントが開くだろう集まりとは、いささか趣が異なっている——執事も、牧師も、メイドもいない——それでも、この部屋のどこかにピュントがいるという奇妙な感覚を、わたしは拭い去ることができずにいた。空いている椅子のひとつに腰をかけ、杖をかたわらに立てかけて、わたしが口を開くのを待っている姿が、まざまざと目に浮かぶほど。わたしが事件にとりくむときの姿勢——関係者から話を聞いたり、証拠を調べたり——は、どこかピュントやそのご大層な著作『犯罪捜査の風景』の影響を受けていると、しばしば思うことがある。結局のところ、わたしはかの探偵に、温かい気持ちを抱きつづけているのだ。自分にとって、ピュントこそは師のような存在なのだと。しょせん架空の存在にすぎないうえ、そもそもその生みの親である作家は大嫌いだったことを思うと、どうにもおかしな話なのだけれど。

「まだ始まらないの、スーザン?」と、リサ。

「ごめんなさい。ちょっと考えをまとめていたの」わたしはにっこりした。そう、いっそこの機会を楽しんでしまってもいい。まちがいなく、こんなことを体験する機会は二度と訪れないのだから。「まずは、いまセシリーがどこにいるか、それはいまだわからないというところからお伝えしなくてはいけないかもしれません。でも、セシリーに何が起きたのか、それをわたしはつきとめました。『愚行の代償』から、いったいセシリーが何を読みとったのかについても」目の前のテーブルに、その本は置かれている。「アラン・コンウェイは、どうやらセシリーに伝えたいことを――ひとつではなく、いくつか――この本に隠しておいたのです。そう、怖ろしい危険を呼びよせかねない秘密を」

わたしはちらりと後ろに目をやった。その視線を受けとめて、アンドレアスがうなずきかえす。わたしを守るため、この人はここにいてくれるのだ。

「八年前の事件の問題点は、フランク・パリスを殺す動機を持った人間など、《ブランロウ・ホール》には見あたらないと思われたことです」わたしは続けた。「フランクはたまたまここに立ち寄っただけでした……ウェスルトンに住む、妹夫婦を訪ねるために。それ以前はオーストラリアに住んでいて、英国には戻ってきたばかり。妹夫婦の住む家の権利の半分を持っている以外、サフォークには何の関係もなかったのです。わたしはまず、デレク・エンディコットが犯人である可能性を考えてみました。この場合、フランクは誤って殺されたことになります。というのは、氏は最初に案内された部屋が気に入らず、十二号室と交換してもらっていたからです。十二号室は、もともとジョージ・ソーンダーズという退職した元校長が泊まるはずの部屋でした。そして、ソーンダーズ氏が在職していたブロムズウェル・グローヴ校は、たまたまデレクの母校だったんです。デレクはあの学校で、ずいぶんとつらい目に遭ってきていて、ホテルでかつての校長を見かけてしまったときには、ひどく動揺していたという話です。

デレクがハンマーを手に、真夜中に二階へ向かったところを、わたしは想像してみました。

夜間には、廊下はかなり暗いので、相手をまちがえたと気づかずフランクを殺してしまった可能性は、充分に考えられます。考えてみると、ステファンが十二号室のほうへ向かったと証言しているのは、デレクひとりだけでした。ほかに、誰もその姿を目撃した人間はいないんです」

「そんなの、馬鹿げてますよ」エイデンが口をはさんだ。「デレクは他人に危害を加えるようなやつじゃない」

「ええ、そのとおり。わたしも、そう考えてデレクを容疑者から外しました。そもそも、ステファンを陥れようと仕組まれた証拠の数々が、デレクのしわざとはとうてい思えませんしね――とりわけ、マットレスの下に隠した現金と、室内の血痕の件は。デレクはそこまで悪知恵が回る人間ではありません。

そうなると、残る容疑者は四人となります。まずは、いま、この場にいないふたりから考えていきましょう。ひとりめはメリッサ・コンウェイ。アラン・コンウェイの元妻で、八年前、この敷地の端に位置する《オークランズ・コテージ》に暮らし、結婚式の週末もホテルを出入りしていた人物です。あの週末、メリッサはフランクを見かけ、不愉快な気分になったとか。夫をそちらの道へ――具体的には、ゲイ・バーやそういうサウナへ――導いたことで、フランクを責める気持ちがあったからです。ひょっとして、メリッサは夫を盗まれたことを恨み、フランクに報復しようとしたのでしょうか？　正直なところ、どうしても信じられないと思えてしまうのですが、メリッサはアラン・コンウェイを心から愛していたのです。

その場合、もしもアランが真実に気づいたとしたら――自分の元妻がフランクを殺したのだと知ったら、いったいどうしたでしょうか？　真実を本の中ではっきりと明かさなかったのは、これが理由だと考えれば、完璧に辻褄（つじつま）は合います。アランはおそらく沈黙を守り、メリッサと――ひいては自分自身を守る道を選んだことでしょう。事件当時ここにいたと聞いたときから、わたしにとってメリッサは有力な容疑者のひとりとなりました。とはいえ、この説にはひとつ問題があります。セシリーが南仏の両親にかけた、八年前の事件についての電話を、メリッサに立ち聞きできたはずはないんです。セシリーが失踪したとき、メリッサはブラッドフォード・オン・エイヴォンの自宅にいたはずですから。

ところで、メリッサから聞いた話の中でひとつ、わたしがひどく興味を惹かれた点がありました。《オークランズ・コテージ》に住んでいたころ、メリッサはよくホテルのジムを利用していて、責任者だったライオネル・コービーからトレーニングを受けていたといいます。でも、メリッサはコービーのことを、ライオネルとは呼んでいなかった。いつも、レオと呼んでいたそうなんです。

さて、フランク・パリスにも、レオと呼ばれる知りあいがいました。ロンドンで出会った男娼です。これは、わたしがロンドンで調べてきたことなんですよ。フランクはレオと寝ていました。そして、アラン・コンウェイは、『愚行の代償』をそのふたりに捧げているんです。ずいぶん露骨な話になってしまってすみません、ローレンス。でも、残念ながら、この先はさらにきわどくなっていくんですけれど。フランクはただゲイだというだけではありませんでした。緊縛だのSMだの、そういった特殊な嗜好も持っていたようです。もしもライオネルがそのレオで、ホテルを訪れたフランクがそれに気づいたとしたら？　ライオネルはロンドンで個人客をたくさん抱えていたと、わたしは本人から聞きました。〝どんなことをしなきゃいけなかったか、あなたにはとうてい想像もつかないだろうな！〟——これが、ライオネル自身の口にした言葉です。もちろん、これはマンツーマンのトレーニングの話だと思ってわたしは聞いていましたが、でも、もしもそうではなかったとしたら？

ただ、ライオネル・コービー犯人説にも、メリッサと同じ問題があります。ライオネルこそがレオだったとも考えられるし、もしかしたらフランク殺害の犯人だったかもしれない。でも、セシリーが両親に電話をかけたとき、ライオネルはこのあたりにいなかった。襲ったり、危害を加えたりなんて、できるはずはないんです。そもそも、セシリーが『愚行の代償』を読んだことさえ、知るすべはなかったんですよ。

その点、エロイーズはホテルにいて、本のことも知っていました」

わたしの言葉を聞いた瞬間、いかにも地中海人種らしい直截さで、エロイーズ・ラドマニは怒りを爆発させた。「よくもまあ、あたしをこんなことに巻きこもうとして！」大声で叫ぶ。

「あたしには何の関係もないのに」

「セシリーが失踪したとき、あなたはここにいたでしょう。そして、アラン・コンウェイの本について、セシリーが両親に電話をしたのも聞いていた。執務室のすぐ外でね」

「でも、フランク・パリスなんか、あたしとは何の関係もないじゃない！」

「それは嘘ね。フランクとは同じ広告会社——《マッキャンエリクソン》で働いていたんだから。あなたはそこの受付だった」

そんなことをわたしに知られていたとは思わなかったのだろう、エロイーズは動転し、思わず口ごもった。「あそこにいたのは、たった二、三ヵ月だけよ」

「でも、フランクには会っていたんでしょう」

「見かけたことはあるけど。口もきいたことなかったのに」

「そのときは、まだご主人と暮らしていたのよね？　ルシアンという名の」

エロイーズは顔をそむけた。「夫については、何も話すつもりはないの」

「ひとつだけ確かめておかなくてはならないことがあるの、エロイーズ。ご主人には愛称はあった？　レオと呼んだことはある？」

これだけは、念には念を入れるため、どうしても確認しておかなくてはいけなかった。これはエロイーズに向かって、ましてやこれだけの人の前で口にするつもりはないけれど、エロイーズの夫の死因となったエイズが、ひょっとして輸血のミスによるものではなかった可能性が、ふと脳裏をよぎっていたのだ。建築の勉強をしていたというルシアンが、生活費のために別の稼ぎ口を見つけていたとは考えられないだろうか？　ルシアンがレオという名で働いていたとしたら？　エイズに感染したのが、危険なセックスのせいだったとしたら？　わたしが本当に知りたかったのは、そこだったのだ。

「そんな呼びかたをしたことはないわ。誰も、そんな名前で呼んではいなかった」

エロイーズの言葉を、わたしは信じた。エイデンとセシリーがエロイーズを雇ったのは、結婚式から半年以上後のことだったのだ。別の名を使って潜入でもしていないかぎり、フランクが殺された夜、エロイーズがここにいたとは思えない。そもそも、事件当夜にデレクが目撃した、十二号室へ向かう人影は男だったというではないか。エロイーズとこうして刺々しいやりとりを交わしてはいても、それがこの乳母であったはずはないと、わたしは確信していた。

アンドレアスがミネラル・ウォーターのボトルを開ける。グラスに注いだ水を渡され、わたしは喉に流しこんだ。戸口の脇では、ロック警視正が背筋をぴしりと伸ばし、気配を殺すようにして坐っている。ほかの全員は、わたしが次に何を言い出すのかと、怯えながら様子を見まもっているようだ。もっとも、これはわたしのせいではない。本来なら、わたしはローレンス・トレハーンだけにこの話をするつもりだったのだから。一家全員を呼びあつめたのは、ほかならぬローレンスの判断だったのだ。

「そしてまた、別の可能性も考えられます」慎重に言葉を選びながら、わたしは先を続けた。「もしかしたら、標的はフランク・パリスではなかったのかもしれないという考えも、わたしの頭に浮かびました。ひょっとして、あの事件の目的は、フランクを殺すことではなく、ステファン・コドレスクに罪を着せることだったとしたら？」

この問いかけは、一同の冷ややかな沈黙に迎えられた。やがて、ローレンスが口を開く。

「いったい、誰がそんなことをしたがるというんです？」

わたしはリサに向きなおった。「申しわけないけれど、あなたとステファンの話を出さないわけにはいかないようね」

「つまり、わたしたち全員を侮辱してまわりたいってこと？　それが目的なの？」リサは坐ったまま姿勢を変え、足を組んだ。

「わたしの目的は、真実を伝えることよ、リサ。本当は何が起きたのか、その真相に、否応なくあなたも深くかかわってしまっているものね。あなたはステファンと〝関係〟を持っていた」宙に引用符を描き、指でその問題の言葉をくくってみせる。

「ええ」すでに一度、わたしに対して認めた事実だ。リサもいまさら否定はできまい。

それを聞き、両親は狼狽した表情でこちらを見つめている。

「でも、その関係を続けることを、ステファンは拒否したのよね」

リサはためらった。「そうよ」

「ステファンがセシリーともセックスしていたことを、あなたは知っていた？」

今度はエイデンが怒りをあらわにする番だった。「嘘だ！」

「残念だけれど、嘘ではないの」みなにはっきりと伝わるよう、わたしは間を置いた。「わたしは今朝、ステファンに会ってきました」

「あなたが？」ポーリーンが仰天する。

「刑務所で、面会してきたんです」

「じゃ、セシリーのことは、ステファンがあなたに話したんだな」エイデンが鼻でせせら笑う。

「それをそのまま信じるとはね」

「いいえ、そうじゃないの。むしろ、ステファンは懸命にそのことを隠そうとしていたくらいよ。でも、それを示す証拠はすべてそろっていた。わたしはただ、それをつなぎ合わせて結論を出しただけ。

ライオネル・コービーはわたしに、結婚式の二週間ほど前、《オークランズ・コテージ》の近くの森の中でセックスしていた男女を見たと話してくれました。ライオネルは最初、男のほうはあなたかと思ったそうよ、エイデン。でも、肩にタトゥーが入っていないのに気づいて、ステファンだと気づいたんですって。その位置からは、女性が誰かはわからなかったそうです。女性が下だったから。でも、ライオネルはステファンが――本当は嫌がりつつも仕方なく――リサと会っているのを知っていたので、相手がほかの女性だとは思わなかったんでしょうね。

でも、その判断はまちがっていました」またしても、わたしはリサのほうを見やった。「どうしてわかったと思う？　ごく単純なことよ。昨日の朝食の席で、明日にはホテルを出ていってくれと、わたしに言いわたす直前の話を憶えている？　あなたはステファンを解雇した理由について、〝ステファンがもうわたしのベッドに来てくれなくなったから〟ではないと、はっきり否定したでしょう。その言いまわしが、わたしに重要なことを教えてくれたの。

せっかく自分の家があって、好きなだけ男を連れこめるのに、どうしてわざわざ人に見られる危険を冒し――そのうえ、快適でもない――森の中でステファンと会う必要がある？　あなたはウッドブリッジでひとり暮らしをしていたんだから。そんな場所でこそこそする必要など、何もなかったはずよね。でも、言うまでもなく、セシリーにとっては事情がちがった。そのときはもう、エイデンといっしょに暮らしていたから。婚約者どうしとしてね。だからって、ホテルの一室を使うわけにもいかない。誰かに見られてしまうかもしれないでしょう。その結果、森の中でセックスすることになったのよ」

「セシリーがぼくを裏切るはずはない！」エイデンは憤った。「ぼくたちは幸せに暮らしてたんだ」

「ごめんなさい――」

「ライオネルはセシリーを見たわけじゃない！　あなたがそう言ってるだけじゃないか」

「ええ、そうよ」

「だったら、それはあなたのでっちあげだ！」

「残念ながらちがうのよ、エイデン。セシリーが獄中のステファンに宛てた手紙を、わたしは見たの。ごく短いうえに、何年もの音信不通の後で書かれた手紙をね。それでも、その文章にはふたりの近しさが表れていた。最後には〝愛をこめて〟と書いてあってね。

それだけじゃないの。リサと森の中で逢引きをしていたのかと尋ねたとき、ステファンはためらってから、そうだと答えた。でも、それは直前に話していたことと、はっきりと矛盾するのよ。ステファンが嘘をついていること、それは誰かを守ろうとしているからだということが、わたしにはすぐにわかったの」

もうひと口、水を飲む。グラスごしに目があうと、アンドレアスは励ますようにうなずいてよこした。この話は、ノーフォークから戻ってくる車中ですべて話してある。次に明らかにされる内容を、アンドレアスはすでに知っているのだ。

「もうひとつ、ステファンが口にした言葉がありました」わたしは続けた。「そのときにはよく意味がわからなかったけれど、後から考えあわせると、ずっとわたしがうすうす察していたことを裏付けてくれる言葉。またしても、これはあなたに関係があるのよ、エイデン。あなたはきっと聞きたくないだろうけれど、もしかしたら、すでに知っているのかもしれないわね」

「いったい何の話なんだ?」憎々しげな目で、エイデンはわたしをにらみつけた。

「ステファンはずっと英国が嫌いだったと言ったあとで、こうつけくわえたの――〝明日、自分で死を選んだっていい。そうしないのは、おれの人生のたったひとつの輝き、たったひと筋の夜明けの光が、おれに希望を見せてくれるからなんだ〟とね。いったい何のことなのか、わたしは頭をひねったものよ。でも、それとは別に、面と向かってステファンと話していると、どうしても誰かに似ているような気がしてならなくて」これ以上、遠回しな言葉を並べているわけにはいかない。思いきって、口にしてしまわなければ。「ロクサーナの父親は、ステファンなの」

「嘘だ!」エイデンが悲痛な叫びをあげ、椅子から腰を浮かせたのを見て、アンドレアスも立ちあがり、わたしを守らなくてはと身がまえる。いっぽう、部屋の反対側に陣どったロック警視正はぴくりとも動かない。

「そんなの、意地の悪い嘘よ。何もかも、嘘ばっかり」エロイーズはエイデンの手を握りしめた。

「よくもまあ、そんなことを――!」いますぐわたしを放り出したいとばかりに、ローレンスからだろう。

が声をあげた。それでも、実際には何もしなかったのは、わたしの言葉が真実だと悟っていた

「エイデンは金髪です。セシリーも。ロクサーナは黒髪で、父親に瓜ふたつですよね。エイデンによると、ロクサーナという名はセシリーが付けたということですが、この名を選んだのは、ちゃんとした理由があったのが見てとれます。子どもの父親が誰なのか、セシリーにはわかっていたんですよ。ロクサーナというのは、ルーマニアではごく人気のある名前なんです。〝光明〟とか〝夜明け〟という意味のね」この部分はさっさと終わらせてしまおうと、わたしは先を急いだ。「実際には、やはりこういうことだったんです。セックスを拒まれるようになり、それが理由でリサはステファンを解雇したんですよ。でも、その後、ステファンが実は妹と寝ていることがわかったとします。子どものころ、自分の顔に傷をつけた妹と。だとしたら、いったいリサはどんな気持ちになったことでしょう？　ひょっとして、この事件はふたりに対する壮大な復讐であり、まったく関係のない第三者を殺害することによって、その罪をステファンに着せ、終身刑で刑務所にぶちこむという筋書きだったのでは？　セシリーが南仏に電話をかけたとき、もしもリサが自分の執務室にいたとしたら、会話の内容もはっきりと聞こえたことでしょう。わたしはずっと、この説を考えつづけていたのです。八年前の殺人事件と今回の失踪事件、どちらの裏にもリサがいたのではないかと」

「だったら、あなたには何もわかっていないということよ！」リサがすごむ。「わたしは誰も殺してなんかいないんだから」

「こんな話、もう充分だと思いますがね」と、ローレンス。「ロック警視正、いつまでこんなでたらめを垂れ流させておくんですか？」

警視正が答える前に、アンドレアスが口を開いた。「誰がフランク・パリスを殺したのか、スーザンにはわかっているんです」この説得力なら、十代の男の子たちを集めた教室に戻っても、ふたたび教師として充分にやっていけそうだ。「最後まで黙って聞いていれば、その答えを知ることができるんですよ」

五人――ローレンスとポーリーン、リサ、そしてエイデンとエロイーズ――は、お互いに顔を見あわせた。最終的に決断を下したのはエイデンだった。あらためて椅子に腰をおろし、口を開く。「じゃ、いいですよ、先を続けてください。ただ、そろそろ要点に入ってもいいんじゃないかな。ぼくたちはもう充分に、その……憶測は聞かされたので」

あなたの娘の父親は、実は別の男だったと聞かされたばかりにしては、驚くほど冷静な態度だ。やはり、エイデンも以前からそのことを知っていたのだろうと、わたしはあらためて確信した。

「結局は、やはりこの本に戻ってくるんです」わたしはふたたび口を開いた。「『愚行の代償』に。すべてはここに書かれているんですよ。セシリーはこの本を読んで何かに気づき、そのせいで失踪するはめになってしまいました。先ほどお話しした、セシリーがステファンに宛てた手紙ですが――それは、この本を読んだ直後に書かれたものだったんです」

「本を読んで何に気づいたのか、手紙には書いてあったの？」ポーリーンが尋ねる。

「いいえ、残念ながら。ただ、誰がフランク・パリスを殺したのか、自分はずっと疑っていたけれど、この本の最初のページを読んで確信した、とありました。問題なのは、セシリーがどのページを指していたのかという点です。わたしはまず、第一章の最初のページなのかと思いましたが、そこには何も見あたらなくて。だとすると、著者略歴のページか、書評の紹介ページか、それとも目次なのか。それぞれのページを、わたしはじっくりと見てみたんです。でも、実際の答えは、もっとはるかに単純なことでした。献辞のページだったんですよ――そこには〝フランクとレオ――思い出に捧ぐ〟とありました。

アランはどうしてこんな一文を記したのでしょう？　ふたりとも死んでしまったから？　それとも、まったく別の意味が隠されている？　もちろん、フランクはすでに死んでいます。でも、もしかしたら、レオは生きているのかもしれない。そして、アランはそのレオに対し、おまえが誰なのかを知っている、けっして忘れないと告げているのではないでしょうか。だとすると、これは実際には献辞などではありません。むしろ、警告だったのです」

しばらく間を置き、ここまでの内容をみなが理解するのを待つ。そして、わたしはまた口を開いた。

「わたしはセシリーに会ったことがありません。その人柄をもっとよく知る機会があったらよかったのにと、いまさらながら思わずにはいられないんです。今回の事件を解く鍵は、セシリーという人物にあるのだと、ここにきてようやく悟ったので。ところで、セシリーの誕生日はいつでしょう？　たぶん、十一月から十二月にかけてのどこかじゃありませんか？」

「十一月二十五日です」と、ローレンス。ややあって、こうつけくわえる。「どうしてわかったんですか?」

「たぶん射手座だろうと思ったんですよ」わたしは答えた。「そう、言うまでもなく、セシリーは星占いに傾倒していました。この事件を調べはじめた最初のころから、わたしはそのことに目をとめていたんです。セシリーはいつも一日の最初に、新聞で星占いを読むのだと、エイデンから聞いていましたから。ただ読むだけじゃないんです。結婚式の当日に〝いいこと悪いこと、ともにいくつも起きる。覚悟せよ〟というお告げを読んだセシリーは、笑い飛ばすことも、読まなかったふりをすることもできずに、ひどく動揺してしまったそうですよ。結婚式に臨むときには、自分の星座にちなんだロケットを身につけていました。これは、写真を見て気がついたんです――三つの星、そして矢。これは射手座のしるしだ、と。刑務所の面会を終えてノーフォークから帰ってくるとき、わたしたちはとあるパブに立ち寄りました――《鋤と星》亭という店だったんですが――まさにこの店名が、気づくきっかけとなったんです。すぐ目の前にあって――わたしをまっすぐ見つめかえしていたもの、それは何かということに。星占いは、セシリーの人生に大きな役割をはたしていました。飼っていた犬のベアという名前も、星座の名前――おおぐま座にちなんだものだったくらいです」

自分の名が呼ばれたのに気づき、犬は尻尾を一度だけ、のんびりと床に打ちつけた。

「そして、さらに重大な影響も見られました。ローレンスからの長いメールに書かれていたことですが、セシリーが最初にエイデンに惹かれたのは、ふたりの〝相性がいい〟からだったとか。これは、星占いでよく見かける言葉ですね。ふたりが出会ったのは、エイデンの誕生日のことでした。アパートメントを探していたセシリーを、エイデンが案内したんですよね。二〇〇五年八月初旬だったので、つまり、エイデンは……」

「……獅子座だね」アンドレアスが答えを口にする。

「獅子座と射手座はすばらしく相性がいいことを、もちろんセシリーは知っていたでしょう。どちらも火の宮に属していて、同じ価値観、同じ感情を共有し、お互いに安心感と信頼の念を抱く。少なくとも、セシリーはそう信じていたはずです。そしてもちろん、エイデンの肩のタトゥーを目にするたび、きっと心強い思いを感じていたことでしょう。そのタトゥーの柄を、エイデンは〝天空のヘビ〟と呼んでいたと、ライオネルは話してくれました。巨大なオタマジャクシのような形だったと——つまり、大きな円に尻尾がついていたわけです。これは、実は星座の象徴で——グリフと呼ぶ人もいます——獅子座を表す記号なんですよ」

「たしかに、ぼくは獅子座ですけどね」と、エイデン。「セシリーは射手座でね。お互い、相性がいいんだ。それが、いったい何だっていうんですか？」

「あなたはフランク・パリスを知っていたのね」

「あのときまで、一度も会ったことのない相手でしたよ」

「それは嘘よ。あなたはロンドンの不動産屋で働いていたという触れこみだけれど、ローレンスさえも、当時のあなたの稼ぎっぷりには驚いていたくらい。まだ二十代の若さで、どうやってエッジウェア・ロードにアパートメントを買えるほどお金を貯めることができたの？　それは、ほかに副業があったからでしょう。ただ、それだけじゃないみたいね。その界隈に詳しい友人に聞いたんだけれど、二十代の男娼がメイフェアに高級なアパートメントを買えるなんてと、その人も驚いていたから。普通はそんなこと、とうてい無理だって。でも、もしかしたら仕事の関係で、空き部屋の鍵を好きに使えていたのだとしたら？　そう、たとえば不動産屋で――」

「まったく見当はずれだな」わたしが言いおわる前に、エイデンが口をはさむ。

それを無視して、先を続ける。「では、フランク・パリスが《ブランロウ・ホール》に到着したときのことをふりかえってみましょう。最初に案内された部屋が気に入らないとフランクが言い出して、事態を収拾するために、あなたが応対したのよね。顔を合わせたとたん、フランクはまるで長年の友人のようにふるまっていたとか。アランがセシリーから当時の話を聞いたときの録音を、わたしも聞いてみたんだけれど、セシリーさえも、フランクの態度はいささか馴れ馴れしすぎると感じていたようよ。エイデンに〝迫って〟いた、なんて言葉を使っていたくらい。でも、まさしくそのとおりだったのよ！　フランクはかつて、あなたと寝ていた――それも、けっこうな回数だったそうね！　別れを告げるときには、握手しようとして、あなたの手を両手で包みこんだそうじゃない。ここは、わたしもはっきりと憶えているの。どうにも奇妙な話だと思ったから」

「気味の悪い男でしたよ」

「フランクはあなたをからかっているようだったと、セシリーは感じたんですって。まるで、せせら笑っているようだったと。そして、例の『フィガロの結婚』の件もあったでしょう。フランクはそれがお気に入りの、すばらしい物語のオペラで、スネイプ・モルティングズに公演を観にいくのを楽しみにしていると語ったそうね。でも、それはまったくの嘘だった。そんな演目は、まったくかかっていなかったとか。これは、いったいどういうことだったのかしらね？」

「さあ、さっぱりわかりませんね」

「それならそれでいいわ、エイデン、わたしにはわかっているつもりだから。さて、『フィガロの結婚』とはどういう話でしょうか？　これは放蕩者（ほうとうもの）の貴族、アルマヴィーヴァ伯爵をめぐる物語です。伯爵は妻の小間使のひとりに目をつけているけれど、その小間使スザンナは、フィガロと結婚しようとしています。そこで伯爵は、まさに結婚式の夜に〝初夜権〟を行使して、スザンナとの一夜を楽しもうと目論むのです。

フランク・パリスがどういう人間だったのか、わたしはロンドンでいろいろと聞きこんできました。いわゆる服従プレイや羞恥プレイといったセックスを楽しむ嗜好の持ち主だったようです。ある意味では、フランクは自分をアルマヴィーヴァ伯爵に見立てていたのではないでしょうか。フランクがたまたま訪れた《ブランロウ・ホール》で、昔の馴染みの男娼と出くわしたところを想像してみてください。かつて、何度となく金で思うようにしてきた男娼。でも、いまやそのレオは、日の当たる世界にのしあがろうとしていたのです。結婚して裕福な家庭に迎え入れられ、すばらしい仕事まで用意してもらって。ここで、将来の義理の息子が過去に何をしていたか、もしもローレンスとポーリーンが真実を知ってしまったら？　この状況を利用すれば、レオを思うままにできると気づいたフランクは、なんとも甘美な計画を思いつきました。そうだ、〝初夜権〟を行使してやろう、と。つまり、結婚式の前夜に花婿（はなむこ）を自分のベッドに招き入れ、思い切り楽しんでやろうと目論んだのです。

エイデンの手を包みこむように握ったとき、おそらくフランクは、自分の部屋の合鍵を渡したのでしょう。そのときにはもう、ふたりの間で合意は成り立っていたのです。これから花嫁となる女性の目の前で、自分の部屋の鍵をエイデンに握らせる、これもフランクにとっては興奮する仕掛けだったんだと思います」

「何から何まで妄想ですよ」エイデンは言いかえした。「嘘ばっかりだ」

「そう、では次に何が起きたのかを見てみましょう。エイデンのほうは、フランクの要求に応じるつもりはなかったとします。それどころか、この不気味な変質者を始末して、二度とふたたび自分の前に現れることがないようにしてやろうと考えていた。そのうえ、罪を着せるのに恰好の相手も手近にいたというわけです。

そして、ローレンスとポーリーンがホテルの従業員のために開いたパーティが始まります。セシリーは睡眠薬――ジアゼパム――を服用していたから、エイデン、あなたがそれを何錠か盗んで、ステファンの飲みものに混ぜこむのは簡単なことだった。ステファンがパーティを抜け、自室に戻ったとき、本当は酔っぱらっていたのではなく、その薬が効いていたんです。翌朝、ステファンはどんよりした目をしていたそうですね。前夜は周りで何が起きようと、薬のせいで昏々と眠りつづけていたことでしょう。

いっぽう、セシリーもやはり同じ睡眠薬を服用していたので、その夜はぐっすりと眠りこんでいました。真夜中の密会のため、あなたは気づかれずにやすやすと寝室を抜け出すことができたというわけ。重要なのは、ステファンが十二号室へ入るところを誰かに目撃させることだったけれど、あなたはそれも、ちゃんと計画を立てていた。まず、備品用の物置から工具箱を持ち出し、ステファンが使っていたような縁なし帽をかぶる。そして、正面玄関からホテルに入ると、エレベーターで三階まで上がったんです。デレク・エンディコットは一階のフロントにいました。さて、デレクに階段を上らせて、自分の姿を目撃させるにはどうするか？

利用されたのは、犬のベアでした。わたしが考えるに、あなたはたぶん、ベアが寝ているかごの上のテーブルに置かれていた、あのケルトのブローチを使ったのね」実物は、すでにこの場に持ってきていた。ハンドバッグからブローチを取り出して、留め金を外し、五センチほどの長さのピンを見せる。わたしはそのブローチを、ロック警視正の目の前のテーブルに置いた。「この話が終わったら、ぜひこのブローチを調べてみてください。きっと、まだベアの血が検出できるはずですから。たぶん、エイデンはこのピンでベアを刺し、鳴き声をあげさせたんです」

わたしはまた、エイデンに向きなおった。

「それを聞いて、何かあったのかと不審に思い、デレクは二階に上がってきました。床に膝をつき、犬の様子を調べていたデレクに、あなたは十二号室へ向かう姿をちらりと見せた。廊下はかなり暗いし、ほんの一瞬のことだったから、デレクにはほとんど何も見えなかったでしょうね——ただ、縁なし帽をかぶり、工具箱を手にしていたということ以外は。いまのはステファンだと、デレクが思いこむのも無理はありません。それでも、デレクはその謎の人影が見えたあたりまで行ってみました。でも、そのときにはもう——ほんの二、三秒しか経っていないのに——男の姿は消えていたんです。つまり、どういうことでしょう？　誰かがドアをノックする音など、デレクは聞いていません。人の話し声も。部屋の中の人間に対して名乗ったり、挨拶をしたり、そんな声はまったく聞こえなかったんです。もしかすると、フランクはくずかごか何かを突っ支いにして、あらかじめドアを開けておいたのかもしれませんが、わたしはその可能性は薄いと思っています。レオには鍵を渡してあり、それを使って自分から部屋に入ってくるところを、フランクは楽しみたかったでしょうから。

エイデン、あなたは姿を見られる前に、すでに十二号室に入っていたのよね。あなたを待ちかまえるフランクの部屋に。デレクがまた一階へ戻っていくのを、あなたは待っていた。それからハンマーを取り出し、フランクを撲殺したの——発見されたときには顔も判別できないほど、手ひどく何度も殴りつけて。この殺害方法からは、凄まじい怒りが感じられます。それは、この事件を調べはじめたときから、わたしが感じていたことでした。そして、エイデンには、激しい怒りをたぎらせるだけの理由が充分にあったんです。

この夜の出来事は、まだ終わってはいませんでした。エイデン、あなたはフランク・パリスの財布からお金を抜き出した。それから、あたりに流れ出した血をいくらか採取して、それをステファンの部屋のシーツとシャワー室の床にばらまく必要がありました。そのために、あなたはローレンスの万年筆を盗んだんでしょう。未使用の万年筆を使えば、採取した血液によけいなものが混じる心配はないから。万年筆のインク筒に、あなたは血を吸いこませた。そして、そのペンと抜き出したお金を持って、従業員の寮へ向かったのよ。従業員の部屋の合鍵はリサの執務室にあり、あらかじめ持ち出しておくことは簡単でした。ステファンが目をさます心配もありません。いまだ薬が効いていて、ぐっすりと眠りこんでいたからです。自分の部屋のドアが開けられる音にも、気づくことはありませんでした。あなたがマットレスの下にお金を隠し、フランクの血を垂らす姿を見ることもなかった。それが終わると、あなたはどこかでペンを始末し、自分の部屋に戻ったのよ。

〝起こさないでください〟の札の件も、忘れてはいけません。エイデン、あなたがフランクを殺したのは、セシリーとの結婚を邪魔されないためだったわけよね。あなたにとっては、無事に結婚することが最優先だった。だからこそ、フランクを殺した後で、客室のドアにあの札を掛けたんでしょう。たぶん、眠っているステファンの指紋を、札に付けておいたのね。そして、結婚式が終わると、あの大がかりな午餐会が始まる前のどこかで、札を外しておいた。それはどうしてなの、エイデン？」

「あなたの質問になんか、いっさい答える気はありませんね」

「これはわたしの推測だけれど、たぶんあなたは新婚旅行に行きたくなかったんじゃない？　結局のところ、あなたはセシリーを愛してはいなかった。きっと、好きでさえなかったんでしょう。あなたがセシリーと結婚したのは、財産と将来の保証、そして地方の名士としての生活のため。もしかしたら、セシリーにとっての大切な日をぶちこわしにすることに、意地悪な喜びさえ感じていたのかもね。

あなたはもう少しで、そのまま逃げおおせるところだったのよ。それなのに、事件から数週間後、ひとりの作家が作品のネタを仕入れようとホテルにやってきた。その作家に見つかってしまったのが、あなたにとっては運の尽きだったというわけ。

アラン・コンウェイも、すぐにあなたに気づいたんでしょう？　だからこそ、あなたはアランと話したがらなかった。アランがポーリーンから話を聞いていたときの録音によると、その場に来たあなたに、アランは最初にこう言うのね――〝もうお会いしていますよ〟と。その瞬間に、もうアランはすべてを悟っていたのよ。本当の犯人が誰だったのかを知り、ほんの数週間前にフランクがしたように、今度はアランがあなたをからかいはじめたのね。もちろん、あなたは言いわけをせざるをえなかった。〝そうですね。あなたが到着したとき、ぼくがフロントにいましたから〟――こんなふうに説明して、ポーリーンの手前をとりつくろったのね。でも、そのすぐ後に、今度はアランは何を言い出した？　〝よかったら、わたしのことはアランと呼んでもらえれば……〟それに対して、あなたはこう答えたのよ――〝そんなお遊びにつきあう気はないんです〟そう、まさにそういうことだったんでしょうね。不愉快きわまる〝お遊び〟。あなたとアラン、どちらにもそのことがよくわかっていた。あなたたちはロンドンで食事をしたことがあるし……そのテーブルには、フランク・パリスも同席していたんだから！

とはいえ、それから八年間は何も起きませんでした。やがてアランもこの世を去り、その知らせを聞いたときには、あなたもきっと安堵(あんど)の吐息をついたことでしょうね。もしかしたら、アランの本をちらりと読んでみたりもしたかもしれない。でも、『愚行の代償』と《ブランロウ・ホール》で起きた事件には、一見して何のかかわりもないものね。あなたはもう、これで逃げきったと思ったでしょう」

またひと口、グラスの水を飲む。室内の全員が黙りこみ、こちらを見つめ、次の言葉を待っていた。いや、ただひとり——ロック警視正だけは自分の席に坐ったまま、じっとエイデンを見つめている。自分が何をしでかしてしまったのか、それが警察官としての未来にどう影響するのかを、はっきりと悟りつつある目だ。

わたしはグラスを置いた。視界の片隅では、アンドレアスがこちらに励ましの笑みを送っている。さあ、先を続けなくては。

「そんなとき、セシリーがあの本を読んでしまいました。

ここで、わたしが聞いたセシリーの性格をあらためて整理しておきましょう。ポーリーンの話では、セシリーはあまりに素直で、あまりに人を信じすぎて、人はみな善良なものだと信じているような子だそうです。これはステファンとの関係を語った言葉でしたが、まさにエイデン、あなたとの関係を語っている言葉でもあるわね。メリッサ・コンウェイに言わせると、セシリーは『デイヴィッド・カッパーフィールド』に出てくるドーラに似たところがあったそうです。わたしが思うに、セシリーはきっと同じような純真さで、エイデンとの結婚に突き進んでしまったんでしょうね。自分がどんな危険に足を踏み入れつつあるか、まったく気づかずに。

　それでも、結局はセシリーも遠からず気づくことになりました。エイデン、あなたと暮らす生活がどんなものか、わたしには想像もつかないけれど、あなたが夢に見た白馬の王子さまではないことが、セシリーにもきっとわかったんでしょうね。婚約期間中でさえ、あなたはあまりベッドで真剣ではなかったようだし。おかげで、セシリーはステファンを相手に寂しさをまぎらせるしかなかったんだから。そして、その後は？　女性はたいてい、直感が鋭いものよ。殺人鬼と暮らしていたら、気づかないはずはないでしょう。

　とはいえ、たとえあなたがフランク・パリスを殺したのではと疑っていたとしても、セシリーには何の証拠もなかった——そもそも、あなたにはフランクを殺す動機がないものね。まったく見知らぬ男だったということになっていたんだから。でも、セシリーが『愚行の代償』を開いて、そこにあの献辞を見つけたら——〝フランクとレオ——思い出に捧ぐ〟と——いったい、どう思ったでしょう？　もしもエイデンがレオだったなら、フランクがこのホテルに滞在していた間のすべてに——奇妙なふるまいも、嘘も——きっちりと説明がつくことになります。そもそも、セシリーにとっても、あなたはずっと〝レオ〟だったのよね。射手座の自分にとって、最愛の〝獅子座の男性〟」

「何か忘れてませんか？」挑みかかるような目で、エイデンがこちらをにらむ。「セシリーにあの本を渡したのはぼくだったんですよ。ぼくが先に読んだんだ。あなたにも話したでしょう」

「ええ、あなたはそう言っていたわね、エイデン。自分があやしく見えないように、そんな作れていたのか、あの本に鍵が隠されているのなら、その犯人がセシリーに本を勧めるわけはないものね。でも、実際はちがった。わたしがこのホテルに着いたころには、あなたはまだ本を読んでさえいなかったのよ——少なくとも、最後まではね。もちろん、読みたいのはやまやまだったでしょう。いったい何が書いてあるのか——セシリーが何に気づいたのか、つきとめないわけにはいかないものね。でも、なかなか本が手に入らなかった。あのころはたまたま、ディドコットにある書籍流通センターで大がかりな障害が発生していたのよ。出版元の人から聞いたけれど、二ヵ月間ほど、誰も『愚行の代償』を手に入れることはできなかったんですって。あなたが見せてくれた本はまっさらの新品だったから、せいぜいわたしがホテルに到着する前日になってようやく届き、やっと読みはじめたくらいのところだったんでしょうね。本を読んでどうだったか尋ねると、あなたは〝ひねりが効いてて——結末なんか、とんでもない不意打ちでした〟と答えた。でも、これって、あなた自身の言葉じゃないでしょう」わたしは『愚行の代償』のペーパーバックを手にとり、ローレンスに渡した。「物語が始まる前に、書評を並べたページがありますよね。〝ひねりが効いて〟は《オブザーバー》紙の、〝不意打ち〟はピーター・ジェイムズの言葉なんです。出版界にいると、こういう人によく会うんですよ。書評ページにだけざっと目を通して、本を読んだふりをする人たちに」わたしはエイデンをにらみつけた。「あなたが読んでいたのは46ページまで。ちょうどアルジャーノンが登場したあたりよ。次に何が起きるのか、まったくわかっていなかったはず」

「それで、セシリーはどこにいる？」ここまでずっと口をつぐんでいたロック警視正が、ふいに立ちあがる。自分が主導権を握るべき場面が、ついに来たといわんばかりに。

エイデンが答えようとしないので、代わりにわたしが口を開いた。「エイデンに殺されたんだと思います」そして、ローレンスとポーリーンを見やる。「こんなことになってしまって、本当にお気の毒です。どうしてセシリーが自宅からではなく、わざわざホテルから電話をかけてきたのか、きっとおふたりは疑問に思うでしょうね——言うまでもなく、それはエイデンのいない場所を選んだからです。でも、不運にもエロイーズがその電話を漏れ聞いてしまい、それをエイデンに話したんじゃないかと思うんですよ」エロイーズをふりむく。「そうでしょう？」

まるで見知らぬ人をまじまじと見つめているかのような目を、いまやエロイーズはエイデンに向けていた。「ええ。話したわ」その手はもう、エイデンの手を握ってはいない。

「あの本に隠された秘密の、少なくとも幾分かをセシリーが解いてしまったことに、エイデンは気がつきました。そうなると、もう自分の身も安全ではない。だから、犬の散歩に出たセシリーの後を追っていったんです。どの道を通るかは知っているので、マートルシャム近くの森の奥で待ち伏せるのは簡単なことでした。どんな方法で殺したのか、どうやって遺体を始末したのか、それはわかりません。でも、たぶん、まずは車のトランクに遺体を隠したんじゃないかと思います。だからこそ、フラムリンガムのチャリティ・ショップに、セシリーが買ったばかりでまだ袖も通していないドレスも含め、いろいろな服をどっさり持ちこんだんでしょう。

警察に調べられたときに、もしもトランクからセシリーのＤＮＡが見つかっても、それなら理由になりますしね」

ロック警視正はエイデンに向かい、一歩前に進み出た。「どうやら、きみには署に同行してもらうことになりそうだ」

エイデンが周囲を見まわす。その様子は、どこか罠にかかったライオンを思わせた。アンドレアスが立ちあがり、わたしの身体に腕を回す。この人がいてくれてよかったと、わたしは思わずにいられなかった。

「ミスター・マクニール……」そう呼びかけながら、まるで相手をつかまえようとするかのように、ロック警視正が手を伸ばす。

その瞬間の出来事だった。エイデンの表情はまったく変わらなかったけれど、背筋の凍るような怖ろしいきらめきとしか表現できないものが、その瞳をよぎる。おそらく、このホテルの客室で最後の瞬間を迎えたフランク・パリスも、まったく同じものを目にしたのだろう。そして、セシリー・トレハーンもまた、マートルシャム近くの森で同じ体験をしたはずだ——これから自分を殺そうとする人間が、どんな目でこちらを見るのか。

エイデンがこぶしを突き出す。最初は、警視正のあごの下を殴りつけたように見えた。ロック警視正はエイデンよりはるかに大柄で、がっちりとした身体つきなのに、なぜかその一発に立ちすくみ、どうしていいかわからないようだ。ほんの一瞬、何もかもが動きを止めたように思えた。でも、次の瞬間、わたしは恐怖に息を呑む。警視正の首の脇からおびただしい血が流れ出し、みるみるシャツを染めていくではないか。どうやら、エイデンは立ちあがったとき、警視正の前に置いてあった骨董品のブローチをつかみとったらしい。その長いピンを、思いきり警視正の喉に突きたてたのだ。

ロック警視正の唇から、すすり泣きとも、苦痛のうめきとも聞こえる声が漏れる。やがて、傷口を片手で押さえながら、警視正は膝から床にくずおれた。その指の間から、さらに大量の血が噴き出してくる。誰ひとり、身じろぎもせずにいた。エイデンはそこに立ち、無表情のまま、ピンを突き出してブローチを握りしめている。アンドレアスが何か行動に出たらどうしようと、わたしは怯えていた。でも、さすがにこのときばかりは、その場に立ちすくむしかなかったようだ。犬はすでに起きあがり、激しく吠えたてている。ロック警視正は床に膝をついたまま、うめき声を漏らしていた。動転したポーリーンが、顔をそむけるのが見える。そのとき、エイデンがふいにこちらに突進してきた。最悪の事態を覚悟して身をこわばらせたわたしの脇をそのまま通りすぎ、次の瞬間、ガラスと木枠の砕ける凄まじい音が響きわたる。ラウンジの奥のフランス窓を蹴破った音だ。そちらに目をやると、庭園の奥に消えていくエイデンの後ろ姿がちらりと見えた。

エロイーズはロック警視正に駆けより、かたわらに膝をつくと、その身体を抱きかかえた。ローレンスはポーリーンを気づかっている。リサは携帯を取り出して、救急を呼び出そうとしているところだった。

アンドレアスがわたしを抱きよせる。「だいじょうぶかい?」

わたしは呆然としていた。身体を支えようとしても、脚がぐらぐらする。リサの電話がつながり、救急隊に説明する声が聞こえてきた。「とにかく、ここを出ましょう」わたしはささやいた。

　そのまま、ふたりでラウンジを後にする。どちらも、後ろをふりむくことはなかった。

最後の言葉

　それからさらに数日、わたしたちはクレタ島に帰ることはできなかった。フランク・パリス殺害事件にも、セシリー・トレハーン失踪事件にも、本来わたしは何の関係もないというのに、警察でしっかり供述調書をとられることになり、《ブランロウ・ホール》のラウンジで話したことを、あらためて最初からくりかえすはめになったのだ。ロック警視正があんなことになり、その責任はわたしにあると、警察には思われていたらしい。とはいえ、警視正は幸運にも、どうにか生命をとりとめていた。あの大量の出血は、ブローチのピンが頸動脈を突き破ったためだったという。救急隊が迅速に駆けつけてくれなかったら、手遅れになっていたにちがいない。わたしを尋問した警察官たちは、ひかえめに言ってもかなり刺々しい態度だった。

　その間、《ブランロウ・ホール》に滞在するわけにはいかなかった。正直なところ、わたしはもう、誰の顔も見たくなかったのだ——トレハーン夫妻も、エロイーズも、デレクも、犬のベアさえも。かといって、ケイティのところに泊まりこむのも気が引ける。そんなわけで、わたしはかつてアラン・コンウェイの葬儀のときに利用した、フラムリンガムの《クラウン・ホテル》に、アンドレアスとともに泊まることにした。これは、なかなかいい思いつきだった。ウッドブリッジから近すぎず、かといって遠すぎもしない絶妙の距離だ。

あれからどうなったのか、わたしたちはほとんど知らずにいた。新聞はわざと読まないようにしていたし、警察の人々も、わたしたちには何も話してくれなかったのだ。ところが、こうして現地に足止めされて三日めのこと、わたしは朝食の席で一通の封筒を受けとった。どこから来たものかは、開ける前からわかっていた。封筒に、フクロウのロゴマークが印刷されていたから。

中には二通の手紙が入っていた。一通めは、ローレンス・トレハーンからだ。約束の小切手がようやく送られてきたのを見て、わたしはほっとした。

親愛なるスーザン

どうにも書きにくい手紙ではありますが、まずは取り決めどおりの小切手を同封し、こんなにも遅れてしまったことをお詫びします。お気に障ったら本当に申しわけないのですが、ある意味で、あなたはアラン・コンウェイよりも大きな痛手をわたしたちの人生に残していきました。それでもやはり、あなたには感謝しなくてはならないでしょう。わたしたちがお願いした仕事を、まさにみごとにやってのけてくださったのですから。たとえ、その結果がどれほど痛烈な打撃となりうるか、わたしたちの誰ひとりとして予想できなかったとしても。

あなたもきっと興味をお持ちでしょうから、あれから何が起きたのか、手短にお知らせしておきます。

まず、エイデン・マクニールは死にました。ホテルであの怖ろしい騒ぎが起きた後、車でマニングツリー駅へ向かい、電車に飛びこんだのです。途中で警察が逮捕できなかったのは驚きですが、そもそもロック警視正は単独でホテルに来ていましたし――いま思えば、大きな過ちでした――そこから先は、あまりにも矢継ぎ早にことが起きてしまいましたからね。エイデンの死については、家内もわたしも同じ気持ちです。わたしたちの愛してやまない、いまは亡き娘が、あの男に出会ってしまったことは、どれほど痛切に悔やんでも悔やみきれませんが、あの男に二度と会わずにすむことは、せめてもの幸せというべきでしょう。セシリーはあまりに優しすぎ、あまりに人を信じすぎました。まさに、あなたのおっしゃるとおりに。

電車に身を投げる前に、エイデンはわたし宛てに手紙を書きのこしていきました。警察からコピーをもらうことができたので、あなたのぶんのコピーをもう一組とり、同封することにします。エイデンがどんな人間だったか、あなたがどんな敵と対峙していたのかを知っていただくために。さらにいくつかの謎の答えも明かされるので、あなたもきっと興味を持たれるでしょう。もっとも、中には一見して嘘とわかる記述もあります。あの男がセシリーの殺害を企てるくだりの冷酷非情な書きぶりといったら、とうてい信じられません。読むのには覚悟のいる手紙だと、あらかじめお伝えしておきます。

そして、最後にもうひとつ、あなたに知らせておきたいことがあります。ポーリーンとわたしは、いくら真実を知らなかったためとはいえ、ステファン・コドレスクにひどい仕打ちをしてしまったことを心から悔いています。刑務所から釈放し、その後の暮らしを支援するよう、警察ではすでに手続きが始まっているそうです。ステファンが自由の身となるまで、あと数週間というところでしょうか。必要な支援は惜しまないと、わたしは手紙を書きました。《ブランロウ・ホール》に戻ってくれるのなら大歓迎するし、わたしたちのたったひとりの孫であるロクサーナの真の父親として、ポーリーンもわたしもきみを迎える、これまで起きてしまったことに対して、どうか最大限の償いをさせてほしい、と。あなたとアンドレアスが、一日も早くクレタ島に帰ることができますように。あらためて、あなたのしてくださったことに、心からの感謝を申しあげます。

心をこめて

ローレンス・トレハーン

これが、一通めの手紙だった。二通めは、おそらくマニングツリーに向かう途中、エイデンが買ったらしい安っぽい練習帳から引きちぎった三枚の紙に書きなぐられている。その筆跡は驚くほど幼く、文字の輪の部分がすべて大きくふくらんでいるばかりか、iの上には点ではなく、小さな丸が打たれていた。わたしがこれを読んだのは、その日かなり遅くなってから、アンドレアスとともに部屋にこもり、手もとにたっぷりとウイスキーを用意してからのことだ。とうてい素面（しらふ）で読めるようなしろものではなかったから。

親愛なるローレンス

あんたに手紙を書くなんて、どうにも妙な気分だな。どうせ、あと二十分ほどでおれは死ぬってのに。まあ、あんたは悲しんじゃくれないだろうけど！　おれみたいな人間にとって、刑務所に行くなんてのは問題外だ。どうせ変態どもに取り囲まれて、とうてい五分も生きのびられないだろうからね。そんなわけで、おれは次のロンドン行きの電車を待つことにした。この駅には停まらない電車だ。

どうしてこんな手紙を書くかって？　実際、自分でもよくわからない。正直なところ、あんたのことも、ポーリーンのことも、たいして好きだと思ったことはないんでね。あんたたちはいつだって、えらく恩着せがましかった。こっちは骨身を削ってホテルのために働いてるのに、ありがたく思え、けっして感謝を忘れるなって態度だったもんな。だけど、いまあんたが近しい存在に思えるのは、おれがあんたの娘を殺したからだ。あんたにもきっと理解してもらえるだろうけど、こうした出来事は、人と人との距離をぐいと引きよせるものなんでね。

これは犯行の告白じゃない。何があったかは、あんたはすでに聞いてるしな。だけど、あとひとつふたつ、あんたに知っておいてほしいことがある。いわゆる、胸のつかえを吐き出す、ってやつだ。ホテルにいるときも、家にいるときも、休暇でフランスに行ったときも、あんたたちといるときは、おれはいつでも本性を隠してた。最後に、本来のおれをあんたに見せてやりたくなったんだ。

自分がほかの人間とはちがうってことが、ずっとおれにはわかってた。おれの人生を、あんたにだらだら語るつもりはない。時間もないし、あんただって興味はないだろ？まあ、ハグヒルみたいな場所で育つってのがどんなことなのか、あんたには想像もつかないだろうな。あそこはグラスゴーの肥だめみたいな場所でね、肥だめみたいな団地に住んで、肥だめみたいな学校に通う。いくら自分が特別な存在だって、まともな人生なんて絶対に送れないこともわかるんだ。

おれは金持ちになりたかった。ひとかどの人間にね。サッカーの選手やら、いろんな有名人やらをテレビで見ると、連中はずいぶん恵まれてるなと思わずにはいられない。ちょっとした才能がひとつでもあれば、全世界がその足もとにひざまずくんだから。そう、おれにだって才能はあった。人に好かれる才能がね。見た目もいい。魅力もある。だけど、ハグヒルみたいな場所じゃ、そんな才能は使いようがないんだ。だから、できるだけ早く抜け出したくて、十七歳のときに家を出てロンドンに向かった。あそこなら、上をめざせると思ったから。

でも、当然、そんなにうまくいくはずはなかった。ロンドンじゃ、何もかもが向かい風に思えたよ。洗車が時給三ポンド。ウェイターが五ポンド。洗った靴下が乾かなかったからって、こっちの靴下を盗んでくようなやつと相部屋で家賃を折半しても、毎月とうてい信じられないほどの額が飛んでっちまう。店には素敵な品物があふれてる。お洒落なレストランやきれいな高層アパートメントも。そういったものをどうしても手に入れたかったら、できることはひとつしかなかった。

それで、おれはレオになった。

自分を売るってのがどんなことか、あんたには絶対にわからないだろうよ。金持ちのでぶのじじいが、自分の身体を好きなようにまさぐる、それだけの金を持ってるってだけの理由でね。ひょっとして疑ってるかもしれないから言っておくと、ローレンス、おれは一度だって同性愛者だったことはない、これだけははっきりさせておく。おれがこんな道を選んだのは、ほかにどうしようもなかったからで、嫌で嫌で仕方なかった。まったく、気分が悪くなったよ。

でも、金にはなった。不動産屋の仕事も手に入れたしな。わかるだろ？ これが人を惹きつける魅力ってやつなんだ。だけど、実際に金を稼ぎまくってたのはレオだった。ひと晩で三百ポンド。ひと晩で五百ポンド。ひと晩で千ポンドになるときもあった。客はみんな臆病ものばかりでね。結婚してる連中も多かった。薄汚い偽善者どもが。おれはそんな連中ににっこりして、やりたいようにやらせてやったよ、いっそ顔のど真ん中に一発食らわせてやりたくてもな。いつの日か、おれは絶対にここを抜け出す、それだけはわかってた。それだけを信じて、おれは前に進みつづけたんだ。いつの日か充分な金を稼いだら、おれはレオを捨て、望みどおりの生活を送ってやろうと思いながら。

そんなとき、おれはセシリーに会って、アパートメントを案内することになった。

この女だと、会ってすぐに思ったよ。頭はとろいし、おそろしく流されやすいし。きょうがおれの誕生日だと告げたとたん、すっかり有頂天になっちまってさ。わあ——あなたは獅子座なのね、わたしは射手座なの。最高の相性なのよ。わあ、わあ、わあ、ってね。その夜、おれたちは飲みに出た。わたしたち、あいつはおれに、あんたのこと、大っ嫌いな姉さんのこと、そのほか何もかもしゃべりまくったよ。この女からなら、おれがほしいものをすべてむしり取ってやれると、すぐにわかった。なにしろ、おれはあいつの〝可愛いレオ〟だからな。

そうやって、おれたちはつきあいはじめた。サフォークへ出かけていって、あんたやポーリーンやその他大勢と顔を合わせると、みんながみんな、おれのことを好きになったよな、それがおれの才能だからね。で、おれとセシリーは婚約した。おれはちゃんとセシリーの誕生数とユニバーサル・デイ・ナンバーが一致する日を選んで求婚したんだ、セシリーにとってはその日が幸運だって知ってたからな。あいつは婚約を承知したよ。当然そうなるって、おれにはわかってた。

これで決まりだ。肥だめみたいなハグヒルでの暮らしとも、おっさんどもに身を売る口ンドンでの暮らしとも、これで永遠にお別れできる。何もかもうまくいくって、おれは思ってた。ホテルで働いたり、泊まり客に応対したり、みんなおれの得意なことだからな。せめてもの慰めになるんなら教えてやるけど、おれはどっちみち、最終的にはセシリーを殺すつもりだった。たぶん、リサもな。何もかも、自分のものにしたかったんだ。ホテルも、土地も、金も。それがおれの夢見た未来で、そこにセシリーの場所はなかった。

　結婚式の二日前にフランク・パリスがいきなり現れたときには、とうてい信じられなかったよ！　そう、まさにスーザンが言ってたとおりだ。あのろくでもない畜生は、おれに気づいた。もってこいの楽しみを見つけたとばかりに、あいつはおれを脅迫し、結婚式の夜におれを寝室に連れこんで、やりたい放題やるつもりだったんだ。考えただけで吐き気がしたね。殺すしかないと、おれにはわかってた。もう、どうにも我慢できなかったんだ。言われたとおり、おれはあいつの部屋に行ったよ。だけど、あいつの望みをかなえてやる代わりに、頭を叩きつぶしてやったんだ。一分一秒、すべてじっくりと楽しみながらな。

　だんだん時間がなくなってきた。どうにか結末まで書いちまおう。

　アラン・コンウェイのことも、フランク・パリスと同じく、おれは知ってた。同じような中年の変態で、おれのような若い男を食いものにしてたやつだ。あいつもぶち殺してやれたらよかったけど、向こうもおれの正体を知ってたから、どうにも身動きがとれなくてね。いつアランがその秘密をぶちまけるかと、おれはずっと怯えてた。でも、そんなことができるわけなかったんだ、おれの過去をぶちまけたりしたら、自分もいっしょに泥水をかぶることになるんだから。とはいえ、アランがホテルを出ていったときにはいくらかほっとしたし、何年か後に死んだと聞いたときには、心の底からほっとしたけどな。

アラン・コンウェイが書いた、あのいまいましい本のことは、おれはまったく知らなかった。セシリーがそれを読んだことも知らなかったし、そもそも、なんでまたあんな本に手を伸ばしたのか、まったく見当もつかないよ。あれから八年も経ってるってのに！　ステファンは刑務所にぶちこまれてる。おれとセシリーの間もアップル・パイみたいに熱々の甘々だった。いや、まあ、これは言いすぎだな。ロクサーナがおれの子じゃないことは、もちろん知ってた。それに、これは言わせてもらっていいと思うけど、あんたの娘にはさほどそそられなくてね、ローレンス。悪く思わないでくれよ。セシリーがステファンと会ってたのも知ってた。そんな秘密を、セシリーがおれから隠しておけるわけがないだろう。だからこそ、おれは罪を着せる相手にステファンを選んだんだ。終身刑を食らったと聞いて、あんなにおかしかったことはないね。

フランク・パリスを殺したのはおれじゃないかって、セシリーは疑ってた。とくに、事件が起きてすぐから、ステファンが自白するまではな。セシリーの前では、おれはいつも猫をかぶってたつもりだけど、それでもあいつは何度かおれの演技を見破ってたな。間抜けな女ではあったけど、どこか鋭いところもあって、おれは夢に描いてた王子さまなんかじゃないことも、いつのまにか悟ってたんだ。それでも、おれはフランクになんか会ったこともないと、どうにかセシリーを納得させた。見も知らぬ相手を、どうしてわざわざ殺すわけがある？　おれのこんな言いぶんを、あいつはどうにか信じてくれた。ところが、あいつがあの本を読んじまって、何もかもがひっくり返ったんだ。フランクとレオ、か。きっとそのうち何かまずいことが起きるって、おれはずっと身がまえてた。うすうす嫌な予感がしてたところに、エロイーズが立ち聞きした電話のことを話してくれてね。それが火曜日のことで、おれはすぐ、これですべてが終わった、もうセシリーを殺すしかないと悟ったんだ。

その夜、おれはあいつの墓穴を掘りに出かけた。殺す前にな。つまり、水曜はえらくせわしない一日になりそうだったんだ。セシリーを殺すのはいいとして、死体を埋めるってのはまた別の大仕事だろう。水曜には、一分一秒を惜しんで動かなきゃならない。そんなわけで、おれは火曜の夜、レンドルシャムの森まで車を走らせて、穴を掘ってきたんだ。あいつの死体を見つけたいんなら、あの森がブロムズウェルに接してるあたりを探せばいい。十二番の小径(こみち)をたどって、左側の七本めの木の後ろだ。樹皮に矢印を刻んどいたから、それを見ればわかるよ。矢印は射手座のしるし、ってね。きっと、あいつも気に入っただろう。

水曜には、おれは何ごともないふりをしてたんだけど、ひょっとしてセシリーは気づいてたんだろうか？　おれは生まれてこのかた、ずっと本性を偽ってきた。それは得意なんだ。でも、セシリーの様子がいつもとちがうのは見てとれた。あいつは三時にベアの散歩に出たんで、おれもその後を追ったよ。ウッドブリッジ駅に車を駐めたのを見て、どの道を歩くつもりかはわかったから、おれはマートルシャムに先回りして車を駐め、反対側から森に入った。あたりには誰もいなかったよ。あのへんは、いつもそうなんだ。

こちらに気づいた瞬間、セシリーはおれが何をするつもりか悟ったようだ。あいつはもう、逆らおうとさえしなかった。「ずっとわかってたのに」あいつが言ったのはそれだけだったよ。おれが首に靴下（あいつのだ）を巻きつけても、悲しげにこちらを見てるだけで、されるがままになってたな。

おれの車には、あいつの服をあれこれと、おれの洗濯したてのシャツを積んできてた。トランクにあいつの死体を放りこむと、レンドルシャムの森まですっ飛ばして、あいつを埋めたよ。犬の散歩に来る連中を警戒しなきゃならないから、ここがいちばん危険なところだったけど、あいつを穴に放りこむのは、せいぜい三十秒しかかからなかった。それから、穴を埋めるのに二十分。掘るときには、おっそろしく時間がかかったけどな。すべて終わると、おれはきれいなシャツに着替えて、車でフラムリンガムへ向かった。四時すぎにチャリティ・ショップに着いて、そこからはもう、まるで何もなかったみたいだったよ。セシリーの服をひと抱え、おれの服も何点か、ついでに穴を埋めるときに着てたシャツもいっしょに店の女に渡して、うまいこと片をつけたんだ。

さてと、これで話は終わりだ。

もう逃げおおせたと、おれは確信してたよ。何が悲しいか、あんたにわかるか？　あれは完全犯罪だった。おれは何ひとつ失敗してないんだ。二件の完全犯罪。最初の日からずっと、おれはあんたたち全員をうまくだましおおせてた。ついに見つかっちまったのは、おれにはどうしようもないめぐりあわせのせいだ。そもそも、こんなことになったのはフランクのせいだしな。それから、セシリーの。あと、クレタ島からあんな女を連れてきたあんたたちのせいだよ。

とにかく、そういうことだ。おれはもう行くよ。待ってた電車が来るんでね。

エイデン

ゼウスの洞窟

ようやく《ホテル・ポリュドロス》に帰ってこられた夜、アンドレアスとわたしは友人たちを招いてパーティを開いた。帰還のお祝いの意味もあり、事件のことはもう忘れ、すっきりと元の生活に戻ろうという意味もある宴だ。パノスは八十六歳の母親の助けを借りて、羊を一頭丸ごと使ったかと思われるほどの料理を並べた。飲みものはサントリーニ島産の白ワイン、アルギロスのボトルをひと箱。ヴァンゲリスはギターやギリシャの民族楽器ブズーキを弾き、糸のように細い月のかかる漆黒(しっこく)の空の下、わたしたちは踊った。泊まり客がふたりほど苦情を言いに下りてきたものの、いつのまにかわたしたちに交じり、いっしょに楽しむことにしたらしい。すばらしい一夜だった。

アイオス・ニコラオスの日常に、わたしはゆっくりと戻っていった。その助けとなってくれた、ふたつの出来事について記そう。

まず、妹のケイティが一週間ほど訪ねてきた。《ホテル・ポリュドロス》には、これが最初の訪問となる。妹には、とにかく息抜きが必要だったのだ。すでに気が遠くなるような離婚手続きが始まっており、ゴードンは若い愛人とともに、ロンドンの狭苦しい一LDKに引っ越してしまったという。わたしたちはもう、その話はほとんどしなかった。《ブランロウ・ホール》の事件の話も。ただ、いっしょにクレタ島の有名な観光地をいくつか訪れ、水入らずの時間を楽しんだだけだ。ケイティがすっかりクレタ島に夢中になってしまったのを見て、自分がここから逃げ出そうとしていたことを、わたしはあらためて思わずにはいられなかった。

そして——まさに青天の霹靂(へきれき)だったけれど——《ペンギン・ランダムハウス》から、わたしに外部編集者として働かないかという誘いがあったのだ。これはマイケル・ビーリーとは何の関係もない——あちらは、まったく力になってくれなかったので。聞いたところでは、クレイグ・アンドリューズがクリストファー・ショーのシリーズ第四作『死に臨む時』の出版記念パーティで、顔を合わせた誰かにわたしのことを話してくれたのだとか。編集の仕事を探していると、わたしはクレイグにも話してしまっていたらしい。さっそく《ペンギン・ランダムハウス》からメールが来て、わたしは雇ってもらえることになった。当然フリーランスとしての採用ではあるものの、最初の仕事として、四百枚の原稿をまかせられている。

いっぽう、ローレンスから送られてきた小切手で、うちのホテルの借金の大半は返すことができた。そのうえ、この繁忙期の後半になって、わたしたち自身も驚いたことに、ホテルはずっと満室が続いたのだ。わたしの新たな仕事の給料で、さらにパートの従業員を雇うこともできた。そんなわけで、わたしも午前中は泊まり客の応対をしたり、従業員たちの仕事を確認したり（そして、厄介な揉めごとを起こしそうな客がいないか見きわめたり）と、いまだにせわしなく立ち働いているけれど、昼どきには解放されてテラスに坐り、これまでの人生ずっとやってきた仕事に、のんびりととりくむことができる。

それなのに、わたしはどうしても、あの一連の出来事を頭の中でふりかえらずにはいられなかった――フランク・パリスが殺されたときのこと、そしてその直後、アラン・コンウェイがあの本を書いたときのこと。ロンドンから戻ってきて、わたしはこの事件の捜査中にとったすべてのメモに加え、《クローヴァーリーフ・ブックス》で働いていたころの古い原稿を引っぱり出した。さらに、突然の出費にためらいながらも、新しくアティカス・ピュントのシリーズ全作まで購入してしまったのだ。しだいに秋に向かいつつある日々の中、まだ何か見落としているることがあるにちがいないと、わたしはひたすらそれらの本を夢中になって読みふけっていた。アラン・コンウェイのことなら、嫌になるほどよく知っている。何かがきっと目の前にぶらさげられているのに、わたしはまだそれを見つけられずにいるのだ。

犯人の正体を知りながら、どうしてアランがそれを明かさず、わざと隠しておいたのか、いまとなってはその理由もよく理解できる。エイデンの手紙に書いてあったとおりだ。あのころのアランは二冊のベストセラーを引っさげ、三冊めをこれから世に送り出そうというところだった。これから国際的成功を収めるための、まさに最初の波に乗ったあたりだったのだ。その名前は、しだいに世に知られつつあった。

当時はまだ、アランはゲイであることを世間に明かしてはいなかった。もちろん、それはたいした問題ではない。メリッサと離婚し、ジェイムズといっしょに暮らしはじめたことを後に公表したときも、世間はさして非難はしなかった。これもまた、世界がいいほうへ変化しつつある表れのひとつなのだろう。いまや、誰もが安心して性的指向を明らかにできる世の中になってきた――まあ、過激な宗教指導者やハリウッドの人気スターとなると、また話は別かもしれないけれど。とはいえ、アランが不安だったのは、〝レオ〟が暴露するかもしれない内容のほうではなかっただろうか。ゲイであること自体は、明らかにされてもかまわない。しかし、男娼を買いまわっていたなどという話となると、世間もそう温かく受けとめてはくれないだろう。アランが不安だったのも無理はない。だからこそ、ことを荒立てない道を選んだのだ。

エイデンを警察に引きわたすことは、自分の作家生命を危険にさらすことになる。少なくとも、アラン自身はそう見ていたのだろう。そして、本の宣伝という面から考えると、それはたしかに難しい判断だと、わたしも認めざるをえない。なにしろ、アティカス・ピュントのシリーズは、どこまでも健全なことで知られている。シリーズのどの作品にも、セックスなどほぼ登場しない。汚い言葉で毒づく人物さえ存在しないのだ。

それでも、アランがあの献辞以外に何も仕込んでいないとは思えない。そんなふうに、おとなしく秘密を隠しておける性格ではないのだ。きっと、お得意の気づきにくい手がかり、紆余曲折ある展開、ちょっとした冗談などの中に、何かひっそりと犯人を暗示するものを紛れこませているにちがいない。それを暴き出してやろうと、『愚行の代償』を十数回にわたって読みなおすうち、いくつかの文章は暗誦できるほどになった。ページのそこここに下線を引く。陽光を浴びながら、顔をしかめて考えこむ。

やがて、ついにわたしは発見した。

《ブランロウ・ホール》で集めたさまざまな知識に照らしあわせて読みすすめていくと、アランの隠した仕掛けが浮かびあがる。最初にわたしの目を惹いたのは、トーリー・オン・ザ・ウォーターの酒場、《赤獅子》亭だった。ごくありふれた名前ではあるけれど、これは意図があって選ばれたものにちがいない。

何もかもが〝獅子(レオ)〟を指している。アランはくりかえしそのイメージを文章に織りこみ、セシリー・トレハーンの潜在意識に訴えかけて、やがてその名が脳裏に鳴り響くよう仕向けたのだ。

とはいえ、〝レオ〟とそのまま書いているわけではない。

その代わり、アランはいくつものライオンを、この作品の中に埋めこんでいる。もう、ありとあらゆる場所に。

トーリー・オン・ザ・ウォーターの酒場だけではない。村の教会の名は、ライオンの棲む洞穴に投げ入れられたという聖ダニエルにちなんでいる。アティカス・ピュントは教会を訪れ、かの聖人の生涯を描いたステンドグラスを目にしていた。

メリッサ・ジェイムズの住む《クラレンス・キープ》は、六〇年代の喜劇映画『寄り目のライオン、クラレンス』にちなんだものだろう。その屋敷をしばらく所有していたというウィリアム・レイルトンは、ロンドンのトラファルガー広場に建つネルソン記念柱を設計し、周囲に四体のライオン像を配置している。メリッサの飼っている犬は〝まるまるしたライオン〟という異名を持つチャウチャウで、日本のテレビアニメに登場する白いライオンと同じく、キンバという名がつけられていた。玄関ホールでは、バート・ラーのサインのある『オズの魔法使い』のポスターにマデレン・ケインが目をとめ、メリッサはこの映画に出演していないのではと口にしている。言うまでもなく、バート・ラーはこの映画で臆病なライオンを演じていた。

何週間にもわたって、わたしはとりつかれたように本を読みかえしつづけていた。暇さえあれば『愚行の代償』のページを繰るわたしを見て、アンドレアスがしだいに苛立ちつつあるのも伝わってくる。それでも、新しいライオンは次から次へと目に飛びこんでくるのだ。サマンサは《教会の家》で子どもにC・S・ルイスの本の読み聞かせを始めていたけれど、あれは第一作にちがいない——『ライオンと魔女』だ。メリッサが出演するはずだった映画で与えられていた役は、アリエノール・ダキテーヌ。獅子心王リチャードの母親だ。メリッサの屋敷の居間にあった銀のタバコ入れには、MGMスタジオのロゴが彫られている——吠えるライオンが。そして、314ページではヘア主任警部が、唐突にヘラクレスの第一の難業の話を持ち出す。主任警部はそれが〝アウゲイアス王の大牛舎〟の話だと信じていたけれど、実際には記憶ちがいだった。第一の難業は〝ネメアのライオン〟だったのだ。

いまとなってみると、編集段階でアランと意見がぶつかったいくつかの箇所についても、なるほどと思いあたるふしがある。アルジャーノンの乗る車が、プジョーでなくてはならなかったのも納得だ。オペラ歌手の血に汚れることとなった、あの銀のロゴマークは跳ねあがるライオンだったのだから。そして、ざっとウィキペディアで調べてみたところによると、バーンスタプル駅からピュントが乗りこむ列車を牽引するLMR57蒸気機関車は、百年ほど時代遅れではあるものの、やはり〝ライオン〟という愛称を持っていたのだ。

その月の終わるころには、わたしはもう夜中にベッドを抜け出してまで、ライオン狩りを続けるようになっていた。編集するはずの四百ページの原稿には目もくれず、ひたすら本のページを繰るわたしを、アンドレアスがちらちら横目で見ているのには気づいていたけれど。

それでもまだ、『愚行の代償』の何かを読みおとしているのではないかという不安が胸を苛む。わたしがまだ気づいていない何かを、きっとセシリーは見つけていた気がしてならなかった。本はこうして手もとにある。捜査でとったメモもある。でも、まだ何か隠れているはずだ。いったい、何が？

この小説の不愉快な心髄に隠された最後の秘密がふっと目の前に現れた瞬間を、わたしははっきりと憶えている。それまでも、ずっと目の前にあったというのに、なぜそのときになってようやく気がついたのか、理由はよくわからない。わたしはバーの上の小さな仕事部屋に坐り、射しこむ陽光を浴びていた。ちょうどフクロウが窓の外を飛んでいったというのなら劇的だけれど——実のところ、クレタ島にはたくさんのフクロウがいる——けっしてそういうわけではなかった。わたしはただ、何のきっかけがあったわけでもなく、セシリー・トレハーンはアナグラムが好きだったという話を思いかえしていたのだ。《ブランロウ》(Branlow) というホテルの名はメンフクロウ (barn owl) のアナグラムだと気づいたのは、ほかならぬセシリーだったとか。そのとき、わたしははっとした。

『愚行の代償』で最初の殺人を犯したのは、レナード (Leonard)・コリンズだ。レオの隠れている名前。そう、ここにはレオがいる。

でも、フランシス・ペンドルトン——FPのイニシャルを持ち、作中でフランク・パリスに対応する人物——を殺したのは、マデレン・ケインのほうだった。マデレン・ケイン (Madeline Cain) の名は、エイデン・マクニール (Aiden MacNeil) のアナグラムだ。

わたしが真実に気づいた瞬間、アンドレアスも同じ部屋にいた。わたしは歓喜の叫びをあげ、メモ用紙を宙に放りなげると、あの人の腕の中に飛びこんだ。間抜けなほど単純だった真実に、思わず涙しそうになりながら。アンドレアスはわたしを抱きとめながらも、その後ろに散らかった新聞の切り抜き、メモ帳、手紙の数々——そして、アティカス・ピュントのすべての冒険を収めた九冊の本を見やった。

それから、あの人はわたしの手を握りしめた。「スーザン、ひとつ提案があるんだが、怒らないで聞いてくれるかな?」

「ぼくときみは、こうしていっしょにいる。ホテルもある。きみには編集の仕事もある。何もかも順調じゃないか」

「あなたに怒るわけないでしょ?」

「それで……?」

「それで、そろそろこんなことは終わりにしたらどうかと思うんだ」散らかった書類のほうを、アンドレアスは手で示した。「きみはもう、充分すぎるほどのライオンを見つけた。ぼくの気持ちを正直にうちあけるなら、そろそろアラン・コンウェイにきみの人生を踏みにじらせるのをやめてもいいんじゃないかな」

わたしはゆっくりとうなずいた。「そうね、あなたの言うとおり」

「そこで提案だ。もう、こんなものはすべてまとめてしまって……そこの書類も、本も。とりわけ、本をね。何もかも車に放りこんで、いっしょにラシティ高原へ行こうじゃないか。この季節はきっと、オリーブの木々や風車が美しいよ。ぼくはきみを、サイクロ洞窟に連れていきたいんだ。あそこはゼウスの誕生の地だという言い伝えがあってね、〝ゼウスの洞窟〟と呼ばれている。洞窟の入口にこの本や書類すべてを積みあげて火を点け、神々への捧げものにしたらどうかな。きみをぼくのもとに帰してくれたこと、きみにつきまとっていた暗い影、忘れてしまいたい思い出のすべてから解放されたことへの感謝としてね。それが終わったら、カミナキの近くにある小さなホテルへ行って、いっしょに食事をしよう。テラス席に坐り、周囲を囲む山々や、空に輝く星を見ながらラキを飲むんだ。あそこほど星が壮麗に輝く場所は、世界のどこにもないんだから」

「東の地平線に輝いているのは獅子座?」

「そうじゃないことを祈るよ」

「だったら、行きましょう」

そして、わたしたちはそのとおりにした。

解説

酒井貞道

二十一世紀における犯人当て小説の、最高峰。『ヨルガオ殺人事件』を一文で表すと、そうなる。……などと解説者が煽るまでもなく、本書の刊行は、日本の多くの推理小説ファンが待ち望んでいる。アンソニー・ホロヴィッツが、謎解きミステリの大人気作家であるからだ。

とはいえ、日本では少し前まで、アンソニー・ホロヴィッツは、TVドラマの脚本、ヤングアダルト作家、そしてパスティーシュの名手として認識されていた。この三ジャンルでも彼は赫々たる実績を誇る。たとえば、デビッド・スーシェが主役を演じたTVドラマ《名探偵ポワロ》シリーズは、一部が彼の脚本による。ヤングアダルト小説の分野では、《女王陛下の少年スパイ！　アレックス》シリーズの日本版が、漫画家の荒木飛呂彦のイラストで話題となった。さらには、コナン・ドイル財団が公認した、シャーロック・ホームズの世界初の公式パスティーシュ『シャーロック・ホームズ　絹の家』や、それに続く『モリアーティ』も、シャーロッキアンの間では喜ばれた。イアン・フレミング財団公認の、これまた公式パスティーシュ『007逆襲のトリガー』も、ジェームズ・ボンドのファンでなおかつ小説を読む層には、受けが良かった。これらの作品の質は十分高かったし、好評でもあったが、翻訳ミステリ業界全体を巻き込んだブレイクスルーは起きなかったように思われる。

風向きが変わったのは、二〇一八年に邦訳された『カササギ殺人事件』からである。この作品は、作中作が、ドイツから来た名探偵アティカス・ピュントを主人公としたシリーズ第九作という体裁を取っている。その作中作で、あまりにも本格的で正統派の犯人当てが展開された。一方で、作中作の外側のパートでは、編集者スーザン・ライランドが、作中作の原稿の謎に挑む。このスーザンのパートでも、犯人当てがスリリングに展開された上に、作中作のある仕掛けが、同作の入れ子構造に必然性と説得力を与えたのである。同書は日本の推理小説ファンの心を鷲摑(わしづか)みにし、結果、『週刊文春ミステリーベスト10』(以下「文春」)、『このミステリーがすごい!』(以下「このミス」)、『本格ミステリ・ベスト10』(以下「本ミス」)、『ミステリが読みたい!』(以下「読みたい」)、『本屋大賞・翻訳小説部門』、『翻訳ミステリー大賞』、および『翻訳ミステリー読者賞』で一位に選ばれ、名実ともに年度ベストのミステリに輝く。実に七冠、圧倒的であった。

ここからホロヴィッツの快進撃が始まる。二〇一九年に邦訳された、《ホーソーン&ホロヴィッツ》シリーズの第一弾『メインテーマは殺人』、翌二〇二〇年の同シリーズ第二弾『その裁きは死』はいずれも、「文春」、「このミス」、「本ミス」、「読みたい」の四冠を達成した。『カササギ殺人事件』から数えると四冠はなんと三年連続であり、前人未到の大記録を打ち立てた。その後、二〇二一年七月に、日本の本格ミステリ作家クラブは、設立二十周年企画として、「二〇一〇年代海外本格ミステリ ベスト作品」の最優秀作に『メインテーマは殺人』を選定したことを発表した。わが国において、ホロヴィッツは謎解きミステリの巨匠として、その評価を確立したと言っていいだろう。

　本書は、ホロヴィッツへの評価が劇的に変化した《カササギ殺人事件》シリーズの第二作である。まず『カササギ殺人事件』の続篇が出た事実それ自体が驚きだ。前作を読み終わった方はおわかりの通り、作中作およびその外側のパートは、いずれも『カササギ殺人事件』において、綺麗な幕切れを迎えている。これを受けての続篇を生み出すのは、かなり難しそうに見える。もちろん、『カササギ殺人事件』よりも前の時期に舞台を設定して、専ら過去のエピソードとして二作目を、続篇としてではなく、書くことはできる。だがホロヴィッツは、そのような単純な道を採らなかった。

『ヨルガオ殺人事件』の舞台は、『カササギ殺人事件』から二年後の二〇一六年に設定されている。そう、時計の針は進んでいる。主人公は引き続き、スーザン・ライランドが一人称で務める。彼女は編集者を辞めて、ロンドンを去り、ギリシャ人のパートナー、アンドレアスと共に、クレタ島でホテルを経営している。だがその経営実態は青息吐息だった。そんな中、裕福なトレハーン夫妻が、スーザンを訪ねて来る。トレハーン一家が経営する、イングランドのサフォーク州にある高級ホテル《ブランロウ・ホール》で、八年前に殺人事件が起きた。犯人は既に収監中だが、最近、夫妻の娘セシリーが、アラン・コンウェイの旧作――《アティカス・ピュント》シリーズの第三作『愚行の代償』を読んで、八年前の事件について、何かに気付いたことを示唆した。そして直後に、彼女は失踪する。トレハーン夫妻は、『愚行の代償』の編集者だったスーザンに、セシリーが何に気付いたのかを調べてほしいと言うのだった。

高額の報酬に釣られたスーザンは、トレハーン夫妻の依頼を引き受けて《ブランロウ・ホール》に向かう。コンウェイは、『愚行の代償』を、同ホテルの関係者をモデルに描き、殺人事件についても何かをつかんでいたようだ。八年前の殺人事件と、コンウェイの足跡とを、スーザンは探る。その後で、彼女は、いよいよ作中作『愚行の代償』の再読に取り掛かるのである。

作中作『愚行の代償』は、時代が一九五三年に設定されている。一世を風靡(ふうび)した女優メリッサ・ジェイムズが、田舎に構えた邸宅で殺される。その事件が発生した後に、アティカス・ピュントが登場する。まずはジャブとばかりに、全くの別事件であるダイヤモンド紛失事件が独立した短篇のように語られた後、ピュントはメリッサ殺しの真相解明を依頼される。

前作からの続き方が洒落(しゃれ)ていることにお気付きだろうか。作中作こそ前作よりも古い作品だとシンプルに設定した一方で、スーザンが挑む現実の事件では、その古い作中作が関係者をいま揺さぶり、過去の事件を蒸し返して、現在の《セシリーの失踪》という新たな事件を生み出す。あの『カササギ殺人事件』の後に、どう続篇を書くかという課題に対する、見事な回答だ。ホロヴィッツは、シリーズを現在に向けて、未来に向けて、開いてみせたのである。

読み心地の良さも指摘しておこう。謎解きミステリ好きには、本書の語り口はたまらなく魅力的である。スーザンが語る『ヨルガオ殺人事件』と、三人称で語られる『愚行の代償』双方で、多くの登場人物に隠し事がある。それらを暴く過程で重きを置かれるのは、アクションでも追跡でも科学捜査でもなく、関係者へのインタビューである。本書には、スーザンまたはピュントが、他人の話を丁寧に聞く場面が極めて多い。この種の小説は、会話の描写が下手であれば途端につまらなくなる。本書に関してはその心配は無用である。登場人物はソファー等に腰を落とし、概ね落ち着いて話す。各人物の性格が丁寧に織り込まれた話には、時折、秘密の匂いが不穏に薫る。何ということもなさそうでいて、いかにもヒントが含まれていそうな会話が横溢し、読者には、自分が読んでいるのが上質な本格謎解き小説であることを、常に実感させてくれる。

しかしそれ以上に、『ヨルガオ殺人事件』最大の魅力は、伏線、ヒント、メタファーが十全に機能したフェアプレイにある。作中作『愚行の代償』も、スーザンのパートも、それぞれの結末で、全てがあるべき場所に高精度でピタリと嵌る。加えて、そのフェアネスを十分に担保した上で、サプライズを演出してくれるのである。驚くべき真相がくっきり姿を現わす本書の解明シーンには、本格ミステリの醍醐味がこれでもかとばかりに詰まっている。特に作中作『愚行の代償』の完成度は素晴らしく、終盤のピュントの推理の鋭さ、細かさは筆舌に尽くしがたい。

などと言うと、スーザンが探偵を務める二〇一六年のパートは、ミステリとして比較劣位なのかと思われそうである。もちろんそんなことはない。今回は、新機軸によって、作中作と作品内の現実世界とが、強固に結わえ付けられているからである。

作中作『愚行の代償』では、二〇〇八年の殺人事件のヒントが提示される。ここで注意してほしいのは、『愚行の代償』を取り巻く設定である。この作品は、出版されて何年も経ったベストセラー書籍なのである。つまりその分、多くの人に読まれているはずだ。しかし、セシリー以外は誰も、殺人事件のヒントに気付かなかった。原稿を目を皿のようにして読んだ、担当編集者であるスーザンですら、当時は何も気付かなかったのだ。よって『愚行の代償』が満たすべき条件は次のようなものだ。①謎解きミステリとして素直に読んだ場合は、それ自体でベストセラーになるぐらい楽しめ、②表面的には現実の事件に関連しているようには全く見えず、③失踪したセシリーのように、何らかの基準を満たした人が読めば、二〇〇八年の事件の真相がわかる。しかもこれらは、or条件ではなく、and条件である。これは、入れ子構造を有するミステリの理想として、多くの推理作家が夢見るような超絶技巧と言って良い。その挑戦の結果は――大成功であることをここに保証しよう。もう少し踏み込むと、『愚行の代償』の物語内で提示される二〇〇八年の殺人事件へのヒントはそれ単体では、伏線としては未完成かもしれない。

ところがこれが、スーザンの二〇一六年パートで発見された別の事実と共鳴・共振して、説得力抜群の伏線、完全体の伏線に変容するのである。この手並みは控えめに言って圧巻である。しかも、フェアプレイは堅持されている。『愚行の代償』は、それ自体のみで十分に最上の謎解きミステリとして完成しているにもかかわらず。二〇一六年の事件関係者にとっては、真相を推測するための鍵にもなるのだ。このバランス感覚こそ最大の読みどころである。

最後に、アンソニー・ホロヴィッツのこれからに触れておこう。二〇二一年八月に、イギリスで《ホーソーン&ホロヴィッツ》シリーズの第三長篇 *A Line To Kill* が発表された。邦訳刊行も決定しており、これは楽しみだ。また、パスティーシュ作家としての活躍も続いており、二〇二二年には、《007》シリーズの新作小説が上梓される予定である。《カササギ殺人事件》シリーズに関して言えば、まず前作『カササギ殺人事件』がドラマとして映像化される。脚本はホロヴィッツ本人が担当するとのことで、期待が高まる。ただし放映時期等は未定らしい。次に、シリーズ第三作に関してだが、著者はシリーズ継続の意向を示しているようだ。アティカス・ピュントやスーザン・ライランドにまた会えるのなら、こんなに嬉しいことはない。もしシリーズの時計の針がまた先に進むのであれば、二〇二〇年以降のコロナ禍を、クレタ島にあるスーザンのホテルが乗り越えてくれることを祈る。

検印
廃止

訳者紹介 英米文学翻訳家。ホロヴィッツ『カササギ殺人事件』『メインテーマは殺人』『その裁きは死』、ギャリコ『トマシーナ』、ディヴァイン『悪魔はすぐそこに』、キップリング『ジャングル・ブック』など訳書多数。

ヨルガオ殺人事件 下

2021年9月10日 初版
2021年12月3日 4版

著者 アンソニー・ホロヴィッツ

訳者 山田蘭（やまだ らん）

発行所 (株) 東京創元社
代表者 渋谷健太郎

162-0814/東京都新宿区新小川町1-5
電話 03・3268・8231-営業部
03・3268・8204-編集部
URL http://www.tsogen.co.jp
DTP キャップス
萩原印刷・本間製本

ISBN978-4-488-26512-0 C0197